HEYNE
BÜCHER

THOMAS HARRIS

SCHWARZER SONNTAG

Roman

Aus dem Englischen von
Ulla H. de Herrera
und
Jürgen Abel

WILHELM HEYNE VERLAG
MÜNCHEN

HEYNE ALLGEMEINE REIHE
Nr. 01/12047

Titel der Originalausgabe
BLACK SUNDAY

Umwelthinweis:
Dieses Buch wurde auf
chlor- und säurefreiem Papier gedruckt.

Printed in Germany 1999
Umschlagillustration: Bildagentur Mauritius/
Three Lions, Mittenwald
Umschlaggestaltung: Atelier Ingrid Schütz, München
Gesamtherstellung: Elsnerdruck, Berlin

ISBN: 3-453-15386-3

http:\\www.heyne.de

Für Mary Ellen

1

Die Dunkelheit brach herein, während das Taxi auf der Küstenstraße die zehn Kilometer vom Flughafen nach Beirut entlangratterte. Vom Rücksitz aus sah Dahlia Iyad, wie das schimmernde Weiß der Brandung mit dem letzten Tageslicht schwand und sich langsam grau färbte. Sie dachte an den Amerikaner. Sie würde viele Fragen zu beantworten haben, Fragen, die ihn betrafen.

Das Taxi bog in die Rue Verdun ein und schlängelte sich ins Herz der Stadt, in das Sabra-Viertel, wo viele der Flüchtlinge aus Palästina hausten. Der Fahrer brauchte keine Anweisungen. Er blickte aufmerksam in den Rückspiegel, dann schaltete er die Scheinwerfer aus und fuhr in einen kleinen Hof unweit der Rue Jeb el-Nakhel. In dem Hof war es stockdunkel. Dahlia hörte die fernen Geräusche des Verkehrs und das Ticken des sich abkühlenden Motors. Eine Minute verging.

Das Taxi schwankte, als die vier Türen aufgerissen wurden. Der grelle Lichtstrahl einer Tachenlampe blendete den Fahrer. Dahlia konnte das Öl auf der Pistole riechen, die ihr dicht an die Stirn gehalten wurde.

Der Mann mit der Taschenlampe kam zur hinteren Tür des Wagens, und die Hand mit der Pistole wurde zurückgezogen.

»*Dschinnij*«, sagte sie leise.

»Steig aus und folge mir.« Er ließ die arabischen Worte im Dialekt des Jabal ineinanderfließen.

Ein strenges Tribunal erwartete Dahlia Iyad in dem stillen Zimmer in Beirut. Hafez Nadscheer, Chef der Eliteeinheit Jihaz al-Rasd (RASD), des Geheimdienstes der El-Fatah, saß, den Kopf an die Wand zurückgelehnt, hinter einem Schreibtisch. Er war sehr groß und hatte einen unverhältnismäßig kleinen Kopf. Seine Untergebenen nannten ihn insgeheim ›die Gottesanbeterin‹. Sie fürchteten ihn und zitterten vor seinem Zorn.

Nadscheer war der Leiter des ›Schwarzen September‹. Er hielt nichts von Begriffen wie ›Nahost-Situation‹. Die Rückgabe Palästinas an die Araber hätte ihm keine Genugtuung bereitet. Er glaubte an Massenvernichtung, an das läuternde Feuer. Dahlia Iyad teilte diesen Glauben.

Und das taten auch die beiden anderen Männer, die sich in dem Raum befanden: Abu Ali, der die Aktionen der Todeskommandos des ›Schwarzen September‹ in Italien und Frankreich steuerte, und Muhammad Fasil, Waffenexperte und Regisseur des Überfalls auf das Olympische Dorf in München. Beide waren Angehörige des RASD, die Köpfe des ›Schwarzen September‹. Ihre Stellung wurde von der größeren palästinensischen Guerillabewegung nicht anerkannt. Der ›Schwarze September‹ existierte in der El-Fatah so wie ein Verlangen im Körper des Menschen existiert.

Diese drei Männer hatten beschlossen, daß der ›Schwarze September‹ in den Vereinigten Staaten zuschlagen sollte. Über fünfzig Pläne waren entworfen und wieder verworfen worden. Unterdessen trafen im Hafen von Haifa nach wie vor Mengen amerikanischen Kriegsmaterials für die israelischen Truppen ein.

Dann hatte sich plötzlich eine Möglichkeit gezeigt, und wenn Nadscheer den Plan jetzt endgültig billigte, würde von nun an die Mission ganz in den Händen dieser jungen Frau liegen.

Sie warf ihre *dschellaba* auf einen Stuhl und wandte sich den drei Männern zu. »Guten Abend, Genossen.«

»Willkommen, Genossin Dahlia«, sagte Nadscheer. Er war nicht aufgestanden, als sie das Zimmer betrat. Auch die beiden anderen waren sitzen geblieben. Dahlias äußere Erscheinung hatte sich während ihres einjährigen Aufenthalts in den Vereinigten Staaten verändert. Sie sah elegant aus in ihrem schicken Hosenanzug und wirkte fast ein wenig entwaffnend.

»Der Amerikaner ist bereit«, sagte sie. »Ich bin davon überzeugt, daß er die Aktion durchführen wird, bis zum Ende. Er lebt dafür.«

»Wie standhaft ist er?« fragte Nadscheer und sah sie an, als wollte er mit seinen Blicken ihren Schädel durchbohren.

»Standhaft genug. Ich unterstütze ihn. Er ist von mir abhängig.«

»Ich habe das deinen Berichten entnommen. Aber der Kode ist eine mühsame Sache. Es gibt Fragen. Ali.«

Abu Ali sah Dahlia aufmerksam an. Sie kannte ihn. Sie hatte seine Vorlesungen über Psychologie an der Amerikanischen Universität in Beirut gehört.

»Der Amerikaner macht also immer einen vernünftigen Eindruck?« fragte er.

»Ja.«

»Trotzdem hältst du ihn für geisteskrank?«

»Geisteskrankheit und scheinbar vernünftiges Verhalten schließen einander nicht aus, Genosse.«

»Nimmt seine Abhängigkeit von dir zu? Gibt es Phasen, in denen er sich dir gegenüber feindselig verhält?«

»Er ist zuweilen feindselig, aber jetzt nicht mehr so oft.«

»Ist er impotent?«

»Er sagt, er war impotent – von der Zeit seiner Freilassung in Nordvietnam bis vor zwei Monaten.« Dahlia beobachtete Ali. Mit seinen kleinen, flinken Gebärden und seinen feucht schimmernden Augen erinnerte er sie an eine Zibetkatze.

»Hältst du es für dein Verdienst, daß er seine Impotenz überwunden hat?«

»Das hat nichts mit Verdienst zu tun, Genosse. Es ist eine Frage der Macht, der Gewalt über ihn. Und mein Körper ist ein nützliches Werkzeug, um den Amerikaner fest in der Gewalt zu behalten. Wenn eine Pistole zweckmäßiger wäre, würde ich eine Pistole benutzen.«

Nadscheer nickte zustimmend. Er wußte, daß sie die Wahrheit sagte. Dahlia hatte bei der Ausbildung der drei japanischen Terroristen geholfen, die in der Ankunftshalle des Flughafens Lod bei Tel Aviv wahllos in die Menge geschossen und ein Blutbad angerichtet hatten. Ursprünglich waren es vier japanische Terroristen gewesen. Einer jedoch verlor beim Training die Nerven, und Dahlia hatte ihn vor den Augen der anderen drei mit einer Schmeisser niedergeschossen.

»Woher willst du wissen, daß er nicht doch plötzlich Gewissensbisse bekommt und dich bei den amerikanichen Behörden anzeigt?« fragte Ali beharrlich.

»Und was hätten sie davon, wenn er es täte?« erwiderte Dahlia. »Ich bin ein kleiner Fang. Sie würden den Sprengstoff in die Hände bekommen, ja, aber die Amerikaner haben schon jede Menge *plastique,* wie wir aus eigener Erfahrung wissen.« Dies war für Nadscheer bestimmt, und sie sah, wie er ihr einen scharfen Blick zuwarf.

Die israelischen Terroristen benutzten bei ihren Überfällen fast ausnahmlos den amerikanischen Plastiksprengstoff C-4. Nadscheer mußte daran denken, wie er die Leiche seines Bruders aus einer zertrümmerten Wohnung in Bhandoum geholt hatte und dann noch einmal hineingegangen war, um nach den Beinen zu suchen.

»Der Amerikaner hat sich an uns gewandt, weil er Sprengstoff braucht. Das weißt du ganz genau, Genosse«, sagte Dahlia. »Und er wird mich weiterhin brauchen, für andere Dinge. Was wir tun, kollidiert nicht mit seiner politischen Einstellung, denn er hat keine. Und er hat auch nicht das, was man ein Gewissen nennt, jedenfalls kein Gewissen im üblichen Sinne. Er wird mich nicht anzeigen.«

»Sehen wir ihn uns noch einmal an«, sagte Nadscheer. »Genossin Dahlia, du hast diesen Mann nur in einer einzigen Umgebung beobachtet. Ich möchte ihn dir jetzt in einer völlig anderen Situation zeigen. Ali.«

Abu Ali stellte einen Sechzehn-Millimeter-Filmprojektor auf den Schreibtisch und schaltete die Lampen aus. »Wir haben diesen Film kürzlich über eine Quelle in Nordvietnam erhalten, Genossin Dahlia. Er ist einmal im amerikanischen Fernsehen gezeigt worden, aber das war, ehe du im Haus des Krieges stationiert wurdest. Ich glaube nicht, daß du ihn gesehen hast.«

Die Nummern des Filmvorspanns erschienen verschwommen an der Wand, und verzerrte Musik dröhnte aus dem Lautsprecher. Als der Film auf Touren kam, verdichtete sich der Ton zu den Klängen der Nationalhymne der Demokratischen Republik Vietnam, und aus dem hellen Viereck an der Wand wurde ein weiß getünchter Raum. Auf dem Boden saßen etwa zwei Dutzend amerikanischer Kriegsgefangene. Dann schwenkte die Kamera, und man sah ein Lesepult, an dem ein Mikrofon befestigt war. Ein großer, hagerer Mann ging mit schleppenden Schritten auf das Pult zu. Er trug die sackartige Kriegsgefangenenuniform und an den Füßen Socken und Riemensandalen. Seine eine Hand steckte in den Falten seiner Jakke. Die andere legte er flach auf den Oberschenkel, als er sich vor den Funktionären vorn im Raum verbeugte. Dann wandte er sich dem Mikrofon zu und fing langsam an zu sprechen.

»Ich bin Michael J. Lander, Lieutenant Commander der U.S. Navy, gefangengenommen am 10. Februar 1967 bei einem Einsatz, bei dem ich über einem Zivilkrankenhaus in der Nähe von Ninh Binh ... in der Nähe von Ninh Binh Brandbomben abwarf. Obwohl die Beweise für die von mir begangenen Kriegsverbrechen eindeutig sind, hat die Demokratische Republik Vietnam mich nicht bestraft, sondern hat mir gezeigt, welches Leid amerikanische Kriegsverbrechen wie die meinen und diejenigen anderer ... und diejenigen anderer verursacht haben. Ich bedaure, was ich getan habe. Ich bedaure, daß wir Kinder getötet haben. Ich fordere das amerikanische Volk auf, diesen Krieg zu beenden. Die Demokratische Republik Vietnam hegt keine ... hegt keine feindseligen Gefühle gegen das amerikanische Volk. Sein Haß richtet sich gegen die Kriegstreiber, die in den Vereinigten Staaten die Macht ausüben. Ich schäme mich dessen, was ich getan habe.«

Die Kamera schwenkte langsam über die anderen Gefangenen hin, die wie aufmerksame Schüler, aber mit betont ausdruckslosen Gesichtern dasaßen. Der Film endete mit der Nationalhymne.

»Ziemlich plump«, sagte Ali, dessen Englisch nahezu makellos war. »Sie müssen ihm die Hand an die Seite gebunden haben.« Er hatte Dahlia während des Films genau beobachtet. Ihre Augen hatten sich bei der Nahaufnahme des ausgezehrten Gesichts eine Sekunde lang geweitet. Davon abgesehen hatte sie teilnahmslos auf die Wand gestarrt.

»Brandbomben auf ein Krankenhaus«, murmelte Ali nachdenklich. »Demnach hat er also Erfahrung mit dieser Art Dingen.«

»Er wurde bei einem Rettungseinsatz gefangengenommen. Er flog einen Hubschrauber und war auf der Suche nach der Besatzung eines abgeschossenen Phantom-Jägers«, sagte Dahlia. »Ihr habt doch meinen Bericht gelesen.«

»Ich habe gelesen, was er zu dir gesagt hat«, antwortete Nadscheer.

»Er sagt mir die Wahrheit. Er lügt nicht. Darüber ist er längst hinaus«, sagte sie. »Ich habe zwei Monate mit ihm zusammen gelebt. Ich weiß es.«

»Es ist ja auch ein unwichtiger Punkt«, sagte Ali. »Es gibt, was seine Person betrifft, andere Dinge, die wesentlich interessanter sind.«

In der folgenden halben Stunde fragte Ali sie nach den intimsten Einzelheiten im Verhalten des Amerikaners aus. Als er schließlich aufhörte, hatte Dahlia das Gefühl, daß ein bestimmter Geruch im Zimmer hing. Und dieser Geruch, ob real oder nur eingebildet, versetzte sie zurück in das palästinensische Flüchtlingslager in Tyr. Plötzlich war sie wieder ein acht Jahre altes Mädchen und rollte das feuchte Bettzeug zusammen, in dem ihre Mutter und der Mann, der ihnen manchmal etwas zu essen brachte, in der nächtlichen Dunkelheit gemeinsam geächzt hatten.

Jetzt setzte Fasil das Verhör fort. Er hatte die derben, kräftigen Hände des Technikers, und an den Fingerspitzen hatte er kleine Schwielen. Er saß leicht vorgebeugt auf seinem Stuhl. Neben ihm auf dem Boden stand seine kleine Tasche.

»Hat der Amerikaner schon mit Sprengstoff zu tun gehabt?«

»Nur mit gefertigtem militärischem Material. Aber er hat alles sorgfältig und bis ins kleinste Detail geplant. Sein Plan sieht vernünftig aus«, antwortete Dahlia.

»Er sieht für *dich* vernünftig aus, Genossin. Vielleicht, weil du so eng in die Sache verwickelt bist. Wir werden sehen, wie vernünftig er ist.«

In diesem Augenblick wünschte sie, der Amerikaner wäre zugegen. Sie wünschte, diese Männer könnten seine bedächtige Stimme hören, während er Schritt um Schritt sein schreckliches Projekt in eine Reihe klar umrissener Probleme zerlegte und für jedes eine Lösung angab.

Sie holte tief Luft und begann über die technischen Probleme zu sprechen, die der Plan mit sich brachte, 80000 Menschen, darunter den neuen Präsidenten der Vereinigten Staaten, auf einen Schlag zu töten, während die ganze Nation am Fernsehschirm zusah.

»Die Schwierigkeit ist das Gewicht«, sagte Dahlia. »Wir müssen uns auf 600 Kilo *plastique* beschränken. Gebt mir eine Zigarette, bitte, und einen Kugelschreiber und Papier.«

Über den Schreibtisch gebeugt, zeichnete sie eine flache Kurve, die dem Querschnitt einer Schale glich. Innerhalb dieser Kurve und ein wenig darüber zeichnete sie eine zweite, kleinere Kurve mit dem gleichen Parameter.

»Das ist das Ziel«, sagte sie und deutete auf die größere Kurve. Dann glitt die Spitze des Kugelschreibers zu der kleineren Kurve. »Das Prinzip der Hohlladung ist –«

»Ja, ja«, fauchte Fasil ungeduldig. »Wie eine große Claymore-Mine. Sehr einfach. Und die Dichte der Zuschauer?«

»Sie sitzen Schulter an Schulter, und sie sind in diesem Winkel von der Hüfte aufwärts völlig exponiert. Ich muß wissen, ob das *plastique* –«

»Genosse Nadscheer wird dir sagen, was du wissen mußt«, erklärte Fasil in arrogantem Ton.

Dahlia fuhr ungerührt fort. »Ich muß wissen, ob der Sprengstoff, den Genosse Nadscheer mir vielleicht zu geben beabsichtigt, in Hülsen abgepacktes *plastique* mit Stahlkugeln ist, wie es eine Claymore enthält. Die Gewichtsangabe bezieht sich ausschließlich auf das *plastique*. Die Hülsen und diese Art Schrapnell wären unbrauchbar.«

»Warum?«

»Wegen des Gewichts natürlich.« Sie hatte Fasils Fragen satt.

»Und wenn du kein Schrapnell hast? Was dann, Genossin? Falls du auf die Druckwirkung zählst, gestatte mir, dich davon in Kenntnis zu setzen, daß –«

»Gestatte mir, *dich* in Kenntnis zu setzen, Genosse. Ich brauche deine Hilfe, und ich lege Wert darauf. Ich behaupte nicht, daß ich deine Sachkenntnis besitze. Aber du und ich, wir stehen doch nicht in einem Wettstreit. Für Eifersüchteleien ist kein Platz in der Revolution.«

»Sag ihr, was sie wissen will«, sagte Nadscheer in scharfem Ton.

Sofort sagte Fasil: »Das *plastique* ist nicht mit Schrapnell abgepackt. Was willst du verwenden?«

»Das Äußere der Hohlladung wird mit mehreren Schichten von Luftgewehrbolzen bedeckt sein. Der Amerikaner meint, daß sie über 150 Grad vertikal durch einen horizontalen Bogen von 260 Grad streuen werden. Jedenfalls läuft es auf einen Durchschnitt von 3,5 Projektilen pro Person in der Vernichtungszone hinaus.«

Fasils Augen weiteten sich. Er hatte gesehen, wie eine amerikanische Claymore-Mine, nicht größer als ein Schulbuch, einen blutigen Pfad durch eine Kolonne vormarschierender Truppen sprengte und das Gras ringsherum in Schwaden niedermähte. Was Dahlia da schilderte, würde wie die gleichzeitige Explosion von tausend Claymore-Minen sein.

»Und die Zündung?«

»Eine Sprengkapsel. Sie wird elektrisch gezündet, über ein Zwölf-Volt-Netz, das sich bereits in dem in Frage kommenden Fahrzeug befindet. Es gibt ein identisches Reservenetz mit gesonderter Batterie. Außerdem eine Zündschnur.«

»Das ist alles«, sagte der Techniker. »Keine weiteren Fragen.«

Dahlia sah ihn an. Er lächelte – ob vor Befriedigung oder aus Angst vor Hafez Nadscheer konnte sie nicht sagen. Sie fragte sich, ob Fasil wohl wußte, daß die größere Kurve das Tulane-Stadion darstellte, wo am 12. Januar die ersten 21 Minuten des Super Bowl-Spiels gespielt werden würden.

Dahlia wartete eine Stunde in einem Raum am Ende des Flurs. Als sie wieder in Nadscheers Büro gerufen wurde, war der Führer des ›Schwarzen September‹ allein. Jetzt würde sie es erfahren.

In dem Zimmer war es dunkel, bis auf den Bereich, der von der brennenden Leselampe beleuchtet wurde. Nadscheer, der sich an die Wand zurückgelehnt hatte, sah in dem Dämmerlicht aus, als trüge er eine Kapuze. Nur seine Hände befanden sich in dem Lichtkreis: sie spielten mit einem schwarzen Kommandomesser. Als er sprach, klang seine Stimme sehr sanft.

»Tu es, Dahlia. Töte so viele, wie du kannst.«

Unvermittelt beugte er sich vor ins Licht und lächelte gleichsam erleichtert. Seine Zähne schimmerten hell in dem dunklen Gesicht. Und er wirkte fast vergnügt, als er jetzt die Tasche des Technikers öffnete und eine kleine Statue herausnahm. Es war eine Madonna, eine jener Figuren, wie man sie oft in den Schaufenstern der Devotionalienläden sieht, grell und unsorgfältig bemalt. »Sieh dir das mal an«, sagte er.

Dahlia drehte die Figur in den Händen. Sie wog etwa ein halbes Kilo und fühlte sich nicht wie Gips an. Eine leichte, seitlich ringsherum verlaufende Kante deutete darauf hin, daß sie wahrscheinlich in einer Form gepreßt und nicht gegossen worden war. Auf der Unterseite stand: *Made in Taiwan.*

»*Plastique*«, sagte Nadscheer. »Ähnlich dem amerikanischen C-4, aber weiter östlich hergestellt. Es hat gewisse Vorteile gegenüber dem C-4. Einmal ist es stärker, was nur in geringem Maße auf Kosten der relativen Unempfindlichkeit geht, und zum andern läßt es sich sehr gut formen, wenn man es auf über 50 Grad Celsius erhitzt.

Zwölfhundert von diesen Figuren treffen morgen in zwei Wochen an Bord des Frachters *Leticia* in New York ein. Auf dem Frachtbrief steht, daß sie von Taiwan aus verschifft worden sind. Der Importeur, Muzi, wird sie im Hafen abholen. Danach sorgst du dafür, daß er schweigt.«

Nadscheer stand auf und reckte sich. »Du hast deine Sache gut gemacht, Genossin Dahlia, und du hast eine weite Reise hinter dir. Jetzt wirst du mit mir ausruhen.«

Nadscheer hatte ein spärlich möbliertes Apartment in einem der oberen Stockwerke des Hauses Nr. 18 in der Rue Verdun. Muhammad Fasil und Abu Ali wohnten in ähnlichen Quartieren in anderen Stockwerken des Gebäudes.

Dahlia saß auf dem Rand von Nadscheers Bett, ein kleines Tonbandgerät auf den Knien. Er hatte sie aufgefordert, einen Text auf Band zu sprechen, der nach dem Anschlag über Radio Beirut ausgestrahlt werden sollte. Sie war nackt, und Nadscheer, der sie von der Couch aus beobachtete, sah, daß sie sichtlich erregt wurde, als sie in das Mikrofon sprach.

»Bürger Amerikas«, sagte sie, »heute haben palästinensische Freiheitskämpfer im Herzen eures Landes zugeschlagen. Dieser Schrecken wurde von den Handlangern des Todes in eurem eigenen Lande, die den israelischen Schlächtern die Waffen liefern, auf euch herabbeschworen. Eure Politiker waren taub gegen die Schreie der Entwurzelten. Eure Politiker haben die von den Juden angerichteten Verheerungen in Palästina ignoriert und haben ihrerseits Verbrechen in Südostasien begangen. Waffen, Kampfflugzeuge und Milliarden von Dollar sind aus eurem Land in die Hände von Kriegstreibern gelangt, während Millionen eurer eigenen Landsleute Hunger leiden. Das Volk wird sich nicht abweisen lassen.

Hört, Bürger Amerikas! Wir wollen eure Brüder sein. Es ist an euch, den Abschaum zu beseitigen, der euch regiert. Von jetzt an wird für jeden Araber, der durch die Hand eines Israeli stirbt, ein Amerikaner durch die Hände von Arabern sterben. Jede von jüdischen Gangstern zerstörte muselmanische oder christliche Kultstätte wird mit der Zerstörung eines Besitztums in Amerika gerächt werden.«

Dahlias Gesicht hatte sich gerötet, und ihre Brustwarzen waren steif geworden. Sie fuhr fort: »Wir hoffen, daß diese Grausamkeit nicht andauern wird. Die Entscheidung liegt bei euch. Möge nie wieder ein Jahr mit Blutvergießen und Leid beginnen. Salam Alaikum.«

Nadscheer stand vor ihr, und sie streckte die Arme nach ihm aus, als sein Bademantel zu Boden fiel.

Dreieinhalb Kilometer von dem Raum entfernt, wo Dahlia und Nadscheer eng umschlungen auf dem zerwühlten Bett lagen, durchschnitt ein kleines israelisches Schnellboot fast lautlos die Wellen des Mittelmeers.

Etwa tausend Meter südlich der Grotte aux Pigeons drehte das Boot bei, und ein Schlauchboot wurde über die Bordwand zu Wasser gelassen. Zwölf bewaffnete Männer kletterten hinein. Sie trugen von Russen, Arabern und Franzosen geschneiderte Straßenanzüge und Schlipse. Alle hatten Schuhe mit Kreppsohlen an, und keiner hatte irgendeinen Ausweis bei sich. Ihre Gesichter wirkten angespannt. Es war nicht ihr erster Besuch im Libanon.

Das Wasser war rauchgrau unter dem Viertelmond und wurde von einer warmen Landbrise gekräuselt. Acht der Männer paddelten. Sie paddelten mit weit ausholenden

Ruderschlägen, um die vierhundert Meter bis zum Sandstrand unterhalb der Rue Verdun möglichst schnell zurückzulegen. Es war 4 Uhr 11, 23 Minuten vor Sonnenaufgang und 17 Minuten, ehe der erste blaue Tagesschimmer sich über die Stadt breiten würde. Leise zogen sie das Schlauchboot an Land, bedeckten es mit einem sandfarbenen Segeltuch und gingen rasch den Strand hinauf zur Rue Ramlet el-Baida, wo sie von vier Männern und vier Wagen erwartet wurden, die sich wie Silhouetten gegen das rötliche Licht abhoben, das von den weiter nördlich gelegenen Touristenhotels herüberdrang.

Sie waren nur noch wenige Meter von den Wagen entfernt, als ein braun-weißer Landrover etwa dreißig Meter weiter oben in der Rue Ramlet plötzlich scharf bremste. Seine Scheinwerfer waren genau auf die kleine Wagenkolonne gerichtet. Zwei Männer in hellbraunen Uniformen sprangen, die Maschinenpistolen im Anschlag, aus dem Polizeiwagen.

»Stehenbleiben! Ihre Ausweise, bitte!«

Ein leises dumpfes Knattern, und Staub flog auf von den Uniformen der libanesischen Polizisten, als sie, von den Neun-Millimeter-Geschossen aus den mit Schalldämpfern versehenen Parabellum-Pistolen der Angreifer getroffen, auf der Straße zusammenbrachen.

Ein dritter Polizist, der am Steuer des Landrovers saß, versuchte zu entkommen. Eine Kugel zerschmetterte die Windschutzscheibe und seine Stirn. Der Wagen prallte gegen eine Palme am Straßenrand, und der Polizist wurde nach vorn auf die Hupe geschleudert. Zwei Männer liefen zu dem Landrover hinüber und zerrten den toten Mann von der Hupe. Aber in einigen der zum Strand hin gelegenen Wohnungen gingen bereits Lichter an.

Ein Fenster wurde geöffnet, und eine zornige Stimme rief auf arabisch: »Was soll dieser höllische Spektakel? Ruft denn niemand die Polizei?«

Der Leiter des Kommandos, der neben dem Landrover stand, rief mit heiserer, lallender Stimme auf arabisch zurück: »Wo bleibt Fatima? Wir fahren los, wenn sie nicht gleich runterkommt.«

»Ihr versoffenen Schweinehunde, macht daß ihr hier wegkommt, sonst rufe ich selbst die Polizei!«

»Salam Alaikum, Nachbar. Ich gehe schon«, erwiderte die lallende Stimme von der Straße. Das Licht in der Wohnung erlosch.

Knapp zwei Minuten später schlossen sich die Wellen über dem Landrover und den drei Leichen, die er enthielt.

Zwei der Wagen fuhren auf der Rue Ramlet in Richtung Süden, während die beiden anderen in die Corniche Ras Beyrouth einbogen und nach zwei Straßenzügen wieder nordwärts abbogen, in die Rue Verdun...

Das Haus Nr. 18 in der Rue Verdun wurde Tag und Nacht bewacht. Ein Posten war in der Eingangshalle stationiert, und ein anderer, mit einem Maschinengewehr bewaffnet, beobachtete das Gebäude vom Dach des gegenüberliegenden Hauses aus. Jetzt lag der Posten auf dem Dach in seltsamer Haltung hinter seinem Gewehr, und sein Hals glänzte feucht im Mondlicht. Der für die Eingangshalle zuständige Posten lag draußen vor der Tür. Er war hinausgegangen, um nach einem Betrunkenen zu forschen, der mit lauter Stimme ein Wiegenlied gesungen hatte.

Nadscheer war eingeschlafen. Dahlia hatte sich sanft von ihm gelöst und war ins Badezimmer gegangen. Sie stand lange unter der Dusche und genoß den prickelnden Sprühregen. Nadscheer war kein übermäßig begabter Liebhaber gewesen. Sie mußte lächeln, während sie sich einseifte. Sie dachte an den Amerikaner. Und sie hörte nicht die Schritte draußen im Flur.

Nadscheer sprang halb von seinem Bett auf, als die Tür zu seinem Apartment krachend aufflog und eine Taschenlampe ihn blendete.

»Genosse Nadscheer!« sagte der Mann eindringlich.

»Aiwa.«

Die Maschinenpistole flackerte, und Blut schoß aus Nadscheer hervor, während die Kugeln ihn zurück gegen die Wand schleuderten. Der Mörder fegte alles, was auf Nadscheers Schreibtisch lag, in eine große Tasche. In diesem Augenblick wurde das Zimmer von einer Explosion in einem anderen Teil des Gebäudes erschüttert.

Das nackte Mädchen in der Badezimmertür stand wie gelähmt vor Schreck da. Der Mörder richtete seine Maschinenpistole auf ihre nasse Brust. Sein Zeigefinger krümmte sich am Abzug. Es war eine schöne Brust. Die Mündung der Maschinenpistole schwankte.

»Zieh dir was an, du arabische Nutte«, sagte er und ging rückwärts aus dem Zimmer.

Die Explosion zwei Stockwerke tiefer hatte die Wand aus Abu Alis Apartment herausgerissen und hatte Ali und seine Frau sofort getötet. Als die Angreifer sich hustend und halb erstickt vom Staub auf den Weg zur Treppe machten, kam ein schmaler Mann im Pyjama aus dem Apartment am Ende des Flurs und versuchte eine Maschinenpistole zu spannen. Ehe er den ersten Feuerstoß abgeben konnte, durchbohrte ihn ein Kugelhagel und jagte Fetzen von seinem Pyjama in sein Fleisch und quer durch den Flur.

Die Israelis rannten auf die Straße hinaus, und gleich darauf rasten ihre Wagen dröhnend südwärts, in Richtung des Meeres. In diesem Augenblick ertönten die ersten Polizeisirenen.

Dahlia stand wenige Sekunden nach dem Überfall auf der Straße. Sie hatte Nadscheers Bademantel an und hielt ihre Handtasche umklammert. Während sie sich unter die Menge mischte, die aus den umliegenden Häusern geströmt war, versuchte sie verzweifelt nachzudenken. Plötzlich packte eine kräftige Hand ihren Arm. Es war Muhammad Fasil. Eine Kugel hatte einen blutigen Streifen quer über seine Wange geschnitten. Er wickelte seinen Schlips um die linke Hand und hielt ihn an die Wunde.

»Nadscheer?« fragte er.

»Tot.«

»Ali auch, glaube ich. Sein Fenster ist herausgeflogen. Gerade als ich um die Ecke bog. Ich habe vom Wagen aus auf sie geschossen, aber... Hör mir jetzt gut zu. Nadscheer hat den Befehl gegeben. Dein Auftrag muß durchgeführt werden. Der Sprengstoff kommt trotz der Sache hier. Er wird zu dem vereinbarten Termin eintreffen. Ebenso Maschinenwaffen – deine Schmeisser und eine AK-47, beide gesondert mit Fahrradteilen verpackt.«

Dahlia sah ihn an. Ihre Augen waren gerötet vom Rauch. »Das sollen sie büßen!« sagte sie. »Sie werden es teuer bezahlen müssen – zehntausend zu eins!«

Fasil brachte sie zu einem sicheren Haus im Sabra-Viertel, wo sie sich den Tag über aufhalten konnte. Nach Einbruch der Dunkelheit fuhr er sie in seinem klapprigen Citroën zum Flugplatz. Das geliehene Kleid, das sie trug, war ihr zwei Nummern zu groß, aber sie war viel zu erschöpft, um sich deswegen Gedanken zu machen.

Um 22 Uhr flog die Boeing 707 der PanAm dröhnend in Richtung des Meeres hinaus, und noch ehe die letzten Lichter der Küste unter der Steuerbordtragfläche verschwanden, sank Dahlia Iyad in tiefen Schlaf.

2

In diesem Augenblick tat Michael Lander das einzige, was er wirklich mit Freuden tat. Er flog den Aldrich-Blimp, ein mit Helium gefülltes, unstarres Luftschiff. Zur Zeit schwebte er in einer Höhe von 240 Meter über dem Orange Bowl in Miami und bot dem Fernseh-Kamerateam hinter ihm in der Gondel einen ruhigen Standort. Unten, in dem zum Bersten vollen Stadion, spielten die Miami Dolphins, die Weltmeister, gegen die Pittsburgh Steelers.

Das Gebrüll der Menge übertöne beinahe das knisternde und knatternde Radio über Landers Kopf. Wenn er sich an heißen Tagen über einem Stadion befand, hatte er das Gefühl, den Geruch der Menge wahrzunehmen. Das Luftschiff schien dann in einem starken, aufsteigenden Strom von wildem Geschrei und dumpfer Körperwärme zu hängen. Lander empfand diesen Strom als schmutzig. Er zog die Flüge zwischen den Städten vor. Dann war das Luftschiff sauber und ruhig.

Nur hin und wieder blickte Lander auf das Spielfeld hinunter. Er beobachtete den Rand des Stadions und die Visierlinie, die er zwischen der Spitze eines Fahnenmastes und dem Horizont gezogen hatte, um genau die Flughöhe von 240 Meter zu halten.

Lander war ein außergewöhnlich guter Pilot in einem schwierigen Bereich der Fliegerei: Es ist nicht leicht, ein Luftschiff zu fliegen. Sein fast neutraler Auftrieb und seine riesige Oberfläche liefern es, sofern es nicht geschickt gesteuert wird, wehrlos dem Wind aus. Lander hatte den Instinkt eines Seemanns für den Wind, und er besaß die Gabe, die nur die besten Luftschiffpiloten haben: kluge Voraussicht. Die Bewegungen eines Luftschiffs sind zyklisch, und Lander war immer zwei Züge voraus. Er hielt den großen grauen Wal in den Wind, so wie ein Fisch stromaufwärtsgerichtet im Wasser liegt, grub den Bug leicht in die Böen und hob ihn bei jeder kurzen Windstille, so daß immer das hintere Ende zur Hälfte im Windschatten lag. Wenn das Spiel auf dem Feld unterbrochen wurde, blickten viele der Zuschauer zu dem Luftschiff hinauf, und manche winkten auch. Das massige lange Gebilde, das da über ihnen in der klaren Luft hing, faszinierte sie.

Lander hatte gleichsam einen Autopiloten in seinem Kopf. Und während dieser die ständigen kleinen Korrekturen befahl, die das Luftschiff ruhig hielten, dachte Lander an Dahlia. An die Stelle mit den feinen Härchen in ihrem Kreuz, und wie es sich anfühlte, wenn er mit der Hand darüberstrich. An ihre scharfen Zähne. An den Geschmack nach Honig und Salz.

Er sah auf seine Uhr. Dahlia müßte vor einer Stunde in Beirut abgeflogen sein. Sie war auf dem Rückflug.

Lander konnte voller Zufriedenheit an zwei Dinge denken: an Dahlia und ans Fliegen.

Seine mit Narben bedeckte linke Hand schob sanft den Gashebel und den Hebel für die Schraubensteigung nach vorn, und er rollte das große Höhensteuerrad neben seinem Sitz zurück. Das Luftschiff gewann rasch an Höhe. Lander sprach ins Mikrofon:

»Nora Eins Zero, verlasse das Stadion für einen Rundflug in 360 Meter Höhe.«

»Roger, Nora Eins Zero«, erwiderte die Stimme vom Kontrollturm von Miami fröhlich.

Die Männer von der Flugsicherung und die Funker in den Kontrolltürmen sprachen gern mit dem Luftschiff, und viele hatten einen Scherz bereit, wenn sie wußten, daß es kam. Der Blimp erweckte bei den Leuten ähnlich freundliche Gefühle wie ein kleiner Panda. Für Millionen von Amerikanern, die den Blimp bei sportlichen Veranstaltungen oder bei Ausstellungen sahen, war er der große, liebenswerte, langsam am Himmel dahinziehende Freund. Die Leute nannten ihn im Scherz fast immer ›der Elefant‹, oder ›die dicke Zigarre‹ oder ›der Wal‹. Kein Mensch sagte jemals ›die Bombe‹.

Schließlich war das Spiel zu Ende, und der 70 Meter lange Schatten des Luftschiffs glitt schnell über die kilometerlange Wagenschlange hinweg, die sich von dem Stadion davonwälzte. Der Kameramann und sein Assistent hatten ihre Geräte verpackt und aßen belegte Brote. Lander hatte schon oft mit ihnen zusammengearbeitet.

Die sinkende Sonne legte ein rotgoldenes Feuerband über die Biscayne Bay, während das Luftschiff über dem Wasser dahinschwebte. Dann wandte sich Lander nach Norden und flog etwa fünfzig Meter vor der Küste von Miami Beach entlang. Die beiden Fernsehleute und der Bordmechaniker richteten ihre Feldstecher auf die Mädchen in ihren Bikinis. Einige der Badenden winkten.

»He, Mike, stellt Aldrich eigentlich auch Pariser her?« schrie Pearson, der Kameramann, mit vollem Mund.

»Ja«, sagte Lander über die Schulter hinweg. »Pariser, Reifen, Enteiser für Flugzeuge, Wischgummis für Scheibenwischer, Badewannenspielzeug, Luftballons und Leichensäcke.«

»Kriegst du bei deinem Job die Pariser umsonst?«

»Na klar. Ich hab jetzt auch einen an.«

»Und wie sieht ein Leichensack aus?«

»Wie ein großer Pariser. Ein und dieselbe Größe paßt für alle«, sagte Lander. »Sie sind innen dunkel. Onkel Sam benutzt sie als Pariser. Wenn du welche siehst, weißt du, daß er mal wieder Dummheiten gemacht hat.« Um Pearson würde es ihm nicht leid tun, wenn er auf den Knopf drückte. Um keinen von ihnen würde es ihm leid tun.

Der Blimp flog im Winter nur selten. Sein Winterquartier befand sich bei Miami, und der große Hangar ließ alle übrigen Gebäude am Rande des Flugplatzes klein wie Streichholzschachteln erscheinen. In jedem Frühjahr flog er mit einer Geschwindigkeit von 35 bis 60 Knoten, je nach Windstärke, nordwärts zu den großen landwirtschaftlichen Ausstellungen und den Baseballspielen. Die Aldrich Company stellte Lander im Winter ein Apartment in der Nähe des Flugplatzes von Miami zur Verfügung, aber an diesem Tag nahm er, sobald das große Luftschiff festgemacht worden war, eine Maschine der National Airways nach Newark und fuhr von dort zu seinem Haus in der Nähe der nördlichen Flugbasis des Luftschiffs in Lakehurst, New Jersey.

Seine Frau hatte ihm, als sie ihm davongelaufen war, das Haus überlassen. An diesem Abend brannten noch lange die Lichter in der Garage, die ihm als Werkstatt diente. Lander wartet auf Dahlia und arbeitete unterdessen. Er rührte auf seiner Werkbank Epoxydharz in einem Kanister um. Der strenge Harzgeruch erfüllte die Garage. Auf dem Boden hinter ihm lag ein seltsamer, fünfeinhalb Meter langer Gegenstand. Es war eine Kernform. Lander hatte sie aus dem Rumpf eines kleinen Segelboots gebastelt. Er hatte den Rumpf umgedreht und ihn am Kiel entlang gespalten. Die beiden Hälften lagen in einem Abstand von

45 Zentimeter nebeneinander und waren durch einen breiten, gemeinsamen Bug verbunden. Von oben betrachtet sah das Gebilde wie ein großes, stromlinienförmiges Hufeisen aus. Das Anfertigen der Form hatte wochenlang seine Freizeit in Anspruch genommen. Jetzt war sie mit einer glänzenden Fettschicht bedeckt und bereit.

Leise pfeifend beschichtete Lander die Form abwechselnd mit Glasfaser und Harz und spänte sorgfältig die Kanten ab. Wenn die Hülle aus glasfaserverstärktem Kunstharz getrocknet war, und er sie von der Form ablöste, würde er ein leichtes, schnittiges, gondelförmiges Gehäuse haben, das genau unter die Gondel des Luftschiffs paßte. Die Öffnung in der Mitte bot Platz für das Fahrgestell mit dem einzigen Laufrad und die Transponderantenne. Der Rahmen, der, von der kleinen Kunstharzhülle umschlossen, die Ladung tragen würde, hing an einem Nagel an der Wand der Garage. Er war sehr leicht und sehr stabil. Er bestand aus zwei Längsträgern aus Chrom-Molybdan-Rohren Reynolds 5130 und Querrippen aus dem gleichen Material.

Lander hatte im Verlauf seiner Ehe die Doppelgarage in eine Werkstatt umgewandelt, und in den Jahren, ehe er nach Vietnam ging, hatte er hier einen großen Teil seiner Möbel angefertigt. Die Dinge, die seine Frau nicht hatte mitnehmen wollen, waren noch immer über den Deckenbalken gespeichert: ein hochbeiniger Kinderstuhl, ein zusammenklappbarer Campingtisch, Gartenmöbel aus Korbgeflecht. Das Neonlicht war grell, und Lander trug eine Baseballmütze, während er, leise pfeifend, an der Form arbeitete.

Einmal hielt er inne und dachte nach, dachte lange nach. Dann fuhr er fort, die Oberfläche zu glätten, und hob beim Gehen jedesmal sorgsam die Füße, damit er die Zeitungen, die er auf dem Boden ausgebreitet hatte, nicht zerriß.

Kurz nach vier Uhr früh klingelte das Telefon. Lander nahm den Hörer des Nebenanschlusses in der Garage ab.

»Michael?«

Ihr britischer Tonfall überraschte ihn immer wieder. Er stellte sich vor, wie ihr dunkles Haar über den Hörer fiel.

»Wer sonst?«

»Großmutter geht es gut. Ich bin am Flughafen und komme bald. Aber bleib nicht auf. Geh schlafen.«

»Was –«

»Michael, ich kann es kaum erwarten, dich wiederzusehen.« Dann ein Klicken. Sie hatte aufgelegt.

Es war schon kurz vor Sonnenaufgang, als Dahlia in die Zufahrt zu Landers Haus einbog. Die Fenster waren dunkel. Sie war beunruhigt, aber nicht so sehr wie bei ihrer ersten Begegnung – damals hatte sie das Gefühl gehabt, sie sei mit einer Schlange im Zimmer. Sie sah die Schlange nicht, aber sie hatte gespürt, daß sie da war. Seit sie mit ihm zusammen lebte, vermochte sie das Unheilvolle in Michael Lander von seiner übrigen Person zu trennen. Wenn sie jetzt bei ihm war, hatte sie das Gefühl, sie seien beide mit der Schlange im gleichen Zimmer, und sie konnte auch sagen, wo sie war und ob sie schlief.

Als sie ins Haus trat, machte sie mehr Lärm als nötig, und während sie die Treppe hinaufging, sang sie leise seinen Namen in die Stille hinein. Sie wollte ihn nicht erschrecken. Im Schlafzimmer war es stockdunkel.

Von der Tür aus sah sie die Glut seiner Zigarette – ein winziges rotes Auge.

»Hallo«, sagte sie.

»Komm her.«

Sie ging durch die Dunkelheit auf den roten Punkt zu. Ihr Fuß stieß leicht gegen die Schrotflinte, die unangetastet neben seinem Bett auf dem Boden lag. Es war alles in Ordnung. Die Schlange schlief.

Lander träumte von den großen Walen, und er sträubte sich, aus dem Schlaf emporzutauchen. In seinem Traum glitt der große Schatten des Navy-Luftschiffs über das weite Eis unter ihm. Immer weiter flog er durch den endlosen Tag. Es war 1956, und er überquerte den Nordpol.

Die Wale wärmten sich in der arktischen Sonne. Sie sahen das Luftschiff erst, wenn es schon beinahe über ihnen war. Dann tauchten sie weg. Ihre Schwanzflossen hoben sich in einer Gischtfontäne, und sie glitten unter ein blaues Eisgesims in der arktischen See. Wenn Lander aus seiner Gondel hinunterblickte, konnte er die Wale unter dem Eis im Wasser schweben sehen. An einem kühlen blauen Ort, wo es keinen Lärm gab.

Dann war er über dem Pol, und der Magnetkompaß spielte verrückt, und die Sonnenaktivität störte den Empfang des Drehfunkfeuers. So mußte er sich, mit Fletcher am Höhensteuer, nach der Sonne orientieren, während die Flagge an ihrem beschwerten Speer auf das Eis hinunterflatterte.

»Der Kompaß«, sagte er, als er im Schlafzimmer seines Hauses aufwachte. »Der Kompaß!«

»Der Richtstrahl von Spitzbergen, Michael«, sagte Dahlia und legte die Hand auf seine Wange. »Ich bringe dir dein Frühstück.«

Sie kannte den Traum. Sie hoffte, er werde oft von den Walen träumen. Dann war er ruhiger.

Lander hatte einen schweren Tag vor sich, und sie konnte ihn nicht begleiten. Sie öffnete die Vorhänge und ließ das Sonnenlicht herein.

»Ich wünschte, du brauchtest da nicht hinzugehen.«

»Ich sage dir doch«, antwortete Lander, »wenn du eine Pilotenlizenz hast, wirst du scharf überwacht. Wenn ich nicht erscheine, schicken sie einen Sachbearbeiter von der Fürsorgestelle für Kriegsteilnehmer mit einem Fragebogen hier heraus. Er hat ein Formular. Und darauf steht ungefähr folgendes: ›A. Charakterisieren Sie den Zustand der häuslichen Umgebung. B. Macht der Betreffende einen niedergeschlagenen Eindruck?‹ In diesem Stil. Und das geht dann ewig so weiter.«

»Du wirst damit schon fertig.«

»Ein Anruf bei der Federal Aviation Agency, eine kleine, idiotische Andeutung, daß ich vielleicht etwas labil bin, und schon ist es passiert. Dann kriege ich Startverbot. Und was ist, wenn so ein Sachbearbeiter einen Blick in die Garage wirft?« Er trank seinen Orangensaft. »Außerdem möchte ich die Beamten noch einmal sehen.«

Dahlia stand am Fenster. Die Sonne schien warm auf ihre Wange und auf ihren Hals. »Wie fülst du dich?«

»Du meinst, ob ich heute verrückt bin? Nein, wenn du es genau wissen willst, ich bin es nicht.«

»Das habe ich nicht gemeint.«

»Quatsch, natürlich hast du das gemeint. Aber es ist doch ganz einfach: Ich gehe mit einem von ihnen in ein kleines Büro, und wir machen die Tür hinter uns zu, und dann erzählt er mir, was die Regierung alles für mich tun will.«

Sie hatte das Gefühl, daß irgend etwas hinter seinen Augen lauerte.

»Also gut, bist du heute verrückt? Wirst du alles verderben? Wirst du einen Beamten von der Kriegsteilnehmerfürsorge an der Gurgel packen und ihn umbringen? Dann kannst du in einer Zelle sitzen und masturbieren und singen: ›Gott segne Amerika und Nixon.‹«

Das waren gleich zwei Spitzen auf einmal. Sie hatte sie zuvor getrennt ausprobiert, und jetzt beobachtete sie ihn, um zu sehen, wie sie zusammen wirkten.

Lander hatte ein lebhaftes Erinnerungsvermögen. Wenn er sich im Wachzustand erinnerte, zuckte er oft zusammen. Und wenn er sie in seinen Träumen wieder erlebte, schrie er manchmal im Schlaf.

Masturbation: der nordvietnamesische Gefangenenwärter, der ihn in seiner Zelle dabei ertappt hatte und ihn zwang, es vor den anderen zu tun.

»Gott segne Amerika und Nixon«: das mit der Hand gemalte Schild, das der Air Force-Offizier, als sie aus nordvietnamesischer Gefangenschaft heimkehrten, bei ihrer Ankunft auf dem Luftstützpunkt Clark auf den Philippinen an das Fenster der C-141 hielt. Die Sonne schien durch das Papier, und Lander, der auf der anderen Seite des Ganges saß, hatte die Aufschrift rückwärts gelesen.

Sein Blick war verschleiert, als er Dahlia ansah. Sein Mund öffnete sich leicht, und seine Züge wirkten plötzlich schlaff und müde. Dies war der gefährliche Augenblick. Die Sekunden dehnten sich, wurden zu einer Ewigkeit. Unterdessen tanzten die Staubkörnchen in der Sonne, umtanzten Dahlia und sanken auf die kurze, häßliche Schrotflinte neben dem Bett herab.

»Du brauchst sie nicht einzeln zu erledigen, Michael«, sagte sie leise. »Und du brauchst das andere nicht selbst zu tun. Ich möchte es für dich tun. Ich tue es von Herzen gern.«

Sie sagte die Wahrheit. Lander kannte sie gut genug, um das zu wissen. Sein Blick wurde wieder klar, und wenig später hörte er sein Herz nicht mehr pochen.

Fensterlose Gänge, abgestandene Luft. Lander ging durch die langen Flure des Amtsgebäudes, wo die Bohnermaschine zwischen den Wänden hin und her geglitten war und glänzende Bögen hinterlassen hatte. Wachtposten in blauen Uniformen kontrollierten die Aktentaschen der Besucher. Lander hatte keine Tasche bei sich.

Das Mädchen am Empfangstisch las in einem Roman mit dem Titel *Die heiratslustige Krankenschwester*.

»Mein Name ist Michael Lander.«

»Haben Sie sich eine Nummer genommen?« fragte das Mädchen.

»Nein.«

»Nehmen Sie sich eine Nummer.«

Er nahm eine numerierte Marke von einem Tablett neben dem Schreibtisch.

»Welche Nummer haben Sie?«

»Sechsunddreißig.«

»Wie ist Ihr Name?«

»Michael Lander.«

»Arbeitsunfähigkeit durch Kriegsverletzung?«

»Nein. Ich sollte mich heute melden.« Er gab ihr den Brief von der Fürsorgeverwaltung für Kriegsteilnehmer.

»Nehmen Sie bitte Platz.« Sie beugte sich über das Mikrofon, das neben ihr stand. »Nummer siebzehn.«

Nummer siebzehn, ein verwahrlost aussehender junger Mann in einer Kunstlederjacke, fegte an Lander vorbei und verschwand in dem Gewirr von Gängen hinter dem Empfang.

Etwa die Hälfte der fünfzig Plätze in dem Warteraum waren besetzt. Die meisten der Männer waren noch sehr jung, ehemalige Ranger, die in Zivil ebenso schlampig wirkten wie sie in ihren Uniformen ausgesehen hatten. Lander konnte sie sich vorstellen, wie sie in ihren zerknitterten grünen Jacken in einem Busbahnhof an den Spielautomaten herumlungerten.

Lander gegenüber saß ein Mann mit einer glänzenden Narbe über der Schläfe. Er hatte versucht, sich die Haare darüberzukämmen. Alle zwei Minuten zog er ein Taschentuch heraus und putzte sich die Nase. Er hatte in jeder Tasche ein Taschentuch.

Der Mann neben Lander saß still da, die Hände auf den Knien. Nur seine Augen bewegten sich. Sie ruhten keine Sekunde und folgten jedem, der durch den Warteraum ging. Oft drehte er angestrengt die Augen nach rechts oder links, aber nie wandte er den Kopf.

In einem kleinen Büro, das sich in dem Labyrinth hinter dem Empfang befand, saß Harold Pugh an seinem Schreibtisch und wartete auf Lander. Pugh, ein aufstrebender Verwaltungsbeamter, betrachtete den ihm zugewiesenen Posten in der Sonderabteilung für ehemalige Kriegsgefangene als ›eine ehrende Auszeichnung‹.

Seine neue Stellung zwang ihn zur Lektüre beträchtlicher Mengen von Druckschriften. Darunter befand sich eine Abhandlung, die der psychiatrische Berater des Generalarztes der Air Force verfaßt hatte. Darin hieß es: »Es ist ausgeschlossen, daß ein Mann, der in hohem Maße Mißhandlungen, Isolation und Entbehrungen ausgesetzt gewesen ist, nicht eine Depression entwickelt, die einem außerordentlich starken, über lange Zeit hin unterdrückten

Zorn entspringt. Es ist lediglich die Frage, wann und wie die depressive Reaktion an die Oberfläche dringen und sich manifestieren wird.«

Pugh hatte sich vorgenommen, alle diese Schriften, sobald er Zeit dazu fand, gründlich zu studieren. Jetzt lag ein eindrucksvolles militärisches Zeugnis vor ihm auf dem Tisch. Während er auf Lander wartete, überflog er es noch einmal.

Lander, Michael J. 0214278603. Korea 1951. Offiziersanwärterschule der Navy. Sehr gute Noten. 1954 Ausbildung als Speziaist für Gasluftfahrzeuge in Lakehurst, New Jersey. Außergewöhnliche Beurteilungen. Auszeichnung für Forschungsarbeiten auf dem Gebiet der Vereisung von Luftfahrzeugen. 1956 Polarexpedition der Navy. Wechselte zur Verwaltung über, als die Navy 1964 ihr Blimp-Programm einstellte. Meldete sich 1964 freiwillig als Hubschrauberpilot. Vietnam. Zwei Dienstzeiten. Am 10. Februar 1967 bei Dong Hoi abgeschossen. Sechs Jahre Kriegsgefangenschaft.

Pugh fand es merkwürdig, daß ein so bewährter Offizier den Dienst quittiert hatte. Irgend etwas stimmte da nicht ganz. Pugh erinnerte sich an die Hearings, bei denen die Kriegsgefangenen nach ihrer Heimkehr unter Ausschluß der Öffentlichkeit vernommen worden waren. Vielleicht war es besser, Lander nicht zu fragen, weshalb er seine Entlassung vom Militär beantragt hatte.

Er sah auf seine Uhr. 15 Uhr 40. Der Junge kam zu spät. Er drückte auf einen Knopf an seinem Telefon. Das Mädchen vom Empfang meldete sich.

»Ist Mr. Lander noch nicht da?«

»Wer, Mr. Pugh?«

»Lander. Lander. Er ist einer von den Sonderfällen. Sie haben Weisung, ihn sofort hereinzuschicken, wenn er kommt.«

»Ja, Mr. Pugh. Ich schicke ihn gleich, wenn er kommt, zu Ihnen.«

Das Mädchen wandte sich wieder ihrem Roman zu. Um

15 Uhr 50 ergriff sie auf der Suche nach einem Lesezeichen Landers Brief. Ihr Blick fiel auf den Namen.

»Nummer sechsunddreißig. Sechsunddreißig«, sagte sie in das Mikrofon. Dann rief sie Pughs Büro an. »Mr. Lander ist jetzt da.«

Pugh war etwas überrascht über Landers Erscheinung. Der Mann sah geradezu schneidig aus in seiner Uniform eines Captain der Zivilluftfahrt. Sein Gang war energisch und sein Blick fest und klar. Pugh hatte sich vorgestellt, er würde es hier mit lauter hohläugigen Männern zu tun haben.

Lander war über Pughs Erscheinung nicht im geringsten überrascht. Er hatte sein Leben lang alle Beamten gehaßt.

»Sie sehen gut aus, Captain. Sie scheinen sich ja wunderbar erholt zu haben.«

»Wunderbar.«

»Sicher ist es schön, wieder bei der Familie zu sein.«

Lander lächelte. Aber seine Augen waren an diesem Lächeln nicht beteiligt. »Der Familie geht es gut, soweit ich weiß.«

»Ihre Angehörigen, sind nicht bei Ihnen? Sie sind verheiratet, wie ich sehe... Moment, hier steht es, ja. Und Sie haben zwei Kinder?«

»Ja, ich habe zwei Kinder. Ich bin geschieden.«

»Verzeihung. Mein Vorgänger, Mr. Gorman, hat leider sehr wenige Aufzeichnungen hinterlassen.« Gorman war wegen Unfähigkeit befördert worden.

Lander sah Pugh unverwandt an. Ein leises Lächeln umspielte seine Lippen.

»Wann wurden Sie geschieden, Captain? Ich muß Ihre Akte ergänzen.« Pugh war wie eine Kuh, die seelenruhig am Rande eines Sumpfes grast und nicht ahnt, was in der Tiefe des schwarzen Schattens auf sie lauert.

Plötzlich sprach Lander über Dinge, über die er nie nachdenken konnte. Über die er nie nachdenken wollte.

»Das erste Mal reichte sie die Scheidung zwei Monate

vor meiner Freilassung ein. Als die Pariser Gespräche der bevorstehenden Wahlen wegen vertagt wurden, glaube ich. Aber sie hat die Sache damals nicht zu Ende geführt. Sie ist ein Jahr nach meiner Rückkehr ausgezogen. Bitte, machen Sie sich nur keine Gedanken, Mr. Pugh. Die Regierung hat wirklich alles getan, was sie konnte.«

»Davon bin ich überzeugt, aber es muß –«

»Ein Navy-Offizier kam nach meiner Gefangennahme mehrmals zu Margaret. Er trank Tee mit ihr und beriet sie. Es gibt ein Standardverfahren zur Vorbereitung der Frauen von Kriegsgefangenen, wie Ihnen sicherlich bekannt ist.«

»Ich nehme an, daß es manchmal –«

»Er erklärte ihr, daß es unter entlassenen Kriegsgefangenen überdurchschnittlich viele Fälle von Homosexualität und Impotenz gibt. So wußte sie doch wenigstens, worauf sie sich gefaßt zu machen hatte, verstehen Sie?« Lander wollte aufhören. Er mußte aufhören.

»Es ist besser, die Dinge –«

»Er sagte ihr, daß die Lebenserwartung eines entlassenen Kriegsgefangenen gegenüber der durchschnittlichen Lebenserwartung etwa um die Hälfte vermindert ist.« Lander trug jetzt ein breites Lächeln zur Schau.

»Aber sicherlich müssen doch auch noch irgendwelche anderen Gründe eine Rolle gespielt haben, Captain.«

»Oh, natürlich. Sie hat es damals nebenbei schon kräftig mit anderen getrieben, falls Sie das meinen.« Lander lachte. Aber der alte Stachel bohrte in ihm, und der Druck hinter seinen Augen nahm zu. *Du brauchst sie nicht einzeln zu erledigen, Michael. In einer Zelle sitzen und masturbieren und singen.*

Lander schloß die Augen, um das Pulsieren von Mr. Pughs Halsschlagader nicht zu sehen.

Pugh wollte schon in Landers Lachen einstimmen, um sich bei ihm anzubiedern. Aber er war ein strenggläubiger Baptist, und leichtfertige, lose Reden über Sex störten ihn. Er konnte das Lachen gerade noch rechtzeitig unterdrükken. Das rettete ihm das Leben.

Pugh nahm die Akte wieder zur Hand. »Sind Sie in dieser Sache beraten worden?«

Lander war jetzt ruhiger. »O ja. Ein Psychiater im St. Albans, dem Navy-Krankenhaus, hat mit mir darüber gesprochen. Er meinte, ich solle mir nichts daraus machen.«

»Wenn Sie glauben, daß Sie weitere Beratung brauchen, könnte ich das für Sie in die Wege leiten.«

Lander sah ihn augenzwinkernd an. »Hören Sie zu, Mr. Pugh«, sagte er. »Sie sind ein Mann von Welt, und ich bin es auch. Solche Dinge kommen vor. Aber worüber ich mit Ihnen sprechen wollte, das ist diese alte Flosse hier.« Er hielt seine entstellte Hand hoch. »Wie wär's mit irgendeiner Entschädigung?«

Jetzt befand sich Pugh auf vertrautem Boden. Er zog Landers Formular 214 aus dem Aktendeckel. »Da Sie offensichtlich nicht arbeitsunfähig sind, müssen wir sehen, ob wir einen Weg finden. Aber ich denke doch«, fuhr er fort und blinzelte Lander zu, »wir werden das schon irgendwie deichseln.«

Es war halb fünf, und der Feierabendverkehr hatte bereits begonnen, als Lander aus dem Amtsgebäude in den verpesteten New Yorker Nachmittag trat. Der Schweiß auf seinem Rücken erkaltete, während er auf den Stufen stand und zusah, wie sich Scharen von Menschen aus dem Konfektionsviertel zur U-Bahn-Station der 23rd Street wälzten. Er hatte keine Lust, mit der Menge dort hinunterzugehen und eingepfercht im Zug zu stehen.

Viele der Beamten und Angestellten des Amtes machten zeitig Feierabend. Sie quollen aus den Türen des Gebäudes, drängten in alle Richtungen und schubsten ihn gegen die Mauer. Er wollte kämpfen. Plötzlich überfiel ihn der Gedanke an Margaret. Er konnte sie riechen, sie fühlen. Das Gespräch dort oben an einem Büroschreibtisch. Er mußte an irgend etwas anderes denken. Die Pfeife des Teekessels. Nein, um Himmels willen, nicht daran. Er spürte einen stechenden Schmerz im Dickdarm und suchte in seinen Taschen nach einer Lomotil-Tablette. Zu spät für

Lomotil. Er mußte eine Toilette ausfindig machen. Schnell. Er ging zurück in den Warteraum. Die verbrauchte dumpfe Luft legte sich wie ein Spinnengewebe auf sein Gesicht. Er war kreideweiß, und der Schweiß stand ihm auf der Stirn, als er den kleinen Waschraum betrat. Die einzige Kabine war besetzt, und ein anderer Mann wartete vor der Tür. Lander machte kehrt und ging wieder durch den Warteraum. Darmkoliken, hieß es in dem ärztlichen Bericht. Ein Medikament hatte man ihm nicht verschrieben. Er hatte selbst herausgefunden, daß Lomotil ihm half.

Warum habe ich es nicht eher genommen?

Der Mann mit den ruhelosen Augen sah Lander nach, solange er ihn sehen konnte, ohne den Kopf zu drehen. Der Schmerz flutete jetzt in Wellen durch Landers Gedärm. Lander bekam eine Gänsehaut in den Armen, und ihm wurde übel.

Der dicke Hausmeister brauchte lange, bis er den richtigen Schlüssel gefunden hatte. Dann ließ er Lander in den Waschraum der Angestellten. Da er draußen wartete, konnte er die unangenehmen Geräusche nicht hören. Schließlich wandte Lander erschöpft das Gesicht zur Dekke. Das Würgen hatte ihm das Wasser in die Augen getrieben. Jetzt liefen ihm die Tränen über die Wangen.

Eine Sekunde lang war er wieder auf dem Gewaltmarsch nach Hanoi und hockte neben dem Pfad, während die Wachen ihm zusahen.

Es war das gleiche, immer das gleiche. Er hörte wieder die Pfeife des Teekessels.

»Arschlöcher«, sagte Lander mit heiserer Stimme. »Arschlöcher.« Er wischte sich ab.

Dahlia war den ganzen Tag unterwegs gewesen und hatte Besorgungen mit Landers Kreditkarten gemacht. Als der Zug eintraf, stand sie auf dem Bahnsteig. Sie sah, wie Lander sich behutsam vom Trittbrett herunterließ, und wußte, daß er bemüht war, jede Erschütterung seiner Eingeweide zu vermeiden.

Sie füllte einen Pappbecher mit Wasser aus dem Trinkwasserspender und nahm ein Fläschchen aus ihrer Handtasche. Das Wasser war milchig, als sie das schmerzstillende Mittel hineingoß.

Er sah sie erst, als sie neben ihm stand und ihm den Becher hinhielt.

Die Medizin schmeckte wie bitterer Lakritzensaft und hinterließ eine leichte Taubheit in den Lippen und in der Zunge. Noch ehe sie beim Wagen angelangt waren, hatte das Opium den Schmerz gelindert, und nach fünf Minuten war er gänzlich verschwunden. Als sie zu Haus ankamen, sank Lander aufs Bett und schlief drei Stunden lang.

Als er wieder aufwachte, war er verwirrt und unnatürlich munter. Seine Abwehrmechanismen funktionierten, und sein Geist wich vor allen schmerzlichen Bildern blitzschnell zurück. Seine Gedanken stürzten sich auf die heilen, schönen Bilder. Er hatte heute nichts verpatzt. Er konnte mit sich zufrieden sein.

Der Teekessel – sein Hals straffte sich. Irgendwo zwischen seinen Schultern und seinem Hirn, an einer Stelle, die er nicht erreichen konnte, schien es ihn zu jucken. Seine Füße wollten nicht still liegen.

Im Haus war es völlig dunkel, und die Gespenster lauerten in der Finsternis, eben noch von seiner Willenskraft gebannt. Dann sah er vom Bett aus einen flackernden Schein die Treppe heraufkommen. Dahlia hielt eine Kerze in der Hand, und hinter ihr sah er ihren riesigen Schatten an der Wand. Sie trug einen langen dunklen Bademantel, der wie eine Mönchskutte aussah, und ihre bloßen Füße machten keinerlei Geräusch. Jetzt stand sie neben ihm. Das Kerzenlicht spiegelte sich als winziger leuchtender Punkt in ihren großen dunklen Augen. Sie streckte die Hand aus.

»Komm, Michael. Komm mit mir.«

Sie nahm ihn bei der Hand und führte ihn, langsam rückwärts gehend, durch den dunklen Flur. Dabei blickte sie ihm unverwandt in die Augen. Ihr schwarzes Haar hing ihr über die Schultern, und beim Gehen sahen ihre weißen Füße unter dem Saum ihres Bademantels hervor. So führte sie ihn in das ehemalige Spielzimmer, das seit sieben Monaten leer gestanden hatte. Jetzt, im Kerzenschein, sah Lander, daß am Ende des Zimmers ein großes Bett wartete. Schwere Behänge bedeckten die Wände. Der süßliche Duft eines Räucherstäbchens schwebte ihm entgegen, und auf einem Tisch neben dem Bett flackerte die kleine blaue Flamme eines Spirituswärmers. Es war nicht mehr das Zimmer, wo Margaret – nein, nein, nein.

Dahlia stellte die Kerze neben die Lampe und zog ihm mit einer federleichten Berührung die Pyjamajacke aus. Dann kniete sie nieder, um ihm die Hose von den Füßen zu streifen. Ihre Haare berührten seine Schenkel. »Du warst sehr stark heute.« Sie drückte ihn sanft auf das Bett. Das seidige Laken unter ihm war kühl, und er spürte eine fast schmerzhafte Kühle an seinen Genitalien.

Er lag da und beobachtete, wie sie zwei lange Wachskerzen in den Kerzenhaltern an der Wand anzündete. Sie gab ihm die schlanke Haschischpfeife und blieb am Fuß des Bettes stehen.

Er hatte das Gefühl, immer tiefer in jene unergründlichen Augen zu stürzen. Er erinnerte sich, wie er als Kind in klaren Sommernächten im Gras gelegen und in den Himmel geblickt hatte, der ihm plötzlich unendlich weit und tief erschienen war. Und er hatte so lange hinaufgeblickt, bis es kein Oben mehr gab und er in diese Tiefe stürzte, den Sternen entgegen.

Dahlia ließ ihren Bademantel fallen und stand vor ihm.

Ihr Anblick überwältigte ihn wie beim erstenmal, und ihm stockte der Atem. Die Rundung ihrer großen Brüste war nicht die Rundung eines Gefäßes, sondern die Rundung einer Kuppel, und auch wenn sie nicht eingeschlossen waren, trennte sie eine tiefe Furche. Ihre Burstwarzen wurden dunkel, als sie sich aufrichteten. Sie war üppig, aber nicht unförmig, und das Kerzenlicht umhüllte ihre weich geschwungenen Linien.

Lander spürte, wie ihn eine starke Erregung durchflutete, als sie sich umwandte, um das Gefäß mit süß duftendem Öl von dem Spirituswärmer zu nehmen, und das züngelnde Licht ihren Körper umspielte. Rittlings über ihm kniend rieb sie ihm das warme Öl auf die Brust und den Leib, und ihre Brüste schaukelten leicht über ihm hin und her, während sie ihn einrieb.

Wenn sie sich vorbeugte, sah er, wie ihr Leib sich ein wenig vorwölbte und weiter unten wieder zurückwich zu dem dunklen Dreieck hin.

Es wuchs dicht, weich und federnd an ihr hinauf, ein schwarzes, wucherndes Dickicht, das kleine Büschel aussandte, als ob es zu klettern versuchte. Er fühlte, wie es seinen Nabel berührte, und als er hinunterblickte, sah er in dem Gekräusel die im Kerzenlicht wie Perlen schimmernden ersten Tropfen ihrer Essenz.

Er wußte, sie würde ihn benetzen, und es würde warm auf seine Hoden fließen, und es würde wie Salz und Bananen schmecken.

Sie nahm einen Mundvoll von dem warmen, süß duftenden Öl und behielt es im Mund, während sie den Kopf sanft und leidenschaftlich zum Rhythmus seines Blutes auf und ab bewegte und ihr Haar warm und weich auf ihn herabfiel.

Und ihre Augen, weit auseinanderstehend wie bei einem Puma und vom Glanz des Mondlichts durchglüht, verließen die ganze Zeit nicht eine Sekunde lang sein Gesicht.

3

Ein Geräusch wie ein anhaltendes Donnergrollen ließ die Luft in dem Zimmer erzittern, und die Kerzenflammen flackerten, aber Dahlia und Lander, die eng umschlungen auf dem Bett lagen, nahmen es nicht wahr. Es war ein alltägliches Geräsuch – der späte Pendeljet von New York nach Washington. Die aufsteigende Boeing 727 flog in 1000 Meter Höhe über Lakehurst hinweg.

An diesem Abend befand sich unter den Passagieren der Jäger, ein breitschultriger Mann in hellbraunem Anzug, der unmittelbar hinter der Tragfläche am Mittelgang saß. Die Stewardeß kassierte die Fluggebühren. Er gab ihr einen neuen Fünfzig-Dollar-Schein. Sie runzelte die Stirn. »Haben Sie es nicht kleiner?«

»Für zwei Personen«, sagte er und deutete auf den stämmigen Mann, der neben ihm saß und schlief. »Für diesen Herrn und mich.« Er hatte einen Akzent, den die Stewardeß nicht recht unterbringen konnte. Sie kam zu dem Schluß, daß es wahrscheinlich ein Deutscher oder ein Holländer war. Sie irrte sich.

Es war Major David Kabakov vom Mossad Aliyah Beth, dem israelischen Geheimdienst, und er hoffte inständig, daß die drei Männer, die hinter ihm auf der anderen Seite des Ganges saßen, kleinere Geldscheine für ihre Flugbilletts bei sich hatten. Andernfalls würde die Stewardeß sich möglicherweise später an sie erinnern. Ich hätte mich in Tel Aviv darum kümmern sollen, dachte er. Der Aufenthalt auf dem Kennedy Airport war zu kurz gewesen, um Wechselgeld zu besorgen. Es war ein kleiner Fehler, aber er ärgerte sich darüber. Major Kabakov war 37 Jahre alt geworden, weil er nur selten einen Fehler beging.

Der Mann neben ihm war Sergeant Robert Moschevsky. Er hatte den Kopf zurückgelehnt und schnarchte leise. Auch während des langen Flugs von Tel Aviv nach New York hatten Kabakov und Moschevsky sich nicht anmerken lassen, daß sie die drei Männer hinter ihnen kannten. Dabei arbeiteten sie seit Jahren mit ihnen zusammen. Es waren vierschrötige Männer mit vom Wetter gegerbten Gesichtern, und sie trugen unauffällige, locker sitzende Anzüge. Sie waren das, was der Mossad eine ›taktische Einsatzgruppe‹ nannte. Anderswo hätte man sie als Stoßtrupp bezeichnet.

In den drei Tagen, seit er Hafez Nadscheer in Beirut getötet hatte, war Kabakov kaum zur Ruhe gekommen, und er wußte, daß er unmittelbar nach seiner Ankunft in der amerikanischen Hauptstadt einen ausführlichen Bericht erstatten mußte. Der Mossad hatte das Material, das Kabakov von dem Überfall auf die Führer des ›Schwarzen September‹ mitbrachte, analysiert und hatte nach Abhören des Tonbands sofort gehandelt. Es fand eine eilig angesetzte Konferenz in der amerikanischen Botschaft statt, und Kabakov wurde nach Washington entsandt.

Bei der Besprechung zwischen amerikanischen und israelischen Nachrichtendienstlern in Tel Aviv war lediglich vereinbart worden, daß Kabakov in die Vereinigten Staaten fliegen sollte, um gemeinsam mit den Amerikanern festzustellen, ob eine wirkliche Gefahr bestand, und um ihnen zu helfen, die Terroristen zu identifizieren, falls sie ausfindig gemacht werden konnten. Seine offiziellen Weisungen waren klar.

Aber das Oberkommando des Mossad hatte ihm eine zusätzliche, ebenso strikte wie eindeutige Anweisung gegeben. Er sollte den Arabern mit allen erforderlichen Mitteln Einhalt gebieten.

Die Verhandlungen über den Verkauf weiterer Phantom- und Skyhawk-Jets an Israel befanden sich in einem kritischen Stadium, und der Druck der Araber auf die Amerikaner wurde durch die Ölknappheit in der westlichen Welt verstärkt. Israel war auf die Flugzeuge angewiesen. Wenn keine Phantom-Jäger mehr über der Wüste kreisten, würden die arabischen Panzer wieder rollen.

Ein größeres Massaker in den Vereinigten Staaten würde das Gleichgewicht der Kräfte zugunsten der amerikanischen Isolationisten beeinflussen. Die Hilfe für Israel durfte die Amerikaner keinen zu hohen Preis kosten.

Weder im israelischen noch im amerikanischen Außenministerium wußte man etwas von den drei Männern, die hinter Kabakov saßen. Sie würden in einem Apartment in der Nähe des National Airport Quartier beziehen und darauf warten, daß Kabakov sie rief. Noch hoffte Kabakov, daß es nicht nötig sein würde, sie zu rufen. Wenn irgend möglich wollte er die Sache selbst in aller Stille erledigen.

Kabakov hoffte, daß die Diplomaten sich nicht mit ihm befassen würden. Er mißtraute allen Diplomaten und Politikern. Seine Einstellung und seine innere Haltung spiegelten sich in seinen groben, aber intelligenten slawischen Zügen wider.

Kabakov wußte, wie leicht es geschehen konnte, daß unvorsichtige Juden jung starben und daß schwache Juden hinter Stacheldraht endeten. Er war im Krieg aufgewachsen, war knapp vor dem Einfall der Deutschen mit seiner Familie aus Litauen geflohen und später vor den Russen. Sein Vater war in Treblinka gestorben. Seine Mutter flüchtete mit ihm und seiner Schwester nach Italien, hatte aber die Strapazen der Flucht nicht überlebt. Während sie sich mit den Kindern nach Triest durchschlug, hatte ein Feuer in ihr gebrannt, das ihr Kraft gab und sie gleichzeitig verzehrte.

Noch heute, nach dreißig Jahren, sah Kabakov, wenn er sich an die Straße nach Triest erinnerte, den mageren, nur noch von Fetzen umhüllten Arm seiner Mutter, der vor seinen Augen hin und her schwang, während sie voranging und ihn hinter sich her zog. Und er erinnerte sich auch noch an ihr vom Fieber glühendes Gesicht, wenn sie ihn und seine Schwester weckte, ehe das erste Tageslicht den Graben erreichte, in dem sie schliefen.

In Triest hatte sie ihre Kinder zu einer Hilfsstelle der zionistischen Untergrundbewegung gebracht und war dann in einem Torbogen auf der anderen Seite der Straße gestorben.

David Kabakov und seine Schwester gelangten 1946 nach Palästina, und hier hatte ihre Flucht ein Ende. Mit zehn Jahren war Kabakov bereits Kurier für den Palmach und kämpfte bei der Verteidigung der Straße von Tel Aviv nach Jerusalem.

Nach 27 Jahren Krieg kannte Kabakov besser als die meisten anderen Menschen den Wert des Friedens. Er haßte die Araber nicht, aber er war überzeugt, daß es ›absolute Scheiße‹ sei, mit der El-Fatah verhandeln zu wollen. Das war der Ausdruck, den er gebrauchte, wenn seine Vorgesetzten ihn nach seiner Ansicht darüber fragten, was nicht oft geschah.

Beim Mossad betrachtete man Kabakov als einen guten Nachrichtenoffizier, aber seine Leistungen im aktiven Kampf waren so bemerkenswert, und er hatte bei Kommandounternehmen so große Erfolge erzielt, daß man ihn nicht hinter einen Schreibtisch setzen mochte. Da er bei bestimmten Einsätzen gefangengenommen werden konnte, war er von den Beratungen zwangsläufig ausgeschlossen. Er gehörte zum Exekutionskommando des israelischen Geheimdienstes. Wieder und immer wieder holte er zum Schlag gegen die Stützpunkte der El-Fatah im Libanon und in Jordanien aus, und im innersten Kreis des Mossad nannte man ihn ›die Endlösung‹.

Niemand hatte ihm das je ins Gesicht gesagt.

Die Lichter von Washington kreisten unter der Tragfläche. Die Boeing ordnete sich in das Warteschleifensystem über dem National Airport ein. Kabakov erkannte das Kapitol, das nackt und weiß im Licht der Scheinwerfer emporragte. Er fragte sich, ob das Kapitol wohl das Ziel der Terroristen war.

Die beiden Männer, die in dem kleinen Sitzungssaal der israelischen Botschaft warteten, sahen Kabakov aufmerksam an, als er mit Botschafter Yoachim Tell eintrat. Beim Anblick des israelischen Majors fühlte sich Sam Corley vom FBI an den Ranger-Captain erinnert, der vor zwanzig Jahren in Fort Benning sein Kommandeur gewesen war.

Fowler, Beamter der CIA, hatte nie beim Militär gedient. Ihn erinnerte Kabakov eher an eine Bulldogge. Beide Männer hatten eilig zusammengestellte Dossiers über den Israeli gelesen, aber die Unterlagen beschäftigten sich hauptsächlich mit dem Sechs-Tage-Krieg und dem Oktober-Krieg. Es waren alte Xerographien aus der Nahostabteilung der CIA. Zeitungsausschnitte. ›Kabakov, der Tiger vom Mitla-Paß‹ – Journalismus.

Botschafter Tell, der gerade erst eine Abendveranstaltung in der Botschaft hinter sich hatte und noch seinen Smoking trug, stellte die Männer einander kurz vor.

Dann wurde es still im Raum, und Kabakov drückte auf den Knopf seines kleinen Tonbandgeräts. Die Stimme von Dahlia Iyad durchbrach die Stille. »Bürger Amerikas...«

Nach dem Abspielen der Bandaufnahme ergriff Kabakov das Wort. Er sprach langsam und bedächtig, behutsam seine Worte wählend. »Wir glauben, daß Ailul al Aswad – der ›Schwarze September‹ – sich darauf vorbereitet, in den Vereinigten Staaten zuzuschlagen. Diesmal sind die Terroristen nicht an Geiseln oder Verhandlungen oder revolutionären Gesten interessiert. Sie wollen ein Maximum an Opfern – sie wollen Ihnen einen Schock versetzen. Wir nehmen an, daß die Planungen bereits weit fortgeschritten sind und daß diese Frau zu den Hauptakteuren gehört.« Er machte eine Pause. Dann fuhr er fort: »Wir halten es für wahrscheinlich, daß sie sich in diesem Augenblick in den Vereinigten Staaten aufhält.«

»Dann müssen Sie doch Informationen haben, die das, was aus dem Bandtext hervorgeht, ergänzen«, sagte Fowler.

»Es wird durch die Tatsache ergänzt, daß wir wissen, daß sie hier zuschlagen wollen, und durch die Umstände, unter denen das Band gefunden wurde«, sagte Kabakov.

»Sie haben das Band in Nadscheers Wohnung gefunden, nachdem Sie ihn getötet hatten?«

»Ja.«

»Und Sie haben ihm vorher keinerlei Fragen gestellt?«

»Nadscheer Fragen zu stellen wäre sinnlos gewesen.«

Sam Corley sah den zornigen Ausdruck in Fowlers Gesicht. Corley warf einen Blick auf die Akte, die vor Fowler lag. »Warum vermuten Sie, daß gerade die Frau, die Sie in Nadscheers Wohnung gesehen haben, diejenige ist, die das Band besprochen hat?«

»Weil Nadscheer noch keine Zeit gehabt hatte, es an einen sicheren Ort zu bringen«, antwortete Kabakov. »Nadscheer war kein unvorsichtiger Mann.«

»Immerhin war er nicht vorsichtig genug, zu verhindern, daß Sie ihn töten konnten«, sagte Fowler.

»Nadscheer hat sich lange gehalten«, sagte Kabakov. »Sehr lange. Lange genug, daß München geschehen konnte, das Massaker im Flughafen Lod ... Zu lange. Wenn Sie jetzt nicht aufpassen, werden Sie erleben, daß die Arme und Beine von Amerikanern durch die Luft fliegen.«

»Wieso nehmen Sie an, daß der Plan jetzt, nach Nadscheers Tod, noch weiterverfolgt wird?«

Corley blickte von der Büroklammer, die er eingehend gemustert hatte, auf und antwortete Fowler an Kabakovs Stelle. »Weil das Tonband eine gefährliche Sache war. Das Besprechen des Bandes muß so ziemlich der letzte Schritt gewesen sein. Die Befehle dürften schon vorher erteilt worden sein. Habe ich recht, Major Kabakov?«

Kabakov merkte, wenn er es mit einem erfahrenen Fragesteller zu tun hatte. Corley hatte die Rolle des Fürsprechers übernommen.

»Genau«, sagte er.

»Eine solche Operation könnte in einem anderen Land vorbereitet und erst in letzter Minute hier in Gang gesetzt werden«, sagte Corley. »Warum meinen Sie, daß die Frau hier stationiert ist?«

»Nadscheers Wohnung ist längere Zeit von uns überwacht worden«, erklärte Kabakov. »Und diese Frau ist weder vor noch nach der Nacht unseres Überfalls in Beirut gesehen worden. Zwei Linguisten im Mossad haben das Band unabhängig voneinander analysiert und sind beide zu dem gleichen Schluß gekommen: Sie hat ihr Englisch als Kind von einem Briten gelernt, muß aber zuletzt ein oder zwei Jahre lang von amerikanischem Englisch beeinflußt worden sein. Und in dem Zimmer wurde in Amerika hergestellte Kleidung gefunden.«

»Vielleicht war sie nur ein Kurier und hat letzte Instruktionen von Nadscheer entgegengenommen«, sagte Fowler. »Derartige Weisungen könnten überall weitergegeben werden.«

»Wenn sie nur ein Kurier wäre, hätte sie Nadscheer nie persönlich zu Gesicht bekommen«, erwiderte Kabakov. »Der ›Schwarze September‹ ist aufgeteilt wie ein Wespennest. Die meisten seiner Agenten kennen nur ein oder zwei Kontaktleute.«

»Warum haben Sie die Frau nicht auch getötet, Major Kabakov?« fragte Fowler, ohne Kabakov anzusehen. Hätte er ihn angesehen, würde er Kabakovs Blick sicher nicht lange standgehalten haben.

Jetzt sprach zum erstenmal der israelische Botschafter. »Weil zu jenem Zeitpunkt kein Grund bestand, sie zu töten, Mr. Fowler. Ich hoffe, es kommt nicht so weit, daß Sie eines Tages wünschen, er hätte es getan.«

Kabakov blinzelte einmal kurz mit den Augen. Diese Männer erkannten die Gefahr nicht. Sie beachteten seine Warnung nicht. In Gedanken sah er arabische Truppen in ihren Panzern durch die Wüste Sinai donnern, in die Städte eindringen und die jüdische Zivilbevölkerung zusammentreiben. Weil es keine Flugzeuge mehr gab. Weil die Amerikaner einen Schock erlitten hatten. Weil er die Frau verschont hatte. Seine hundert Siege waren Asche in seinem Mund. Der Umstand, daß er unmöglich hatte wissen können, welche Bedeutung diese Frau hatte, war in seinen Augen nicht die geringste Entschuldigung. Seine Mission in Beirut war kein perfektes Unternehmen gewesen.

Er starrte in Fowlers schwammiges Gesicht. »Haben Sie ein Dossier über Hafez Nadscheer?«

»Er erscheint in unseren Akten auf einer Liste von Offizieren der El-Fatah.«

»Meinem Bericht liegt ein komplettes Dossier über ihn bei. Sehen Sie sich die Bilder an, Mr. Fowler. Sie sind nach einigen von Nadscheers früheren Unternehmungen aufgenommen worden.«

»Ich habe Greueltaten gesehen.«

»Bestimmt nicht solche wie diese«, entgegnete Kabakov mit erhobener Stimme.

»Hafez Nadscheer ist tot, Major Kabakov.«

»Das macht die Sache nicht besser! Wenn wir diese Frau nicht finden, Mr. Fowler, wird der ›Schwarze September‹ Sie mit der Nase in die Scheiße stoßen.«

Fowler sah zu dem Botschafter hinüber. Er schien zu erwarten, daß Mr. Tell eingriff. Aber die kleinen, klugen Augen des Botschafters blickten ihm fest ins Gesicht. Er hielt zu Kabakov.

Als Kabakov wieder sprach, tat er es mit fast zu ruhiger Stimme. Leise sagte er: »Sie müssen mir glauben, Mr. Fowler.«

»Würden sie die Frau wiedererkennen, Major Kabakov?« fragte Corley.

»Ja.«

»Angenommen, sie wäre hier stationiert, warum sollte sie nach Beirut fliegen?«

»Sie brauchte irgend etwas, was sie hier nicht kriegen konnte. Sie brauchte irgend etwas, wozu nur Nadscheer ihr verhelfen konnte, und um es zu bekommen, mußte sie ihm persönlich irgend etwas bestätigen.« Kabakov wußte, daß diese Erklärung vage klang, und er war nicht sehr glücklich darüber. Außerdem ärgerte er sich über sich selbst, weil er dreimal hintereinander »irgend etwas« gesagt hatte.

Fowler öffnete den Mund, aber Corley kam ihm zuvor. »Waffen«, sagte er, »dürften es wohl kaum sein.«

»Waffen hierherzubringen, hieße Eulen nach Athen zu tragen«, sagte Fowler düster.

»Es muß sich entweder um Material handeln oder um den Zugang zu einer anderen Zelle oder zu einem Agenten an einflußreicher Stelle«, fuhr Corley fort. »Ich bezweifle, daß sie Zugang zu einem Agenten brauchte. Soweit ich beurteilen kann, sind die hiesigen Agenten vom Nachrichtendienst der Vereinigten Arabischen Republik ein ziemlich trauriger Haufen.«

»Ja«, sagte der Botschafter. »Der Hausmeister der Botschaft verkauft ihnen den Inhalt unserer Papierkörbe. Und ebenso kauft er von ihrem Hausmeister den Inhalt ihrer Papierkörbe. Wir füllen die unseren mit Prospekten und fingierten Briefen. Ihre Papierkörbe enthalten in der Hauptsache Mahnschreiben von Gläubigern und Reklame für ungewöhnliche Gummiprodukte.«

Die Sitzung dauerte noch eine weitere halbe Stunde. Dann standen die beiden Amerikaner auf.

»Ich werde versuchen, die Sache morgen vormittag bei der Konferenz in Langley auf die Tagesordnung zu bringen«, sagte Corley.

»Wenn Sie wünschen, könnte ich –«

Fowler unterbrach Kabakov. »Ihr Bericht und das Tonband genügen.«

Nach drei Uhr früh brachen die Amerikaner auf.

»O je, die Araber kommen«, sagte Fowler zu Corley, während sie zu ihren Wagen gingen.

»Was halten Sie von der Geschichte?«

»Vor allem beneide ich Sie nicht darum, daß Sie morgen Bennetts Zeit mit diesem Kram in Anspruch nehmen müssen«, sagte Fowler. »Wenn es hier irgendwelche Irren gibt – die CIA wird sich da jedenfalls raushalten, mein Lieber. Bloß keine Spielereien mehr hier im Land.« Die CIA litt noch unter dem Watergate-Skandal. »Wenn unsere Nahostabteilung irgend etwas zutage fördert, lassen wir es Sie wissen.«

»Warum waren Sie so verärgert?«

»Ich hab es satt«, sagte Fowler. »Wir haben mit den Israelis zu tun gehabt, in Rom, in London, in Paris und einmal sogar in Tokio. Man ist einem bestimmten Araber auf der Spur, weiht sie ein, und was geschieht? Bemühen sie sich auch nur, mit uns zusammenzuarbeiten? Nein. Überwachen sie ihn? Ja. Gerade lange genug, um rauszufinden, wer seine Freunde sind. Dann gibt es einen großen Knall, die Araber werden alle erledigt, und man selbst steht da und läßt den Schwanz hängen.«

»Die Israelis hatten es nicht nötig, Kabakov extra herzuschicken«, sagte Corley.

»O doch, und ob! Wie Sie gesehen haben, war Weisman, der Militärattaché, nicht dabei. Wir wissen beide, daß er für den Nachrichtendienst arbeitet. Aber er verhandelt zur Zeit über den Verkauf der Phantom-Jäger. Die Israelis wollen die beiden Dinge unter keinen Umständen offiziell miteinander in Verbindung bringen.«

»Sind Sie morgen in Langley?«

»Natürlich. Lassen Sie sich von Kabakov bloß nicht in irgendwelche Schwierigkeiten reinreiten.«

An jedem Donnerstag vormittag versammeln sich Angehörige der amerikanischen Nachrichtendienste in einem fensterlosen, mit Blei abgeschirmten Raum im Hauptquartier der Central Intelligence Agency in Langley, Virginia. Vertreten sind die CIA, das FBI, die National Security Agency, der Secret Service, das National Reconnaissance Office und die Abwehrberater der Vereinigten Stabschefs. In besonderen Fällen werden Spezialisten zugezogen. Die Tagesordnung wird genau festgelegt. Es gibt viele Themen zu besprechen, und die Redezeit ist streng begrenzt.

Corley sprach zehn Minuten lang, Fowler fünf, und dem Vertreter des der Einwanderungsbehörde angeschlossenen Dezernats für subversive Tätigkeit wurde noch weniger Zeit eingeräumt.

Kabakov wartete bereits in Corleys Büro in der Zentrale des FBI, als Corley von der Sitzung zurückkehrte.

»Ich soll Ihnen danken, daß Sie gekommen sind«, sagte Corley. »Das State Department wird dem Botschafter danken. Und unser Botschafter in Tel Aviv wird Yigal Allon danken.«

»Keine Ursache. Und was werden Sie tun?«

»Verdammt wenig«, sagte Corley. Er zündete sich eine Pfeife an. »Fowler hat einen Stapel Bänder mitgebracht, mitgeschnittene Sendungen von Radio Kairo und Radio Beirut. Lauter Drohungen, sagt er, die nie wahrgemacht worden seien. Die CIA will Ihr Band vervielfältigen und gegen sie verwenden.«

»Der Text auf dem Band ist keine Drohung. Er sollte eindeutig *hinterher* gesendet werden.«

»Die CIA wird bei ihren Quellen im Libanon Erkundigungen einziehen.«

»Die CIA kauft im Libanon den gleichen Scheißkram, den wir kaufen, und weitgehend sogar von denselben Leuten«, sagte Kabakov. »Informationen, die zwei Stunden später in den Zeitungen stehen.«

»Manchmal schon eher«, sagte Corley. »Aber wie dem auch sei, Sie können sich inzwischen Bilder ansehen. Wir haben Akten über etwa einhundert erwiesene Sympathisanten der El-Fatah, Leute, von denen wir annehmen, daß sie hier der Bewegung des 5. Juli angehören. Im übrigen haben die Leute von der Einwanderungsbehörde, auch wenn sie es nicht an die große Glocke hängen, eine Kartei über hier ansässige verdächtige Araber. Sie werden deswegen nach New York fahren müssen.«

»Können Sie aufgrund Ihrer Befugnisse die Zollbehörde alarmieren?«

»Das habe ich bereits getan. Es ist unsere beste Chance. Für eine größere Operation müßten sie die Bombe wahrscheinlich von draußen ins Land schaffen – *falls* es eine Bombe ist«, sagte Corley. »Wir hatten in den letzten zwei Jahren drei kleinere Sprengstoffanschläge, die mit der Bewegung des 5. Juli zusammenhingen, alle auf israelische Büros in New York. Von daher –«

»Einmal haben sie Plastik benutzt, die beiden anderen Male Dynamit«, sagte Kabakov.

»Genau. Ich sehe, Sie sind bestens informiert. Anscheinend kommt man an Plastik hier nicht so gut ran, sonst würden sie kein Dynamit durch die Gegend schleppen, und sie würden sich auch nicht in die Luft sprengen bei dem Versuch, Nitroglyzerin zu extrahieren.«

»Die Bewegung des 5. Juli besteht zu einem großen Teil aus Amateuren«, sagte Kabakov. »Nadscheer hätte sie nie mit dieser Sache betraut. Das Material wird bestimmt ohne die Hilfe dieser Leute beschafft. Wenn es nicht bereits hier ist, wird man es von draußen ins Land bringen.« Kabakov stand auf und trat ans Fenster. »Ihre Regierung läßt mich also Einblick in ein paar Akten nehmen und sagt dem Zoll, man solle auf Burschen mit Bomben achtgeben – und das ist alles?«

»Es tut mir leid, Kabakov, aber ich weiß nicht, was wir auf Grund der Informationen, die wir haben, sonst noch tun können.«

»Die Vereinigten Staaten könnten ihre neuen Verbündeten in Ägypten ersuchen, den libyschen Staatschef Gaddafi unter Druck zu setzen. Er finanziert den ›Schwarzen September‹. Der Kerl hat ihnen fünf Millionen Dollar aus der libyschen Staatskasse gezahlt, als Belohnung für die Morde in München. Er wäre vielleicht in der Lage, die Sache abzublasen, wenn Ägypten ihm hart genug zusetzte.«

Oberst Mahmoud Gaddafi, Chef des Revolutionären Kommandos von Libyen, war bestrebt, sich eine solide Machtbasis zu schaffen und warb darum auch wieder um die Gunst Ägyptens. Es war denkbar, daß er auf Druck von seiten der Ägypter reagierte.

»Das State Department will sich aus der Sache raushalten«, sagte Corley.

»Die Leute von den Nachrichtendiensten der Vereinigten Staaten glauben also nicht, daß der ›Schwarze September‹ hier zuschlagen wird, nicht wahr, Corley?«

»Nein«, sagte Sam Corley mit matter Stimme. »Sie sind überzeugt, daß die Araber das nicht wagen würden.«

4

In diesem Augenblick überquerte der Frachter *Leticia* auf dem Weg nach New York den 21. Längengrad und nahm Kurs auf die Azoren. Im tiefsten Laderaum im Vorschiff befanden sich in einer verschlossenen Abteilung mehrere graue Lattenkisten, die 1200 Pfund *plastique* enthielten.

Neben den Kisten, in der tiefen Dunkelheit des Laderaums, lag halb bewußtlos Ali Hassan. Eine große Ratte kroch langsam über seinen Leib. Hassan lag bereits seit drei Tagen hier – seit Kapitän Kemal Larmoso ihm eine Kugel in den Bauch geschossen hatte.

Die Ratte war hungrig, aber nicht heißhungrig. Zuerst hatte Hassans Stöhnen sie erschreckt, doch jetzt hörte sie nur noch ein leichtes, pfeifendes Atemgeräusch. Sie stand in dem Schorf auf dem aufgeblähten Leib und schnüffelte an der Wunde. Dann kroch sie vorsichtig weiter, auf die Brust und das Gesicht zu.

Hassan fühlte durch sein Hemd die Pfoten der Ratte. Er mußte warten. In der linken Hand hielt er die kurze Brechstange, die Larmoso hatte fallen lassen, als Hassan ihn an den Lattenkisten überraschte. In der rechten Hand hielt er die Walther PPK-Automatic, die er zu spät gezogen hatte. Er durfte die Waffe jetzt nicht abfeuern. Irgend jemand würde den Schuß vielleicht hören. Wenn der Verräter Larmoso wieder in den Laderaum kam, mußte er glauben, Hassan sei tot.

Die Nase der Ratte berührte jetzt beinahe sein Kinn. Der schwache Atem des Mannes bewegte ihre Barthaare.

Mit aller Kraft stieß Hassan die Brechstange quer über seine Brust und fühlte, wie sie die Ratte in die Seite traf. Die Krallen drückten sich in seine Schulter, als die Ratte von ihm heruntersprang und davonlief.

Minuten vergingen. Dann nahm er ein leises Rascheln wahr. Er glaubte, daß es vom Innern seines Hosenbeins kam. Aber er konnte von der Taille abwärts nichts mehr fühlen, und er war dankbar dafür.

Er war jetzt ständig in Versuchung, seinem Leben ein Ende zu machen. Noch hatte er die Kraft, die Walther an seine Schläfe zu halten. Er würde es tun, sagte er sich, sobald Muhammad Fasil kam. Bis dahin mußte er die Kisten bewachen.

Hassan wußte nicht, wie lange er schon in der Dunkelheit lag. Er ahnte, daß sein Geist diesmal nur ein paar Minuten lang klar sein würde, und er versuchte nachzudenken. Die *Leticia* war noch gut drei Tage von den Azoren entfernt gewesen, als er Larmoso dabei ertappt hatte, wie er an den Kisten herumschnüffelte. Wenn Muhammad Fasil am 2. November nicht wie vereinbart ein Telegramm von Hassan von den Azoren bekam, hatte er zwei Tage Zeit zum Handeln, ehe die *Leticia* wieder in See ging. Danach würde sie erst wieder den Hafen von New York anlaufen.

Fasil wird etwas unternehmen, dachte Hassan. *Und ich werde ihn nicht enttäuschen.*

Jede Kolbenbewegung des alten Dieselmotors der *Leticia* ließ die Decksplatten unter seinem Kopf vibrieren. Hinter seinen Augen breiteten sich wieder die roten Wellen aus. Er bemühte sich angestrengt, das Stampfen des Diesels wahrzunehmen, und er glaubte, es sei der Puls Gottes.

Zwanzig Meter über dem Laderaum, in dem Hassan lag, ruhte sich Kapitän Kemal Larmoso in seiner Kajüte aus. Er trank eine Flasche Sapporo-Bier und hörte Nachrichten. Die libanesische Armee und die Guerillas bekämpften sich wieder einmal. Nur zu, dachte er. Mochten sie sich gegenseitig zerfleischen.

Er fühlte sich von beiden Seiten bedroht. Die Libanesen konnten ihm seine Papiere abnehmen und die Guerillas konnten ihn umbringen. Wenn er Beirut, Tyr oder Tobruk anlief, mußte er beiden Parteien etwas bezahlen. Den Guerillas nicht ganz so viel wie den verfluchten libanesischen Zollbeamten.

Jetzt konnte er sich bei den Guerillas auf etwas gefaßt machen. Von dem Augenblick an, als Hassan ihn an den Kisten erwischt hatte, war ihm klar, daß er sich kompromittiert hatte. Fasil und die anderen würden hinter ihm her sein, wenn er wieder nach Beirut kam. Vielleicht hatten die Libanesen von König Hussein gelernt und würden die Guerillas aus dem Land vertreiben. Dann brauchte er nur noch den Zollbeamten Geld zu geben. Er hatte es satt. »Bring ihn dorthin!« – »Hol die Waffen!« – »Und kein Wort!« Ich weiß, was passiert, wenn man den Mund aufmacht, dachte Larmoso. Mein Ohr ist nicht vom hastigen Rasieren so geworden, wie es jetzt ist. Und einmal hatte er eine Haftmine am Rumpf der *Leticia* entdeckt, die jeden Augenblick gezündet werden konnte, falls er die Forderungen der Guerillas zurückwies.

Larmoso war groß und dick und dicht behaart. Sein Körpergeruch trieb selbst seiner Mannschaft die Tränen in die Augen. Er war so schwer, daß die Matratze seiner Koje, auf der er jetzt lag, fast bis zum Boden durchsackte. Er öffnete mit den Zähnen eine zweite Flasche Sapporo, und während er sie grübelnd trank, waren seine klugen Augen auf ein doppelseitiges Pornobild aus einem italienischen Magazin gerichtet, das mit Klebestreifen am Schott befestigt war.

Schließlich nahm er die Madonnenfigur, die neben seiner Koje auf dem Boden stand, und stellte sie auf seine breite Brust. Sie war etwas zerkratzt an der Stelle, wo er sie mit seinem Messer untersucht hatte, ehe ihm klargeworden war, woraus sie bestand.

Larmoso wußte von drei Möglichkeiten, wie er Sprengstoff zu Geld machen konnte. In Miami lebte ein Exilkubaner, der mehr Geld als Verstand besaß. In der Dominikanischen Republik gab es einen Mann, der bereit war, für alles, was schoß oder explodierte, brasilianische Cruzeiros zu bezahlen. Der dritte in Frage kommende Kunde war die Regierung der Vereinigten Staaten.

Er würde natürlich eine Belohnung bekommen, aber Larmoso wußte, daß ein Geschäft mit den Amerikanern auch andere Vorteile mit sich brachte. Zum Beispiel würden vermutlich gewisse Vorurteile, die man bei der Zollbehörde der Vereinigten Staaten gegen ihn hatte, auf diese Weise in Vergessenheit geraten.

Larmoso hatte die Kisten geöffnet, weil er von Benjamin Muzi, dem Importeur, ein hohes Schweigegeld erpressen wollte, und um sich auszurechnen, wieviel er fordern konnte, mußte er den Wert der Schmuggelware kennen. Larmoso hatte sich bisher noch nie für Muzis Importe interessiert, aber ihm war zu Ohren gekommen, daß Muzi angeblich aus dem Nahostgeschäft aussteigen wollte, und falls er das wirklich tat, würde Larmosos illegales Einkommen erheblich sinken. Dies konnte sehr gut die letzte Ladung für Muzi sein, und Larmoso hatte deshalb bei diesem Geschäft soviel wie möglich für sich herausschlagen wollen.

Er hatte gedacht, es handle sich um eine Riesenladung Haschisch, denn Muzi hatte schon oft Haschisch von Mittelsmännern der El-Fatah gekauft. Statt dessen hatte er *plastique* vorgefunden, und dann war plötzlich Hassan dagewesen und hatte wie ein Narr nach seiner Pistole gegriffen. *Plastique* war eine ernste Sache, etwas völlig anderes als ein normales Drogengeschäft, bei dem Freunde sich gegenseitig etwas unter Druck setzen konnten.

Larmoso hoffte, Muzi würde das Problem mit den Guerillas lösen können und trotzdem noch einen hohen Gewinn aus dem Sprengstoffimport ziehen. Aber Muzi würde wütend sein, daß er sich an den Kisten zu schaffen gemacht hatte.

Falls Muzi nicht mitmachen wollte, falls er sich weigerte, Larmoso Schweigegeld zu zahlen und den Guerillas Schadenersatz zu leisten, wollte Larmoso das *plastique* behalten und irgendwo verkaufen. Besser, ein wohlhabender Flüchtling als ein armer zu sein.

Aber zunächst mußte er eine Bestandsaufnahme machen, um zu wissen, was er zu verkaufen hatte. Außerdem mußte er gewissen Abfall im Laderaum loswerden.

Larmoso wußte, daß er Hassan tödlich getroffen hatte. Und er hatte ihm reichlich Zeit zum Sterben gelassen. Er beschloß, Hassan im Hafen von Ponta Delgada, wenn nur eine Ankerwache an Bord war, in einen Sack zu stopfen, den Sack mit Ballast zu beschweren und ihn, sobald die *Leticia* die Azoren hinter sich gelassen hatte, ins Meer zu werfen.

Muhammad Fasil erkundigte sich den ganzen Tag lang fast stündlich beim Telegrafenamt in Beirut, ob ein Telegramm für ihn eingetroffen sei. Anfangs hoffte er, Hassans Kabel von den Azoren habe sich lediglich verspätet. Bisher waren die Telegramme immer am Vormittag eingetroffen. Er hatte bereits drei erhalten – aus Bengasi, Tunis und aus Lissabon –, seit der alte Frachter auf dem Weg nach New York war. Der Text lautete jedesmal anders, aber sie alle bedeuteten das gleiche – der Sprengstoff war nicht angerührt worden. Das nächste Telegramm sollte lauten: »Mutters Zustand heute wesentlich besser.« Und es sollte mit ›José‹ unterschrieben sein. Als das Kabel um sechs Uhr abends immer noch nicht eingetroffen war, fuhr Fasil zum Flughafen. Er hatte die Ausweispapiere eines algerischen Fotografen bei sich und eine ausgeweidete Spiegelreflexkamera, die einen Magnum-Revolver enthielt. Fasil hatte vorsorglich schon zwei Wochen vorher gebucht. Er wußte, daß er am nächsten Tag um 4 Uhr nachmittags in Ponta Delgada sein konnte.

Kapitän Larmoso löste seinen ersten Offizier am Ruder ab, als die *Leticia* am frühen Morgen des 2. November die Bergspitzen von Santa Maria sichtete. Er fuhr am Südwestrand der kleinen Insel entlang und steuerte dann nordwärts auf São Miguel und den Hafen von Ponta Delgada zu.

Die portugiesische Stadt sah hübsch aus in der Wintersonne – weiße Häuser mit roten Ziegeldächern und dazwischen immergrüne Bäume, die sich fast so hoch wie der Glockenturm erhoben. Hinter der Stadt sah man sanft ansteigende Berghänge, die teils mit Feldern bedeckt waren.

Die *Leticia* wirkte schäbiger denn je, als sie dort am Kai lag. Die von Rost zerfressene Höchstlademarke hob sich langsam aus dem Wasser, während die Mannschaft eine Lieferung aufgearbeiteter landwirtschaftlicher Geräte ablud, und senkte sich dann wieder langsam, als Kisten voller Flaschen mit Mineralwasser an Bord gebracht wurden.

Larmoso machte sich keine Sorgen. Die Männer hatten beim Löschen und Laden nur in dem Laderaum im Achterschiff zu tun. Die kleine, verschlossene Abteilung im vorderen Laderaum blieb unangetastet.

Die Hauptarbeit war am Nachmittag des zweiten Tages bewerkstelligt. Larmoso gab der Besatzung Landurlaub, und der Zahlmeister zahlte den Männern nur so viel Geld aus, wie sie brauchten, um einen Abend in den Hafenkneipen und Bordellen der Stadt zu verbringen.

Die Männer zogen munter und ausgelassen los und gingen mit schnellen Schritten den Kai entlang. Der vorderste Matrose hatte noch einen Klecks Rasierschaum unter dem Ohr. Keiner von ihnen bemerkte den hageren Mann, der unter den Arkaden vor einem stattlichen Gebäude mit dem Schild Banco Nacional Ultramarino stand und sie zählte, als sie an ihm vorbeigingen.

Auf dem Schiff war es jetzt still. Kapitän Larmoso hörte nur seine eigenen Schritte, als er in die kleine Werkstatt neben dem Maschinenraum hinunterging. Die von einem Drahtkorb geschützte Glühbirne gab nur spärliches Licht. Larmoso wühlte in einem Haufen aussortierter Maschinenteile und wählte eine Pleuelstange, komplett mit beiden Kolbenbolzen, die kaputtgegangen war, als der Motor der *Leticia* sich im Frühjahr vor Tobruk festgefressen hatte. Die Stange sah wie ein großer, eiserner Knochen aus. Er wog sie in den Händen. Bestimmt war sie schwer genug, um Hassans Leiche bis auf den Grund des Atlantiks hinabzuziehen. Er trug die Stange nach achtern und verstaute sie zusammen mit einem Stück Leine in einem Kasten am Heck.

Als nächstes holte er aus der Kombüse einen der großen Rupfensäcke, die der Koch für Abfälle benutzte, und machte sich damit auf den Weg durch die leere Offiziersmesse zum vorderen Niedergang. Er legte sich den Sack wie einen Umhang um die Schulter und pfiff leise vor sich hin. Seine Schritte hallten laut durch den Gang. Plötzlich hörte er hinter sich ein leises Geräusch. Er blieb stehen und horchte. Wahrscheinlich war es nur der alte Mann, der auf Ankerwache oben an Deck umherging. Larmoso trat durch die Luke der Offiziersmesse in den Niedergang und stieg die Metallstufen hinunter bis zur Höhe des vorderen Laderaums. Aber er betrat den Laderaum nicht, sondern schlug nur die Tür einmal laut zu und lehnte sich dann an das Schott am Fuß des Niedergangs und blickte durch den dunklen Eisenschacht zu der Luke am oberen Ende der Stufen hinauf. Die Smith & Wesson Airweigh (5 Schuß) sah in seiner großen Faust wie eine Kinderpistole aus Lakritze aus.

Während er hinaufblickte, ging der Lukendeckel der Offiziersmesse auf, und langsam wie eine nach Beute suchende Schlange erschien der kleine, scharf umrissene Kopf von Muhammad Fasil.

Larmoso schoß, der Knall hallte dröhnend von den Eisenwänden wider, und die Kugel prallte kreischend vom Handlauf ab. Larmoso sprang in den Laderaum und schlug die Tür hinter sich zu. Er schwitzte, und der ranzige Geruch seines Schweißes vermischte sich mit den Gerüchen von Rost und kaltem Schmierfett, während er lauernd in der Dunkelheit stand.

Langsam und gleichmäßig kamen die Schritte den Niedergang herunter. Larmoso wußte, daß Fasil die eine Hand am Geländer hatte und mit der anderen seine Waffe auf die geschlossene Tür des Laderaums gerichtet hielt. Er kroch hinter eine Kiste, etwa dreieinhalb Meter von der Luke entfernt, durch die Fasil hereinkommen mußte. Die Zeit arbeitet für mich, sagte er sich. Irgendwann würde die Besatzung wieder an Bord kommen. Er überlegte, wie er sich bei Fasil herausreden, was er ihm anbieten, wie er mit ihm handelseinig werden konnte. Aber es fiel ihm nichts ein, was Erfolg versprach. Nichts. Er hatte noch vier Schuß im Magazin. Er würde Fasil töten, wenn er durch die Luke kam. Der Entschluß war gefaßt.

Im Niedergang war es eine Weile lang still. Dann dröhnte Fasils Magnum, die Kugel durchschlug die Tür, und

Metallsplitter fetzten durch den Laderaum. Larmoso schoß zurück auf die geschlossene Tür, aber die Kugel seiner leichten Smith & Wesson hinterließ nur eine kleine Delle in dem Metall. Er schoß noch einmal und noch einmal, als die Tür aufflog und die dunkle Gestalt hereintaumelte.

Als er den letzten Schuß abfeuerte, sah Larmoso beim Aufblitzen des Mündungsfeuers, daß er auf ein Sofakissen aus der Offiziersmesse geschossen hatte. Stolpernd und fluchend lief er durch den dunklen Laderaum auf die vordere Abteilung zu.

Er würde sich Hassans Pistole holen. Und er würde Fasil damit töten.

Dafür, daß er so groß und dick war, lief Larmoso sehr flink, und er kannte sich in dem Laderaum sehr gut aus. In weniger als dreißig Sekunden war er an der Tür der vorderen Abteilung und steckte hastig den Schlüssel ins Schloß. Der Gestank, der ihm entgegenschlug, als er die Tür öffnete und in den Raum hineinstürzte, verursachte ihm Brechreiz. Er wollte kein Licht machen und kroch deshalb in dem stockdunklen Raum, nach Hassan tastend und leise vor sich hin murmelnd, über den Boden. Er stieß auf die Kisten und kroch um sie herum. Dann berührte seine Hand einen Schuh. Er tastete an dem Hosenbein entlang und über Hassans Leib. Die Pistole steckte nicht im Hosenbund. Er suchte zu beiden Seiten des Körpers. Er fand den Arm, merkte, daß er sich bewegte, aber er fand die Pistole nicht, bis sie sich in sein Gesicht entlud.

Der Knall dröhnte Fasil in den Ohren, und es vergingen mehrere Minuten, ehe er das heisere Flüstern aus der vorderen Abteilung hörte.

»Fasil. Fasil.«

Als er mit seiner kleinen Taschenlampe in den dunklen Raum leuchtete, sah er winzige Füße eilig aus dem Lichtstrahl davontrippeln. Er ließ das Licht über die rote Maske von Larmoso gleiten, der tot auf dem Rücken lag. Dann ging er hinein.

Kniend nahm er das von der Ratte verwüstete Gesicht

Ali Hassans zwischen seine Hände. Die Lippen bewegten sich.

»Fasil.«

»Du hast deine Sache gut gemacht, Hassan. Ich hole einen Arzt.« Fasil wußte, daß es hoffnungslos war, daß es für Hassan, dessen Leib von Peritonitis geschwollen war, keine Hilfe mehr gab. Trotzdem, er konnte eine halbe Stunde, ehe die *Leticia* wieder in See ging, einen Arzt entführen und mitnehmen, damit er Hassan Linderung verschaffte. Und er konnte den Arzt töten, ehe das Schiff New York erreichte. Das war das mindeste, was er Hassan schuldig war. Es war ein Gebot der Menschlichkeit.

»Hassan, ich bin in fünf Minuten wieder da. Ich hole nur den Verbandskasten. Ich lasse dir die Taschenlampe hier.«

Ein schwaches Flüstern. »Ist meine Pflicht getan?«

»Sie ist getan. Halte durch, mein Junge. Ich gebe dir etwas Morphium, und dann hole ich einen Arzt.«

Fasil tastete sich durch den dunklen Laderaum zur Tür, als plötzlich Hassans Pistole hinter ihm losging. Er blieb stehen und legte den Kopf an die kalte Eisenwand. »Das werdet ihr büßen«, flüsterte er. Er sprach zu einem Volk, das er nie gesehen hatte.

Der alte Mann, der die Ankerwache übernommen hatte, lag noch immer bewußtlos da, mit einer dicken Beule am Hinterkopf, wo Fasils Faustschlag ihn getroffen hatte. Fasil schleppte ihn in die Kajüte des Ersten Offiziers und legte ihn auf die Koje. Dann setzte er sich hin, um nachzudenken.

Ursprünglich war geplant gewesen, daß Benjamin Muzi, der Importeur, die Kisten im Hafen von Brooklyn abholen sollte. Aber es gab keine Möglichkeit, in Erfahrung zu bringen, ob Larmoso mit Muzi Verbindung aufgenommen und sich seiner Hilfe bei seinem verräterischen Tun versichert hatte. Muzi mußte ohnehin beseitigt werden. Er wußte viel zuviel. Die Zollbeamten würden sich wundern, daß Larmoso nicht an Bord war. Sie würden Fragen stellen. Es war unwahrscheinlich, daß die anderen Männer auf dem Schiff wußten, was die Kisten enthielten. Larmosos Schlüssel hatten noch an dem Schloß der Tür zur vorderen Abteilung gebaumelt, als er von Hassan getötet worden war. Jetzt befanden sie sich in Fasils Tasche. Das *plastique* durfte nicht im Hafen von New York ankommen, soviel stand fest.

Der Erste Offizer, Mustafa Fawzi, war ein vernünftiger Mann und nicht sehr mutig. Als er gegen Mitternacht wieder an Bord kam, hatte Fasil eine kurze Unterhaltung mit ihm. In der rechten Hand hielt Fasil einen großen schwarzen Revolver und in der linken Geldscheine – 2000 Dollar. Er erkundigte sich höflich nach dem Befinden von Fawzis Mutter und Schwester, die beide in Beirut lebten. Dann deutete er an, daß ihr weiteres Wohlergehen weitgehend von Fawzis Bereitschaft zur Zusammenarbeit abhing. Die Sache war schnell geregelt.

An der Ostküste der Vereinigten Staaten war es sieben Uhr abends, als in Michael Landers Haus das Telefon klingelte. Er arbeitete in seiner Garage und nahm den Hörer des Nebenanschlusses ab. Dahlia rührte in einer Büchse Farbe an.

Aus den starken Nebengeräuschen in der Leitung schloß Lander, daß der Anrufer sehr weit entfernt war. Er hatte eine angenehme Stimme und, ähnlich wie Dahlia, einen britischen Tonfall. Er fragte nach der ›Dame des Hauses‹.

Dahlia stürzte an den Apparat, und nun begann eine ziemlich lange und langweilige Unterhaltung auf englisch über Verwandte und Immobilien. Dann wurde die Plauderei etwa zwanzig Sekunden lang durch einen arabischen Redeschwall unterbrochen.

Dahlia wandte sich vom Telefon ab und legte die Hand über die Muschel.

»Michael, wir müssen das *plastique* auf See in Empfang nehmen. Kannst du ein Boot beschaffen?«

Lander dachte angestrengt nach. »Ja. Aber sieh zu, daß er sich den Treffpunkt genau einprägt. Vierzig Seemeilen östlich vom Barnegat-Leuchtturm. Eine halbe Stunde vor Sonnenuntergang. Wir werden beim letzten Tageslicht visuellen Kontakt aufnehmen und nähern uns dann nach Einbruch der Dunkelheit. Wenn die Windstärke mehr als fünf ist, wird das Treffen um genau 24 Stunden verschoben. Sag ihm, er soll das Zeug in Pakete abpacken, die man allein gut tragen kann.«

Dahlia sprach schnell ins Telefon, dann legte sie den Hörer auf.

»Am Dienstag, dem zwölften«, sagte sie. Sie sah ihn forschend an. »Michael, du hast dir das alles sehr schnell überlegt.«

»Nein, habe ich nicht«, erwiderte Lander.

Dahlia hatte sehr schnell gelernt, daß es besser war, Lander niemals zu belügen. Es wäre ebenso dumm gewesen wie einen Computer mit halben Wahrheiten zu füttern und zutreffende Antworten zu erwarten. Außerdem merkte er stets ganz genau, wenn sie auch nur in Versuchung geriet, zu lügen. Jetzt war sie froh, daß sie ihm von Anfang an alle Einzelheiten über die Art und Weise, wie das *plastique* ins Land geschafft werden sollte, anvertraut hatte.

Er hörte gelassen zu, als sie ihm berichtete, was auf dem Schiff geschehen war.

»Glaubst du, daß Muzi diesen Larmoso dazu angestiftet hat?« fragte er.

»Fasil weiß es nicht. Er hat keine Gelegenheit mehr gehabt, Larmoso danach zu fragen. Aber wir müssen davon ausgehen, daß Muzi ihn möglicherweise dazu angestiftet hat. Wir können es uns nicht leisten, diese Möglichkeit nicht in Betracht zu ziehen, nicht wahr, Michael? Falls Muzi versucht hat, auf diese Weise die Ladung an sich zu bringen, falls er vorhatte, unsere Vorauszahlung zu behalten und das *plastique* anderweitig zu verkaufen, dann hat er uns wahrscheinlich bei den hiesigen Behörden angezeigt. Er müßte es sogar tun, um sich selbst zu schützen.

Aber selbst wenn er uns nicht verraten hat, müßte er beseitigt werden. Er weiß zuviel, und er hat dich gesehen. Er könnte dich identifizieren.«

»Hast du schon von Anfang an die Absicht gehabt, ihn zu töten?«

»Ja. Er ist keiner von unseren Leuten, und er macht gefährliche Geschäfte. Wenn die Behörden ihn wegen irgendeiner anderen Sache unter Druck setzen, wer weiß, was er ihnen dann sagen würde?« Dahlia merkte, daß sie zu bestimmt sprach. »Ich könnte den Gedanken nicht ertragen, daß er ständig eine Bedrohung für dich darstellt, Michael«, fügte sie mit sanfterer Stimme hinzu. »Du hast ihm doch auch nicht vertraut, nicht wahr, Michael? Du hattest schon im voraus für alle Fälle eine Übernahme des Materials auf See geplant, nicht wahr? Und in allen Einzelheiten! Wirklich erstaunlich.«

»Ja, erstaunlich«, sagte Lander. »Eine Bedingung. Muzi passiert nichts, ehe wir nicht das *plastique* haben. Falls er zu den Behörden gegangen ist, um sich auf diese Weise Straffreiheit in irgendeiner anderen Sache zu erkaufen, oder was auch immer, wird man uns die Falle im Hafen stellen. Solange die Polizei glaubt, daß wir zum Hafen kommen werden, um das Zeug abzuholen, ist die Wahrscheinlichkeit geringer, daß man ein Einsatzkommando zu dem Schiff hinausfliegt. Wenn Muzi getötet wird, ehe das Schiff einläuft, wissen sie, daß wir nicht zum Hafen kommen werden. Dann werden sie uns an Bord erwarten, wenn wir zum Schiff hinausfahren.« Plötzlich war Lander wütend und weiß um den Mund herum. »Muzi war also das Beste, was euer superkluger Kameltreiber sich einfallen lassen konnte.«

Dahlia zuckte nicht mit der Wimper. Sie wies Lander nicht darauf hin, daß er von sich aus mit Muzi Kontakt aufgenommen hatte. Sie wußte, daß er seinen Zorn unterdrücken und dem bereits angestauten allgemeinen Zorn hinzufügen würde, sobald das Problem aufs neue seine unwiderstehliche Anziehungskraft auf ihn ausübte.

Er schloß eine Sekunde lang die Augen. »Du mußt morgen Besorgungen machen«, sagte er. »Gib mir einen Bleistift.«

5

Seit Hafez Nadscheer und Abu Ali tot waren, wußten nur Dahlia und Muhammad Fasil, was Lander plante, aber Benjamin Muzi hatte ihn mehrmals gesehen, denn Muzi war Landers erster Kontaktmann zum ›Schwarzen September‹ gewesen. Lander hatte sich an ihn gewandt, um über ihn an Plastiksprengstoff heranzukommen.

Von Anfang an war das große Problem der Sprengstoff gewesen. In der ersten Glut seiner Offenbarung, als er Klarheit darüber gewann, was er tun würde, war es Lander nicht in den Sinn gekommen, daß er Hilfe brauchte. Die Schönheit der Tat, so wie er sie sich vorstellte, lag nicht zuletzt darin, daß er sie allein ausführte. Doch als der Plan Gestalt annahm, und als er bei seinen Flügen immer wieder auf die Menge in den Sportstadien hinunterblickte, kam er zu dem Schluß, daß sie mehr verdient hatten als die paar Kisten Dynamit, die er vielleicht kaufen oder stehlen konnte. Er wollte, daß ihnen mehr zuteil wurde als nur die zufälligen Splitter einer von Dynamit zerrissenen Gondel und ein paar Pfund Nägel.

Manchmal, wenn er nachts wach lag, füllten die nach oben gewandten Gesichter der Menge die dunkle Decke seines Zimmers. Ihre Münder waren geöffnet, und die Köpfe bewegten sich wie Blumen im Wind. Viele der Gesichter nahmen Margarets Züge an. Und dann hob sich der große Feuerball aus der Fieberglut seines Gesichts, stieg wirbelnd wie Spiralnebel zu ihnen empor, versengte sie zu Kohle und besänftigte ihn, so daß er einschlafen konnte.

Er brauchte Plastiksprengstoff.

Lander reiste zweimal durchs Land und sah sich nach Plastiksprengstoff um. Er fuhr zu drei militärischen Arsenalen, um die Möglichkeiten eines Diebstahls zu erkunden, und stellte fest, daß es aussichtslos war. Er fuhr zu den Werksanlagen eines großen Konzerns, der Babyöl und Napalm, industrielle Bindemittel und Plastikexplosivstoffe herstellt, und fand heraus, daß die Sicherheitsvorkehrungen dort ebenso lückenlos waren wie bei den Militärarsenalen und sogar noch erheblich erfinderischer. Die hohe Empfindlichkeit von Nitroglyzerin machte es unmöglich, es aus Dynamit zu extrahieren.

Lander durchstöberte die Zeitungen nach Berichten über terroristische Anschläge, Explosionen, Bomben. Der Stapel von Ausschnitten in seinem Schlafzimmer wurde immer größer. Es hätte ihn gekränkt, wenn man ihm gesagt hätte, wie charakteristisch dieses Verhaltensmuster war und wie viele kranke Menschen in ihren Schlafzimmern Zeitungsausschnitte aufbewahrten und ihren großen Tag herbeisehnten. Viele von Landers Ausschnitten waren Berichte von Auslandskorrespondenten – Berichte aus Rom, Helsinki, Damaskus, Den Haag, Beirut.

Mitte Juli war ihm dann in einem Motel in Cincinnati eine Idee gekommen. Er war an diesem Tag mit dem Aldrich-Blimp über einer Industrieausstellung gekreist und betrank sich jetzt langsam in der Halle des Motels. Es war schon spät. Über dem Ende der Bar hing ein Fernsehapparat an der Decke. Lander saß fast unmittelbar darunter und starrte in sein Glas. Die meisten der Gäste saßen ihm zugewandt auf ihren Barhockern, und das blasse Licht des Fernsehschirms schimmerte auf ihren nach oben gerichteten Gesichtern.

Lander blickte auf und wurde plötzlich hellwach. Irgend etwas in dem Gesichtsausdruck der Gäste, die auf den Bildschirm blickten, erregte seine Aufmerksamkeit. Besorgnis. Zorn. Nicht eigentlich Angst, denn sie befanden sich ja in Sicherheit, aber sie sahen alle aus wie jemand, der vom Fenster seiner Hütte aus ein Rudel Wölfe beobachtet. Lander nahm sein Glas auf und ging an der Bar entlang, bis er den Bildschirm sehen konnte. Eine Boeing 747, die, wie ein riesiges Insekt, von flimmernder Hitze umgeben, in der Wüste hockte. Das vordere Ende des Rumpfes explodierte, gleich darauf der mittlere Abschnitt, und dann verschwand das Flugzeug in einem wilden Ausbruch von Flammen und Rauch. Die Sendung war die Wiederholung eines Sonderberichts über arabische Terroristen.

Ein Schnitt. München 1972. Die Schreckensszenen im Olympischen Dorf. Die beiden Hubschrauber auf dem Flugplatz Fürstenfeldbruck. Gedämpfte Schüsse. Der Tod der israelischen Sportler. Dann die saudiarabische Botschaft in der sudanesischen Hauptstadt Khartum, wo die amerikanischen und belgischen Diplomaten ermordet worden waren, und Jassir Arafat, der Führer der El-Fatah, der jede Verantwortung ablehnte.

Dann wieder Jassir Arafat, diesmal bei einer Pressekonferenz in Beirut. Erbittert klagte er England und die Vereinigten Staaten an, die Israelis bei ihren Terrorüberfällen auf die palästinensischen Freiheitskämpfer zu unterstützen. »Wenn unsere Rache kommt, wird sie gewaltig sein«, sagte Arafat mit blitzenden Augen.

Eine bekräftigende Erklärung von Oberst Gaddafi, dem Bewunderer Napoleons und beständigen Verbündeten und Finanzier der El-Fatah: »Die Vereinigten Staaten verdienen eine kräftige Ohrfeige.« Eine weitere Äußerung von Gaddafi: »Gott verdamme Amerika.«

»Drecksack«, sagte ein Mann in einem Blazer, der neben Lander stand. »Eine Horde von Drecksäcken.«

Lander lachte laut. Einige Gäste drehten sich nach ihm um.

»Finden Sie das etwa komisch?« fragte der Mann.

»Nein. Ich kann Ihnen versichern, Sir, ich finde das überhaupt nicht komisch. Sie Drecksack!« Er legte einen Geldschein auf die Theke und ging hinaus, während der Mann hinter ihm her schrie.

Lander kannte keinen Araber persönlich. Er fing an, Berichte über die arabisch-amerikanischen Gruppen zu lesen, die mit der Sache der palästinensischen Araber sympthisierten. Aber die erste und einzige Versammlung, die er – in Brooklyn – besuchte, brachte ihn zu der Überzeugung, daß die Komitees arabisch-amerikanischer Bürger zu brav für ihn waren. Man diskutierte über Themen wie ›Gerechtigkeit‹ und ›Menschenrechte‹ und ermunterte die Anwesenden, an Kongreßmitglieder zu schreiben. Wenn er in diesem Kreis seine Fühler nach militanten Revolutionären ausstreckte, sagte sich Lander, würde sich mit Sicherheit gleich ein Geheimpolizist mit einem ans Bein geschnallten Mikrofon an eine Fersen heften.

Die Demonstrationen für die Palästinenser, die gelegentlich in Manhattan stattfanden, waren auch nicht besser. Auf der United Nations Plaza und dem Union Square entdeckte er weniger als zwanzig junge Araber, die von einem Meer von Juden umgeben waren.

Nein, er brauchte einen versierten und geldgierigen Geschäftemacher mit guten Beziehungen im Nahen Osten. Und er fand einen. Lander erhielt Namen und Adresse Benjamin Muzis von einem Bekannten, einem Zivilpiloten, der gelegentlich in seinem Rasieretui interessante kleine Päckchen aus dem Nahen Osten mitbrachte und sie dem Importeur übergab.

Muzis Büro, im hinteren Teil eines schäbigen Lagerhauses in der Sedgwick Street in Brooklyn gelegen, wirkte armselig und düster. Lander wurde von einem hünenhaften, übelriechenden Griechen empfangen, in dessen Glatze sich das matte Deckenlicht spiegelte, als sie sich durch ein Labyrinth von Kisten schlängelten.

Nur die Tür des Büros machte einen üppigen Eindruck. Sie bestand aus Stahl und war mit zwei Schließriegeln und einem schweren, doppelten Schloß versehen. Der Briefschlitz befand sich in Bauchhöhe und hatte auf der Innenseite eine Metallklappe, die mit zwei Bolzen geschlossen werden konnte.

Muzi hatte einen sehr dicken Bauch. Ächzend hob er einen Stapel Rechnungen von einem Stuhl und forderte Lander mit einer Handbewegung auf, Platz zu nehmen.

»Kann ich Ihnen etwas anbieten? Eine Erfrischung?«

»Nein.«

Muzi trank seine Flasche Perrier-Wasser aus und holte sich eine neue aus seinem Kühlschrank. Er ließ zwei Aspirin-Brausetabletten hineinfallen und trank einen großen Schluck. »Sie sagten am Telefon, sie wünschten mich in einer streng vertraulichen Angelegenheit zu sprechen. Da Sie mir Ihren Namen nicht genannt haben, haben Sie doch sicher nichts dagegen, wenn ich Sie Mr. Hopkins nenne, nicht wahr?«

»Nicht das geringste.«

»Ausgezeichnet. Mr. Hopkins, wenn Leute streng vertraulich sagen, meinen sie gewöhnlich eine Gesetzesübertretung. Sollte das auch hier der Fall sein, möchte ich nichts mit Ihnen zu tun haben, verstehen Sie?«

Lander zog ein Bündel Banknoten aus der Tasche und legte es auf Muzis Schreibtisch. Muzi rührte das Geld nicht an und warf nicht eimal einen Blick darauf. Lander nahm das Bündel wieder an sich, stand auf und ging auf die Tür zu.

»Einen Augenblick, Mr. Hopkins.«

Muzi winkte dem Griechen, der herbeikam und Lander gründlich abtastete. Danach sah der Grieche zu Muzi hinüber und schüttelte den Kopf.

»Bitte setzen Sie sich«, sagte Muzi. »Vielen Dank, Salop. Warte draußen.« Der Mann schloß die Tür hinter sich.

»Was für ein schmutziger Name«, sagte Lander.

»Ja, aber er weiß es nicht.« Muzi tupfte sich die Stirn mit einem Taschentuch ab. Dann legte er die Fingerspitzen aneinander, stützte das Kinn darauf und wartete.

»Ich höre, Sie sind ein Mann von weitreichendem Einfluß«, begann Lander.

»So? Das mag sein.«

»Nach Ansicht gewisser –«

»Mr. Hopkins, im Gegensatz zu dem, was Sie glauben mögen, ist es absolut nicht erforderlich, daß man sich in endlosen arabischen Umschweifen ergeht, wenn man mit einem Araber verhandeln will, zumal es den Amerikanern in der Mehrzahl an der Raffinesse fehlt, die nötig ist, um solche Reden interessant zu machen. In diesem Büro gibt es keine Wanzen. Niemand hört mit, was Sie mir erzählen. Sagen Sie mir, was Sie wollen.«

»Ich möchte, daß dem Chef der Nachrichtenabteilung der El-Fatah ein Brief überbracht wird.«

»Und wer ist dieser Chef?«

»Ich weiß es nicht. Sie werden es herausfinden. Man hat mir gesagt, daß Sie nahezu alles in Beirut erreichen können. Der Brief wird auf kunstvolle Art mehrfach versiegelt sein, und er muß ungeöffnet in die Hände des Empfängers gelangen.«

»Ja, das will ich wohl glauben.« Muzis Augen waren verhangen wie die Augen einer Schildkröte.

»Sie denken an eine Briefbombe«, sagte Lander. »Das ist es nicht. Sie können mir aus drei Meter Entfernung zusehen, wenn ich den Briefbogen ins Kuvert stecke. Sie können das Kuvert selbst zukleben, und danach bringe ich die Siegel an.«

»Ich verhandle mit Menschen, die an Geld interessiert sind. Leute mit politischen Ideen können oft ihre Rechnungen nicht bezahlen, oder sie töten einen, weil ihnen nichts Besseres einfällt. Ich glaube nicht –«

»Zweitausend Dollar jetzt, zweitausend, wenn die Botschaft ordnungsgemäß beim Empfänger eingetroffen ist.« Lander legte das Geld wieder auf den Schreibtisch. »Und noch etwas. Ich würde Ihnen empfehlen, bei einer Bank in Den Haag ein Nummernkonto zu eröffnen.«

»Zu welchem Zweck?«

»Um dort eine Menge libysches Geld einzuzahlen, falls Sie beschließen sollten, sich zur Ruhe zu setzen.«

Eine Zeitlang herrschte Schweigen. Schließlich fuhr Lander fort: »Sie müssen verstehen, daß der Brief gleich beim erstenmal in die richtigen Hände gelangen muß. Er darf nicht durch andere Hände gehen.«

»Da ich nicht weiß, was Sie eigentlich wollen, tappe ich im Dunkeln. Man könnte gewisse Nachforschungen anstellen, gewiß, aber selbst Nachforschungen sind gefährlich. Sie wissen, daß es innerhalb der El-Fatah Splittergruppen gibt, die untereinander zerstritten sind.«

»Leiten Sie den Brief an den ›Schwarzen September‹ weiter«, sagte Lander.

»Nicht für viertausend Dollar.«

»Wieviel?«

»Die Nachforschungen werden schwierig und kostspielig sein, und selbst dann kann man nie sicher sein –«

»Wieviel?«

»Für achttausend Dollar, zahlbar sofort, würde ich mein Möglichstes tun.«

»Viertausend jetzt und viertausend hinterher.«

»Achttausend jetzt, Mr. Hopkins. Hinterher kenne ich Sie nicht mehr, und Sie werden nie wieder hierherkommen.«

»Einverstanden.«

»Ich fahre in einer Woche nach Beirut. Ich will Ihren Brief erst unmittelbar vor meiner Abreise in Empfang nehmen. Sie können ihn am Siebten abends hierherbringen. Er wird in meiner Gegenwart versiegelt. Sie können mir glauben, ich will gar nicht wissen, was darin steht.«

Der Brief enthielt Landers wirklichen Namen und seine Adresse. Lander schrieb, daß er der palästinensischen Sache einen großen Dienst erweisen könne. Er bat um eine Zusammenkunft mit einem Vertreter des ›Schwarzen September‹ irgendwo in der westlichen Welt. Und er legte einen Barscheck über 1500 Dollar zur Deckung etwaiger Unkosten bei.

Muzi nahm den Brief und die achttausend Dollar mit einem so feierlichen Ernst entgegen, daß es fast an eine Zeremonie grenzte. Es war eine seiner Eigenheiten, daß er, wenn seine Forderungen erfüllt wurden, auch sein Wort hielt.

Eine Woche später bekam Lander eine Ansichtskarte aus Beirut. Es stand keine Nachricht darauf. Er überlegte, ob Muzi das Kuvert wohl selbst geöffnet und dem Brief seinen Namen und seine Adresse entnommen hatte.

Die dritte Woche brach an. Lander mußte vier Flüge von Lakehurst aus unternehmen. Und zweimal in dieser dritten Woche hatte er, als er zum Flugplatz fuhr, das Gefühl, daß ihm jemand folgte. Aber er war sich nicht sicher. Am Donnerstag, dem 15. August, startete er zu einem nächtlichen Reklameflug über Atlantic City, bei dem die computergesteuerte Leuchtschriftanlage an den langen Seitenwänden des Luftschiffs Werbebotschaften ausstrahlte.

Als er nach Lakehurst zurückkehrte und in seinen Wagen stieg, bemerkte er, daß unter dem linken Scheibenwischer eine Karte steckte. Verärgert stieg er wieder aus und zog sie heraus. Er nahm an, es handle sich um eine Reklamekarte, und musterte sie im Licht der Kuppellampe. Es war ein Gutschein für einen Besuch in *Maxie's Swim Club* in der Nähe von Lakehurst. Auf der Rückseite stand: »Morgen um 15 Uhr. Blinken Sie sofort einmal zur Bestätigung.«

Lander sah sich auf dem dunklen Flughafenparkplatz um. Es war niemand zu sehen. Er blinkte einmal mit seinen Scheinwerfern und fuhr nach Hause.

Es gibt viele private Schwimmclubs in New Jersey. Sie sind im allgemeinen sehr gepflegt und ziemlich teuer, und jeder ist auf seine Weise mehr oder weniger exklusiv. *Maxie's Swim Club* hatte vorwiegend jüdische Kundschaft, aber im Gegensatz zu anderen Clubbesitzern ließ Maxie auch Farbige und Puertorikaner ein, sofern er sie kannte. Lander traf um Viertel vor drei am Schwimmbad ein. Er zog sich in einem Umkleideraum mit großen Pfützen auf dem Boden seine Badehose an. Die Sonne, der stechende Chlorgeruch und die lärmenden Kinder erinnerten ihn an frühere Zeiten, als er mit Margaret und seinen Töchtern oft im Offizersclub schwimmen gewesen war. Nach dem Schwimmen hatten sie meist am Rand des Beckens gesessen und etwas getrunken. Margaret hatte den Stiel des Glases mit ihrem vom Wasser gerunzelten Fingern gehalten und hatte gelacht und ihr nasses Haar zurückgeworfen, da sie wußte, daß die jungen Offiziere sie beobachteten.

Lander kam sich plötzlich sehr einsam vor, und als er hinausging, war er sich seines weißen Körpers und seiner häßlichen Hand bewußt. Er tat seine Wertsachen in einen Drahtkorb, gab sie beim Wärter ab und steckte das numerierte Plastikschildchen in die Tasche seiner Badehose. Das Schwimmbecken war von einem unnatürlichen Blau, und das Licht, das auf dem Wasser tanzte, tat ihm in den Augen weh.

So ein Schwimmbecken, dachte er, hat viele Vorteile. Niemand kann eine Pistole oder ein Tonbandgerät bei sich haben, und man kann von niemandem heimlich Fingerabdrücke nehmen.

Er schwamm eine halbe Stunde lang gemächlich hin und her. Es waren mindestens fünfzehn Kinder mit den verschiedensten aufgeblasenen Gummitieren und Schläuchen im Wasser. Einige junge Paare spielten Wasserball, und ein junger Mann, der offenbar Muskelkater hatte, rieb sich am Rand des Beckens unter vielen Verrenkungen mit Sonnenöl ein.

Lander warf sich herum und schwamm auf dem Rücken langsam quer durch den tiefen Teil des Beckens, eben außerhalb der Reichweite der Springer. Er beobachtete gerade eine kleine, am Himmel dahintreibende Wolke, als er mit einem Mädchen zusammenstieß. Sie trug eine Schnorchelmaske und hatte offenbar den Boden des Bassins betrachtet, statt zu sehen, wohin sie schwamm.

»Verzeihung«, sagte sie, heftig paddelnd. Lander prustete und schnaubte und schwamm weiter, ohne etwas zu erwidern. Er blieb noch eine weitere halbe Stunde im Wasser, dann beschloß er aufzubrechen. Er wollte eben hinausklettern, als das Mädchen mit der Schnorchelmaske vor ihm emportauchte. Sie nahm die Maske ab und lächelte.

»Haben Sie das hier fallen lassen? Ich habe es auf dem Boden des Schwimmbeckens gefunden.« Sie hielt sein Plastikschildchen in der Hand.

Lander blickte an sich hinunter und sah, daß die Tasche seiner Badehose nach außen heraushing.

»Sie sollten lieber Ihre Brieftasche untersuchen und sich vergewissern, ob auch noch alles darin ist«, sagte sie und tauchte wieder unter.

In seiner Brieftasche steckte der Barscheck, den er nach Beirut geschickt hatte. Er gab den Korb wieder beim Wärter ab und kehrte zum Schwimmbecken zurück. Das Mädchen war in einen Wasserkampf mit zwei kleinen Jungen verwickelt. Beide protestierten lauthals, als sie von ihnen fortschwamm. Sie war herrlich anzusehen, wie sie so durchs Wasser glitt, und Lander, der sich kalt und zusammengeschrumpft in seiner Badehose fühlte, ärgerte sich bei ihrem Anblick.

»Wir können uns im Wasser unterhalten, Mr. Lander«, sagte sie und watete zu einer Stelle, wo das Wasser ihr bis knapp unter die Brüste reichte.

»Was erwarten Sie von mir? Daß ich hier, in der Badehose, losschieße und Ihnen auf der Stelle die ganze Sache erzähle?«

Sie betrachtete ihn mit einem ruhigen Blick, und er sah die zahllosen bunten Lichtpünktchen in ihren Augen tanzen. Plötzlich legte er seine verstümmelte Hand auf ihren Arm, starrte ihr ins Gesicht und wartete darauf, daß sie zurückschrecken würde. Ein sanftes Lächeln war die einzige sichtbare Reaktion. Die Reaktion, die er nicht sah, spielte sich unter der Wasseroberfläche ab. Ihre linke Hand drehte sich langsam herum, die Finger gekrümmt, bereit zuzuschlagen, falls es sich als nötig erwies.

»Darf ich Sie Michael nennen? Ich bin Dahlia Iyad. Ich finde, man kann sich hier sehr gut unterhalten.«

»Ist der Inhalt meiner Brieftasche in Ihren Augen zufriedenstellend?«

»Sie sollten froh sein, daß ich sie durchsucht habe. Ich

glaube nicht, daß Sie gern mit einer Anfängerin verhandeln würden.«

»Wieviel wissen Sie über mich?«

»Ich weiß, wie Sie Ihren Lebensunterhalt verdienen. Ich weiß, daß Sie in Gefangenschaft waren. Sie leben allein, Sie lesen bis spät in die Nacht, und Sie rauchen eine ziemlich minderwertige Sorte Marihuana. Ich weiß, daß Ihr Telefon nicht angezapft ist, zumindest nicht an dem Kabelverzweiger in Ihrem Keller oder an dem, der sich an dem Telefonmast draußen vor Ihrem Haus befindet. Ich weiß nicht mit Sicherheit, was Sie wollen.«

Früher oder später würde er es ihr doch sagen müssen. Aber auch ganz abgesehen von seinem Mißtrauen dieser Frau gegenüber war es schwer, es auszusprechen, ebenso schwer, wie sich einer verstümmelnden Operation zu unterziehen. Also gut.

»Ich will zwölfhundert Pfund Plastiksprengstoff in der Super Bowl explodieren lassen.«

Sie sah ihn an, als hätte er ihr unter Qualen eine sexuelle Perversion eingestanden, die ihr besonderes Vergnügen bereitete. Ruhiges und freundliches Mitgefühl, unterdrückte Erregung. Willkommen daheim.

»Sie haben keinen Plastiksprengstoff, nicht wahr, Michael?«

»Nein«, sagte er, und er sah weg, als er die entscheidende Frage stellte: »Können Sie es beschaffen?«

»Das ist eine große Menge. Es kommt darauf an.«

Mit einer jähen Bewegung, bei der die Wassertropfen um seinen Kopf flogen, wandte er ihr wieder das Gesicht zu. »*Das* will ich nicht hören. Das ist das einzige, was ich *nicht* hören will. Sprechen Sie geradeheraus!«

»Wenn ich überzeugt bin, daß *Sie* es schaffen, wenn ich meinem Kommandeur versichern kann, daß Sie es tun können und tun werden, dann ja, dann kann ich den Plastiksprengstoff beschaffen. Dann werde ich es tun.«

»In Ordnung. Das ist eine klare und ehrliche Antwort.«

»Ich möchte alles sehen. Ich komme mit zu Ihnen.«

»Warum nicht?«

Sie fuhren nicht gleich zu Landers Haus. Er war wieder für einen Leuchtreklameflug eingeteilt, und er nahm Dahlia mit. Es war im allgemeinen nicht üblich, bei nächtlichen Reklameflügen Passagiere mitzunehmen, da die meisten Sitze aus der Gondel entfernt werden mußten, um Platz für den Computer zu schaffen, der die achttausend Lichter an den Längsseiten des Luftschiffs steuerte. Aber wenn man ein wenig zusammenrückte, gab es genügend Platz. Farley, der Copilot, hatte bei zwei früheren Gelegenheiten, ohne zu fragen, seine Freundin aus Florida mitgebracht und konnte sich deshalb, als Lander mit Dahlia erschien, nicht gut weigern, der jungen Dame seinen Platz zu überlassen. Er und der Programmierer leckten sich bei ihrem Anblick lüstern die Lippen und amüsierten sich während des Fluges im hintern Teil der Gondel mit anzüglichen Pantomimen, wenn Dahlia und Lander nicht hinsahen.

Manhattan leuchtete und funkelte in der Dunkelheit wie ein riesiges Schiff aus glitzernden Diamanten. Sie flogen in achthundert Meter Höhe über das Häusermeer hinweg und glitten, leicht sinkend, auf den Lichtkreis des Shea-Stadions zu, wo die Mets ein nächtliches Spiel austrugen. Und jetzt wurden die Seiten des Luftschiffs zu großen, aufblitzenden Reklametafeln, über die sich die Buchstaben bewegten. ›Nicht vergessen, Citro essen. Reich an Vitamin C‹, lautete die erste Botschaft. ›Wer Winston raucht, hat –‹ Dieser Spruch riß mitten im Satz ab, und der Techniker hantierte fluchend mit seinem Lochstreifen herum.

Hinterher sahen Dahlia und Lander zu, wie das Bodenpersonal in Lakehurst im Flutlicht der Scheinwerfer den Blimp für die Nacht festmachte. Besonders aufmerksam beobachteten sie, wie die Männer in ihren Overalls den Computer aus der Gondel herausholten und die Sitze wieder hineinstellten.

Lander zeigte ihr das starke Geländer, das rings um das untere Ende der Kabine lief. Dann führte er Dahlia zum Heck der Gondel, und sie sahen zu, wie der Turbogenerator, der die Glühlampen mit Strom versorgte, losgemacht wurde. Der Generator, ein stromlinienförmiges, schweres Gebilde, das wie ein breitmauliger Barsch aussah, war mit einer starken Dreipunkthalterung ausgerüstet, die sich als sehr nützlich erweisen würde.

Farley kam mit seinem Fahrtenbuch auf die beiden zu. »He, ihr werdet doch nicht etwa *hier* die ganze Nacht verbringen?«

Dahlia sah ihn mit einem ausdruckslosen Lächeln an. »Es ist alles so schrecklich aufregend für mich.«

»Ja, ja.« Farley lachte leise und verabschiedete sich augenzwinkernd.

Dahlias Gesicht war gerötet, und ihre Augen glänzten, als sie vom Flugplatz zu Landers Haus fuhren.

Sie machte Lander von Anfang an klar, daß sie innerhalb des Hauses keinerlei Schauspiel von ihm erwartete. Und sie war auch sorgsam darauf bedacht, keinerlei Abneigung gegen ihn erkennen zu lassen. Ihr Körper war da, sie hatte ihn gebracht, weil es die Dinge erleichterte, schien ihre Haltung zum Ausdruck zu bringen. Physisch war sie Lander gegenüber auf eine so subtile Weise ehrerbietig und nachgiebig, daß er in seiner Sprache keinen Ausdruck dafür gewußt hätte. Und sie war sehr, sehr sanft.

In sachlichen Dingen war es völlig anders. Lander erkannte sehr bald, daß er sie mit seinen überlegenen technischen Kenntnissen nicht einschüchtern konnte. Er mußte ihr seinen Plan in allen Einzelheiten erklären, und jeden Ausdruck, den sie nicht verstand, mußte er genau definieren. Wenn sie anderer Meinung war als er, drehte es sich gewöhnlich um Methoden in der Behandlung von Menschen, und er stellte fest, daß sie eine kluge Menschenkennerin war und große Erfahrung besaß, was das Verhalten verängstigter Menschen unter Druck betraf. Aber selbst wenn sie bei einer Meinungsverschiedenheit unnachgiebig blieb, unterstrich sie ihren Standpunkt nie mit großen Gesten oder einem Gesichtsausdruck, der etwas anderes widerspiegelte als Konzentration.

In dieser Zeit, während sie die technischen Probleme – zumindest theoretisch – lösten, wurde Dahlia klar, daß die größte Gefahr, die dem Projekt drohte, in Landers Labilität lag. Er war wie eine großartige Maschine mit einem unberechenbaren Kind am Schalthebel. Ihre Rolle bestand in zunehmendem Maße darin, ihm Halt zu geben, ihm eine Stütze zu sein. Und hier konnte sie nicht immer alles genau berechnen. Oft mußte sie sich auf ihr Gefühl verlassen.

Im Laufe der Zeit fing er an, ihr gelegentlich von sich zu erzählen – harmlose Dinge zunächst, die ihn nicht schmerzten. Manchmal schimpfte er abends, wenn er etwas getrunken hatte, stundenlang über die Ungerechtigkeiten bei der Navy, bis sie schließlich nach Mitternacht in ihr Zimmer ging, während er fluchend vor dem Fernsehgerät sitzen blieb. Und dann bot er ihr eines Abends, als sie auf seinem Bettrand saß, wie ein Geschenk eine Geschichte aus seiner Kindheit dar. Er erzählte ihr, wie er zum erstenmal ein Luftschiff gesehen hatte.

Er war ein achtjähriger Junge, mit Impetigo an den Knien, und stand auf dem nackten Lehmboden des Spielplatzes einer Dorfschule. Plötzlich erblickte er am Himmel das Luftschiff. Silbern, vor dem Winde drehend, schwebte es über dem Schulhof und verstreute winzige Gegenstände, die langsam herabsanken – bunte Zuckerstangen an kleinen Fallschirmen. Michael, der hinter dem Luftschiff herlief, konnte sich über die ganze Länge des Schulhofs hin in seinem Schatten halten. Die anderen Kinder rannten mit ihm und balgten sich um die Zuckerstangen. Schließlich kamen sie zu dem frisch gepflügten Feld, das an den Hof grenzte, und der Schatten, der sich jetzt wellenartig über die Furchen bewegte, glitt davon. Michael in seiner kurzen Hose fiel der Länge nach auf das Feld, und der Schorf platzte ihm von den Knien. Er stand wieder auf und sah dem Luftschiff nach, bis es seinem Blick entschwand. Mit den Fingern hielt er eine Zuckerstange und seinen kleinen Fallschirm umklammert, und an den Beinen lief ihm in kleinen Rinnsalen das Blut herab.

Während er ihr gedankenverloren diese Geschichte erzählte, hatte Dahlia sich neben ihm auf dem Bett ausgestreckt und hörte ihm aufmerksam zu. Und er kam von seinem Spielplatz zu ihr, und auf seinem Gesicht lag noch das Staunen, das Glück jenes längst vergangenen Tages.

Danach verlor er seine Scham. Sie hatte seinen schrecklichen Wunsch gehört und ihn zu dem ihren gemacht. Sie hatte ihn mit ihrem Körper empfangen. Nicht voller einschüchternder Erwartungen, sondern mit einem reichen Maß an Güte. Sie fand nichts häßlich an ihm. Jetzt hatte er das Gefühl, daß er ihr *alles* sagen konnte, und es brach aus ihm hervor – all die Dinge, die er nie zuvor hatte erzählen können, selbst Margaret nicht. Vor allem Margaret nicht.

Dahlia hörte ihm voller Mitgefühl und mit besorgtem Interesse zu. Sie zeigte nie auch nur eine Spur von Abscheu oder Angst. Doch lernte sie sich vor ihm in acht zu nehmen, wenn er über bestimmte Dinge sprach, denn er konnte plötzlich in seiner Wut über Kränkungen, die andere ihm zugefügt hatten, zornig auf sie werden. Dahlia mußte Lander kennenlernen, und sie lernte ihn sehr gut kennen, besser als irgend jemand anders ihn jemals kennenlernen sollte – sie wußte weit mehr über ihn als die Mitglieder jener Kommission, die seine letzte Tat untersuchte. Die auserwählten Männer der Untersuchungskommission waren auf Stapel von Dokumenten und Fotografien angewiesen, auf ihre steif dasitzenden Zeugen. Dahlia hatte es aus dem Mund des Ungeheuers.

Gewiß, sie wollte Lander kennenlernen, um ihn zu benutzen, aber wer hört schon jemals für nichts und wieder nichts zu? Sie hätte sicher viel für ihn tun können, wenn ihr Ziel nicht Mord gewesen wäre.

Seine absolute Offenheit und die Schlüsse, die sie aus seinen Erzählungen zog, boten ihr viele Ausblicke auf seine Vergangenheit. So konnte sie beobachten, wie ihre Waffe geschmiedet wurde...

Bezirksschule Willett-Lorance, eine ländliche Schule zwischen Willett und Lorance in South Carolina, 2. Februar 1941:

»Michael, Michael Lander, komm nach vorn und lies deinen Aufsatz vor. Und ich möchte, daß du genau achtgibst, Ives. Und du auch, Atkins junior. Ihr zwei habt wieder einmal gealbert, während Rom brennt. Noch sechs Wochen, dann werden wir in dieser Klasse die Schafe von den Böcken scheiden.«

Michael muß noch zwei weitere Male aufgerufen werden. Er wirkt überraschend klein, als er schließlich zwischen den Bänken entlang nach vorn geht. Es gibt an der Schule keine Klasse für überdurchschnittlich begabte Kinder. Statt dessen hat man Michael eine Klasse überspringen lassen. Er ist acht Jahre alt und schon in der vierten Klasse.

Ives und Atkins junior, beide zwölf, haben die letzte Pause damit verbracht, den Kopf eines Jungen der zweiten Klasse in die Klosettschüssel zu tauchen. Jetzt geben sie genau acht. Auf Michael. Nicht auf das, was er vorliest.

Michael weiß, daß er für seine gute Arbeit büßen muß. Während er in seiner ausgebeulten kurzen Hose – die anderen tragen alle bereits lange Hosen – vor der Klasse steht und mit kaum hörbarer Stimme seinen Aufsatz vorliest, weiß er, daß er dafür büßen muß. Er hofft, daß es auf dem Schulhof passiert. Er will lieber verprügelt als mit dem Kopf in die Klosettschüssel getaucht werden.

Michaels Vater ist Pfarrer, und seine Mutter ist eine einflußreiche Persönlichkeit im Elternbeirat. Er ist kein hübscher, anziehender Junge. Er glaubt, daß irgend etwas mit ihm nicht in Ordnung sei. Solange er sich erinnern kann, haben ihn schreckiche Gefühle gequält, die er nicht versteht. Er kann Zorn auf andere und Abscheu vor sich selbst noch nicht klar erkennen. Er hat ständig ein und dasselbe Bild von sich vor Augen: ein zimperlicher kleiner Junge in kurzen Hosen. Und er haßt diesen Jungen. Manchmal sieht er zu, wenn die anderen Achtjährigen im Buschwerk Cowboys spielen. Ein paarmal hat er versucht mitzuspielen, hat mit dem Zeigefinger gezielt und »Päng-päng!« gebrüllt. Aber er kommt sich albern dabei vor. Die anderen erkennen, daß er kein wirklicher Cowboy ist, daß er nicht an das Spiel glaubt.

Er schlendert zu seinen Klassenkameraden, den Elf- und Zwölfjährigen, hinüber. Sie wollen Football spielen und stellen Mannschaften auf. Er steht in der Gruppe und wartet. Es ist nicht schlimm, als letzter gewählt zu werden, solange man überhaupt gewählt wird. Schließlich steht er allein zwischen den beiden Mannschaften da. Er ist nicht gewählt worden. Er weiß, welche Mannschaft zuletzt gewählt hat, und geht zu der anderen Mannschaft hinüber. Er sieht sich selbst, sieht, wie er auf sie zugeht. Er sieht seine vorstehenden Knie unter der kurzen Hose, und er weiß, daß die dicht zusammenstehenden Jungen über ihn sprechen. Sie kehren ihm den Rücken zu. Er mag sie nicht bitten, daß sie ihn mitspielen lassen. Er geht davon, mit hochrotem Kopf. Und nirgendwo auf dem Spielplatz gibt es eine Ecke, wo er sich verstecken könnte.

Als Südstaatler ist Michael von einem besonderen ›Ehrenkodex‹ geprägt. Ein Mann kämpft, wenn er zum Kampf aufgefordert wird. Ein Mann ist mutig, aufrichtig, rechtschaffen und stark. Er kann Football spielen, er jagt gern, und er duldet keine unanständigen Reden in Gegenwart von Damen, auch wenn er unter seinen Freunden schlüpfrige Bemerkungen über sie macht.

Solange man ein Kind ist, kann der ›Ehrenkodex‹, wenn man nicht über das nötige Rüstzeug verfügt, einen töten.

Michael hat gelernt, daß es besser ist, nicht gegen Zwölfjährige zu kämpfen, wenn er es vermeiden kann. Man sagt ihm, er sei ein Feigling. Und er glaubte es. Er ist fähig, ausdrucksvoll zu sprechen, und hat noch nicht gelernt, es zu verbergen. Man sagt ihm, er sei ein Homo. Und er nimmt an, daß es wahrscheinlich stimmt.

Jetzt hat er seinen Aufsatz vor der Klasse verlesen. Er weiß, daß er in der Pause den Atem von Atkins junior riechen wird. Die Lehrerin sagt zu Michael, er gehöre zu den

›guten Bürgern in der Klasse‹. Sie versteht nicht, warum er das Gesicht von ihr abwendet.

10. September 1947. Der Footballplatz hinter der Bezirksschule Willett-Lorance:

Michael Lander hat beschlossen, Football zu spielen. Er ist in der zehnten Klasse, und er tut es ohne Wissen seiner Eltern. Er hat das Gefühl, daß er es tun muß. Er möchte die Begeisterung teilen, die seine Klassenkameraden für Sport empfinden. Er ist neugierig auf sich selbst. Der Footballdress macht ihn wunderbar anonym. Er kann sich nicht mehr selbst beobachten, wenn er ihn anhat. Es ist spät für einen Jungen in der zehnten Klasse, mit dem Football zu beginnen, und er hat viel zu lernen. Zu seiner Überraschung sind die anderen nachsichtig ihm gegenüber. Nach ein paar Tagen haben sie herausgefunden, daß er zwar noch nicht viel vom Spiel versteht, sich aber geschickt anstellt und von ihnen lernen möchte. Für ihn ist es eine schöne Zeit. Sie dauert eine Woche. Seine Eltern erfahren, daß er Football spielt. Sie verabscheuen den Trainer, einen gottlosen Mann, der, wie es heißt, alkoholische Getränke in seinem Haus hat. Pfarrer Lander ist jetzt in der Schulkommission. Er und seine Frau kreuzen in ihrem Kaiser am Trainingsplatz auf. Michael sieht sie nicht, bis er jemanden seinen Namen rufen hört. Seine Mutter kommt durch das Gras gestelzt und nähert sich der Seitenlinie. Pfarrer Lander wartet im Wagen.

»Zieh sofort diesen albernen Anzug aus.«

Michael tut so, als hätte er es nicht gehört. Er spielt als Verteidiger, und die andere Mannschaft ringt um den Ball. Er nimmt seine Stellung auf dem Spielfeld ein. Klar und deutlich sieht er jeden einzelnen Grashalm. Der Stürmer vor ihm hat eine rote Schramme an der Wade.

Seine Mutter geht jetzt an der Seitenlinie entlang. Sie überquert sie. Sie kommt. Zweihundert Pfund gepuderten Zorns. »Ich habe gesagt, du sollst diesen albernen Anzug ausziehen und in den Wagen steigen.«

Michael hätte sich in diesem Augenblick vielleicht retten können. Er hätte seiner Mutter ins Gesicht schreien können. Auch der Trainer hätte ihn vielleicht retten können, wenn er schneller und weniger um seinen Posten besorgt gewesen wäre. Michael kann nicht zulassen, daß die anderen noch mehr sehen. Und er kann nach diesem Zwischenfall nicht mehr mit ihnen zusammen sein. Sie sehen einander jetzt mit einem Gesichtsausdruck an, den er einfach nicht ertragen kann. Er läuft zu dem kleinen Fertighaus, das sie als Umkleideraum benutzen. Hinter sich hört er einige der Spieler kichern.

Der Trainer muß die Jungen zweimal auffordern, das Spiel wieder aufzunehmen. »Wir brauchen hier keine Muttersöhnchen«, sagt er.

Michael zieht im Umkleideraum seinen Footballdress aus, legt ihn sorgfältig zusammengefaltet auf eine Bank und legt oben auf das Häufchen den Schlüssel seines Spinds. Er empfindet nur ein dumpfes Gefühl der Enttäuschung, keinen Zorn.

Während er mit seinen Eltern nach Hause fährt, läßt er einen Strom von Vorwürfen über sich ergehen. Er antwortet, ja, er sehe ein, daß er seinen Eltern Ungelegenheiten gemacht habe, daß er nicht nur an sich hätte denken dürfen. Er nickt ernst, als sie ihn ermahnen, daran zu denken, daß er seine Hände fürs Klavierspielen schonen müsse.

18. Juli 1948: Michael Lander sitzt in der hinteren Veranda des bescheidenen Pfarrhauses neben der Baptisten Kirche in Willett. Er repariert einen Rasenmäher. Er verdient sich etwas Geld mit dem Reparieren von Rasenmähern und anderen kleinen Geräten. Wenn er durch das Fliegengitter blickt, kann er seinen Vater sehen, der, die Hände hinter dem Kopf verschränkt, auf dem Bett liegt und Radio hört. Wenn Michael an ihn denkt, sieht er immer die weißen, unbeholfenen Hände seines Vaters vor sich und den Ring von der theologischen Schule, den Pfarrer Lander am Ringfinger trägt. In den Südstaaten existiert die Kirche – wie in vielen anderen Gegenden – hauptsächlich für und durch die Frauen. Die Männer finden sich um des häuslichen Friedens willen damit ab. Die Männer in Willett und Umgebung haben keinen Respekt vor Pfarrer Lander, weil er weder eine Ernte einbringen noch sonst irgend etwas Praktisches bewerkstelligen könnte. Seine Predigten sind langweilig und wirr, da er sich erst Gedanken darüber macht, wenn der Chor den Opfergesang anstimmt. Pfarrer Lander verbringt einen großen Teil seiner Zeit damit, Briefe an ein Mädchen zu schreiben, für das er als Schüler geschwärmt hat. Er schickt die Briefe niemals ab, sondern legt sie in eine Blechschachtel in seinem Arbeitszimmer. Das Kombinationsschloß, mit der er die Schachtel verschließt, ist lächerlich primitiv. Michael liest die Briefe seit Jahren. Zum Spaß.

Die Pubertät hat Michael Lander sehr geholfen. Mit fünfzehn ist er groß und schlank. Unter erheblichen Mühen hat er gelernt, überzeugend den mittelmäßigen Schüler zu spielen. Entgegen allen Erwartungen hat er sich, so scheint es, zu einem freundlichen, umgänglichen jungen Mann entwickelt. Er kennt Papageienwitze und kann sie gut erzählen.

Ein sommersprossiges Mädchen, zwei Jahre älter als er, hat Michael zu der Entdeckung verholfen, daß er wirklich ein Mann ist. Er ist darüber ungeheuer erleichtert, denn jahrelang hat man ihm nachgesagt, er sei schwul, und er hatte nie die Möglichkeit gehabt, sich das eine oder das andere zu beweisen.

Aber dieses ›Aufblühen‹ gilt nur für einen Teil seiner Persönlichkeit. Ein anderer Teil von ihm hat die ganze Zeit kalt und lauernd abseits gestanden. Es ist der Teil von ihm, der die Dummheit der Klassenkameraden durchschaut hat, der Teil, der ihm ständig und immer wieder kleine Szenen aus den ersten Schuljahren vorspielt, die den neuen Michael Lander zusammenzucken lassen: in Augenblicken der inneren Anspannung sieht er den unbeliebten kleinen Schuljungen vor sich, der Michaels neues Image bedroht, und empfindet eine schreckliche innere Leere.

Dieser kleine Schüler steht an der Spitze einer Legion von Haßgefühlen. Er weiß immer die Antwort, und sein Credo lautet: *Gott verdamme euch alle.* Mit fünfzehn hat sich Lander nach außen hin sehr gut angepaßt. Ein erfahrener Beobachter würde vielleicht ein paar Eigenheiten an ihm bemerken, die auf jene Haßgefühle hindeuten, aber für sich genommen sind diese Eigenheiten nicht verdächtig. Er kann keine persönlichen Rivalitäten ertragen. Er hat nie das Auf und Ab kontrollierter Aggressionen an sich erfahren, das den meisten Menschen hilft, mit ihren Schwierigkeiten fertig zu werden. Selbst harmlose Gesellschaftsspiele sind ihm unerträglich, und es ist ihm unmöglich, mit andern um Geld zu spielen. Objektiv hat er durchaus Verständnis für gemäßigte Formen der Aggression, aber er kann sie nicht nachempfinden. Für ihn gibt es keinen Mittelweg zwischen einer entspannten Atmosphäre ohne jede Rivalität und dem totalen Kampf, dem Kampf auf Leben und Tod, der mit der Schändung und Verbrennung des Unterlegenen endet. So hat Michael Lander kein Ventil. Und er hat sein Gift länger heruntergeschluckt, als die meisten anderen es gekonnt hätten.

Obgleich er sich einredet, daß er die Kirche haßt, betet er täglich mehrmals. Und er ist überzeugt davon, daß gewisse Gebetshaltungen seinen Bitten Nachdruck verleihen. Er glaubt, daß ein Gebet besonders wirksam ist, wenn er dabei die Knie mit der Stirn berührt. Um das auch in Gegenwart anderer tun zu können, denkt er sich irgendwelche Tricks aus, damit die anderen es nicht merken. So läßt er zum Beispiel irgend etwas unter seinen Stuhl fallen und bückt sich danach. Gebete, die er spricht, während er auf einer Schwelle steht oder das Schloß einer Tür berührt, hält er ebenfalls für wirksamer als andere. Er betet oft für Menschen, die in dem kurzen Aufflackern von Erinnerungen, von denen er mehrmals am Tag heimgesucht wird, vor seinem inneren Auge erscheinen. Ohne es zu wollen, und trotz aller Bemühungen, es nicht mehr zu tun, führt er oft quälende Zwiegespräche mit sich selbst.

»Da drüben arbeitet wieder die alte Mrs. Phelps im Garten hinter dem Schulhaus. Ich möchte wissen, wann sie sich endlich zur Ruhe setzt. Sie ist schon seit Ewigkeiten an der Schule.«

»Möchtest du, daß sie an Krebs verreckt?«

»Nein! Lieber Herr Jesus, vergib mir, ich möchte nicht, daß sie an Krebs stirbt. Lieber wollte ich an Krebs zugrunde gehen. (Er klopft dreimal auf Holz.) Lieber Vater im Himmel, lieber Gott, laß eher mich an Krebs zugrunde gehen.«

»Würdest du jetzt gern ein Gewehr nehmen und ihr eine Kugel durch ihren blöden alten Kopf schießen?«

»Nein! Nein! Lieber Herr Jesus, nein, das will ich nicht. Ich möchte, daß sie gesund und glücklich bleibt. Sie kann nichts dafür, daß sie so ist, wie sie ist. Und sie ist doch eine nette alte Dame. Sie ist ein guter Mensch. Vergib mir, daß ich so böse Gedanken gehabt habe.«

»Würdest du ihr gern mit dem Rasenmäher über ihr Gesicht fahren?«

»Nein, das möchte ich nicht, ich will es nicht! Lieber Herr Jesus, hilf mir, daß ich diese bösen Gedanken loswerde.«

»Zum Teufel mit dem Heiligen Geist.«

»Nein! Das darf ich nicht denken, das will ich nicht denken. Es ist eine Todsünde, die mir nicht vergeben wird. Ich will nicht denken ›zum Teufel mit dem Heiligen Geist‹. Oh, jetzt habe ich es schon wieder gedacht.«

Michael greift hinter sich, um den Schnäpper der Fliegengittertür zu berühren, und legt betend die Stirn auf sein Knie. Dann konzentriert er sich mit aller Kraft auf den Rasenmäher. Er will mit der Reparatur so schnell wie möglich fertig werden. Er braucht Geld. Er spart, denn er will Fliegen lernen.

Schon als Junge fühlte Lander sich von Maschinen magisch angezogen, und er ging sehr geschickt mit ihnen um. Aber zur Leidenschaft wurde diese Begabung erst, als er

Maschinen entdeckte, die ihn einhüllten, die gewissermaßen sein zweiter Körper wurden. Wenn er sich in ihnen befand, war seine Tätigkeit für ihn die Tätigkeit der Maschine, und er sah nicht mehr den kleinen Schuljungen vor sich.

Die erste war eine Piper Cub auf einer Graspiste. Wenn er am Steuerknüppel saß, sah er nichts mehr von Lander. Dann sah er nur noch, wie die kleine Maschine sich schräg legte, wie sie durchsackte, im Steilflug niederging, und ihre Gestalt war seine Gestalt, und ihre Anmut und Kraft waren seine Anmut und Kraft, und er spürte den Wind auf ihr, und er war frei.

Mit sechzehn Jahren ging Lander zur Navy, und er kehrte nie wieder in sein Elternhaus zurück. Seine erste Bewerbung bei der Marineflieger-Schule wurde abgelehnt, und er diente den ganzen Korea-Krieg über auf dem Flugzeugträger *Coral Sea,* wo er ständig mit Bomben zu tun hatte. Auf einer Fotografie in seinem Album sieht man ihn, wie er mit einer Crew der Bordmannschaft an einem mit Splitterbomben beladenen Gestell vor der Tragfläche einer Corsair steht. Die anderen Männer lachen und haben sich gegenseitig die Arme um die Schultern gelegt. Lander lächelt nicht. Er hält einen Zünder in der Hand.

Am 1. Juli 1953 erwachte Lander kurz nach Morgengrauen in der Kaserne in Lakehurst. Er war erst mitten in der Nacht dort angekommen, und er brauchte eine kalte Dusche, um richtig wach zu werden. Dann zog er sich sorgfältig an. Der Dienst bei der Navy hatte ihm gutgetan. Und die Uniform gefiel ihm. Ihm gefiel, wie er darin aussah, und ihm gefiel die Anonymität, die sie ihm verlieh. Er war tüchtig, und seine Leistungen wurden anerkannt. Heute sollte er sich zur Stelle melden und mit seiner neuen Aufgabe beginnen. Es ging dabei um Wasserbomben mit Wasserdruckzündern, die für U-Boot-Abwehr-Experimente präpariert wurden. Lander verstand etwas von solchen Dingen. Und wie viele Menschen mit einer tief wurzelnden inneren Unsicherheit hatte er eine Vorliebe für Waffentechnik.

Als er durch den kühlen Morgen zum Arsenal der Navy ging, sah er sich neugierig um und betrachtete alles, was er bei seiner Ankunft in der Dunkelheit nicht gesehen hatte. Zu seiner Rechten lagen die riesigen Hangars für die Luftschiffe. Die Türen des am nächsten gelegenen öffneten sich gerade mit lautem Gerassel. Lander sah auf seine Uhr. Er hatte noch etwas Zeit. So blieb er auf dem Gehsteig stehen und wartete gespannt. Ganz langsam kam das Luftschiff heraus. Zuerst sah man nur die Nase, dann schließlich zeigte es sich in seiner ganzen Länge. Es war ein ZPG-1 mit einem Fassungsvermögen von annähernd 30 000 Kubikmeter Helium. Lander hatte noch nie so nahe vor einem Luftschiff gestanden. Es war fast einhundert Meter lang, eine riesige silbrige Fläche, auf der die feuerroten Strahlen der Morgensonne funkelten. Lander eilte über das asphaltierte Vorfeld. Das Bodenpersonal verteilte sich unter dem Luftschiff. Einer der Backbordmotoren dröhnte auf, und ein blaues Rauchwölkchen hing hinter ihm in der Luft.

Lander lag nicht daran, Luftschiffe mit Wasserbomben auszurüsten. Er wollte auch nicht als Bodentechniker an Luftschiffen arbeiten oder sie aus den Hangars herausrollen. Er sah nur eines: die Steuerung.

Er qualifizierte sich mühelos für die nächste Ausleseprüfung für die Offiziersanwärterschule. 280 Unteroffiziere unterzogen sich an einem heißen Nachmittag im Juli 1953 der Eignungsprüfung. Lander ging als Bester daraus hervor. Der gute Ruf, den er in der Offiziersanwärterschule genoß, eröffnete ihm eine Fülle von Möglichkeiten. Er entschied sich für die Luftschiffe.

Die Erweiterung des kinästhetischen Empfindungsvermögens beim Steuern sich bewegender Maschinen ist nie zufriedenstellend erklärt worden. Manche Menschen werden als ›Naturtalente‹ bezeichnet, aber das ist ein unzulänglicher Ausdruck. Der berühmte Motorrad-Rennfahrer Mike Hailwood ist ein Naturtalent. Und auch Betty Skelton war es, wie jeder bezeugen wird, der sie mit ihrem kleinen Doppeldecker eine ›kubanische Acht‹ mit Überschlag nach oben und nach unten fliegen sah. Lander war ein Naturtalent. Am Steuer seines Luftschiffs, befreit von sich selbst, war er sicher und entschlossen, gegen jeglichen Druck gefeit. Und während er flog, eilten seine Gedanken immer ein Stück voraus, um Möglichkeiten abzuwägen und die Lösung des nächsten und des übernächsten Problems zu planen.

1955 bereits war Lander einer der fähigsten Luftschiffpiloten der Welt. Im Dezember jenes Jahres nahm er vom Luftstützpunkt der Marine in South Weymouth, Massachusetts, aus als stellvertretender Kommandeur an einer Reihe gefährlicher Testflüge teil, bei denen die Auswirkungen der Eis-Akkumulation bei schlechtem Wetter erforscht werden sollten. Dieses Unternehmen brachte der Mannschaft den Harmon-Preis für 1955 ein.

Und dann war Margaret da. Er lernte sie im Januar im Offiziersclub in Lakehurst kennen, wo er nach den Testflügen von South Weymouth als Held des Tages gefeiert wurde. Das schönste Jahr seines Lebens begann.

Sie war zwanzig und sah blendend aus. Sie war erst vor kurzem aus West Virginia nach New Jersey gekommen. Lander, der Held, in seiner untadeligen Uniform, eroberte sie im Sturm. Seltsamerweise war er für sie der erste Mann. Es erfüllte ihn mit großer Befriedigung, ihr Lehrmeister zu sein, doch als er später glaubte, daß sie andere Männer habe, machte die Erinnerung an jene Zeit alles nur noch schwerer für ihn.

Sie wurden in der Kapelle in Lakehurst getraut, in der sich die aus Wrackteilen des Luftschiffs *Akron* gefertigte Gedenktafel befindet.

Von nun an waren Margaret und sein Beruf der Inhalt seines Lebens. Er flog das größte, längste und eleganteste Luftschiff der Welt. Und Margaret war in seinen Augen die schönste Frau der Welt.

Wie anders war Margaret als seine Mutter! Manchmal, wenn er nachts aufwachte und gerade von seiner Mutter geträumt hatte, betrachtete er Margaret staunend und vergegenwärtigte sich in Gedanken all die physischen Unterschiede.

Sie hatten zwei Kinder, und sie fuhren im Sommer mit ihrem Boot an die Küste von Jersey. Sie hatten manche schöne Zeit miteinander. Aber nach und nach erkannte Margaret, daß Lander anders war, als sie geglaubt hatte. Sie bedurfte einer möglichst ausgeglichenen Atmosphäre, die ihr inneren Halt gab, während Michael ihr gegenüber von einem Extrem ins andere fiel. Manchmal zeigte er sich übermäßig um sie besorgt. Doch wenn ihm bei seiner Arbeit oder zu Hause irgend etwas in die Quere kam, wurde er eisig und abweisend. Und gelegentlich ließ er Anflüge von Grausamkeit erkennen, die sie in Angst und Schrekken versetzten.

Sie konnten nicht über ihre Probleme diskutieren. Er nahm entweder eine unerträglich pedantische Haltung ein oder er weigerte sich, überhaupt mit ihr zu sprechen. Die läuternde Wirkung eines gelegentlichen Streits blieb ihnen versagt.

In den frühen sechziger Jahren war er viel unterwegs. Er flog jetzt den riesigen ZPG-3W – mit einer Länge von 122 Metern das größte unstarre Luftschiff, das je gebaut worden war. Die 12 Meter hohe Radarantenne, die im Innern seiner großen Hülle kreiste, war ein wichtiges Glied im Frühwarnsystem der Vereinigten Staaten. Lander war glücklich und zufrieden, und das äußerte sich auch in seinem Verhalten, wenn er zu Hause war. Aber der Ausbau der DEW-Line, der vorgeschobenen Frühwarnkette von ständigen Radareinrichtungen, machte den Einsatz der Luftschiffe überflüssig, und 1964 war Landers Aufgabe als Luftschiffpilot der Navy beendet. Seine Gruppe wurde aufgelöst, die Luftschiffe wurden abgewrackt, und mit dem Fliegen war es aus. Lander wurde zur Verwaltung versetzt.

Er behandelte Margaret zunehmend schlechter. Meist herrschte ein beklemmendes Schweigen, wenn sie zusammensaßen. Wenn er abends nach Hause kam, unterzog er sie einem Kreuzverhör. Er wollte genau wissen, was sie tagsüber getan hatte. Sie zählte es auf, lauter harmlose Dinge. Er glaubte ihr nicht. Im Bett wollte er nichts mehr von ihr wissen. Ende 1964 war das, was sie tagsüber tat, nicht mehr harmlos. Aber mehr als Sex suchte sie Wärme und Freundschaft.

Als die Vereinigten Staaten ihre Engagement in Vietnam verstärkten, meldete Lander sich freiwillig als Helikopterpilot und wurde sofort angenommen. Die Ausbildung lenkte ihn ab. Er flog wieder. Er machte Margaret teure Geschenke. Ihr war nicht sehr wohl dabei zumute, aber immerhin war dies besser als die Art, wie er sie vorher behandelt hatte.

In seinem letzten Urlaub, ehe er sich an Bord des Truppentransporters begab, der ihn nach Vietnam brachte, fuhren sie auf die Bermudas und hatten dort schöne Ferien. Lander sprach zwar fast ausschließlich und in ermüdender Ausführlichkeit über die Technik der Drehflügelflugzeuge, doch zumindest war er Margaret gegenüber sehr aufmerksam und manchmal sogar liebevoll. Margaret war ihm dankbar dafür und zeigte es ihm. Lander glaubte, daß er sie nie so geliebt hatte.

Am 10. Februar 1967 startete Lander, der zu dieser Zeit auf dem Flugzeugträger *Ticonderoga* im Südchinesischen Meer stationiert war, zu seiner 114. Rettungsmission. Eine halbe Stunde nach Monduntergang schwebte er vor Dong Hoi über der dunklen See. Er befand sich fünfzehn Meilen vor der Küste und wartete auf einige F-4 und Skyraider, die von einem Bombenangriff zurückkehrten. Einer der Phantom-Jäger war getroffen worden. Der Pilot berichtete, sein Steuerbordtriebwerk sei ausgefallen, und er sehe einen Feuerschein. Er wolle versuchen, das Meer zu erreichen, ehe er und der Copilot mit dem Schleudersitz ausstiegen.

Lander, im ratternden Cockpit seines Helikopters, sprach die ganze Zeit über mit dem Piloten. Zu seiner Linken lag die dunkle Küste von Vietnam.

»Ding Zero Eins, wenn ihr draußen über dem Wasser seid, gebt mir, wenn ihr könnt, ein paar Leuchtsignale.« Lander konnte die Crew der Phantom auch mit Hilfe der Signale des Zielfluggeräts, das der Pilot bei sich hatte, auf dem Wasser orten, aber er wollte die Männer so schnell wie möglich herausholen. »Mr. Dillon«, sagte er zu seinem Bordschützen, »wenn wir runtergehen, blicken Sie landwärts. Der Stab bestätigt, daß keine Schiffe von unserer Seite in der Nähe sind. Jedes Boot, das nicht aus Gummi ist, ist ein feindliches Boot.«

Die Stimme des Phantom-Piloten dröhnte in seinem Kopfhörer. »Mixmaster, ich sehe einen zweiten Feuerschein, und die Kiste füllt sich mit Qualm. Wir steigen aus.« Er schrie die Koordinaten, und noch ehe Lander sie zur Bestätigung wiederholen konnte, war der Kontakt abgerissen.

Lander wußte genau, was geschah: die Zwei-Mann-Crew zog die Sauerstoffmasken herunter, die Rumpfhaube über der Kanzel flog ab, die Piloten wurden aufwärts in die eisige Luft katapultiert, drehten sich in ihren Schleudersitzen, die Sitze lösten sich automatisch, und dann begann das nervenzermürbende Abwärtssausen durch die kalte Dunkelheit, dem Dschungel entgegen.

Er drehte den großen Helikopter landwärts. Die Flügelblätter des Rotors durchschnitten knallend den heftigen Seewind. Jetzt hatte Lander die Wahl. Er konnte bleiben, wo er war, auf Deckung aus der Luft warten und inzwischen versuchen, mit den Männern Funkverbindung aufzunehmen, oder er konnte losfliegen.

»Da, da ist es, Sir!« rief sein Copilot und deutete in Richtung der Küste.

Lander sah etwa anderthalb Kilometer landeinwärts einen Feuerregen niedergehen. Die Phantom war in der Luft explodiert. Er befand sich bereits über der Küste, als das Signal des Zielfluggeräts durchkam. Er forderte Luftsicherung an, wartete aber nicht, bis die Jagdflugzeuge kamen. Ohne Lichter glitt der Helikopter über den dunklen Wald.

Das Lichtsignal blinkte von der schmalen, schlammigen und von Furchen durchzogenen Straße herauf. Die beiden Männer waren so umsichtig, eine Landezone für ihn zu markieren. Zwischen den mit Bäumen bestandenen Straßenböschungen gab es ausreichend Raum für den Rotor. Und wenn er kurz aufsetzte, würde es schneller gehen, als wenn er die Männer einen nach dem andern mit dem Haken heraufzog. Langsam sank der Helikopter zwischen den Baumhängen herab. Der von den rotierenden Flügelblättern verursachte Wind legte die Gräser am Straßenrand flach. Und da brach plötzlich die Hölle los: die Nacht war voller rötlicher Blitze, und Kugeln zerrissen rings um ihn herum das Cockpit. Vom Blut seines Copiloten bespritzt, sank er, von einer Kugel getroffen, zur Seite. Der Helikopter schaukelte wie wild, und das letzte, was Lander wahrnahm, war der Geruch von brennendem Gummi.

Der Bambuskäfig war für ihn nicht lang genug, um sich darin ausstrecken zu können. Seine von einer Kugel zerschmetterte Hand schmerzte unerträglich. Immer wieder sank er in ein tiefes Delirium. Außer ein wenig Sulfonamidpuder aus einem alten französischen Verbandskasten hatten seine vietnamesischen Bewacher nichts, womit sie ihn behandeln konnten. Sie banden seine Hand flach auf ein dünnes Brett, das sie von einer Kiste abgerissen hatten. Das Pochen in der Wunde hörte nicht auf. Nach drei Tagen im Käfig mußte er den Marsch nach Norden in Richtung Hanoi antreten. Die kleinen, drahtigen Männer trieben ihn unbarmherzig vorwärts. Sie trugen lehmbeschmutzte schwarze Pyjamas, aber ihre Schnellfeuergewehre vom Typ AK-47 waren blank und sauber.

Im ersten Monat seiner Gefangenschaft in Hanoi trieben die Schmerzen in seiner Hand ihn fast zum Wahnsinn. Er teilte die Zelle mit einem Air Force-Navigator, einem rücksichtsvollen und um ihn besorgten Biologielehrer, der Jergens hieß. Jergens legte feuchte Kompressen auf die zerfleischte Hand und gab sich Mühe, Lander so gut er konnte zu ermutigen. Aber Jergens war schon sehr lange in Gefangenschaft und war selbst sehr geschwächt und labil. Am 37. Tag nach Landers Ankunft in Hanoi hatte Jergens einen Punkt erreicht, wo er in der Zelle nicht mehr aufhören konnte zu schreien, und wurde schließlich abgeführt. Lander weinte, als er fort war.

In der fünften Woche kam eines Nachmittags ein junger vietnamesischer Arzt mit einer kleinen schwarzen Tasche in die Zelle. Lander schreckte vor ihm zurück. Er wurde von zwei Gefangenenwärtern gepackt und festgehalten. Der Arzt injizierte ihm ein starkes örtliches Betäubungsmittel in die Hand. Lander empfand sogleich Schmerzlinderung. Es war, als flute kühles Wasser über seine Wunde. In der darauffolgenden Stunde, solange er klar denken konnte, schlug man ihm ein Abkommen vor.

Man erklärte ihm, die medizinischen Möglichkeiten und Einrichtungen der Demokratischen Republik Vietnam reichten selbst für die Behandlung der eigenen Verwundeten nicht aus. Dennoch werde man ihm von einem Chirurgen die Hand operieren und zurechtflicken lassen und ihm schmerzlindernde Medikamente geben – vorausgesetzt, daß er ein Geständnis seiner Kriegsverbrechen unterschreibe. Lander war sich im klaren darüber, daß er, wenn die Wunde nicht bald behandelt wurde, die Hand und möglicherweise den ganzen Arm verlieren würde. Dann würde er nie wieder fliegen können. Er glaubte nicht, daß ein unter solchen Bedingungen unterschriebenes Geständnis in der Heimat als Verrat betrachtet werden würde. Und in jedem Fall war ihm seine Hand wichtiger als die gute Meinung anderer. Die Wirkung des Anästhetikums ließ bereits nach. Der Schmerz zuckte wieder seinen Arm hinauf. Er erklärte sich einverstanden.

Er war nicht vorbereitet auf das, was nun folgte. Als er das Lesepult erblickte und den Raum voller kriegsgefangener Amerikaner, die wie eine Schulklasse dasaßen, und als man ihm sagte, er müsse ihnen sein Geständnis vorlesen, erstarrte er.

Er wurde in einen Vorraum gestoßen. Eine kräftige Hand, die nach Fisch roch, legte sich fest über seinen Mund, und ein Wärter zerrte an seinen Mittelhandknochen. Er war nahe daran, das Bewußtsein zu verlieren. Er nickte heftig, verzweifelt bemüht, sich hinter der Hand über seinem Gesicht verständlich zu machen. Er bekam eine weitere Spritze. Dann band man die Hand unter seiner Jacke fest, so daß sie nicht zu sehen war.

Blinzelnd im grellen Scheinwerferlicht las er den Text vor. Die Filmkamera surrte.

In der vordersten Reihe saß ein Mann mit einem ledrigen, vernarbten Gesicht, das aussah wie der Kopf eines gerupften Falken. Es war Colonel Ralph DeJong, der ranghöchste amerikanische Offizier im Gefangenenlager. In den vier Jahren seiner Gefangenschaft hatte Colonel DeJong 258 Tage in Einzelhaft verbracht. Als Lander den Schluß seines Geständnisses verlas, sagte DeJong plötzlich mit lauter Stimme, so daß alle im Raum es hören konnten: »Das ist eine Lüge.«

Zwei Wachen stürzten sich auf den Colonel und zogen ihn hinaus. Lander mußte den Schluß noch einmal lesen. DeJong verbrachte 100 Tage Einzelhaft bei herabgesetzten Rationen.

In einem Krankenhaus am Rande von Hanoi, einem kahlen Gebäude mit weiß getünchten Wänden und mit Gittern aus Rohrgeflecht in den Fensterhöhlen, aus denen die Fenster bei Luftangriffen herausgeflogen waren, wurde Landers Hand operiert. Ein Wunderwerk war es nicht, was da vollbracht wurde. Der Chirurg, der Lander behandelte, ein müde wirkender Mann mit geröteten Augen, besaß nicht die Ausbildung für eine Schönheitsoperation an der häßlichen roten Spinne, die angeschnallt vor ihm auf dem Operationstisch lag, und er hatte auch nicht genügend schmerzbetäubende Medikamente. Aber er hatte rostfreien Stahldraht, Abbindungsschnüre und Geduld, und schließlich war die Hand wieder funktionsfähig. Der Arzt sprach Englisch, und während der Behandlung probierte er sein Englisch mit lähmend langweiligen Sätzen, die Lander rasend machten, an seinem amerikanischen Patienten aus.

Lander, der verzweifelt nach irgendeiner Ablenkung suchte und überall hinblickte, außer auf seine Hand, sah in einer Ecke des Operationssaals einen alten französischen Respirator stehen, der offensichtlich nicht mehr benutzt wurde. Der Blasebalg, der die Atembeutel aufpumpte, wurde mit einem Gleichstrommotor über ein exzentrisches Schwungrad betrieben. Stöhnend erkundigte sich Lander nach dem Gerät.

Der Motor sei durchgebrannt, sagte der Arzt. Niemand wisse, wie man ihn reparieren könne.

Lander, der sich bemühte, seine Aufmerksamkeit auf irgend etwas zu konzentrieren, was ihn die Schmerzen vergessen ließ, sprach über Anker und wie sie neu gewickelt werden könnten. Schweißperlen standen ihm auf der Stirn.

»Könnten Sie ihn reparieren?« fragte der Arzt mit gerunzelten Augenbrauen. Er knüpfte gerade einen winzigen Knoten. Der Knoten war nicht größer als der Kopf einer Ameise, nicht größer als eine Zahnpulpa und doch größer als die sengende Sonne.

»Ja«, sagte Lander und sprach über Kupferdraht und Spulen und mehrmals brach er mitten im Satz ab.

»So«, sagte der Arzt. »Das ist alles, was ich im Moment für Sie tun kann.«

Die Mehrzahl der amerikanischen Kriegsgefangenen in Nord-Vietnam bewahrte eine Haltung, die in den Augen der hohen amerikanischen Militärs bewundernswert war. Sie hielten jahrelang durch, und als sie schließlich zurückkehrten, betraten sie mit einem forschen militärischen Gruß, die Hand schräg über ihren eingesunkenen Augen, amerikanischen Boden. Es waren entschlossene Männer mit einem starken, unbeugsamen Selbstbewußtsein. Es waren ungebrochene Männer, die noch an etwas glauben konnten.

Colonel DeJong war einer von ihnen. Als er aus der Einzelhaft zurückkehrte und wieder das Kommando über die Kriegsgefangenen übernahm, wog er 125 Pfund. Tief in seinem Schädel glühten seine Augen wie die Augen eines Märtyrers, die ein inneres Feuer widerspiegelten. Noch hatte er kein Urteil über Lander gefällt. Doch dann sah er ihn mit einer Spule Kupferdraht in einer Zelle sitzen, eifrig damit beschäftigt, den Anker eines nordvietnamesischen Motors neu zu wickeln. Neben ihm stand ein Teller, auf dem Fischgräten lagen.

Colonel DeJong gab die Losung aus, und niemand im Lager richtete mehr das Wort an Lander. Er war ein Ausgestoßener.

Lander war es noch nie gelungen, das Geschick, das er sonst an den Tag legte, auch auf seine schwach entwickelten Abwehrmechanismen anzuwenden. Die Schande, die Demütigung vor den anderen Gefangenen, die Isolierung, die später folgte – all das bedeutete eine Rückkehr der alten, schlimmen Zeiten. Nur Jergens sprach noch mit ihm, aber Jergens war oft in Einzelhaft. Jedesmal wenn er nicht aufhören konnte zu schreien, wurde er fortgebracht.

So wurde Lander, von seiner Verwundung geschwächt und von Malaria gepeinigt, wieder das aus zwei schlecht zusammenpassenden Teilen bestehende gespaltene Wesen: das Kind, das gehaßt wurde und haßte, und der Mann, den er nach dem Ebenbild dessen, was er sein wollte, geschaffen hatte. Die alten Zwiegespräche in seinem Kopf begannen wieder, aber die Stimme des Mannes, die Stimme der Vernunft blieb die stärkere. In diesem Zustand hielt er es sechs Jahre lang durch. Es gehörte mehr dazu als Gefangenschaft, Lander so weit zu bringen, daß er nachgab und dem Kind erlaubte, den Mann das Töten zu lehren.

Als im letzten Jahr seiner Gefangenschaft am Weihnachtstag die Post verteilt wurde, gab man ihm einen einzigen Brief von Margaret. Sie arbeite wieder, schrieb sie. Und den Kindern gehe es gut. Sie hatte ein Foto in den Brief gelegt: Margaret und die Kinder vor dem Haus. Die

Kinder waren größer geworden. Margaret hatte ein wenig zugenommen. Im Vordergrund sah man den Schatten der Person, die das Bild aufgenommen hatte. Es war ein sehr langer, breiter Schatten. Er fiel auf die Beine der Fotografierten. Lander überlegte, wer wohl das Foto gemacht hatte. Er blickte mehr auf den Schatten als auf seine Frau und seine Kinder.

Am 15. Februar 1973 wurde Lander in Hanoi an Bord einer C-141 der Air Force der Vereinigten Staaten gebracht. Ein Sanitäter schnallte ihn an.

Colonel DeJong befand sich auch in der Maschine, aber er war kaum wiederzuerkennen. Sein Nasenbein war gebrochen, und die Zähne waren ihm ausgeschlagen worden, als er in den letzten zwei Jahren seinen Leuten ein Beispiel für passiven Widerstand gegeben hatte. Jetzt gab er ihnen wieder ein Beispiel, indem er Lander ignorierte. Wenn Lander es bemerkte, so ließ er es jedenfalls nicht erkennen . Er war ausgemergelt und blaß und mußte in jedem Augenblick auf einen neuen Malariaanfall gefaßt sein. Der Arzt der Air Force an Bord der Maschine hatte ein wachsames Auge auf ihn. Ein Wagen mit Erfrischungen fuhr ständig den Gang auf und ab.

Mit dem Flugzeug waren einige Offiziere nach Hanoi gekommen, die auf dem Rückflug mit den Kriegsgefangenen reden sollten, falls diese reden wollten. Einer dieser Männer saß neben Lander. Lander wollte nicht reden. Der Offizier machte ihn auf den Wagen mit den Speisen und Getränken aufmerksam. Lander ließ sich ein Sandwich geben und biß hinein. Er kaute ein paarmal, dann spuckte er den Bissen in seine Brechtüte. Er schob das Sandwich in seine Jackentasche. Dann nahm er noch ein Sandwich und schob es auch in die Jackentasche.

Der Offizier war drauf und dran, Lander zu versichern, daß er reichlich zu essen bekommen werde, beschloß dann aber, es nicht zu tun. Er klopfte Lander auf den Arm. Keine Reaktion.

Die Air Force-Basis Clark auf den Philippinen. Eine Musikkapelle spielte, und der Kommandant des Luftstützpunkts war erschienen, um die Männer zu begrüßen. Fernsehkameras warteten. Colonel DeJong sollte als erster das Flugzeug verlassen. Er ging durch den Mittelgang zur Kabinentür, sah Lander und blieb stehen. Eine Sekunde lang blitzte Haß aus DeJongs Augen. Lander sah unwillkürlich auf und wandte rasch das Gesicht ab. Er zitterte. DeJong öffnete den Mund, als wollte er etwas sagen, doch dann wurde sein Ausdruck eine Spur milder, und er ging weiter, den Hurrarufen und der Sonne entgegen.

Lander wurde ins St. Alban's Hospital, das Navy-Krankenhaus in Queens, gebracht. Dort begann er Tagebuch zu führen – ein Unternehmen, das er bald wieder aufgeben sollte. Er schrieb sehr langsam und sorgfältig. Er fürchtete, wenn er schneller schriebe, könne ihm die Feder davonlaufen und etwas niederschreiben, was er nicht lesen wollte. Hier die ersten vier Eintragungen:

St. Alban's, 2. März 1973

Ich bin frei. Margaret hat mich in der ersten Woche täglich besucht. In dieser Woche ist sie dreimal gekommen. An den anderen Tagen mußte sie die Kinder der Nachbarschaft zur Schule fahren und wieder abholen. Margaret sieht gut aus, aber nicht so, wie ich sie drüben in Erinnerung hatte. Sie macht einen sehr zufriedenen Eindruck. Zweimal hat sie die Kinder mitgebracht. Heute waren sie wieder hier. Sie saßen da und sahen mich an und sahen sich im Zimmer um. Ich behielt meine Hand unter der Decke. Es gibt im Krankenhaus nur wenig Abwechslung für sie. Sie können in den Erfrischungsraum gehen und eine Coke trinken. Ich mußte daran denken, mir etwas Kleingeld zu besorgen. Margaret mußte ihnen das Geld für die Coca-Cola geben. Ich nehme an, ich sehe für die Kinder wie ein Fremder aus. Margaret ist sehr nett und geduldig mit ihnen, und sie gehorchen ihr. Ich habe letzte Nacht wieder vom ›Wiesel‹ geträumt und war etwas abwesend, als ich heute mit ihnen sprach. Margaret hält die Unterhaltung in Gang.

St. Alban's, 12. März 1973

Die Ärzte sagen, ich hätte Malaria tropica (deren Erreger Sporentierchen mit dem Namen *Plasmodium falciparum* sind), und das sei der Grund, weshalb die Anfälle so unregelmäßig auftreten. Man gibt mir Paludrin, aber es wirkt nicht sofort. Heute hatte ich einen Fieberanfall, während Margaret hier war. Sie trägt ihr Haar jetzt ganz kurz geschnitten. Es paßt nicht unbedingt zu ihr, aber es riecht gut. Sie hielt mich während des Anfalls in den Armen. Sie war sehr liebevoll, aber sie wandte das Gesicht ab. Ich hoffe, ich rieche nicht schlecht. Vielleicht ist es mein Zahnfleisch. Ich fürchte, daß Margaret irgendwann doch etwas erfahren wird. Ich hoffe nur, sie hat nie den Film gesehen.

Eine gute Nachricht. Den Ärzten nach ist meine Hand nur zehn Prozent beschädigt. Das dürfte meine Flugtauglichkeit nicht beeinflussen. Margaret und die Kinder werden sie früher oder später sehen müssen.

St. Alban's, 20. März 1973

Jergens liegt nur ein paar Zimmer weit von mir entfernt. Er hofft, wieder unterrichten zu können, aber er ist in schlechter Verfassung. Wir waren – ich glaube genau zwei Jahre lang – zusammen in einer Zelle. Er sagt, es waren 745 Tage. Auch er träumt viel. Manchmal vom ›Wiesel‹. Die Tür seines Zimmers muß immer offen sein, sonst hält er es nicht aus. Die lange Einzelhaft gegen Ende hat ihm den Rest gegeben. Die Wärter wollten ihm nicht glauben, daß er nicht mit Absicht nachts in der Zelle schrie. ›Wiesel‹ brüllte ihn an und rief »General Smegma«. ›Smegma‹ – das war in Wirklichkeit Hauptmann Lebron Nhu, das darf ich nicht vergessen. Halb Franzose, halb Vietnamese. Sie stießen Jergens gegen die Wand und ohrfeigten ihn. Und Jergens sagte zu ihnen:

»Verschiedene Arten von Pflanzen und Tieren tragen

tödliche Erbfaktoren in sich, die, wenn sie homozygot sind, in irgendeinem Stadium die Entwicklung zum Stillstand bringen. Dann stirbt das Individuum. Ein hervorragendes Beispiel ist die gelbe Rasse der Hausmaus, *mus musculus,* die sich niemals reinrassig vermehrt. Das sollte Sie interessieren, Smegma. (An dieser Stelle versuchten sie zum erstenmal, ihn aus der Zelle zu ziehen.) Wenn eine gelbe Maus mit irgendeiner nicht gelben Maus gepaart wird, ist die Hälfte der Jungen gelb und die andere Hälfte nicht gelb. (Jergens hielt sich jetzt an den Gitterstäben fest, und ›Wiesel‹ ging hinaus, um gegen seine Finger zu treten.) Ein Verhältnis, wie es zu erwarten ist bei der Paarung eines heterozygoten Tieres, gelb, mit einem homozygoten, nicht gelben, mit rezessiven Merkmalen, wie zum Beispiel dem Aguti, einem kleinen, gefräßigen Nager, dünnbeinig, dem Kaninchen ähnlich, aber mit kleineren Ohren. Wenn zwei gelbe miteinander gepaart werden, sind bei den Jungen jeweils zwei gelb und eines nicht gelb, während das zu erwartende Verhältnis bei den Jungen das folgende wäre: ein rein gelbes zu zwei heterozygot gelben und einem nicht gelben. (Seine Hände bluteten, und die beiden zerrten ihn den Gang entlang, und er schrie immer noch.) *Aber:* das ›homozygot gelbe‹ stirbt als Embryo. Das sind Sie, Smegma. Das ›Kriechhuhn‹, ein Haushuhn mit kurzen, krummen Beinen, verhält sich genetisch wie die gelbe Maus...«

Jergens bekam sechs Monate Einzelhaft dafür, und bei der mangelhaften Ernährung dort gingen ihm die Zähne aus. Er hatte die Sache mit der gelben Maus in die Latten seine Pritsche geritzt, und ich las es immer wieder, als er fort war.

Ich werde nicht mehr daran denken. Doch, ich werde es tun. Ich kann es mir während der anderen Dinge im stillen vorsagen. Ich muß meine Matratze hochheben und sehen, ob auch hier im Krankenhaus irgend jemand etwas in die Latten geritzt hat.

St. Alban's, 1. April 1973

In vier Tagen darf ich nach Hause. Ich habe es Margaret gesagt. Eigentlich muß sie gerade an dem Tag die Kinder zur Schule fahren, aber sie will mit einer Nachbarin tauschen, damit sie mich abholen kann. Seit ich wieder kräftiger bin, muß ich mich in acht nehmen, daß ich nicht die Beherrschung verliere. Heute bin ich geplatzt, als Margaret mir erzählte, sie wolle den Wagen gegen einen neuen in Zahlung geben und habe alles vorbereitet. Sie sagte, sie habe den neuen Kombi im Dezember bestellt. Also ist schon alles abgesprochen. Schade, sie hätte warten sollen – ich hätte bessere Bedingungen aushandeln können. Sie sagte, der Händler habe ihr ein besonders günstiges Angebot gemacht, und sie schien sich etwas darauf einzubilden.

Wenn ich einen Winkelmesser, ein Nivelliergerät, Navigationstabellen und eine Schnur hätte, könnte ich das Datum ohne Kalender ermitteln. Eine Stunde lang scheint die Sonne nämlich direkt durch mein Fenster. Die Leisten zwischen den Scheiben zeichnen sich als Kreuz auf der gegenüberliegenden Wand ab. Ich weiß die Zeit, ich kenne die geographische Breite und Länge des Krankenhauses. Daraus und aus dem Einfallswinkel der Sonne könnte ich das Datum errechnen. Ich könnte es sozusagen an der Wand ablesen.

Landers Rückkehr brachte für Margaret Probleme mit sich. Sie hatte in seiner Abwesenheit angefangen, sich mit anderen Menschen ein anderes Leben aufzubauen, und dieses Leben wurde nun unterbrochen, als sie ihn nach Hause holte. Wahrscheinlich hätte sie ihn, wenn er 1968 nach seiner zweiten Dienstzeit zurückgekommen wäre, gleich verlassen, aber sie wollte nicht die Scheidung einreichen, solange er in Gefangenschaft war. Sie wollte fair sein, und sie mochte ihn nicht sitzenlassen, solange er krank war.

Der erste Monat war schrecklich. Lander war äußerst nervös, und die Tabletten halfen nicht immer. Er konnte keine geschlossenen Türen ertragen, nicht einmal bei

Nacht, und nach Mitternacht wanderte er durchs Haus, um festzustellen, ob auch wirklich alle Türen offen waren. Zwanzigmal am Tag ging er an den Kühlschrank, um sich zu vergewissern, daß er bis obenhin gefüllt war. Die Kinder behandelten ihn höflich, aber sie sprachen immer nur über Leute, die er nicht kannte.

Er kam allmählich wieder zu Kräften und sprach davon, in den aktiven Dienst zurückzukehren. Auf seinem Krankenblatt im St. Alban's Hospital war vermerkt, daß er in den ersten zwei Monaten 18 Pfund zugenommen hatte.

Aus den Akten des Vorsitzenden des Obersten Kriegsgerichts der Navy geht hervor, daß Lander am 24. Mai zu einem internen Hearing vorgeladen wurde, um Stellung zu nehmen zu den von Colonel Ralph DeJong gegen ihn erhobenen Anschuldigungen, er habe mit dem Feind zusammengearbeitet.

In dem Verhandlungsprotokoll heißt es, daß als Beweisstück Nr. 7 ein Ausschnitt aus einem nordvietnamesischen Propagandafilm gezeigt und daß gleich danach die Verhandlung auf Antrag des Beschuldigten für fünfzehn Minuten unterbrochen wurde. Anschließend wurden die Aussagen des Beschuldigten und DeJongs gehört.

An zwei Stellen steht in dem Protokoll, daß der Beschuldigte den Hearings-Ausschuß mit »Mam« anredete. Diese Anrede wurde sehr viel später von der Untersuchungskommission als ein bei der Abschrift des Protokolls entstandener Tippfehler angesehen.

Angesichts der hervorragenden Leistungen des Beschuldigten vor seiner Gefangennahme und der Auszeichnung, die er für seinen mutigen Versuch, die Besatzung der abgeschossenen Phantom zu retten, erhalten hatte, der dann ja zu seiner Gefangennahme führte, neigten die Offiziere bei der Verhandlung zur Nachsicht.

Dem Protokoll ist ein von Colonel DeJong unterzeichnetes Memorandum beigefügt. Darin erklärt der Colonel, daß er angesichts des ausdrücklichen Wunsches des Verteidigungsministeriums, nichts über die schlechte Führung einiger amerikanischer Kriegsgefangener an die Öffentlichkeit gelangen zu lassen, seine Anschuldigungen »im Interesse des Landes« zurückziehe, sofern Lander seinen Abschied einreiche.

Die Alternative zum Abschied war also das Kriegsgericht. Den Gedanken, den Film noch einmal sehen zu müssen, konnte Lander nicht ertragen.

Eine Kopie seines Gesuchs um Entlassung aus der U.S. Navy liegt dem Protokoll bei.

Lander war wie betäubt, als er den Verhandlungsraum verließ. Er hatte das Gefühl, als sei ihm ein Glied abgehackt worden. Nun würde er es Margaret sicher bald erzählen müssen. Obwohl sie den Film nie erwähnt hatte, würde sie den Grund für seinen Abschied kennen. Er wanderte ziellos durch Washington, eine einsame Gestalt an einem sonnigen Frühlingstag, elegant und gutaussehend in der schmucken Uniform, die er nie wieder tragen würde. Immer wieder sah er den Film vor sich. Er sah jede Einzelheit, nur daß er aus irgendeinem Grund statt der Kriegsgefangenenkleidung eine kurze Hose trug. In der Nähe des Washington Monument setzte er sich auf eine Bank. Es war von hier nicht sehr weit bis zur Brücke nach Arlington, nicht weit bis zum Fluß. Er überlegte, ob der Beerdigungsunternehmer ihm wohl die Hände auf der Brust übereinander legen würde. Er überlegte, ob er einen kurzen Abschiedsbrief schreiben und darin bitten sollte, daß man die gesunde Hand obenauf legte. Aber der Brief würde sich in seiner Jackentasche wahrscheinlich auflösen. Er starrte auf das Washington-Denkmal, ohne es wirklich zu sehen. Er sah es mit dem Tunnelblick eines Selbstmörders: das Monument stand in dem hellen Kreis wie ein Fadenkreuz in einem Zielfernrohr. Plötzlich kreuzte irgend etwas sein Blickfeld, durchquerte den Kreis über und hinter dem Fadenkreuz. Es war das silberne Luftschiff seiner Kindheit, der Aldrich-Blimp. Er sah, wie es am blauen Himmel hinter der starren Spitze des Denkmals gleich einem Delphin mit einer sanften Bewegung aufstieg, und er umklammerte das Ende der Bank, als sei es das Höhensteuerrad. Das Luftschiff drehte sich, drehte sich schneller, als der Wind auf die Steuerbordseite traf, und trieb ein wenig ab. Summend zog es über ihn hinweg. Hoffnung schwebte durch die klare Frühlingsluft auf Lander herab.

Bei der Aldrich Company war man froh, als Michael Lander sich bewarb. Falls man dort überhaupt wußte, daß er 98 Sekunden lang auf dem Fernsehschirm erschienen war und sein Land denunziert hatte, so erwähnte man es jedenfalls nicht. Man stellte fest, daß er ein hervorragender Pilot war, und das genügte.

Er hatte vor dem Flugtest die halbe Nacht lang gezittert. Margaret befürchtete das Schlimmste, als sie ihn mit dem Wagen zum Flugplatz Lakehurst brachte, der nur acht Kilometer von ihrem Haus entfernt war. Sie hätte sich keine Sorgen zu machen brauchen. Schon während er auf das Luftschiff zuging, war Lander wie verwandelt. Das alte, vertraute Hochgefühl durchflutete ihn, verlieh ihm Kraft und Sicherheit, und seine Hände wurden ruhig.

Das Fliegen war eine wunderbare Therapie für ihn. Dennoch nahmen die Demütigungen, die er in Hanoi und Washington erfahren hatte, im Herbst und Winter 1973 in seiner Vorstellung immer größere Ausmaße an. Der Gegensatz zwischen dem Bild, das er selbst von sich hatte, und der Art, wie er behandelt worden war, wurde für ihn immer krasser, immer unerträglicher.

Sein Selbstvertrauen war nicht stark genug, um ihn durch die Stunden der Dunkelheit zu tragen. Er schwitzte, er träumte, er blieb impotent. In der Nacht sprach das Kind in ihm, das hassende Kind, dessen Haß von all dem Leid immer aufs neue genährt wurde. Flüsternd sagte es zu dem Mann in ihm: »Und was hat es dich noch gekostet? Was noch? Margaret wirft sich im Schlaf hin und her – was bedeutet das? Ob sie nicht vielleicht doch schwach geworden ist, während du fort warst?«

»Nein.«

»Frag sie doch, du Dummkopf.«

»Ich brauche sie nicht zu fragen.«

»Du lächerlicher Schlappschwanz.«

»Sei still.«

»Während du in einer Zelle geschrien hast, hat sie es mit einem anderen getrieben.«

»Nein. Nein. Nein. Nein. Nein.«

»Frag sie doch!«

Er fragte sie an einem kalten Oktoberabend. Tränen traten ihr in die Augen, und sie verließ das Zimmer. Schuldig? Nicht schuldig?

Der Gedanke, sie sei ihm vielleicht untreu gewesen, ließ ihn nicht mehr los. Er fragte ihren Apotheker, ob ihr Rezept für Antibabypillen in den letzten zwei Jahren regelmäßig erneuert worden sei, und bekam zur Antwort, das gehe ihn nichts an. Wenn er nach einem erneuten Versagen schlaflos neben ihr lag, stellte er sich selbstquälerisch vor, wie sie mit anderen Männern schlief. Manchmal waren es seine ehemaligen Mitschüler Ives und Atkins junior, der eine auf Margaret, der andere wartend, daß er an die Reihe kam.

Er lernte, ihr aus dem Wege zu gehen, wenn er zornig oder mißtrauisch war, und er verbrachte ganze Abende grübelnd in der Werkstatt seiner Garage. Manchmal versuchte er sich unbekümmert mit ihr zu unterhalten. Er täuschte Interesse für ihren Tagesablauf vor oder erkundigte sich, wie die Kinder in der Schule zurechtkämen.

Margaret ließ sich von seinem besseren Befinden und seinem beruflichen Erfolg täuschen. Sie glaubte, er sei wieder völlig gesund. Sie versicherte ihm, seine Impotenz werde sich geben. Der Berater von der Navy habe vor seiner Heimkehr mit ihr darüber gesprochen, sagte sie. Sie gebrauchte das Wort Impotenz.

Die erste Frühjahrstour des Luftschiffs im April 1974 beschränkte sich auf den Nordosten, und Lander konnte zu Hause wohnen. Als nächstes war ein Flug die Ostküste hinunter nach Florida angesetzt. Er würde drei Wochen unterwegs sein. Ein paar von Margarets Freunden gaben zufällig am Abend vor seinem Abflug eine Party und hatten die Landers eingeladen. Lander war in guter Stimmung und meinte, sie sollten doch ruhig hingehen.

Es war ein netter Kreis von acht Ehepaaren. Nach dem Abendessen wurde getanzt. Lander tanzte nicht. Mit fieberheißer Stirn redete er auf eine Gruppe unfreiwilliger Zuhörer ein. Er sprach über die Ballonett- und Ventilatorensysteme in Luftschiffen. Margaret unterbrach seinen Redeschwall und zeigte ihm, um ihn abzulenken, den Patio. Als sie wieder hereinkamen, hatte sich das Gespräch dem professionellen Football zugewandt. Aber Lander ergriff das Wort und nahm seinen Vortrag genau an der Stelle wieder auf, wo er ihn unterbrochen hatte.

Margaret tanzte mit dem Gastgeber. Zweimal. Beim zweitenmal hielt der Gastgeber einen Augenblick ihre Hand fest, nachdem die Musik aufgehört hatte. Lander beobachtete die beiden. Sie sprachen leise miteinander. Er wußte, daß sie über ihn sprachen. Er redete immer weiter über technische Details. Seine Zuhörer starrten in ihre Gläser.

Margaret war den ganzen Abend über sehr zurückhaltend, aber er sah deutlich, wie sie die Aufmerksamkeit der Männer auf sich zog.

Auf der Heimfahrt sagte er kein Wort. Blaß vor Wut saß er neben ihr.

Als sie schließlich in der Küche ihres Hauses standen, konnte sie sein Schweigen nicht länger ertragen.

»Warum brüllst du nicht endlich los und bringst es hinter dich?« sagte sie. »Los, sag, was du denkst.«

Ihr Kätzchen kam in die Küche und rieb sich an Landers Bein. Sie hob es auf. Sie hatte Angst, er würde ihm einen Tritt versetzen.

»Nun sag schon, was du mir vorzuwerfen hast, Michael. Es war doch ein netter Abend?«

Sie war so hübsch. Aber gerade ihre Reize klagten sie an. Lander sagte nichts. Er trat rasch auf sie zu und sah ihr in die Augen. Sie wich nicht zurück. Er hatte sie nie geschlagen, hätte es nie über sich gebracht, sie zu schlagen. Er griff sich das Kätzchen und ging zum Spülbecken. Als ihr klar wurde, was er vorhatte, war das Kätzchen bereits in dem eingebauten Abfallzerkleinerer verschwunden. Sie lief zum Becken und wollte ihn zurückhalten, aber er hatte schon eingeschaltet. Sie hörte das Kätzchen schreien, bis die rotierenden Messer ihr Werk vollbracht hatten. Und die ganze Zeit starrte er ihr ins Gesicht.

Margarets Schreie weckten die Kinder. In dieser Nacht schlief sie bei ihnen im Zimmer. Kurz nach Tagesanbruch hörte sie Lander fortgehen.

Er schickte ihr Blumen aus Norfolk. Er versuchte sie aus Atlanta anzurufen. Sie ging nicht ans Telefon. Er wollte ihr sagen, er habe eingesehen, daß sein Mißtrauen unbegründet sei, ein Produkt seiner krankhaften Phantasie. In einem langen Brief aus Jacksonville schrieb er ihr, es tue ihm leid, er wisse, daß er grausam, ungerecht und verrückt gewesen sei. Es werde nie wieder vorkommen.

Als am zehnten Tag der Drei-Wochen-Tour der Copilot das Luftschiff an den Landemast manövrierte, wurde es von einer Bö erfaßt und gegen den Wartungswagen geschleudert. Die Hülle riß. Man rechnete, daß es einen Tag und eine Nacht dauern würde, bis das Luftschiff repariert war. Der Gedanke, diese Zeit in einem Motel zu verbringen, ohne ein Wort von Margaret, war Lander unerträglich.

Er flog nach Newark. Dort kaufte er in einer Tierhandlung eine kleine Angorakatze. Gegen Mittag kam er zu Hause an. Im Haus war es still, die Kinder waren in einem Ferienlager. Margarets Wagen stand in der Auffahrt. Sie hatte den Teekessel aufgesetzt. Er wollte ihr das Kätzchen geben und ihr sagen, es tue ihm leid. Sie würden sich umarmen, und sie würde ihm vergeben. Er nahm das Kätzchen aus dem Tragekorb und zupfte die Halsschleife zurecht. Dann ging er die Treppe hinauf.

Der Fremde lag auf der Couch. Margaret saß rittlings auf ihm, und ihre Brüste wippten auf und nieder. Sie sahen

Lander erst, als er schrie. Es war ein kurzer Kampf. Lander war noch nicht wieder ganz bei Kräften, und der Fremde war groß und schnell, und seine Angst verlieh ihm zusätzliche Stärke. Er versetzte Lander zwei heftige Schläge gegen die Schläfe. Dann stürzten er und Margaret davon.

Lander saß, den Rücken an die Wand gelehnt, auf dem Fußboden des Kinderzimmers. Blut lief ihm aus dem Mund, und er starrte vor sich hin. Der Teekessel pfiff eine halbe Stunde lang. Lander rührte sich nicht, und als das Wasser verkocht war, drang der Geruch von glühendem Metall zu ihm herauf.

Wenn Schmerz und Zorn über das erträgliche Maß hinausgehen, kann es geschehen, daß man so etwas wie Erleichterung empfindet, aber das bedeutet, daß etwas in einem abgestorben ist.

Landers Gesicht verzerrte sich zu einem fratzenhaften, starren Lächeln, und er spürte, wie seine Willenskraft erstarb. Danach trat die Erleichterung ein. Es war vorbei. Ja, es war vorbei. Für den einen Teil von ihm.

Was von Lander, dem Mann, übrigblieb, würde noch hin und wieder Schmerz empfinden, würde wie Froschschenkel in der Pfanne zucken, würde um Erlösung flehen. Aber er würde nie wieder seine Zähne in das pulsende Herz des Zorns schlagen. Und nie wieder würde Zorn ihm das Herz aus dem Leibe reißen.

Was übrigblieb, konnte mit dem Zorn leben, denn es war in Zorn geschaffen worden, und Zorn war sein Element.

Er stand auf, wusch sich das Gesicht, und als er das Haus verließ, um nach Florida zurückzufliegen, war er völlig ruhig. Er führte keine Zwiegespräche mehr mit sich selbst. Es gab jetzt nur noch *eine* Stimme. Der Mann ›funktionierte‹, weil das Kind ihn brauchte, weil es seinen scharfen Verstand und seine geschickten Hände brauchte. Um seinerseits Erleichterung zu finden. Erleichterung durch Töten, Töten, Töten. Und durch den eigenen Tod.

Er wußte noch nicht, was er tun würde, aber es würde ihm einfallen, wenn er jetzt Woche um Woche mit seinem Luftschiff über einem überfüllten Stadion nach dem anderen schwebte. Und als er wußte, was er zu tun hatte, suchte er nach Mitteln und Wegen. Und dann kam Dahlia. Und Dahlia erfuhr von alldem, was ihm widerfahren war, und konnte sich das übrige denken.

Er war betrunken, als er ihr erzählte, wie er Margaret und ihren Liebhaber im Haus überrascht hatte, und danach verlor er die Beherrschung und wurde gewalttätig. Dahlia versetzte ihm mit der Handkante einen Schlag hinters Ohr, und er verlor das Bewußtsein. Am nächsten Morgen erinnerte er sich nicht daran, daß sie ihn geschlagen hatte.

Zwei Monate vergingen, ehe Dahlia seiner ganz sicher war, zwei Monate, in denen sie ihm zuhörte, ihn beobachtete, wie er in seiner Werkstatt arbeitete, wie er Pläne schmiedete und das Luftschiff flog, und in denen sie nachts neben ihm lag.

Als sie sicher war, erzählte sie alles Hafez Nadscheer, und Nadscheer war befriedigt.

Jetzt, da der Sprengstoff auf See war und sich mit einer Geschwindigkeit von zwölf Knoten auf dem Frachtschiff *Leticia* den Vereinigten Staaten näherte, war das ganze Projekt durch Kapitän Larmosos Verrat gefährdet, und vielleicht war auch Benjamin Muzi ein Verräter. Hatte Larmoso sich auf Muzis Befehl an den Kisten zu schaffen gemacht? Vielleicht wollte Muzi die Vorauszahlung einstekken, Lander und Dahlia bei den Behörden anzeigen und das *plastique* anderswo verhökern. Sie durften es nicht riskieren, den Sprengstoff im New Yorker Hafen abzuholen. Sie mußten den Sprengstoff auf See übernehmen.

6

Das Boot sah aus wie viele andere – ein schnittiges, 12 Meter langes Sportfischerboot –, ein *Canyon runner,* wie Leute sie benutzen, die viel Geld und wenig Zeit haben. In der Saison donnern an jedem Wochenende viele dieser Boote mit dicken Männern in Bermuda-Shorts am Ruder durch die Dünung nach Osten, zu den jähen Tiefen vor der Küste von New Jersey, wo die großen Fische stehen.

Aber dieses Boot war – im Zeitalter der Kunststoff- und Aluminiumboote – aus Holz gebaut, doppelt geplankt mit philippinischem Mahagoni. Es war ein schönes und starkes Boot, und es hatte viel Geld gekostet. Auch die Decksaufbauten waren aus Holz, aber das sah man nicht, weil sie nicht lackiert, sondern übermalt waren. Holz ist ein sehr schlechter Radarreflektor.

Zwei große, schwere Dieselmotoren mit Turbolader füllten den Maschinenraum aus, und ein großer Teil des Raums, wo man auf normalen Booten ißt und sich aufhält, war geopfert worden, um zusätzlichen Platz für Brennstoff und Wasser zu schaffen. Im Sommer benutzte der Eigner das Boot selbst – meist in der Karibischen See, um in mondlosen Nächten Haschisch und Marihuana von Jamaika nach Miami zu bringen. Im Winter kam er nach Norden, und das Boot wurde verchartert – aber nicht an Sportfischer. Es wurden keine Fragen gestellt, die Chartergebühr betrug 2000 Dollar pro Tag, und außerdem mußte man eine außerordentlich hohe Kaution hinterlegen. Lander hatte eine Hypothek auf sein Haus aufgenommen, um diese Summe zusammenzubringen.

Das Boot lag vollgetankt in einem Bootshaus am Ende einer Reihe von verlassenen Stegen an der Mündung des Toms River, dicht vor der Barnegat Bay.

Am 12. November um 10 Uhr morgens kamen Lander und Dahlia mit einem gemieteten Lieferwagen beim Bootshaus an. Es war kalt und diesig, ein leichter Regen fiel, und die Bootsstege lagen verlassen da. Lander öffnete die beiden Flügel der dem Land zugewandten Tür des Bootshauses und fuhr den Lieferwagen rückwärts bis auf zwei Meter an das Heck des großen Sportfischerboots heran. Dahlia stieß, als sie das Boot erblickte, einen überraschten Ruf aus, aber Lander war schon mit seiner Kontrolliste beschäftigt und achtete nicht darauf. In den nächsten zwanzig Minuten brachten sie die Ausrüstung an Bord: zusätzliche Rollen mit Leine, einen leichten Mast, zwei Schrotflinten mit langem Lauf, eine weitere mit abgesägtem Lauf, ein Schnellfeuergewehr, eine auf vier hohle Schwimmkörper gezurrte kleine Plattform, einige Seekarten – obwohl das Kartenschap gut bestückt war – und ein paar sorgfältig verschnürte Bündel, die unter anderem auch Verpflegung enthielten.

Lander zurrte jeden Gegenstand fest. Selbst wenn das Boot gekentert wäre, hätte nichts herausfallen können.

Er drückte auf einen Schalter an der Wand des Bootshauses, und die große, dem Wasser zugewandte Schwingtür hob sich quietschend und ließ das graue Winterlicht herein. Er kletterte auf die Schiffsbrücke. Zuerst erdröhnte der Backborddiesel, dann der auf der Steuerbordseite. Blauer Rauch stieg im Dämmerlicht des Bootshauses auf. Landers Augen wanderten über das Armaturenbrett, während die Motoren warmliefen.

Auf Landers Wink hin warf Dahlia die Achterleinen los und kam zu ihm auf die Brücke. Er schob langsam die Gashebel nach vorn, das Wasser schwoll am Heck wie ein Muskel an, die Auspuffgase gurgelten unter Wasser, und das Boot fuhr langsam in den Regen hinaus.

Als sie den Toms River hinter sich gelassen hatten, gingen Lander und Dahlia in die geheizte Kajüte zur unteren Ruderanlage hinunter. Sie wollten durch die Bucht zum Barnegat Inlet und dann auf die offene See hinausfahren. Der Wind kam von Norden, und die See war kabbelig. Mühelos durchschnitt das Boot die Wellen. Langsam fegten die Scheibenwischer die feinen Regentropfen fort. Es waren keine anderen Boote in Sicht. Die lange, sandige

Landzunge lag, in feinen Nebel gehüllt, an Backbord vor der Bucht, und auf der anderen Seite konnten sie an der Mündung des Oyster Creek einen Schornstein ausmachen.

In weniger als einer Stunde hatten sie das Barnegat Inlet erreicht. Der Wind hatte auf Nordost gedreht, und der Seegang wurde stärker. Lander lachte, als sie auf die ersten schweren Brecher des Atlantik stießen und das Wasser sich schäumend über den Bug ergoß. Für die Fahrt durch die Meerenge waren sie wieder auf die Flybridge gestiegen, und kalter Gischt stach ihnen ins Gesicht.

»Weiter draußen sind die Wellen nicht so hoch«, sagte Lander zu Dahlia, die sich mit dem Handrücken das Gesicht abwischte.

Sie sah, daß er die Fahrt genoß. Er fand es wundervoll, das Boot unter sich zu haben. Es faszinierte ihn, von den Elementen getragen zu werden. Er gab etwas Ruder, um leicht den Winkel, in dem das Boot die Wellen schnitt, zu ändern, und versuchte, mit seinem kinästhetischen Wahrnehmungsvermögen die wechselnden Kräfte, die auf den Schiffsrumpf einwirkten, zu erfühlen. Das Land blieb jetzt auf beiden Seiten zurück, und an Steuerbord kam das Leuchtfeuer von Barnegat in Sicht.

Sie entfernten sich von der Küste und gelangten aus dem leichten Regen in wäßriges Wintersonnenlicht, und Dahlia sah, als sie sich umwandte, die kreisenden Möwen, die sich strahlend weiß vor der grauen Wolkenbank hinter ihnen abhoben. Genauso waren sie über dem Strand von Tyr gekreist, wo sie als kleines Mädchen im warmen Sand gestanden hatte, die Füße klein und braun unter dem zerfetzten Saum ihres Rocks. Sie war zu lange durch zu viele Gänge in Michael Landers labyrinthischer Welt gewandert. Sie fragte sich, wie die Anwesenheit Muhammad Fasils die Beziehung zwischen ihnen beeinflussen würde, falls Fasil noch am Leben war und wirklich hinter der Hundert-Meter-Tiefenlinie mit dem Sprengstoff auf sie wartete. Sie mußte sofort mit Fasil sprechen. Es gab Dinge, die Fasil begreifen mußte, ehe er vielleicht einen verhängnisvollen Fehler beging.

Als sie sich wieder zur See wandte, beobachtete Lander sie, die eine Hand am Ruderrad. Die Meeresluft hatte ihre Wangen gerötet, und ihre Augen glänzten. Sie hatte den Kragen ihrer Schaffelljacke hochgeschlagen, und ihre Levis-Jeans spannten sich jedesmal über ihren Hüften, wenn sie sich auf dem rollenden Boot bewegte, um nicht das Gleichgewicht zu verlieren.

Lander, die beiden schweren Dieselmotoren im Griff, genoß das Gefühl, das Boot zu beherrschen. Er warf den Kopf zurück und lachte und lachte. Es war ein echtes Lachen, und Dahlia sah ihn überrascht an. So hatte sie ihn nicht oft lachen hören.

»Weißt du, du bist eine richtige Dynamit-Lady!« sagte er und fuhr sich mit dem Zeigefinger über die Augen.

Sie sah aufs Deck hinunter, dann hob sie wieder den Kopf, lächelte und sah ihn fest an. »Dann laß uns das Dynamit mal holen.«

»Ja«, sagte Lander und nickte mit dem Kopf. »Alles *plastique* der Welt.«

Er lief einen Kurs von 110 Grad am Kompaß, dann änderte er ihn weitere fünf Grad nach Nord, als die Glocken- und die Heultonne vor Barnegat ihn die Abdrift durch den Wind genauer erkennen ließ. Die Wellen schlugen gegen den Backbordbug. Sie waren jetzt nicht mehr so hoch, und nur noch wenig Gischt kam aufs Deck. Irgendwo dort draußen hinter dem Horizont wartete der Frachter auf der winterlichen See.

Gegen drei Uhr berechnete Lander mit Hilfe des Funkpeilers seinen wahren Ort. Er tat es früh, um den Dämmerungseffekt bei Sonnenuntergang zu vermeiden, und er tat es sehr sorgfältig. Er nahm drei Peilungen vor, zeichnete die Standlinien in seine Karte und notierte die Zeiten und Entfernungen in winzigen, aber pedantisch klaren Ziffern.

Als sie wenig später in östlicher Richtung weiterrasten, dem ›X‹ auf der Karte entgegen, machte Dahlia Kaffee in der Pantry. Sie aßen dazu ihre Sandwiches. Dann räumte sie die Theke auf und befestigte darauf mit kleinen Streifen Klebeband eine Verbandschere, Bandagen mit Kompressen, drei kleine Einmalspritzen mit Morphium und eine mit Ritalin. Dann legte sie ein paar Schienen an die Vorderkante der Theke und befestigte sie ebenfalls mit Klebeband.

Eine Stunde vor Sonnenuntergang kamen sie in das Gebiet des Treffpunkts, der ein gutes Stück abseits von der nördlichen Schiffahrtsstraße Barnegat–Ambrose lag. Lander prüfte mit dem Funkpeiler seine Position und berichtigte den Kurs leicht nach Nord.

Zuerst sahen sie den Rauch, ein kleines Wölkchen an der östlichen Kimm. Dann zwei Punkte unter dem Rauch – die Decksaufbauten des Frachters kamen in Sicht. Bald war der ganze Rumpf zu sehen. Die Sonne stand tief im Südwesten, hinter Lander, als er auf das Schiff zulief. Es war, wie er es geplant hatte. Er würde aus der Sonne kommen, und falls irgend jemand vom Schiff aus mit Hilfe eines Zielfernrohrs auf ihn schießen wollte, würde er von den Strahlen der Sonne geblendet werden.

Mit gedrosselten Motoren fuhr das Boot langsam auf den verkommen aussehenden Frachter zu, und Lander musterte ihn aufmerksam durch sein Glas. Zwei Signalflaggen waren auf der Backbordseite gehißt. Er sah ein weißes ›X‹ auf blauem Feld und darunter einen roten Rhombus auf weißem Feld.

»M. F.«, las Lander.

»Ja, das ist er. Muhammad Fasil.«

In vierzig Minuten ging die Sonne unter. Lander beschloß, diese vierzig Minuten zu nutzen. Weit und breit waren keine anderen Schiffe in Sicht, und es schien ihm besser, die Übernahme noch bei Tageslicht zu riskieren, als sich in der Dunkelheit einer eventuell vom Frachter drohenden Gefahr auszusetzen. Solange es noch hell war, lag die Reling des Frachters in ihrem Schußfeld.

Dahlia hißte die Delta-Flagge. Mit gurgelndem Auspuff

kroch das Boot immer näher an den Frachter heran. Dahlia und Lander zogen sich Strumpfmasken über den Kopf.

»Die große Flinte«, sagte Lander.

Sie gab sie ihm. Er öffnete die Windschutzscheibe und legte die Schrotflinte so auf das Armaturenbrett, daß die Mündung draußen auf dem Vordeck zu liegen kam. Es war eine Remington Automatic mit langem Lauf, und sie war mit grobem Schrot geladen. Lander wußte, daß es unmöglich war, von dem schaukelnden Boot aus mit einem Gewehr genau zu schießen. Er und Dahlia hatten diesen Punkt oft besprochen. Falls Fasil die Gewalt über die Besatzung des Frachters verloren hatte und man von dort auf sie schoß, würde Lander zurückschießen, das Boot herumreißen und in die Sonne hineinfahren. Unterdessen würde Dahlia mit dem anderen Langlaufgewehr den Frachter unter Feuer nehmen, und sobald der Abstand etwas größer wurde, sollte sie mit dem Schnellfeuergewehr schießen. »Mach gar nicht erst den Versuch, auf jemanden zu zielen«, hatte er zu ihr gesagt. »Hau ihnen genügend Blei um die Ohren, dann hören sie schon auf zu schießen.« Im gleichen Augenblick war ihm eingefallen, daß sie sicher weit mehr Erfahrung mit Handfeuerwaffen hatte als er.

Der Frachter drehte langsam bei. Aus dreihundert Meter Entfernung konnte Lander nur drei Männer auf dem Deck und einen oben auf der Brücke ausmachen. Einer der Männer lief zur Signalleine und dippte die Flaggen einmal, um die Delta-Flagge zu beantworten, die Dahlia vorgehißt hatte. Es wäre einfacher gewesen, sich durch Funk zu verständigen, aber Fasil konnte nicht gleichzeitig auf Deck und im Funkraum sein.

»Das ist er, der Mann mit der blauen Mütze, das ist Fasil«, sagte Dahlia und ließ das Glas sinken.

Als Lander auf hundert Meter herangekommen war, sprach Fasil mit den beiden Männern neben ihm. Sie schwenkten die Rettungsboot-Davits über die Bordwand hinaus und blieben dann, die Hände demonstrativ auf die Reling gelegt, regungslos stehen.

Lander ließ die Motoren leerlaufen und kletterte nach hinten, um auf der Steuerbordseite einen Fender aufzuhängen. Dann stieg er, die abgesägte Schrotflinte in der Hand, auf die Brücke.

Fasil schien die Besatzung des Frachters unter Kontrolle zu haben. Lander sah einen Revolver in seinem Gürtel stecken. Abgesehen vom Ersten Offizier und einem Besatzungsmitglied hatte er die Mannschaft offenbar unter Deck geschickt. Die Roststreifen an der Bordwand des Frachters glühten rötlich in der untergehenden Sonne. Lander brachte das Boot auf die Leeseite des großen Schiffs, und Dahlia warf dem Matrosen eine Leine zu. Er wollte sie an einem Poller festmachen, aber Dahlia schüttelte den Kopf und machte ihm Zeichen. Schließlich verstand er, was sie wollte. Er legte die Leine auf Slip und warf ihr das Ende wieder zu.

Lander hatte das Ruder so gelegt, daß die Motoren das Bootsheck dicht an der Schiffswand hielten.

Fasil hatte den Plastiksprengstoff in Säcke von je 25 Pfund umgepackt. 48 dieser Säcke lagen neben ihm an Deck aufgestapelt. Das Boot hob und senkte sich in dem schwachen Wellengang auf der Leeseite des Schiffs, und der Fender rieb sich knarrend am Rumpf. Eine Jakobsleiter wurde an der Bordwand der *Leticia* heruntergelassen.

Fasil rief Lander zu: »Der Erste Offizier kommt runter. Er ist nicht bewaffnet. Er kann die Säcke stauen helfen.«

Lander nickte, und der Mann kletterte hinunter. Er war sichtlich bemüht, nicht zu Dahlia und Lander hinüberzusehen, die in ihren Masken sehr unheimlich wirkten. Fasil und der Matrose ließen mit Hilfe der Davits, die sie wie einen Kran benutzten, ein Netz hinunter, das die ersten sechs Säcke und die in Segeltuch gehüllten automatischen Waffen enthielt. Bei dem Schaukeln des Bootes war es schwierig, genau den richtigen Augenblick abzupassen, in dem man die Last vom Haken nehmen mußte, und einmal fielen Lander und der Offizier der Länge nach hin.

Als zwölf Säcke im Cockpit lagen, wurde das Löschmanöver unterbrochen. Die drei auf dem Boot schafften die Säcke nach vorn und verstauten sie in der Vorderkajüte. Lander konnte nur schwer der Versuchung widerstehen, einen der Säcke aufzureißen und sich das Zeug anzusehen. Es kribbelte ihm in den Händen. Dann kamen die nächsten zwölf Säcke und die nächsten. Trotz der Kälte waren Dahlia und die beiden Männer in Schweiß gebadet.

Der Ruf des Ausgucks auf der Brücke wurde beinahe vom Wind davongetragen. Fasil wirbelte herum und legte die Hände hinter die Ohren. Der Mann winkte mit den Armen und deutete in die Ferne. Fasil beugte sich über die Reling und rief hinunter: »Von da drüben kommt irgend etwas – von Osten. Ich sehe mal nach.«

In weniger als fünfzehn Sekunden war er auf der Brücke und riß dem erschreckten Ausguck das Glas aus der Hand. Gleich darauf war er wieder auf dem Deck, kämpfte mit dem Lastennetz und rief hinunter: »Weiß, mit einem Streifen am Bug.«

»Küstenwache«, sagte Lander. »Wie groß ist die Distanz – wie weit weg?«

»Etwa vier Seemeilen. Aber es kommt rasch näher.«

»Laßt das Netz runter, verdammt noch mal.«

Fasil versetzte dem Matrosen neben ihm eine Ohrfeige und legte die Hände des Mannes auf das Hebezeug. Das Lastennetz, mit den letzten zwölf Säcken gefüllt, schwang über die Bordwand und kam schnell herunter. Die Seile quietschten in den Blöcken. Mit einem dumpfen Poltern fiel das Netz ins Cockpit und wurde rasch festgezurrt.

Auf dem Deck des Frachters wandte sich Muhammad Fasil dem schwitzenden Matrosen zu. »Stell dich an die Reling und zeig die Hände.« Der Mann blickte starr auf den Horizont und schien die Luft anzuhalten, als Fasil an der Bordwand hinunterkletterte.

Der Erste Offizier, der im Cockpit stand, konnte die Augen nicht von Fasil losreißen. Fasil gab ihm ein Bündel Banknoten, zog einen Revolver und hielt ihn dem Mann an die Oberlippe. »Sie haben Ihre Sache gut gemacht. Wer schweigt, lebt länger. Haben Sie mich verstanden?«

Der Mann wollte nicken, aber die Pistole unter seiner Nase hinderte ihn daran.

»Gehen Sie in Frieden.«

Der Mann kletterte mit affenartiger Geschwindigkeit die Jakobsleiter hinauf. Dahlia warf die Leine los.

Während all das geschah, sah Lander fast nachdenklicher vor sich hin. Er durchdachte alle Möglichkeiten und wog die Risiken gegeneinander ab.

Das Patrouillenboot, das sich ihnen von der anderen Seite des Frachters her näherte, konnte ihn noch nicht sehen. Wahrscheinlich hatte der Anblick des beigedrehten Frachters die Neugier der Küstenwache erregt. Oder sie hatte einen Wink bekommen. Ein Patrouillenboot. Sechs befanden sich in diesen Gewässern, alle 27 Meter lang. Zwei Dieselmotoren, 1600 PS, Geschwindigkeit 20 Knoten, Radar, acht Mann Besatzung. Ein Maschinengewehr und ein Bordgeschütz, 81 mm. Einen Augenblick lang erwog Lander, den Frachter in Brand zu stecken und so das Fahrzeug der Küstenwache zu zwingen, anzuhalten und Hilfe zu leisten. Aber der Erste Offizier würde ein Riesengeschrei erheben, und dann war der Teufel los. Suchflugzeuge würden ausgesandt werden, einige von ihnen mit einem Infrarotgerät, das die Wärmestrahlung seiner Motoren ausmachen würde. Es wurde dunkel. Kein Mond während der nächsten fünf Stunden. Es war besser, es auf eine Verfolgungsjagd ankommen zu lassen.

Lander kehrte blitzartig in die Gegenwart zurück. Seine Überlegungen hatten nur Sekunden gedauert.

»Dahlia, mach den Reflektor fertig.« Er gab Vollgas und riß das große Boot in einer schäumenden Kurve vom Frachter weg. Er hielt auf die Küste zu, die vierzig Meilen entfernt war. Die Motoren dröhnten, und Gischt flog über die Brücke, während sie durch die leichte Dünung schossen. Auch schwer beladen schaffte das starke Boot noch beinahe 19 Knoten. Das Patrouillenboot war etwas schneller. Lander würde so lange wie möglich den Frachter zwischen sich und dem Verfolger halten. Er schrie zu Fasil hinunter, der sich im Cockpit befand: »Hören Sie 2182 Kilohertz ab.« Das war die Internationale Seenotfrequenz und eine ›Ruffrequenz‹, die bei anfänglichen Kontakten zwischen Schiffen benutzt wurde.

Der Frachter lag jetzt genau achteraus, und während sie zurückblickten, tauchte das Patrouillenboot auf. Es war immer noch jenseits des Frachters, hatte aber kräftig Fahrt aufgenommen und warf eine große Bugwelle auf. Lander sah, daß der Bug des Patrouillenboots leicht herüberdrehte. Das Boot hielt jetzt direkt auf ihn zu.

Fasil kam halb zur Brücke hochgeklettert und rief: »Sie fordern uns auf, beizudrehen.«

»Sie sollen mich am Arsch lecken. Gehen Sie auf die Frequenz der Küstenwache. Sie ist auf der Skala markiert. Wir wollen sehen, ob sie Hilfe anfordern.«

Mit gelöschten Positionslichtern raste das Boot auf den letzten Schimmer im Westen zu. Der elegante weiße Bug des ihnen nachhetzenden Patrouillenboots und seine Bugwelle schimmerten rötlich im Schein der untergehenden Sonne.

Dahlia hatte inzwischen den passiven Radarreflektor am Handlauf der Brücke festgeklemmt. Es war ein drachenförmiges Metallgestänge. Sie hatte es für 12 Dollar bei einem Schiffsausrüster gekauft. Es vibrierte und schwankte, während das Boot durch die Wellen stürmte.

Lander schickte sie hinunter, die Zurrings zu prüfen. Er wollte nicht, daß sich durch das Stampfen des Bootes irgend etwas löste.

Sie sah zuerst im Cockpit nach. Dann ging sie nach vorn zur Kajüte, wo Fasil mit gerunzelter Stirn vor dem Funkgerät saß.

»Noch nichts«, sagte er auf arabisch. »Wozu der Radarreflektor?«

»Die Küstenwache hätte uns ohnedies gesehen«, sagte Dahlia. Sie mußte ihm ins Ohr schreien, um in dem stampfenden Boot gehört zu werden. »Sobald der Kapitän des Patrouillenboots merkt, daß die Jagd bis in die Dunkelheit hinein dauert, wird er seinem Funkmeßmann Anweisungen geben, uns anzupeilen, solange es noch hell ist. Nach Einbruch der Dunkelheit kann er dann mühelos den Leuchtfleck identifizieren, den wir auf seinem Radarschirm machen.» Lander hatte ihr all das aufs eingehendste erklärt. »Durch den Reflektor ist es ein großer, dicker Leuchtfleck, der sich deutlich von der Interferenz der Wellen unterscheidet. Wir sehen auf dem Schirm aus wie ein Boot aus Metall.«

»Ist –«

»Hör zu«, sagte sie eindringlich und blickte in Richtung der Brücke über ihnen. »Du darfst dich mir gegenüber nicht vertraulich zeigen oder mich berühren, verstehst du? Du darfst in seiner Gegenwart nur Englisch sprechen. Komm in seinem Haus nie nach oben. Überrasch ihn nie. Um der Sache willen.«

Das Skalenlicht des Funkgeräts beleuchtete Fasils Gesicht von unter her, und seine Augen glühten in den dunklen Höhlen. »Also, um der Sache willen, Genossin Dahlia. Solange er funktioniert, will ich ihn ertragen.«

Dahlia nickte. »Falls du ihn nicht ertragen kannst, wirst du schnell herausfinden, wie gut er funktioniert«, sagte sie, aber da sie wieder nach hinten kletterte, verloren sich ihre Worte im Wind.

Inzwischen war es dunkel. Die einzige Beleuchtung kam vom Kompaß auf der Brücke, nur für Lander sichtbar. Hinter sich sah er deutlich den Strahl des Suchscheinwerfers, der die Dunkelheit durchbohrte. Er schätzte, daß das Patrouillenboot etwa einen halben Knoten schneller war als er. Der Abstand betrug noch etwa viereinhalb Meilen. Fasil kam zu ihm herauf. »Sie haben den Zoll über Funk auf die *Leticia* aufmerksam gemacht. Sie sagen, uns werden sie selbst übernehmen.«

»Sagen Sie Dahlia, es ist gleich soweit.«

Sie fuhren jetzt auf die Schiffahrtsstraße zu. Lander

wußte, daß die Männer auf dem Patrouillenboot ihn nicht sehen konnten, und trotzdem folgten sie jeder kleinen Kursänderung, die er vornahm. Er meinte fast die Finger des Radars in seinem Nacken zu spüren. Zu dumm, daß keine anderen Schiffe in der Nähe waren... Doch! An Backbord sah er die weißen Mastlichter eines Schiffs, und nach einigen Minuten schaltete er seine eigenen Positionslaternen wieder ein. Ein Frachter, der mit ziemlicher Geschwindigkeit nach Norden fuhr. Lander änderte den Kurs ein wenig, um so dicht wie möglich unter dem Bug des Schiffs vorbeizufahren. Im Geiste sah er den Radarschirm des Patrouillenboots, auf dem der große Leuchtfleck des Frachters und der kleinere des Bootes sich einander näherten, zwei Punkte, die bei jeder Drehung des Abtaststrahls aufleuchteten.

»Mach dich bereit«, rief er Dahlia zu.

»Gehen wir«, sagte sie zu Fasil. Er stellte keine Fragen. Gemeinsam zerrten sie die kleine Plattform mit den Schwimmkörpern von den festgezurrten Sprengstoffsäkken. Jeder Schwimmkörper bestand aus einer Achtzehn-Liter-Blechtrommel, mit einem Splintloch oben und einem gewöhnlichen Wasserhahn auf der Unterseite. Dahlia holte den Mast aus der Kajüte und den Radarreflektor von der Brücke. Sie klemmten den Reflektor an den oberen Teil des Mastes fest und setzten den Mast in eine dafür vorgesehene Vertiefung der Plattform. Mit Fasils Hilfe befestigte sie eine zwei Meter lange Leine an der Unterseite der Plattform und band das andere Ende an ein schweres Bleigewicht. Als sie von ihrer Arbeit aufblickten, sahen sie die Lichter des Frachters fast unmittelbar über ihren Köpfen, und sein Bug ragte wie ein Kliff neben ihnen empor. Eine Sekunde später waren sie an ihm vorbei.

Lander, der nach Norden abbog, sah übers Heck zurück, um den Frachter zwischen sich und dem Patrouillenboot zu halten. Jetzt waren die Leuchtflecken auf dem Radarschirm verschmolzen, und die größere Höhe des Frachters schirmte Landers Boot von den Radarimpulsen ab.

Er schätzte die Entfernung zum Küstenwachfahrzeug ab. »Jeden Wasserhahn um eine halbe Drehung öffnen.« Dann stellte er die Motoren ab. »Über Bord.«

Dahlia und Fasil ließen die schwimmende Plattform über die Seite fallen. Der Mast schwankte wild hin und her, bis das Gewicht unter der Plattform das Floß stabilisierte und der Radarreflektor hoch über dem Wasser aufragte.

Die Plattform schaukelte abermals, als Lander Vollgas gab und mit dem verdunkelten Boot genau nach Süden fuhr.

»Der Mann am Radarschirm weiß jetzt nicht, ob der Leuchtfleck von dem Reflektor unser Boot oder ein anderes Fahrzeug ist oder ob wir auf der anderen Seite neben dem Frachter herfahren, nicht wahr?« sagte Fasil. »Wie lange hält sich das Floß über Wasser?«

»Etwa fünfzehn Minuten«, sagte Dahlia. »Bis das Patrouillenboot da ist, ist das Floß gesunken.«

»Dann werden sie dem Schiff nach Norden folgen, um zu sehen, ob wir längsseits sind?«

»Vielleicht.«

»Wieviel können sie jetzt von uns sehen?«

»Bei einem Holzboot und bei dieser Entfernung – nicht viel, wenn überhaupt etwas. Auch die Farbe des Anstrichs enthält kein Blei. Das Kielwasser des Frachters wird Interferenzen hervorrufen. Und falls der Kapitän des Patrouillenboots stoppt, um auf Geräusche zu horchen, hört er nur die Maschine des Frachters. Aber noch wissen wir nicht, ob sie auf den Köder angebissen haben.«

Lander beobachtete von der Brücke aus die Lichter des Patrouillenboots. Er sah die zwei hohen weißen Mastlichter und die rote Positionslampe an Backbord. Falls das Boot auf ihn zudrehte, würde er das grüne Steuerbordlicht herumkommen sehen.

Dahlia stand jetzt neben ihm, und sie beobachteten zusammen die Lichter des Küstenwachfahrzeugs. Sie sahen nur das rote Licht, und dann, als die Entfernung größer wurde, konnten sie nur noch die weißen Mastlichter ausmachen. Schließlich sahen sie nichts weiter als hin und wieder den Strahl des Scheinwerfers, der die leere Dunkelheit durchforschte.

Lander wurde sich der Gegenwart einer dritten Person auf der Brücke bewußt.

»Gute Arbeit«, sagte Muhammad Fasil.

Lander antwortete ihm nicht.

7

Kabakov hatte gerötete Augen, und er war gereizt. Die Beamten bei der New Yorker Einwanderungsbehörde hatten inzwischen herausgefunden, daß es besser war, einen großen Bogen um den Major zu machen, der Tag und Nacht dasaß und Polizeifotos von Arabern betrachtete, die in den Vereinigten Staaten lebten.

Die Bände, die rechts und links von ihm in Stapeln auf dem breiten Schreibtisch lagen, waren so groß und dick wie Hauptbücher. Sie enthielten insgesamt 137000 Fotos und Personenbeschreibungen. Kabakov war entschlossen, jedes Blatt genau zu studieren. Falls die Frau mit einem Spezialauftrag in die Vereinigten Staaten geschickt worden war, hatte sie sich vermutlich zuerst eine Tarnung zugelegt. Davon war er ziemlich überzeugt. In der Geheimkartei für ›verdächtige Araber‹, die von der Einwanderungsbehörde geführt wurde, waren nur wenige Frauen verzeichnet, und keine von ihnen ähnelte der Person in Hafez Nadscheers Schlafzimmer. Aber nach Schätzungen der Einwanderungsbehörde lebten allein an der Ostküste der Vereinigten Staaten etwa 85000 illegal eingereiste Araber, die in keiner Kartei geführt wurden. Die meisten von ihnen gingen einer unverfänglichen Arbeit nach, störten niemanden und erregten nur selten die Aufmerksamkeit der Behörden. Die Möglichkeit, daß dies auch für die Frau, die er suchte, zutraf, beunruhigte ihn.

Verdrossen blätterte er eine weitere Seite um. Eine Frau. Katherina Ghalib. Sie lebte in Phoenix als Pflegerin geistig zurückgebliebener Kinder. Fünfzig Jahre alt. Und sie sah auch so aus.

Ein Beamter stand neben ihm. »Major Kabakov, wir haben drüben im Büro einen Anruf für Sie. Aus Washington.«

»Danke. Rühren Sie bloß diese verdammten Bücher nicht an. Ich komme sonst durcheinander.«

Sam Corley war am Apparat.

»Wie steht's?«

»Bis jetzt noch nichts. Ich muß mir nur noch 80000 Araber ansehen.«

»Ich habe hier eine Meldung von der Küstenwache. Vielleicht hat es ja nichts zu bedeuten, aber gestern nachmittag hat ein Wachboot vor der Küste von New Jersey ein Schnellboot ausgemacht, unmittelbar neben einem libyschen Frachter. Das Schnellboot entkam, als die Leute von der Küstenwache es sich näher ansehen wollten.«

»*Gestern?*«

»Ja, sie hatten mit einem Schiffsbrand zu tun gehabt und waren auf der Rückfahrt. Der Frachter kam aus Beirut.«

»Und wo ist das Schiff jetzt?«

»In Brooklyn. Der Zoll hat die Hand darauf. Der Kapitän wird vermißt. Näheres weiß ich noch nicht.«

»Und was ist mit dem Schnellboot?«

»Das ist ihnen in der Dunkelheit entwischt.«

Kabakov fluchte gotteslästerlich. »Warum sagt man uns das erst jetzt?«

»Keine Ahnung. Ich werde beim Zoll anrufen und veranlassen, daß man Ihnen einen ausführlichen Bericht schickt.«

Mustafa Fawzi, der Erste Offizier der *Leticia,* der seit Larmosos Tod als Kapitän fungierte, redete in seiner kleinen Kabine eine Stunde lang mit den Zollbeamten. Er fuchtelte mit den Armen in der vom süßlichen Duft seiner türkischen Zigaretten erfüllten Luft herum.

Ja, das Boot habe sich seinem Schiff genähert, erklärte Fawzi. Das Boot habe nicht mehr genug Diesel gehabt und um Hilfe gebeten. Den Gesetzen der Seefahrt entsprechend habe er ihnen helfen wollen. Die Beschreibung, die er von dem Boot und der Besatzung gab, war mehr als vage. Der Vorfall habe sich im übrigen in internationalen Gewässern ereignet, betonte er immer wieder. Nein. freiwillig werde er nicht gestatten, daß man sein Schiff durchsuche. Die *Leticia* sei nach internationalem Seerecht libysches Territorium, und er trage die Verantwortung für das Schiff, nachdem Kapitän Larmoso unglücklicherweise über Bord gefallen sei.

Die Zollbehörde wollte es nicht auf einen Zwischenfall mit der libyschen Regierung ankommen lassen, besonders nicht in einer Zeit, da die Lage im Nahen Osten ohnehin gespannt war. Und was die Küstenwache beobachtet hatte, reichte kaum für einen offiziellen Durchsuchungsbefehl aus. Fawzi versprach, seine Aussage über Larmosos Unfall zu beeiden, und die Zollbeamten verließen das Schiff, um sich mit den zuständigen Leuten im Justizministerium und im State Department zu beraten.

Fawzi trank eine Flasche vom Bier des verblichenen Kapitäns und sank – zum erstenmal seit vielen Tagen – in tiefen Schlaf.

Ihm war, als riefe ihn eine Stimme aus weiter Ferne. Ein zweites Mal rief die tiefe Stimme seinen Namen, und irgend etwas traf schmerzend seine Augen. Fawzi wachte auf und hob die Hände, um seine Augen vor dem blendenden Lichtstrahl der Taschenlampe zu schützen.

»Guten Abend, Mustafa Fawzi«, sagte Kabakov. »Legen Sie die Hände bitte auf die Bettdecke.«

Sergeant Moschevsky, der wie ein riesiger Schatten lauernd hinter Kabakov stand, machte Licht. Fawzi richtete sich in seiner Koje auf und schickte ein Stoßgebet zu Allah.

»Keine Bewegung«, sagte Moschevsky und hielt Fawzi ein Messer unters Ohr.

Kabakov zog sich einen Stuhl heran, setzte sich neben die Koje und zündete sich eine Zigarette an. »Ich möchte gern ein friedliches Gespräch mit Ihnen führen. Wird es friedlich sein?«

Fawzi nickte, und Kabakov gab Moschevsky ein Zeichen, er solle sich entfernen. »Und jetzt, Mustafa Fawzi, will ich Ihnen erklären, wie Sie mir helfen werden, ohne selbst etwas zu riskieren. Ich werde Sie ohne Zögern töten, wenn Sie mir *nicht* helfen, aber ich habe keinen Grund, Sie zu töten, *wenn* Sie mir helfen. Verstehen Sie? Es ist sehr wichtig, daß Sie das begreifen.«

Moschevsky machte eine ungeduldige Bewegung und sagte seinen Text auf: »Lassen Sie mich ihm erst einmal das Ohr...«

»Nein, nein«, sagte Kabakov und hob die Hand. »Wissen Sie, Fawzi, wenn ein Mann nicht so intelligent ist wie Sie, muß ich ihm manchmal erst zeigen, daß ihn schreckliche Qualen erwarten und daß er verstümmelt wird, wenn er mein Mißfallen erregt. Und daß reicher Lohn ihn erwartet, wenn er sich als nützlich erweist. Sie wissen genausogut wie ich, worin dieser Lohn meistens besteht.« Mit der Spitze des kleinen Fingers schnippte Kabakov die Asche von seiner Zigarette. »Normalerweise würde mein Freund hier Ihnen beide Arme brechen, ehe wir überhaupt miteinander reden. Aber sehen Sie, Fawzi, Sie haben doch gar nichts zu verlieren, wenn Sie mir erzählen, was sich hier an Bord abgespielt hat. Ich weiß, daß Sie die Leute vom Zoll belogen haben. Ich verspreche Ihnen aber, daß ich Sie nicht verraten werde, wenn Sie mir die Wahrheit sagen.« Er warf seinen israelischen Ausweis aufs Bett. »Werden Sie mir helfen?«

Fawzi sah auf die Ausweiskarte und schwieg.

Kabakov stand seufzend auf. »Sergeant, ich gehe mal ein bißchen frische Luft schnappen. Mustafa Fawzi braucht anscheinend eine kleine Stärkung. Sagen Sie mir Bescheid, wenn er seine Hoden verzehrt hat.« Er wandte sich zur Kabinentür.

»Ich habe Verwandte in Beirut«, sagte Fawzi. Er hatte Mühe, seine Stimme zu beherrschen. Kabakov betrachtete den schmächtigen, halb nackt in der Koje sitzenden Mann, und er sah, wie unter der mageren Brust das Herz aufgeregt pochte.

»Natürlich haben Sie Verwandte in Beirut«, sagte Kabakov. »Und bestimmt hat man Ihnen gedroht, daß man sich an ihnen rächen wird. Erzählen Sie dem Zoll, was Sie wollen. Aber machen Sie mir nichts vor, Fawzi. Sie werden nirgendwo vor mir sicher sein. Nicht hier, nicht zu Hause, in keinem Hafen der Welt. Ich nehme Rücksicht auf Ihre Angehörigen. Ich verstehe diese Dinge, und von mir erfährt niemand etwas.«

»Der Libanese hat Larmoso auf den Azoren umgebracht«, begann Fawzi.

Moschevsky folterte nicht gern. Und er wußte, daß Kabakov die Folter auch haßte. Jetzt mußte Moschevsky sich Mühe geben, nicht zu lächeln. Er durchsuchte die Kabine, und jedesmal, wenn Fawzi stockte, hielt er im Suchen inne, sah den Araber drohend an und machte dann ein enttäuschtes Gesicht, als bedauerte er, ihn nicht mit dem Messer bearbeiten zu dürfen.

»Beschreiben Sie den Libanesen.«

»Schlank, mittelgroß. Er hatte eine Narbe von einem Schnitt oder so im Gesicht.«

»Was war in den Säcken?«

»Ich weiß es nicht. Allah ist mein Zeuge. Der Libanese hat sie aus den Kisten im vorderen Laderaum abgefüllt. Er ließ niemanden an sie ran.«

»Wie viele Personen waren auf dem Boot?«

»Zwei.«

»Wie sahen sie aus?«

»Der eine war groß und dünn, der andere klein. Beide waren maskiert. Ich hatte Angst, ich habe sie nicht genau angesehen.«

»In was für einer Sprache unterhielten sie sich?«

»Der größere sprach mit dem Libanesen englisch.«

»Und der kleinere?«

»Der kleinere sagte nichts.«

»Ist es möglich, daß der kleinere eine Frau war?«

Der Araber wurde rot. Er wollte nicht zugeben, daß er vor einer Frau Angst gehabt hatte. Das war undenkbar.

»Der Libanese hatte eine Pistole auf Sie gerichtet, und Sie sahen Ihre Verwandten in Gefahr – deshalb haben Sie doch sicher nur mitgemacht, nicht wahr, Fawzi?« sagte Kabakov sanft und freundlich.

»Der kleinere könnte auch eine Frau gewesen sein«, sagte Fawzi schließlich.

»Haben Sie ihre Hände gesehen?«

»Sie hatte Handschuhe an. Aber ihre Maske hatte im Nacken eine kleine Ausbuchtung. Das könnten die Haare gewesen sein. Und dann noch der Hintern.«

»Der Hintern?«

»Rund, verstehen Sie. Breiter als bei einem Mann. Aber es könnte ja auch ein rundlicher Junge gewesen sein.«

Moschevsky stöberte gerade im Kühlschrank herum und nahm sich eine Flasche Bier heraus. Hinter der Flasche fand er etwas. Er holte es heraus und gab es Kabakov.

»Verlangte es Kapitän Larmosos Religion, daß er eine Madonna im Kühlschrank aufbewahrte?« fragte Kabakov und hielt Fawzi die mit dem Messer angekratzte Figur dicht vors Gesicht.

Fawzi betrachtete sie ehrlich verständnislos und mit dem Widerwillen, den Moslems beim Anblick von Heiligenbildnissen empfinden. Nachdenklich schnupperte Kabakov an der Madonnenfigur und bohrte den Daumennagel hinein. Plastiksprengstoff. Larmoso hatte gewußt, was es war, kannte aber die Eigenschaften dieses Sprengstoffs nicht genau, kombinierte er. Der Kapitän hatte gedacht, es sei am sichersten, das Ding kalt zu lagern, so kalt wie den übrigen Sprengstoff unten im Laderaum. Er hätte keine Angst zu haben brauchen, dachte Kabakov und drehte die Figur in der Hand. Wenn sie sich so viel Mühe gemacht hatten, den Plastiksprengstoff zu tarnen, dann hatten sie ursprünglich vorgehabt, ihn durch den Zoll zu schmuggeln.

»Schnell, holen Sie die Schiffsbücher«, sagte Kabakov in scharfem Ton.

Nach einer Weile fand Fawzi schließlich das Manifest mit dem Ladeprotokoll. Mineralwasser, zur Einfuhr zugelassene Häute, Tafelgeschirr und – ja, da war es. Drei Kisten Heiligenfiguren. *Made in Taiwan.* Empfänger: Benjamin Muzi.

Muzi hatte von den Brooklyn Heights aus beobachtet, wie die *Leticia,* von der Küstenwache eskortiert, langsam in den New Yorker Hafen glitt. Er fluchte in mehreren Sprachen. Was hatte Larmoso gemacht? So schnell es sein Umfang zuließ, ging Muzi zu einer Telefonzelle. Er bewegte sich mit der Würde und überraschenderweise auch mit der Anmut eines Elefanten. Muzi liebte klare Verhältnisse, und hier war vieles höchst unklar.

Sein Leibesumfang hinderte ihn, die Zelle zu betreten. Halb in der Tür stehend, streckte er die Hand nach der Nummernscheibe aus und wählte. Er rief bei der Such- und Rettungsabteilung der Küstenwache an und gab sich als Reporter von *El Diario – La Prensa* aus. Ein hilfsbereiter junger Mann von der Nachrichtensammelstelle berichtete ihm, was er dem Funkverkehr an Einzelheiten über die *Leticia,* ihren vermißten Kapitän und die Jagd auf das Schnellboot entnommen hatte.

Muzi fuhr die Schnellstraße von Brooklyn nach Queens entlang, von der man auf die Hafenanlagen von Brooklyn hinunterblickt. Am Kai neben der *Leticia* sah er Beamte vom Zollfahndungsdienst und von der Hafenpolizei stehen. Mit Erleichterung stellte er fest, daß weder der Frachter noch das Patrouillenboot den roten Schwalbenschwanzwimpel zeigte, der auf gefährliche Fracht an Bord hinwies. Entweder hatten die Behörden den Sprengstoff noch nicht gefunden oder aber das Schnellboot hatte ihn übernommen. Wenn das Schnellboot den Sprengstoff übernommen hatte, was anzunehmen war, blieb ihm noch etwas Zeit. Die Behörden würden Tage brauchen, um auf der *Leticia* Inventur zu machen und herauszufinden, welche Teile der Ladung fehlten. Wahrscheinlich hatte er also von seiten der Justiz zunächst noch nichts zu befürchten. Aber von anderer Seite drohte ihm Gefahr – das wußte er nur zu gut.

Irgend etwas war hier schiefgelaufen. Und einerlei, wer die Schuld hatte – die Guerillas würden *ihm* die Schuld geben. Er hatte bereits eine Viertelmillion Dollar auf einer holländischen Bank, und seine arabischen Auftraggeber würden keine Entschuldigung anerkennen. Wenn sie den Plastiksprengstoff auf See übernommen hatten, dann glaubten sie, daß er sie hatte betrügen wollen, sie schon betrogen hatte. Was hatte dieser Idiot Larmoso bloß angestellt? Was immer er getan hatte, Muzi wußte jedenfalls, daß man ihm nicht die geringste Chance geben würde, seine Unschuld erst noch lange zu beteuern. Der ›Schwarze September‹ würde ihn bei der erstbesten Gelegenheit umlegen. Es war klar, er mußte sich in aller Eile aus seinen Geschäften zurückziehen.

Muzi holte ein dickes Bündel Geldscheine und einige Bankbücher aus seinem Schließfach in einer Bank im unteren Manhattan. Eines der Bücher trug den Namen des ältesten und angesehensten holländischen Bankhauses. Es enthielt nur eine einzige Eintragung und wies ein Guthaben von 250 000 Dollar aus, über das nur er persönlich verfügen konnte.

Muzi seufzte. Es wäre so schön gewesen, nach Lieferung des Plastiksprengstoffs auch noch die zweite Viertelmillion zu kassieren. Nun würden die Guerillas die Bank in Holland bestimmt eine Weile sorgfältig im Auge behalten. Sollten sie. Er würde das Geld auf ein anderes Konto überweisen lassen und es dann abheben.

Was ihn aber im Augenblick am meisten interessierte, lag nicht in dem Schließfach. Seine Pässe. Jahrelang hatte er sie dort aufbewahrt, aber nach seiner letzten Reise in den Nahen Osten hatte er sie zu Hause gelassen. Ein unverzeihlicher Fehler. Er mußte sie unbedingt holen. Dann würde er von Newark nach Chicago und weiter nach Seattle und von dort über den Pol nach London fliegen. Wo hatte doch Faruk in London gespeist? Muzi, der Faruks Geschmack und Lebensstil sehr bewunderte, nahm sich vor, es herauszufinden.

Muzi hatte nicht die geringste Absicht, in sein Büro zurückzukehren. Mochten sie den Griechen ruhig in die Mangel nehmen. Sie würden staunen, wie wenig er wußte. Es sprach alles dafür, daß die Guerillas auch seine Wohnung beobachteten. Aber sie würden sie nicht lange beobachten. Sie hatten jetzt den Sprengstoff bekommen und würden andere Sorgen haben. Also war es dumm, sofort nach Hause zu fahren. Sollten sie ruhig denken, er sei bereits geflohen.

Er nahm ein Zimmer in einem Motel auf der West Side und trug sich als ›Chesterfield Pardue‹ ein. Er legte zwölf Flaschen Perrier im Waschbecken des Badezimmers auf Eis. Einen Augenblick spürte er ein nervöses Frösteln. Er hatte die größte Lust, sich in die leere Badewanne zu setzen und den Duschvorhang zuzuziehen, aber er fürchtete, mit seinem breiten Hintern in der Wanne steckenzubleiben, wie es ihm einmal in Atlantic City passiert war.

Das Frösteln ging vorüber. Er lag auf dem Bett, die Hände auf seinem mächtigen Bauch gefaltet, und starrte finster an die Decke. Was für ein Dummkopf war er gewesen, sich mit diesen miesen Guerillas einzulassen. Alles ausgemachte Esel, die nichts als Politik im Kopf hatten. Beirut hatte ihm schon einmal Unglück gebracht – 1967, beim Zusammenbruch der Intra Bank. Diese Pleite hatte ein Loch in seinen Ruhestandsfonds gerissen. Andernfalls hätte er sich längst zur Ruhe gesetzt.

Er hatte den Verlust schon fast wieder ausgeglichen, als er das Angebot der Araber erhielt. Das enorme Honorar für die illegale Einfuhr des *plastique* hätte ihn endgültig über den Berg gebracht. Nur deshalb hatte er das Risiko auf sich genommen. Nun ja, die Hälfte des Honorars würde auch reichen.

Ruhestand. In seiner hübschen kleinen Villa bei Neapel, in der es keine beschwerlichen Treppen gab. Nun war es endlich soweit.

Angefangen hatte es als Schiffsjunge auf dem Frachter *Ali Bey.* Schon mit sechzehn Jahren hatte ihm sein Umfang das Erklettern der Kajütstreppen zur Qual gemacht. Als die *Ali Bey* 1938 nach New York kam, warf Muzi einen Blick auf die Stadt und verließ heimlich und für immer das Schiff. Da er vier Sprachen beherrschte und gut mit Zahlen umgehen konnte, fand er im Brooklyner Hafen mühelos Arbeit. Er wurde Aufseher in einem Lagerhaus. Er arbeitete für einen Türken namens Jahal Bezir, einen Mann, der so schlau war wie der Leibhaftige und im Zweiten Weltkrieg auf dem schwarzen Markt absahnte.

Bezir war tief beeindruckt von Muzi, zumal er ihn nie beim Stehlen erwischte. Von 1947 an führte Muzi ihm die Bücher, und mit der Zeit verließ sich der alte Mann immer mehr auf ihn.

Der alte Türke hatte einen klaren, wachen Verstand, verfiel aber zunehmend in die Sprache seiner Kindheit. Er diktierte seine Korrespondenz auf türkisch und überließ es Muzi, die Briefe zu übersetzen. Bezir gab mit großem Getue vor, die Übersetzungen zu kontrollieren, aber wenn es mehrere Briefe waren, wußte er manchmal offensichtlich gar nicht, welchen er gerade in der Hand hielt. Das gab Muzi zu denken. Der alte Mann hatte noch gute Augen. Er war alles andere als senil. Er sprach fließend Englisch. Auf raffinierte Weise fand Muzi heraus, daß Bezir nicht mehr lesen konnte. Bei einem Besuch der öffentlichen Bibliothek lernte Muzi eine Menge über sensorische Aphasie. Der alte Mann litt zweifellos an einer besonderen Art dieser Krankheit. Muzi dachte lange darüber nach. Er begann in bescheidenem Umfang Devisenspekulationen zu machen, bei denen er ohne Wissen oder Zustimmung des Türken dessen Bankguthaben benutzte. Die Wechselkursschwankungen der Nachkriegszeit kamen Muzi dabei zugute. Nur einmal verbrachte er drei Tage in Angst und Schrecken. Ein paar Spekulanten legten ihn mit wertlosem Besatzungsgeld herein, und Muzi saß mit 10000 Zertifikaten zum Nennwert von 1 Pfund Sterling da, die er zu 27 Cents das Stück übernommen hatte. Und oben schnarchte friedlich der Türke. Die Sache kostete ihn 3000 Dollar aus der eigenen Tasche, aber zu der Zeit konnte er einen solchen Verlust bereits verschmerzen.

Zu Bezirs Entzücken hatte er den Einfall, hohle Vertäutrossen anfertigen zu lassen und für den Schmuggel von Haschisch zu benutzen. Als der Türke starb, erschienen entfernte Verwandte, übernahmen die Firma und ruinierten sie prompt. Aber Muzi hatte sein Schäfchen ins trockene gebracht. Er besaß 65000 Dollar, die er seinen Devisenspekulationen verdankte, und verfügte über ausgezeichnete Beziehungen zu Schmugglerkreisen. Mehr brauchte er nicht, um mit allem und jedem zu handeln, was Dollars einbrachte. Nur von harten Drogen ließ er die Finger. Die astronomischen Gewinne, die sich mit Heroin erzielen ließen, waren eine Verlockung, aber Muzi ließ sich vom schnellen Profit nicht blenden. Er wollte nicht für den Rest seines Lebens gebrandmarkt sein. Er wollte seine Nächte nicht in einem Safe verbringen müssen. Er wollte die Risiken nicht, und ihm gefielen auch die Leute nicht, die mit Heroin handelten. Bei Haschisch war das etwas anderes.

1972 war die Jihaz al-Rasd-Abteilung der El-Fatah kräftig am internationalen Haschischhandel beteiligt. Viele der Halbkilo-Beutel, die Muzi im Libanon kaufte, trugen ihr Warenzeichen – eine Fedajin-Hand, die eine Maschinenpistole hielt. Seine Haschisch-Beziehungen hatten es ihm ermöglicht, den Brief des Amerikaners zu befördern, und auf diese Weise war er auch an das Schmugglergeschäft mit dem Plastiksprengstoff gekommen.

Seit einigen Monaten war Muzi dabei, sich aus dem Haschischhandel zurückzuziehen, und auch seine anderen Brücken zum Nahen Osten systematisch abzubrechen. Er wollte das nach und nach tun, um niemanden vor den Kopf zu stoßen. Er wollte sich keine Feinde machen, die den friedlichen Ruhestand, die endlose Folge von Galadiners auf seiner Terrasse über dem Golf von Neapel, stören konnten. Jetzt gefährdete diese dumme Sache mit der *Leticia* alles. Vielleicht hatten die Guerillas Verdacht geschöpft, weil er sich aus dem Nahostgeschäft zurückzog. Auch Larmoso mußte von seinen Absichten Wind bekommen haben. Wahrscheinlich hatte er sich eine Chance ausgerechnet, das Geschäft selbst zu machen. Was immer Larmoso getan hatte, er hatte die Araber verschreckt.

Muzi wußte, daß ihm in Italien nicht mehr viel passieren konnte. Er mußte nur noch diese etwas heikle Sache hier in New York hinter sich bringen, dann war alles überstanden. Abwartend lag er auf seinem Motelbett und träumte mit knurrendem Magen von einem fürstlichen Mahl im *Lutèce*.

Kabakov saß fröstelnd auf einem zusammengerollten Gartenschlauch. Ein kalter Wind pfiff durch den Bretterverschlag auf dem Dach des Lagerhauses. Die Bretter waren mit Reif bedeckt. Aber der Verschlag bot Schutz und gute Sicht auf Muzis Haus auf der anderen Straßenseite. Der schläfrige Mann, der aus dem Seitenfenster des Verschlags blickte, wickelte eine Tafel Schokolade aus und knabberte daran. Man hörte das leise Knacken der abbrechenden Schokolade. Er war auf Kabakovs Anruf hin mit zwei anderen Männern der taktischen Einsatzgruppe in einem gemieteten Lieferwagen von Washington heraufgekommen.

Statt zu fliegen hatten sie die anstrengende fünfstündige Fahrt über die Schnellstraße auf sich genommen, da ihr Gepäck bei der Flughafenkontrolle mit Sicherheit einiges Aufsehen erregt hätte – Maschinenpistolen, Gewehre mit Zielfernrohr, Handgranaten. Ein Mann aus der Einsatzgruppe lag jetzt auf dem Dach eines Hauses auf der anderen Straßenseite, einen Häuserblock weiter unten. Der dritte wartete zusammen mit Moschevsky in Muzis Büro.

Der schläfrige Israeli bot Kabakov ein Stück Schokolade

an. Kabakov schüttelte den Kopf. Er beobachtete das Haus durch sein Fernglas. Er spähte durch den Spalt der angelehnten Tür des Verschlags. Kabakov fragte sich, ob es richtig gewesen war, daß er Corley und den anderen Behördenvertretern nichts von Muzi und der Madonna erzählt hatte. Er schnaubte verächtlich. Natürlich war es richtig gewesen! Die Amerikaner hätten ihn bestenfalls auf irgendeinem Polizeirevier mit Muzi reden lassen, und nur in Gegenwart eines Anwalts. Drüben in der Wohnung würde er unter günstigeren Bedingungen mit ihm reden können – falls die Araber Muzi nicht inzwischen schon umgelegt hatten.

Muzi wohnte in einer hübschen, von Bäumen gesäumten Straße im Bezirk Cobble Hill in Brooklyn. In dem freundlichen Backsteinhaus gab es vier Wohnungen. Muzi hatte die größte, im Erdgeschoß. Das Haus hatte nur einen einzigen Eingang, an der Straßenseite, und Kabakov war ganz sicher, daß Muzi ihn benutzen würde, denn er war viel zu dick, um durchs Fenster zu steigen. Dafür sprachen jedenfalls die unförmig weiten Kleidungsstücke in Muzis Kleiderschrank.

Kabakov hoffte, seinen Auftrag schnell erledigen zu können, wenn er mit Muzis Hilfe die richtige Fährte fand, die zu dem Sprengstoff führte. Corley konnte er hinterher immer noch informieren. Er sah mit rotgeränderten Augen auf seine Uhr. Halb acht. Wenn Muzi nicht im Laufe dieses Tages kam, würde er Wachen einteilen müssen, damit seine Männer schlafen konnten. Kabakov sagte sich immer wieder, daß Muzi kommen würde. Die Pässe des Importkaufmanns – drei und alle auf verschiedene Namen ausgestellt – steckten in Kabakovs Brusttasche. Er hatte sie bei einer raschen Durchsuchung in Muzis Schlafzimmer gefunden. Er hätte lieber in der Wohnung gewartet, aber er wußte, daß Muzi auf offener Straße die größte Gefahr von seiten der Terroristen drohte, und er wollte ihm Deckung geben.

Wieder musterte er die Fenster auf der gegenüberliegenden Straßenseite. Links in einem Apartmenthaus wurde gerade eine Jalousie hochgezogen. Kabakov hielt den Atem an. Eine Frau stand im Unterrock am Fenster. Als sie sich abwandte, sah er hinter ihr ein Kind am Küchentisch sitzen.

Unten auf der Straße tauchten jetzt, noch blaß vor Müdigkeit, die ersten Berufstätigen auf. Sie hasteten zur Bushaltestelle in der Pacific Street, einen Häuserblock weiter unten. Kabakov schlug die Pässe auf und betrachtete zum hundertstenmal Muzis rundes Gesicht. Dann stand er auf, um sich die Beine zu vertreten. Sein Walkie-talkie knackte.

»Dimples an Jerry, an der Haustür unter Ihnen ein Mann mit Schlüsselbund.«

»Verstanden, Dimples«, sagte Kabakov ins Mikrofon. Vermutlich war es die Ablösung für den Nachtwächter, der die ganze Nacht im Erdgeschoß des Lagerhauses geschnarcht hatte. Einen Augenblick später knackte es wieder in seinem Sprechfunkgerät, und der Israeli auf dem Dach weiter unten in der Straße bestätigte, daß der Nachtwächter das Gebäude verließ. Der Nachtwächter überquerte die Straße, kam in Kabakovs Blickfeld und ging auf die Bushaltestelle zu. Kabakov drehte den Kopf, um wieder die Fenster gegenüber zu beobachten. Als er danach wieder zur Haltestelle blickte, stand dort der große grüne Bus und entlud einen Schwarm Putzfrauen. Sie gingen müde die Straße entlang, kräftige Frauen mittleren Alters mit Einkaufstaschen. Viele von ihnen hatten slawische Gesichtszüge wie er, Kabakov. Sie erinnerten ihn an Nachbarsfrauen, die er als Kind gekannt hatte. Er verfolgte sie mit seinem Glas. Die Gruppe der Frauen wurde kleiner. Eine nach der andern verschwanden sie in den Gebäuden, in denen sie arbeiteten. Jetzt gingen sie an Muzis Haus vorbei, und eine dicke Frau löste sich aus der Schar und ging auf den Eingang zu. Sie hatte einen Schirm unter dem Arm und in jeder Hand eine Einkaufstasche. Kabakov stellte sein Glas schärfer ein. Irgend etwas stimmte nicht an ihr – die Schuhe! Sie waren auffällig groß und aus feinstem Ziegenleder.

Und auf einer der prallen Waden darüber sah man den frischen Schnitt von einem Rasiermesser.

»Jerry an Dimples«, sagte Kabakov in sein Walkie-talkie. »Ich glaube, die dicke Frau ist Muzi. Ich gehe jetzt rüber. Gib mir auf der Straße Deckung.«

Kabakov legte sein Gewehr hin und holte einen großen Vorschlaghammer aus der Ecke des Verschlags. »Gib mir auf der Straße Deckung«, sagte er auch zu dem Mann neben sich. Dann ging er polternd die Treppen hinunter. Es war ihm gleich, ob der Wächter ihn hörte oder nicht. Ein schneller Blick nach rechts und links, und er sauste über die Straße, den Vorschlaghammer schräg vor der Brust.

Der Hauseingang war nicht verschlossen. Kabakov stand vor Muzis Tür und lauschte. Dann holte er aus und schlug mit dem Hammer auf das Schloß.

Die Tür flog krachend auf und riß einen Teil des Rahmens heraus. Holzsplitter fielen zu Boden. Im gleichen Augenblick war Kabakov in der Wohnung und richtete seine große Pistole auf den dicken Mann in Frauenkleidern.

Muzi stand in der Tür zu seinem Schlafzimmer. Er hielt in beiden Händen Papiere. Seine Wangen zitterten, und er sah Kabakov mit einem stumpfen, jämmerlichen Blick an. »Ich schwöre, ich habe nichts damit...«

»Umdrehen, Hände an die Wand.« Kabakov durchsuchte Muzi sorgfältig und nahm ihm eine kleine, automatische Pistole aus der Handtasche. Dann schloß er die ramponierte Tür und stellte einen Stuhl davor.

Muzi hatte sich in Windeseile wieder gefaßt. »Darf ich meine Perücke abnehmen? Sie juckt.«

»Nein. Hinsetzen!« Kabakov sprach in das Walkie-talkie. »Jerry an Dimples. Holen Sie Moschevsky. Er soll mit dem Lieferwagen kommen.« Er zog die Pässe aus der Tasche. »Muzi, Sie wollen doch am Leben bleiben?«

»Eine rhetorische Frage, möchte ich annehmen. Darf man wissen, wer Sie sind? Sie haben mir keinen Haftbefehl vorgezeigt, und Sie haben mich nicht getötet. Folglich weiß ich nicht, mit wem ich die Ehre habe...«

Kabakov zeigte Muzi seinen Ausweis. Der Gesichtsausdruck des dicken Mannes änderte sich nicht, aber sein Gehirn arbeitete fieberhaft, denn er sah jetzt eine Chance, am Leben zu bleiben. Er faltete die Hände über seiner Putzfrauenschürze und wartete.

»Die Guerillas haben Sie schon bezahlt, nicht wahr?«

Muzi zögerte. Kabakovs Pistole ruckte, der Schalldämpfer zischte, und dicht neben Muzis Hals schlug eine Kugel durch die Stuhllehne.

»Muzi, wenn Sie mir nicht helfen, sind Sie ein toter Mann. Die anderen werden Sie nicht am Leben lassen. Und wenn Sie hierbleiben, steckt man Sie ins Gefängnis. Sie sollten begreifen, daß ich Ihre einzige Chance bin. Ich mache Ihnen folgenden Vorschlag, aber ich mache ihn Ihnen nur einmal! Sagen Sie mir alles, und ich setze Sie am Kennedy Airport in ein Flugzeug. Meine Leute und ich sind die einzigen, die Sie lebend zu einem Flugzeug bringen können.«

»Ich kenne Ihren Namen, Major Kabakov. Ich weiß, was Sie machen, und ich halte es für ziemlich unwahrscheinlich, daß Sie mich am Leben lassen.«

»Halten *Sie* in geschäftlichen Dingen Ihr Wort?«

»Zumindest sehr oft.«

»Ich auch. Ich nehme an, Sie haben bereits Ihr Geld, oder jedenfalls einen großen Teil des Honorars. Sagen Sie mir alles. Dann können sie es in Ruhe ausgeben.«

»In Island?«

»Das ist Ihr Problem.«

»Also gut«, sagte Muzi seufzend. »Ich werde es Ihnen sagen. Aber ich möchte noch heute abend fliegen.«

»Einverstanden – wenn Sie mir die Wahrheit sagen.«

»Ich weiß nicht, wo der Plastiksprengstoff ist. Das ist die reine Wahrheit. Man hat sich zweimal an mich gewandt, einmal hier und das zweite Mal von Beirut aus.« Muzi wischte sich das Gesicht mit der Schürze ab, und ein Gefühl der Erleichterung durchströmte ihn. »Darf ich mir eine Flasche Perrier holen? Reden macht durstig.«

»Das Haus ist umstellt, das können Sie sich ja wohl denken.«

»Sie können mir glauben, Major Kabakov, ich renne nicht gern.«

Die kleine Kochnische war nur durch eine Theke vom Wohnzimmer getrennt. Kabakov konnte Muzi im Auge behalten. Er nickte.

»Zuerst kam der Amerikaner«, sagte Muzi, der jetzt am Kühlschrank stand.

»Der *Amerikaner*?«

Muzi öffnete die Kühlschranktür und sah den Sprengsatz den Bruchteil einer Sekunde, ehe ihn die Explosion zerfetzte und mit der Küchenwand hinausschleuderte. Der Raum hob sich. Kabakov wirbelte durch die Luft. Blut stürzte ihm aus der Nase. Er fiel. Möbeltrümmer fielen auf ihn herab. Schwärze. Totenstille, und dann das Knistern der Flammen.

Der erste Feueralarm kam um 8 Uhr 05. Der Einsatzleiter in der Zentrale gab durch: »Vierstöckiges Backsteinhaus, 25 mal 40, voll von den Flammen erfaßt, Wagen 224, Leiter 118 und Rettungsdienst im Einsatz.«

In den Polizeiwachen ratterten die Fernschreiber los.

FS 12 0820 UHR 76. REVIER MELDET VERDAECHTIGE EXPLOSION UND FEUER VINCENT STREET 382. ZWEI TOTE ZUM KINGS COUNTY HOSP.
ZZZZZZZZZZZZZZZZZZZZZ

Die Papierrolle rastete zweimal klappernd ein, der Typenkorb sauste nach links.

FS 13 0820 UHR FORTS: FS 12 EIN TOTER EIN VERLETZTER LAUT LONG ISLAND COLLEGE HOSP.
ZZZZZZZZZZZZZZZZZZZZZ

Reporter von der *Daily News*, der *New York Times* und von AP warteten im Flur des Long Island College Hospital, als der Branddirektor wütend und mit rotem Kopf aus dem Zimmer kam. Gleich nach ihm kamen Sam Corley und ein Kommissar heraus. Der Branddirektor räusperte sich.

»Vermutlich eine Gasexplosion in der Küche«, sagte er

und sah an den Kameras vorbei. »Die Untersuchungen sind im Gange.«

»Weiß man, wer die beiden Männer sind?«

»Wir wissen es nur von dem Toten.« Er warf einen Blick auf den Zettel in seiner Hand. »Benjamin Muzi. Vielleicht spricht man es auch ›Mussy‹ aus. Näheres können Sie bei unserer Pressestelle erfahren.« Er drängte sich an den Reportern vorbei und eilte davon. Sein Nacken war hochrot.

8

Die Bombe, die Benjamin Muzi am Donnerstagmorgen getötet hatte, war 28 Stunden vorher von Muhammad Fasil in den Kühlschrank eingebaut worden, und sie hatte Fasil fast eine Hand gekostet, bevor er noch den Zünder angebracht hatte. Fasil hatte nämlich einen Fehler gemacht, nicht mit dem Sprengstoff, sondern Lander gegenüber.

Es war beinahe Mitternacht gewesen, als Lander, Fasil und Dahlia das Boot am Dienstag festgemacht hatten, und fast zwei Uhr morgens, als sie mit dem Plastiksprengstoff vor Landers Haus angekommen waren.

Als Dahlia ins Haus ging, hatte sie noch immer das Gefühl, auf dem schwankenden Boot zu sein. Sie bereitete schnell eine warme Mahlzeit, die Fasil, das Gesicht grau vor Müdigkeit, am Küchentisch hinunterschlang. Lander mußte sie das Essen in die Garage bringen. Er wollte den Plastiksprengstoff nicht allein lassen. Er hatte einen der Säcke geöffnet und sechs Madonnenfiguren nebeneinander auf die Werkbank gestellt. Er nahm eine von ihnen in die Hand, drehte sie, roch daran, fuhr mit der Zunge darüber – wie ein Waschbär, der eine Austernmuschel erwischt hat. Es mußte Hexogen sein, dachte er, hergestellt in China oder Rußland, mit einem Zusatz von TNT oder Kamnikit und mit synthetischem Gummi gebunden. Die blauweiße Substanz hatte einen schwachen Geruch. Sie roch etwa wie ein in der Sonne erhitzter Gartenschlauch oder wie ein Schwimmgürtel. Lander wußte, daß er sich beeilen mußte, wenn er in den sechs Wochen bis zum Super-Bowl-Spiel noch alles schaffen wollte. Er stellte die Figur wieder hin und zwang sich, die Suppe zu löffeln, bis seine Hände nicht mehr zitterten. Er blickte kaum auf, als Dahlia und Fasil in die Garage kamen. Fasil steckte sich gerade eine Amphetamintablette in den Mund. Er ging auf die Werkbank, auf die Madonnenfiguren zu, aber Dahlia hielt ihn zurück.

»Michael, ich brauche ein halbes Kilo *plastique*«, sagte sie. »Für die Sache, die wir besprochen haben.« Sie sprach in Andeutungen – wie eine Frau mit ihrem Liebhaber in Gegenwart eines Dritten spricht.

»Warum erschießt ihr Muzi nicht?«

Fasil hatte die ganze Woche, in der er den Plastiksprengstoff auf dem Frachter bewacht hatte, kaum geschlafen. Seine blutunterlaufenen Augen wurden bei Landers gleichgültigem Ton plötzlich schmal. »Warum erschießt ihr Muzi nicht?« äffte er Lander nach. »Die Sache geht Sie gar nichts an. Geben Sie mir das *plastique*!« Der Araber näherte sich der Werkbank. Landers Arme schossen vor. Er nahm die elektrische Säge vom Regal und drückte auf den Hebel. Das kreischende Sägeblatt war nur einen Zentimeter von Fasils schon zugreifender Hand entfernt.

Fasil stand regungslos da. »Tut mir leid, Mr. Lander. Ich wollte Ihnen nicht zu nahe treten.« Vorsichtig, vorsichtig. »Vielleicht haben wir keine Gelegenheit zum Schießen. Ich muß auf alle Möglichkeiten gefaßt sein. Ihr Unternehmen darf nicht gefährdet werden.«

»In Ordnung«, sagte Lander. Er sprach so leise, daß Dahlia ihn bei dem Kreischen der Säge nicht verstehen konnte. Er ließ den Hebel los, und das Sägeblatt lief vibrierend aus, bis man die einzelnen schwarzen Zähne deutlich sehen konnte. Lander halbierte mit dem Messer eine der Madonnenfiguren. »Haben Sie Zünder und Draht?«

»Ja, vielen Dank.«

»Brauchen Sie eine Batterie? Ich habe ein paar da.«

»Nein, vielen Dank.«

Lander ging wieder an die Arbeit. Er blickte nicht einmal auf, als Dahlia und Fasil mit seinem Wagen losfuhren, nach Norden, nach Brooklyn, um Muzis Tod zu inszenieren.

WCBS News Radio 88 brachte am Donnerstagmorgen um halb neun die erste Meldung über die Explosion. Um Viertel vor zehn wurde erstmals Muzis Name genannt. Es war geschafft. Lander war erleichtert. Man konnte ihn nicht mehr mit dem Plastiksprengstoff in Verbindung bringen, die letzte denkbare Spur war verwischt. Der Tag begann vielversprechend. Lander hörte Dahlia in die Garage kommen. Sie brachte ihm eine Tasse Kaffee. »Gute Neuigkeiten«, sagte er.

Sie hörte genau zu, als die Nachrichten wiederholt wurden. Sie aß gerade einen Pfirsich. »Ich wünschte, sie würden auch den Namen des Verletzten nennen. Wenn wir Glück haben, ist es der Grieche.«

»Wegen des Griechen mache ich mir keine Sorgen«, sagte Lander. »Er hat mich nur ein einziges Mal gesehen, und er hat nicht gehört, worüber wir gesprochen haben. Muzi hat ihn wie einen Domestiken behandelt. Ich glaube nicht, daß er ihn in irgend etwas eingeweiht hat.«

Lander hielt bei der Arbeit inne und sah zu ihr hinüber, wie sie da an der Wand lehnte und sichtlich den Pfirsich genoß. Es gefiel ihm, wie sie sich den kleinen Freuden des Alltags hingab. Es bestärkte ihn in dem Gefühl, daß sie unkompliziert war, ungefährlich und ungezwungen, daß sie ihn nicht lauernd beobachtete. Anfangs, als sie zu ihm gekommen war, hatte er sich oft unvermittelt nach ihr umgedreht, immer darauf gefaßt, einen Ausdruck von Bosheit oder Verschlagenheit oder Abscheu auf ihrem Gesicht zu entdecken. Aber sie war immer dieselbe, war immer unbekümmert und freundlich ihm gegenüber.

Dahlia wußte das alles. Sie schien interessiert zuzusehen, als er sich wieder dem Gewirr von Drähten zuwandte, an denen er gerade arbeitete. In Wirklichkeit machte sie sich Sorgen.

Fasil hatte gestern fast den ganzen Tag lang geschlafen und war noch immer nicht aufgestanden. Der Erfolg seines Sprengsatzes würde ihn in Hochstimmung versetzen, und sie mußte dafür sorgen, daß er das nicht zu deutlich zeigte. Dahlia bedauerte, daß Fasil seine Ausbildung beendet hatte, ehe die chinesischen Instruktoren 1969 in den Libanon gekommen waren. Von ihnen hätte er Selbstverleugnung lernen können, eine Tugend, die man ihn bei seiner Ausbildung in Nord-Vietnam nicht gelehrt hatte. Sie beobachtete, wie Landers schlanke Hände geschickt mit dem Lötkolben hantierten. Fasil hatte bei Lander einen beinahe tödlichen Fehler gemacht, und sie mußte aufpassen, daß das nicht noch einmal passierte. Sie mußte Fasil begreiflich machen, daß das Unternehmen hier, in Landers Haus, ein blutiges Ende finden konnte, wenn er nicht sehr vorsichtig war. Es ging nicht ohne Fasil, der schnell und rücksichtslos zu reagieren verstand. Wenn kurz vor dem entscheidenden Augenblick der Sprengstoff am Luftschiff angebracht wurde, konnte man auf Fasils Muskelkraft und seine Schußsicherheit einfach nicht verzichten. Aber sie mußte ihn unter Kontrolle halten.

Fasil war zwar ihr Vorgesetzter, aber für diese Mission hatte ihr Hafez Nadscheer persönlich die Leitung übertragen. Außerdem war sie der Schlüssel zu Lander, und Lander war unersetzlich. Andererseits war Hafez Nadscheer tot, und Fasil lebte nicht mehr in seiner Furcht. Im übrigen war Fasil in seiner Einstellung den Frauen gegenüber nicht sehr fortschrittlich. Alles wäre wesentlich einfacher gewesen, wenn sie alle drei Französisch miteinander gesprochen hätten.

Wie viele gebildete Araber verhielt sich Fasil völlig anders, wenn er in westlichen Kreisen Französisch sprach. Dann behandelte er die anwesenden Damen höflich, wie es sich gehörte. In Kreisen traditonsbewußter Araber dagegen kam der ihm angeborene sexuelle Chauvinismus bei ihm durch. Dann war eine Frau für ihn nur Dienerin, Lasttier, ein Wesen, das seinen Sexualtrieb so wenig in der Gewalt hatte wie eine läufige Hündin.

Fasil mochte noch so weltgewandt und in seinen politischen Überzeugungen noch so radikal sein – in seinen Emotionen lebte er noch, wie Dahlia deutlich spürte, in der Zeit seines Großvaters, in der Zeit der Beschneidung der Mädchen und anderer blutiger Rituale, denen man die Töchter unterwarf, damit sie keine Schande über die Familie brachten. Wenn er sie, Dahlia, mit »Genossin« anredete, schwang immer ein verächtlicher Unterton in seiner Stimme mit.

»Dahlia.« Landers Stimme holte sie aus ihren Gedanken zurück. Ihr Gesichtsausdruck zeigte nicht die geringste Veränderung. Das war etwas, was sie sorgfältig gelernt hatte. »Gib mir bitte die kleine Drahtzange.« Seine Stimme war ruhig, seine Hände zitterten nicht. Gute Vorzeichen für einen Tag, der schwierig werden konnte. Sie war entschlossen, keinen Streit aufkommen zu lassen. Trotz Fasils Einstellung Frauen gegenüber vertraute sie doch seiner Intelligenz und seiner Hingabe an die Sache. Und sie vertraute auch auf ihre eigene Willensstärke. Sie glaubte an das Verständnis und die Zuneigung, die sie mit Lander verbanden. Und sie glaubte an die fünfzig Milligramm Chlorpromazin in seinem Kaffee.

9

Kabakov kämpfte sich ins Bewußtsein zurück, so wie ein Ertrinkender, der sich verzweifelt müht, wieder an die Oberfläche zu kommen. Er fühlte den brennenden Schmerz in seiner Brust, und er versuchte, die Hände an seine heiße Kehle zu heben, aber seine Hände steckten in einem Schraubstock. Ihm wurde klar, daß er in irgendeinem Krankenhaus lag. Er fühlte das ungebügelte Krankenhauslaken unter sich und nahm die undeutlichen Umrisse einer Gestalt an seinem Bett wahr. Er wollte die schmerzenden Augen nicht öffnen. Sein Wille hatte seinen Körper wieder in der Gewalt. *Er wollte ausruhen. Er wollte nicht kämpfen, nicht bluten.* Es war nicht das erste Mal, daß er in einem Krankenhaus wieder zu Bewußtsein kam.

Moschevsky, der Kabakovs Handgelenke umklammert hielt, lockerte seinen Griff und wandte sich dem Pfleger an der Tür zu. Er knurrte so sanft, wie er konnte: »Er kommt zu sich. Sagen Sie dem Arzt Bescheid. Schnell!«

Kabakov öffnete und schloß die rechte Hand, dann die linke. Er bewegte das rechte Bein, dann das linke. Moschevsky hätte fast vor Erleichterung gelächelt. Er wußte, was Kabakov tat: er machte Bestandsaufnahme. Moschevsky hatte bei mehreren Gelegenheiten das gleiche getan.

Minuten vergingen, in denen Kabakov zwischen dem Dunkel der Bewußtlosigkeit und dem Krankenhauszimmer hin und her trieb. Moschevsky wollte gerade leise fluchend zur Tür gehen, als endlich der Arzt mit einer Krankenschwester eintrat. Der Arzt war ein schlanker junger Mann mit langen Koteletten.

Er warf einen Blick auf das Krankenblatt, während die Schwester das Sauerstoffzelt öffnete und die Bettdecke abnahm, die wie ein Zelt an einem Metallrahmen hing, damit sie den Patienten nicht berührte. Der Arzt leuchtete Kabakov mit einer Kugelschreiberlampe in die Augen. Die Augen waren rot, und als Kabakov sie öffnete, fingen sie an zu tränen. Die Schwester gab Kabakov Augentropfen und schüttelte ein Thermometer herunter. Der Arzt horchte Kabakov ab.

Die Haut zitterte unter dem kalten Stethoskop, und der Arzt wurde durch das große Pflaster behindert, das die linke Seite des Brustkastens bedeckte. Der Arzt in der Notaufnahme hatte saubere Arbeit geleistet. Mit einer gewissen professionellen Neugier betrachtete der junge Arzt die vielen alten Narben an Kabakovs Körper. »Würden Sie bitte aus dem Licht gehen«, sagte er zu Moschevsky.

Moschevsky verlagerte sein Gewicht von einem Fuß auf den andern und starrte schließlich in einer Art Rührt-euch-Stellung wie gebannt aus dem Fenster, bis die Untersuchung beendet war. Er folgte dem Arzt nach draußen.

Sam Corley wartete im Gang. »Nun?«

Der junge Arzt zog die Augenbrauen hoch und sagte leicht verärgert: »Ach ja. Sie sind der Mann vom FBI.« Er sagte es, als bestimme er eine Pflanze. »Er hat eine leichte Gehirnerschütterung. Das Röntgenbild sieht gut aus. Drei Rippen gebrochen. Verbrennungen zweiten Grades am linken Oberschenkel. Rachen und Lunge durch Raucheinwirkung mitgenommen. Eine geplatzte Ader im Gehirn, wo man vielleicht eine Dränage anlegen muß. Heute nachmittag kommt ein HNO-Mann. Seine Augen und Ohren scheinen in Ordnung, aber ich nehme an, daß er noch Ohrensausen hat. Das ist aber ganz normal.«

»Sie wissen, daß der Krankenhausdirektor den Fall als ›sehr kritisch‹ bezeichnet hat?«

»Der Direktor kann ihn bezeichnen, wie er will. Ich würde seinen Zustand den Umständen entsprechend normal oder sogar recht gut nennen. Sein Körper ist erstaunlich widerstandsfähig, aber er hat ihm schon eine Menge zugemutet.«

»Aber Sie ...«

»Mr. Corley, von mir aus kann der Direktor bekanntgeben, daß der Patient schwanger ist. Ich werde ihm nicht widersprechen. Darf man fragen, wie die Sache passiert ist?«

»Ich glaube, ein Ofen ist explodiert.«

»Ja, dann muß es wohl so gewesen sein.« Der Arzt schniefte verächtlich und ging mit schnellen Schritten davon.

»Was ist ein HNO-Mann?« fragte Moschevsky.

»Ein Facharzt für Hals-, Nasen- und Ohrenkrankheiten. Übrigens, ich dachte, Sie sprechen nicht Englisch?«

»Schlecht, wenn überhaupt«, sagte Moschevsky und eilte wieder ins Zimmer. Corley starrte ihm giftig nach.

Kabakov schlief fast den ganzen Nachmittag. Als die Wirkung des Beruhigungsmittels nachließ, begannen seine Augen unter den Lidern zu zucken, und er träumte in leuchtenden Drogenfarben. Er war in seiner Wohnung in Tel Aviv, und das rote Telefon schrillte. Er konnte es nicht erreichen. Er lag unter einem Berg von Kleidungsstücken auf dem Fußboden, und alles stank nach Kordit.

Kabakovs Hände krallten sich ins Bettuch. Moschevsky hörte, wie das Laken zerriß, und sprang mit der Geschwindigkeit eines afrikanischen Büffels aus dem Sessel ans Bett. Er öffnete Kabakovs geballte Fäuste. Erleichtert stellte er fest, daß nur das Laken und nicht der Verband zerrissen war.

Als Kabakov aufwachte, erinnerte er sich wieder. Aber die Ereignisse in Muzis Wohnung fielen ihm nicht in der Reihenfolge ihres Ablaufs ein, und es machte ihn ganz wild, daß er die Bilder seiner Erinnerung erst ordnen mußte. Abends hatte man das Sauerstoffzelt abgenommen, und das Ohrensausen hatte so weit nachgelassen, daß er Moschevsky zuhören konnte, als dieser ihm erzählte, was nach der Explosion passiert war – Krankenwagen, Kameraleute, Reporter, die sich vorübergehend hatten täuschen lassen aber nach wie vor mißtrauisch waren.

Und als kurz darauf Corley ins Zimmer trat, hatte Kabakov nicht die geringsten akustischen Schwierigkeiten.

»Was war mit Muzi?« schrie Corley, blaß vor Wut.

Kabakov wollte nicht sprechen. Beim Sprechen mußte er husten, und das Husten tat ihm weh in der Brust. Er nickte Moschevsky zu. »Erzählen Sie es ihm«, krächzte er.

Moschevskys Akzent wies deutliche Fortschritte auf. »Muzi war Importeur...«

»Lieber Himmel, das weiß ich doch längst. Ich kenne seine Akte. Sagen Sie mir, was Sie gesehen und gehört haben.«

Moschevsky warf einen Blick auf Kabakov, der ihm unauffällig zunickte. Er begann mit dem Verhör Fawzis, der Entdeckung der Madonnenfigur und der Überprüfung der

Schiffspapiere. Kabakov steuerte die Szene in Muzis Wohnung bei. Als sie zu Ende waren, nahm Corley den Telefonhörer neben Kabakovs Bett ab und gab eine Reihe von kurzen Anweisungen – Durchsuchungsbefehle für die *Leticia* und ihre Besatzung, und ein paar Leute vom Labor sollten sich auf dem Schiff umsehen. Kabakov unterbrach ihn einmal: »Sagen Sie ihnen, daß sie Fawzi vor der versammelten Besatzung herunterputzen sollen.«

»Was?« Corley legte die Hand über die Sprechmuschel und sah fragend auf.

»Ihre Leute sollen zu ihm sagen, er wird verhaftet, weil er sich geweigert hat, mit den Behörden zusammenzuarbeiten. Sie sollen ihn ein bißchen triezen. Ich schulde ihm einen Gefallen. Er hat Angehörige in Beirut.«

»Wenn er sich beschwert, sind *wir* dran.«

»Er wird sich nicht beschweren.«

Corley sprach wieder in den Hörer und gab weitere Anweisungen: »...ja, Pearson, und sagen Sie zu Fawzi, er sei ein...«

»Ein Hoden fressendes Schwein«, rief Moschevsky.

»...Ja, ja, doch, genau so nennen Sie ihn«, sagte Corley schließlich. »Wenn Sie ihn auf seine Rechte hinweisen, ja. Fragen Sie nicht soviel, Pearson, tun Sie, was ich sage!« Er legte den Hörer auf.

»Also, Kabakov, Sie wurden von zwei Burschen mit Golfsäcken aus dem Haus gezogen, die *zufällig* gerade vorbeigingen, steht im Feuerwehrbericht. Schöne *Golfspieler.*« Corley stand in seinem zerknitterten Anzug im Zimmer und klapperte mit seinen Schlüsseln. »Diese Burschen verließen den Schauplatz *zufällig* gerade mit einem Lieferwagen, als der Krankenwagen eintraf. Was war das für ein Lieferwagen – ein Zubringer für einen Golfclub, wo alle Mitglieder komisch daherreden? Ich zitiere aus dem Polizeibericht: ›Sie redeten beide so komisch.‹ So komisch, wie auch Sie reden. Was treiben Sie hier eigentlich, Kabakov? Wollen Sie mich bescheißen, oder was?«

»Ich hätte Sie angerufen, sobald ich Genaueres gewußt

hätte«, sagte Kabakov krächzend, und es klang nicht die Spur nach einer Entschuldigung.

»Ja, sie hätten mir allenfalls eine Ansichtskarte aus Ihrem verdammten Tel Aviv geschickt. ›Pardon für den Bombenkrater und die Überschwemmung.‹« Corley blickte eine volle Minute lang aus dem Fenster. Als er sich wieder dem Bett zuwandte, war sein Zorn verraucht. Er hatte ihn überwunden und war nun wieder bereit, die Zusammenarbeit fortzusetzen. Es war eine Fähigkeit, die Kabakov schätzte. »Ein Amerikaner«, murmelte Corley. »Muzi hat gesagt, ein Amerikaner. Muzi war übrigens erstaunlich sauber. Die Polizeiakten verzeichnen nur eine einzige Verhaftung. Tätlicher Angriff und Erregung öffentlichen Ärgernisses in einem französischen Restaurant. Die Anklage wurde fallengelassen.

Das Haus war nicht sehr ergiebig«, fuhr er fort. »Es war eine Plastikbombe, etwa ein halbes Kilo. Wir nehmen an, daß sie an die Glühbirnenfassung im Kühlschrank angeschlossen war. Jemand zog den Stecker raus, schloß die Bombe an, machte den Kühlschrank zu und steckte den Stecker wieder rein. Ungewöhnlich.«

»So eine Geschichte hab ich doch schon einmal gehört«, sagte Kabakov leise, zu leise.

»Ich lasse Sie gleich morgen früh ins Bethesda Naval Hospital verlegen. Dort können wir ausreichende Sicherheitsvorkehrungen treffen.«

»Ich gedenke nicht so lange zu bleiben.«

»O doch, Sie bleiben.« Corley nahm die Spätausgabe der *New York Post* aus der Jackentasche und hielt sie hoch. Kabakovs Bild war auf Seite 3. Es war über die Schulter eines Krankenträgers hinweg geschossen worden, als man Kabakov in die Notaufnahme gebracht hatte. Das Gesicht war rauchgeschwärzt, aber durchaus erkennbar. »Ihr Name wird mit ›Kabov‹ angegeben, ohne Adresse und ohne Beruf. Wir haben die Presseabteilung der Polizei zum Schweigen vergattert, noch bevor Ihre Identität endgültig geklärt war. Jetzt habe ich Washington auf dem Hals. Mein

Chef meint, die Araber könnten Sie auf diesem Bild erkennen und zuschlagen.«

»Großartig. Dann können wir einen kassieren und uns mit ihm über die Sache unterhalten.«

»O nein. Nicht hier in diesem Krankenhaus. Dazu müßten wir es erst evakuieren. Außerdem könnte es ihnen gelingen. Und tot nützen Sie mir nichts. Wir wollen keinen zweiten Yosef Alon.«

Oberst Alon, der israelische Luftattaché in Washington, war 1973 von einem Mordkommando der Guerillas in der Einfahrt zu seinem Haus in Chevy Chase, Maryland, niedergeschossen worden. Kabakov hatte Alon gekannt und geschätzt. Er hatte auf dem Flughafen Lod neben Mosche Dajan gestanden, als Alons Leiche aus dem Flugzeug gebracht wurde und der Wind die Flagge kräuselte, die seinen Sarg bedeckte.

»Möglicherweise schicken sie dieselben Leute, die Oberst Alon getötet haben«, sagte Moschevsky mit einem Krokodillächeln.

Corley schüttelte müde den Kopf. »Sie würden Killer herschicken, das wissen Sie. Nein. Wir wollen keine Schießerei im Krankenhaus haben. Später können Sie meinetwegen in einem roten Fallschirmspringerdreß vor der Vertretung der VAR eine Rede halten. Ich aber habe Befehl, dafür zu sorgen, daß Sie am Leben bleiben. Der Arzt sagt, Sie müssen mindestens eine Woche fest liegen. Packen Sie morgen früh Ihr Stechbecken ein. Sie kommen ins Bethesda. Der Presse sagen wir, daß wir Sie nach San Antonio ins Brooklyn Army Hospital gebracht haben, auf die Instensivstation für Verbrennungsfälle.«

Kabakov schloß ein paar Sekunden lang die Augen. Im Bethesda war er den Bürokraten ausgeliefert. Man würde ihn zwingen, das nächste halbe Jahr die Bilder verdächtiger arabischer Zuckerbäcker zu betrachten.

Aber er hatte nicht die Absicht, ins Bethesda zu gehen. Er brauchte nur ein bißchen ärztliche Pflege und einen Platz, wo er sich zwei oder drei Tage ungestört erholen konnte. Er wußte, wo er all das haben konnte. »Corley, ich kann selbst für mich sorgen. Hat man Ihnen gesagt, daß es unbedingt das Bethesda sein muß?«

»Man hat mir gesagt, daß ich für Ihre Sicherheit verantwortlich bin. Und Sie *werden* in Sicherheit sein.« Es war eine unausgesprochene Drohung. Wenn Kabakov nicht mitspielte, würde das State Department dafür sorgen, daß er nach Israel zurückbeordert wurde.

»In Ordnung. Bis morgen früh habe ich alles arrangiert. Sie können dann die Sache überprüfen, bis Sie zufriedengestellt sind.«

»Ich verspreche Ihnen *nichts*.«

»Aber Sie geben mir eine Chance?« Kabakov haßte es, zu betteln.

»Wir werden sehen. Ich lasse inzwischen fünf Mann auf dieser Etage. Sie können es wohl nicht ertragen, eine Runde zu verlieren, nicht wahr?«

Kabakov sah ihn an, und Corley mußte bei seinem Anbilck plötzlich an den Dachs denken, den er als Junge in Michigan gefangen hatte. Der Dachs war auf ihn zugekommen und hatte die Falle hinter sich her geschleppt. Der gebrochene Hinterlauf zog dabei eine Furche durch den staubigen Boden. Das Tier hatte ihn so flehend angesehen wie Kabakov.

Sobald Corley das Zimmer verlassen hatte, versuchte Kabakov sich aufzurichten und sank dann, von der Anstrengung ganz benommen, aufs Kissen zurück.

»Moschevsky, rufen Sie Rachel Bauman an«, sagte er.

Bauman, Rachel, Dr. med., stand unter der Rubrik Ärzte im New Yorker Telefonbuch. Moschevsky wählte die Nummer mit seinem kleinen Finger, dem einzigen, der in die Löcher der Wählscheibe paßte, und bekam den Auftragsdienst. Dr. Bauman sei drei Tage verreist.

Er fand »Bauman, R.« im Teilnehmerverzeichnis von Manhattan. Dieselbe Dame vom Auftragsdienst nahm ab. Ja, sagte sie, vielleicht werde Dr. Bauman abfragen, aber sie sei nicht sicher. Moschevsky fragte sie, ob sie eine

Nummer habe, unter der Dr. Bauman zu erreichen sei? Ja, aber die dürfe sie leider nicht sagen.

Moschevsky ging hinaus und bat einen der FBI-Beamten, mit dem Auftragsdienst zu sprechen. Sie warteten, bis der Auftragsdienst seine Angaben überprüft hatte und zurückrief.

»Dr. Bauman ist in den Pocono-Bergen, in der *Mt. Murray Lodge*«, sagte der Beamte schließlich. »Sie hat dem Auftragsdienst gesagt, sie werde später noch einmal anrufen und die Zimmernummer mitteilen. Das war gestern. Bis jetzt hat sie noch nicht angerufen. Da sie die Zimmernummer doch durchsagen wollte, hat sie vermutlich an der Hotelrezeption ihren Namen nicht angegeben.«

»Ja, ja«, krächzte Kabakov.

»Hat bestimmt einen Kerl dabei.« Der Mann konnte seinen Mund nicht halten.

Nun, dache Kabakov, was kann man auch schon erwarten, wenn man jemanden sieben Jahre lang nicht anruft? »Wie weit ist das von hier entfernt?«

»Ungefähr drei Autostunden.«

»Moschevsky, holen Sie sie her.«

Hundert Kilometer vom Krankenhaus entfernt, in Lakehurst, New Jersey, drehte Michael Lander an den Knöpfen seines Fernsehapparats. Das Bild war wie üblich ausgezeichnet – Landers Geräte arbeiteten alle einwandfrei –, aber er war trotzdem nie zufrieden. Dahlia und Fasil ließen sich ihre Ungeduld nicht anmerken. Die Achtzehn-Uhr-Nachrichten liefen schon eine ganze Weile, als Lander den Apparat endlich in Ruhe ließ.

»Heute morgen forderte eine Explosion in Brooklyn das Leben des Importkaufmanns Benjamin Muzi. Ein zweiter Mann wurde schwer verletzt«, sagte der Sprecher. »Sie hören Frank Frizzell mit einem Sonderbericht vom Schauplatz des Geschehens.«

Der Sprecher starrte einen Augenblick verlegen in die Kamera, ehe der Film eingeblendet wurde. Und da stand

Frank Frizzell in einem Gewirr von Feuerwehrschläuchen auf dem Gehsteig vor Muzis Haus.

»...drückte die Küchenwand heraus und verursachte kleinere Schäden am Nachbarhaus. 35 Feuerwehrmänner mit sechs Löschzügen brauchten über eine halbe Stunde, bis sie das Feuer unter Kontrolle hatten. Sechs Feuerwehrmänner mußten wegen leichter Rauchvergiftungen behandelt werden.«

Das nächste Bild zeigte die Hausseite mit dem klaffenden Loch. Lander beugte sich aufmerksam vor und versuchte die Stärke der Explosion abzuschätzen. Fasil starrte wie hypnotisiert auf den Fernsehschirm.

Die Feuerwehrmänner rollten ihre Schläuche ein. Das Fernsehteam war offensichtlich erst eingetroffen, als der Einsatz schon fast beendet war. Jetzt kamen Aufnahmen von der Auffahrt vor dem Krankenhaus. Irgendein intelligenter Fernsehredakteur, der gewußt hatte, daß alle Unfallopfer aus dem 76. Bezirk in das Long Island College Hospital eingeliefert werden, mußte sofort nach dem Alarm ein Kamerateam zum Krankenhaus geschickt haben. Das Team war kurz vor dem Krankenwagen dort eingetroffen. Da war der Wagen. Die Träger zogen gerade die Bahre heraus. Die Rollenfüße klappten aus. Zwei der Männer schoben die Bahre, und ein dritter ging nebenher und hielt die Tropfflasche hoch. Das Bild wackelte, offenbar hatten neugierige Zuschauer den Kameramann angerempelt. Jetzt schwankte das Bild auf und ab, weil der Kameramann neben der Bahre herlief. Eine Pause. Die Männer mit der Bahre hatten die Rampe vor der Notaufnahme erreicht. Eine Nahaufnahme von dem rauchgeschwärzten Gesicht. »David Kabov, Adresse unbekannt, liegt noch im Long Island College Hospital. Sein Zustand wird als ›sehr ernst‹ bezeichnet.«

»Kabakov!« schrie Fasil. Er verzog den Mund und stieß auf arabisch eine Reihe von schmutzigen Flüchen aus. Jetzt sprach auch Dahlia Arabisch. Sie war kreidebleich geworden. Sie erinnerte sich an das Zimmer in Beirut, an die schwarze Mündung der Maschinenpistole, die sich vor ihr hin und her bewegte, an Nadscheer, der wie ein schlaffer Sack an der blutbespritzten Wand gelegen hatte.

»Sprecht Englisch.« Lander mußte es zweimal sagen, ehe Fasil und Dahlia reagierten. »Wer ist das?«

»Ich bin nicht sicher«, sagte Dahlia und holte tief Luft.

»Aber ich«, sagte Fasil und strich sich mit Daumen und Zeigefinger über die Nase. »Ein dreckiger israelischer Feigling, der nachts kommt und tötet, tötet, tötet – Frauen, Kinder, es ist ihm ganz egal. Dieser Schweinehund hat unseren Chef umgebracht. Und er hat viele andere umgebracht. Und fast hätte er auch Dahlia umgebracht.« Instinktiv berührte Fasil die Narbe von dem Streifschuß auf seiner Wange, den er bei dem Überfall in Beirut abbekommen hatte.

Landers Hauptantriebsquelle war Haß, aber sein Haß wurzelte in verletzter Eitelkeit und krankhafter Wut. Hier sprach gelernter, bewußter Haß, und obwohl er nicht imstande gewesen wäre, den Unterschied zu definieren, obwohl er den Unterschied nur unbewußt spürte, war Lander unbehaglich dabei zumute. »Vielleicht wird er sterben«, sagte er.

»O ja«, sagte Fasil. »Er wird.«

10

Kabakov lag in der Nacht stundenlang wach. Die Geräusche im Krankenhaus beschränkten sich jetzt auf das Rascheln von Nylonkitteln, das Quietschen weicher Gummisohlen auf gebohnertem Linoleum und die unartikulierten Rufe eines älteren Patienten, der ein paar Zimmer weiter Jesus anflehte. Kabakov versuchte sich zu beherrschen, wie schon so oft, wenn er wach gelegen und dem nächtlichen Hin und Her in einem Krankenhausflur gelauscht hatte. Uns allen, dachte er, drohen in Krankenhäusern die alten Kindheitsqualen, die nicht gehorchen wollenden Schließmuskeln, das Verlangen zu weinen.

Kabakov hielt nichts von Begriffen wie Tapferkeit und Feigheit. Wenn er überhaupt über so etwas nachdachte, dann als Pragmatiker. Man sagte ihm allerlei Tugenden nach, von denen es manche, wie er glaubte, gar nicht gab. Daß seine Männer ihn fürchteten, war nützlich, weil sie deshalb besser spurten, aber es erfüllte ihn keineswegs mit Stolz. Zu viele waren an seiner Seite gestorben.

Er hatte Mut gesehen. Er würde es so definieren: Man tat das, was notwendig war, bedingungslos. Das Leitwort hieß jedoch *notwendig,* nicht bedingungslos. Er hatte zwei oder drei Männer gekannt, denen Furcht völlig fremd gewesen war. Sie hatten alle einen Knacks gehabt. Furcht konnte kontrolliert und kanalisiert werden. Das war das Geheimnis des erfolgreichen Soldaten.

Kabakov hätte gelacht, wenn man ihn als Idealisten bezeichnet hätte, aber er lebte in jenem Zwiespalt, der an den Kern dessen rührt, was man jüdisch nennt. Er war überaus pragmatisch in seinen Anschauungen über menschliches Verhalten und spürte doch ganz tief in seinem Herzen den weiß glühenden Finger Gottes.

Kabakov war kein frommer Mann im landläufigen Sinne. Er war nicht in den Riten des jüdischen Glaubens bewandert. Aber er hatte an jedem Tag in seinem Leben gewußt, daß er Jude war. Er glaubte an Israel. Er würde sein Bestes tun und alles andere den Rabbis überlassen.

Unter dem Pflaster auf seinen Rippen juckte es. Er stellte fest, daß er sich nur etwas herumzudrehen brauchte, damit das Pflaster an der juckenden Stelle zog. Es war nicht so befriedigend wie Kratzen, aber es half. Der Arzt, dieser junge Doktor Soundso, hatte mehrmals nach seinen alten Narben gefragt. Kabakov lachte im stillen, als er sich daran erinnerte, wie die Neugier des Arztes Moschevsky beleidigt hatte. Moschevsky hatte dem Arzt erklärt, Kabakov sei Rennfahrer, ein Profi. Er hatte dem Arzt nichts erzählt von dem Kampf am Mitla-Paß 1956, nichts von dem syrischen Bunker bei Rafid 1967, nichts von den anderen, ungewöhnlicheren Schlachtfeldern, die Kabakov gezeichnet hatten – ein Hoteldach in Tripolis, die Kais im Hafen von Kreta, wo die Kugeln die Planken zerfetzten –, nichts von all den Plätzen, wo arabische Terroristen im Hinterhalt gelauert hatten.

Bei den Fragen des Arztes nach den alten Wunden war ihm Rachel eingefallen. Jetzt, in der Nacht, dachte er daran, wie er sie kennengelernt hatte.

9. Juni 1967: Er und Moschevsky lagen auf Bahren vor einem Feldlazarett in Galiläa. Der Wind blies den Sand gegen die Zeltwände, und das Brummen des Generators übertönte das Stöhnen der Verwundeten. Ein Arzt, der wie ein Ibis über die Bahren hinwegstelzte und die unangenehme Aufgabe hatte, die Männer nach ihren Überlebenschancen zu sortieren. Kabakov und Moschevsky, beide von Gewehrschüssen getroffen, als sie in der Dunkelheit die Golan-Höhen gestürmt hatten, wurden in das Feldlazarett, in das Licht getragen, wo neben der OP-Lampe Notlaternen schaukelten. Die Injektionsnadel verbreitete Taubheit, und die Maske des Arztes näherte sich seinem Gesicht. Kabakov, der wie ein Unbeteiligter zuschaute und nicht an sich hinunterblickte, war leicht überrascht, als er sah, daß die Hände des Arztes, die sich gerade nach frischen, sterilisierten Handschuhen ausstreckten, die Hände einer Frau waren. Dr. Rachel Bauman, Assistenzärztin der neurologischen Abteilung des Mount Sinai Hospitals in New York, jetzt freiwillige Feldchirurgin, entfernte die Kugel, die Kabakovs Schlüsselbein angeschlagen hatte.

Er erholte sich gerade in einem Krankenhaus in Tel Aviv, als sie zu einer Nachvisite auf seine Station kam. Sie war eine attraktive Frau von etwa 26 Jahren mit dunkelrotem, zu einem Knoten geschlungenen Haar. Kabakovs Augen ließen sie keine Sekunde los, als sie mit einem älteren Stabsarzt und einer Schwester ihre Visite begann.

Die Schwester schlug die Bettdecke zurück. Dr. Bauman

sprach nicht mit Kabakov. Sie interessierte sich nur für die Wunde, betastete die Haut ringsum mit den Fingerspitzen. Dann tat der Stabsarzt das gleiche.

»Sehr gute Arbeit, Dr. Bauman«, sagte er.

»Vielen Dank, Doktor. Man hat mir die leichteren Fälle gegeben.«

»*Sie* haben mich operiert?« fragte Kabakov.

Sie sah ihn an, als hätte sie ihn jetzt erst wahrgenommen. »Ja.«

»Sie haben einen amerikanischen Akzent.«

»Ja, ich bin Amerikanerin.«

»Danke, daß Sie gekommen sind.«

Eine Pause, ein verlegenes Blinzeln, sie wurde rot. »Danke, daß Sie atmen«, sagte sie und ging zum nächsten Bett. Kabakovs Gesicht verriet Überraschung.

»Dummkopf«, sagte der ältere Arzt. »Was würden Sie dazu sagen, wenn ein Jude Ihnen dafür dankte, daß Sie heute den ganzen Tag wie ein Jude gehandelt haben?« Er klopfte Kabakov auf den Arm, ehe er weiterging.

Eine Woche später, wieder in Uniform, sah er sie auf den Eingangsstufen, als er das Krankenhaus verließ.

»Dr. Bauman.«

»Major Kabakov. Ich freue mich, daß Sie wieder draußen sind.« Sie lächelte nicht. Der Wind preßte ihr eine Haarsträhne an die Wange.

»Essen Sie mit mir zu Abend?«

»Vielen Dank, aber ich habe keine Zeit. Ich habe Dienst.« Sie ging die Stufen hinauf ins Krankenhaus.

In den nächsten Wochen war Kabakov nicht in Tel Aviv, da er die Verbindung zu den Kontaktmännern an der syrischen Grenze wieder aufnehmen mußte. Eines Nachts führte er einen Spähtrupp hinter die Waffenstillstandslinie. Es war eine mondlose Nacht, und bald hatten sie die syrische Raketenabschußbasis erreicht. Entgegen den Waffenstillstandsbedingungen war sie nicht abgebaut worden. Und der Aufmerksamkeit der UNO-Truppen schien sie entgangen zu sein. Die sowjetischen Raketen explodierten alle gleichzeitig in ihren Rampen und hinterließen einen tiefen Krater im Berghang.

Wenn er in Tel Aviv zu tun hatte, besuchte er gelegentlich Frauen, die er kannte, und er war so gern mit ihnen zusammen wie früher. Und jedesmal lud er, vergeblich, Rachel Bauman zum Essen ein. Sie war jetzt im OP tätig und behandelte bis zu sechzehn Stunden täglich Hirnverletzte. Schließlich sagte sie zu. Erschöpft und nach Desinfektionsmitteln riechend, traf sie sich von da an gelegentlich mit Kabakov in der Nähe des Krankenhauses zu einer hastigen Mahlzeit. Sie war sehr zurückhaltend, und sie schützte sich, schützte die Bahn, die ihr Leben genommen hatte. Manchmal saßen sie abends nach der letzten Operation auf einer Parkbank und tranken Cognac aus einer Taschenflasche. Für lange Unterhaltungen war sie zu müde, aber sie fühlte sich gestärkt und getröstet, wenn sie neben der großen dunklen Gestalt Kabakovs saß. Sie wollte nicht mit in seine Wohnung kommen.

Dann aber trat in ihrem Verhältnis zueinander eine Veränderung ein. Sie saßen im Park, und sie war, was Kabakov in der Dunkelheit nicht erkennen konnte, den Tränen nahe. Eine verzweifelte, vierstündige Operation war mißlungen, eine Gehirnverletzung. Da Kopftraumata zu ihrem Fachgebiet gehörten, hatte man sie zur Diagnose hinzugezogen, und sie hatte bei einem siebzehnjährigen arabischen Soldaten die Symptome für ein subdurales Hämatom bestätigt. Der erhöhte Druck der zerebrospinalen Flüssigkeit und das Vorhandensein von Blut in dieser Flüssigkeit ließen keinen Zweifel zu. Sie assistierte dem Neurochirurgen. Die unvermeidliche Gehirnblutung trat ein, und der junge Mann war tot. Starb, während sie noch sein Gesicht beobachtete.

Kabakov, der nichts davon wußte, erzählte ihr lachend von einem Panzerfahrer, der, einen Skorpion in der Unterhose, eine Wellblechhütte plattgewalzt hatte. Sie reagierte nicht.

»Woran denken Sie?«

Hinter ihnen rumpelte eine Kolonne von Schützenpanzerwagen die Straße entlang, und sie mußte laut sprechen, damit er sie verstehen konnte. »Ich denke gerade, daß Ärzte in irgendeinem Krankenhaus in Kairo genauso schuften müssen, um die Schweinereien wieder auszubügeln, die *ihr* angerichtet habt. Ihr macht so was sogar im Frieden, nicht wahr? Ihr und die Fedajin.«

»Es gibt keinen Frieden.«

»Im Krankenhaus wird viel getratscht. Sie sind so eine Art Kommandoleiter, nicht wahr?« Jetzt konnte sie nicht mehr aufhören, und ihre Stimme klang schrill. »Wissen Sie was? Als ich heute durch die Hotelhalle ging, schnappte ich zufällig Ihren Namen auf. Ein kleiner, dicker Herr, ein Botschaftsrat von einer der ausländischen Gesandtschaften, saß mit ein paar israelischen Offizieren bei einem Drink zusammen. Er sagte gerade, falls es einmal einen wirklichen Frieden geben sollte, müßten sie Sie vergasen wie einen tollwütigen Hund.«

Nichts. Kabakov schwieg. Sein Profil hob sich undeutlich vor den dunklen Bäumen ab.

Plötzlich war ihr Zorn verflogen. Sie fühlte sich ausgelaugt und elend, weil sie ihn verletzt hatte. Es kostete sie Mühe zu reden, aber sie schuldete ihm den Rest der Geschichte. »Die Offiziere standen auf. Einer von ihnen gab dem Dicken eine Ohrfeige, und sie ließen ihre Drinks stehen und gingen«, sagte sie mit kläglicher Stimme.

Kabakov stand vor ihr. »Gehen Sie schlafen, Dr. Bauman«, sagte er und ging.

In den nächsten vier Wochen hatte Kabakov bis über die Ohren zu tun – Büroarbeit. Er war wieder zum Mossad zurückversetzt worden, wo wie rasend gearbeitet wurde, um den Schaden zu ermitteln, den Israel dem Ring seiner Gegner im Sechs-Tage-Krieg zugefügt hatte, und um dessen Potential für einen zweiten Schlag abzuschätzen. Man befragte Piloten, Truppenkommandeure und einzelne Soldaten. Kabakov führte viele der Befragungen selbst durch, verglich das Material mit Informationen von Quellen aus den arabischen Staaten und faßte die Ergebnisse in knappen Memoranden zusammen, die seine Vorgesetzten aufmerksam studierten. Es war eine lästige, ermüdende Arbeit, und er dachte nur noch gelegentlich an Rachel Bauman. Er traf sich nicht mehr mit ihr, und er rief sie auch nicht an. Er wandte seine Aufmerksamkeit vielmehr einer reifen Sabra zu. Sie war Feldwebel der Armee, trug eine pralle Militärbluse und hätte auf einem Zebubullen reiten können, ohne sich festzuhalten. Seine Sabra wurde bald versetzt, und er war wieder allein. Und er blieb allein. Abgestumpft von der Routinearbeit, wollte er von niemandem etwas wissen. Bis ihn eine Party wieder unter Menschen brachte.

Die Party war sein erstes richtiges Fest seit Kriegsende. Sie wurde von zwei Dutzend Männern aus Kabakovs Fallschirmjägereinheit veranstaltet und von rund fünfzig ausgelassenen, netten Männern und Frauen – alles Soldaten – besucht. Sie hatten glänzende Augen und sonnengebräunte Gesichter, und die meisten waren jünger als er. Der Sechs-Tage-Krieg hatte die Jugend aus ihren Gesichtern vertrieben, und jetzt blühte sie, unbezähmbar wie eine winterfeste Pflanze, wieder auf. Die Frauen waren froh, daß sie statt Uniform wieder Röcke und bunte Blusen und Sandalen tragen konnten, und es tat gut, sie zu betrachten. Es wurde kaum vom Krieg geredet, ganz zu schweigen von den Männern, die gefallen waren. Man hatte sein *Kaddish* gesagt und würde es wieder sagen.

Sie hatten ein Café in den Außenbezirken von Tel Aviv an der Straße nach Haifa gemietet, ein alleinstehendes Haus, das blauweiß im Mondlicht schimmerte. Kabakov hörte den Partylärm schon aus dreihundert Meter Entfernung, als er sich in seinem Jeep näherte. Es klang wie ein Aufruhr mit Musikbegleitung. Im Café und auf der Terrasse unter den Zweigen eines Baumes tanzten Paare. Eine Welle der Aufmerksamkeit ging durch den Raum, als Kabakov eintrat, sich einen Weg durch die Tänzer bahnte und ein Dutzend Begrüßungen erwiderte, die die laute

Musik übertönten. Einige der jüngeren Soldaten machten ihre Kameraden mit einem Blick oder einem Kopfnicken auf ihn aufmerksam. Kabakov registrierte all das erfreut, gab sich aber Mühe, es sich nicht anmerken zu lassen. Er wußte, daß es falsch war, wenn sie etwas Besonderes aus ihm machten. Jeder tat, was er konnte. Aber diese Menschen waren noch so jung, daß sie geradezu darauf versessen waren, sich selbst in den Scheißkram zu stürzen, dachte er. Er wünschte, Rachel wäre dagewesen, wünschte, sie wäre mit ihm gekommen, und er glaubte in aller Unschuld, dieses Verlangen hätte nichts mit der triumphalen Begrüßung zu tun, die ihm zuteil wurde. Verdammte Rachel!

Er ging zu einem langen Tisch am Ende der Terrasse, wo Moschevsky mit mehreren ausgelassenen Mädchen saß. Moschevsky hatte eine Batterie Flaschen vor sich stehen und erzählte einen unanständigen Witz nach dem andern. Kabakov war bester Laune, und der Wein hob seine Stimmung noch. Die Anwesenden hatten die verschiedensten Ränge inne, und niemand fand etwas dabei, daß ein Major und ein Sergeant Seite an Seite zechten. Die Disziplin, die die Israelis über die Sinaiwüste getragen hatten, entsprang gegenseitiger Achtung und wurde vom Gedanken an die gemeinsame Sache genährt. Sie war gewissermaßen eine Rüstung, die man bei Gelegenheiten wie hier an der Tür abgeben konnte. Es war eine schöne Party, die Menschen verstanden sich, der Wein war aus Israel, und man tanzte die Tänze des Kibbuz.

Kurz vor Mitternacht entdeckte Kabakov zwischen den wirbelnden Tänzern Rachel. Zögernd stand sie am Rand des Lichtkreises. Sie ging zu dem Baum, unter dem die Paare tanzten, in die Hände klatschten und sangen.

Die Luft spielte auf ihren Armen und streichelte ihre Beine unter dem kurzen Drillichkleid, Luft, die nach Wein und starkem Tabak und frischen Blumen duftete. Sie sah Kabakov, der sich wie Nero an seinem langen Tisch rekelte. Irgend jemand hatte ihm eine Blume hinter das Ohr gesteckt, und er hatte eine Zigarre zwischen den Zähnen. Ein Mädchen beugte sich zu ihm und redete auf ihn ein.

Schüchtern ging Rachel auf seinen Tisch zu, zwischen den Tanzenden hindurch. Ein sehr junger Leutnant ergriff sie und drehte sie nach den Klängen der Musik, und als der Raum nicht mehr wirbelte, stand Kabakov mit weinglänzenden Augen vor ihr. Sie hatte ganz vergessen, wie groß er war. »David«, sagte sie, zu ihm hochblickend. »Ich wollte dir nur sagen...«

»Daß du etwas zu trinken brauchst«, sagte Kabakov und reichte ihr ein Glas.

»Ich fahre morgen nach Hause... man sagte mir, du seist hier, und ich konnte doch nicht abfahren, ohne...«

»Ohne mit mir zu tanzen? Natürlich nicht.«

Rachel hatte früher schon in ihren Kibbuz-Sommern diese Tänze getanzt, und jetzt fielen ihr die Schritte wieder ein. Kabakov besaß ein ausgeprägtes Talent, mit dem Glas in der Hand zu tanzen und sich nachschenken zu lassen, ohne stehen zu bleiben. Sie tranken abwechselnd daraus. Mit der anderen Hand griff er in ihr Haar und zog die Nadeln heraus. Es fiel ihr in einer dunkelroten Flut über den Rücken und umrahmte ihre Wangen. Er staunte über diese Haarfülle. Der Wein erhitzte Rachel, und sie merkte, daß sie beim Tanzen lachte. Das andere, die Verkrüppelten und all das Leid, mit dem sie durchtränkt war, schien plötzlich weit entfernt.

Es war spät geworden. Der Lärm hatte nachgelassen, und viele der Gäste waren gegangen, ohne daß Kabakov und Rachel es bemerkt hatten. Unter dem Baum tanzten nur noch wenige Paare. Die Musiker schliefen, die Köpfe auf einen Tisch neben dem Podium gestützt. Die Tanzenden tanzten jetzt sehr eng. Sie drehten sich nach einem alten Lied von Édith Piaf, das die Musikbox an der Bar spielte. Die Terrasse war übersät mit zertretenen Blumen und Zigarrenstummeln, und überall war Wein verschüttet. Ein blutjunger Soldat sang laut mit, den Fuß im Gipsverband auf einem Stuhl und in der Hand eine Flasche. Es war spät, die Stunde, da der Mond verblaßt und die Gegenstände im Zwielicht Konturen gewinnen. Rachel schwankte, tat einen kleinen Schritt zur Seite, um das Gleichgewicht nicht zu verlieren, und ihr Schenkel glitt über seinen, um seinen, suchte Halt. Sie erinnerte sich absurderweise daran, wie sie zum erstenmal die Wange an einen warmen, festen Pferdehals gelegt hatte.

Sie lösten sich langsam voneinander. Der Raum, der sie trennte, wurde größer, und sie traten hinaus ins stille Morgengrauen. Kabakov nahm im Vorbeigehen noch eine Flasche Cognac von einem Tisch. Der Tau auf den Gräsern netzte Rachels Knöchel, als sie den schmalen Pfad zum Berg hinaufstiegen, und sie sahen die Felsen und Sträucher mit der unnatürlichen Klarheit, die auf eine schlaflose Nacht folgt.

Sie setzten sich, lehnten sich an einen Felsen und beobachteten den Sonnenaufgang. Im Licht des klaren Tages sah Kabakov ihre Sommersprossen, die Ränder unter ihren Augen, die starken, vorstehenden Wangenknochen. Er empfand Verlangen nach ihr, aber ihre Zeit in Israel war abgelaufen.

Er küßte sie minutenlang, und seine Hand lag warm unter ihrem Haar.

Aus dem Gebüsch oben kam ein Paar den Weg herab. Das Tageslicht machte sie verlegen, und sie klopften sich die Blätter von den Kleidern. Sie stolperten über die Füße von Kabakov und Rachel, die am Rand des Pfades saßen, und gingen, von den beiden unbemerkt, weiter.

»David, ich bin ratlos«, sagte Rachel schließlich, einen Grashalm zerpflückend. »Das wollte ich nicht, deshalb bin ich nicht...«

»Ratlos?«

»Ich bin so verwirrt, so durcheinander.«

»Nun, ich...« Kabakov wollte etwas Nettes sagen, doch dann schnaubte er, ärgerlich über sich selbst. Er mochte sie. Worte waren nichts. Alles nur Gerede. Er redete. »Wir sind doch keine Kinder mehr. Komm mit mir nach Haifa.

Ich nehme eine Woche Urlaub. Ich möchte, daß du mitkommst. Von deinen Pflichten reden wir nächste Woche.«

»Nächste Woche. Nächste Woche kann ich vielleicht gar nicht mehr klar denken. Ich habe Patienten in New York. Was würde nächste Woche anders sein?«

»Wir werden zusammen schlafen und in der Sonne liegen und uns in die Augen sehen – dann wäre es bestimmt anders.«

Sie wandte sich schnell ab.

»Bepiß dich nicht.«

»Ich bepisse mich nicht«, sagte sie.

»Dann hör auf, Worte wie ›bepissen‹ in den Mund zu nehmen. Sie passen nicht zu dir.« Er lächelte. Auch sie lächelte jetzt. Verlegenes Schweigen.

»Wirst du wiederkommen?« fragte Kabakov.

»Nicht so bald. Ich muß erst meinen Facharzt machen. Es sei denn, es gibt wieder Krieg. Aber für dich hat er gar nicht aufgehört, nicht einmal für kurze Zeit, nicht wahr, David? Für dich hört er nie auf.«

Er sagte nichts.

»Es ist eigenartig, David. Von Frauen erwartet man, daß sie ihr kleines, unauffälliges Leben führen und sich immer anpassen. Männer haben ihre Pflicht. Was ich mache ist auch real und wertvoll und wichtig. Und wenn ich sage, es ist meine Pflicht, weil ich es so möchte, dann ist das genauso real wie deine Uniform. Wir werden nicht nächste Woche darüber reden.«

»Gut», sagte Kabakov. »Geh zu deinen Pflichten.«

»Bepiß dich nicht.«

»Ich bepisse mich nicht.«

»Hör mal, David, es ist nett, daß du mich darum gebeten hast. Wenn ich könnte, würde ich dich darum bitten, mit mir nach Haifa zu gehen. Oder sonstwohin. Wo wir zusammen schlafen und in der Sonne liegen können.« Eine Pause, dann schnell: »Auf Wiedersehen, Major David Kabakov. Ich werde an Sie denken.«

Und dann lief sie den Pfad hinab. Daß sie weinte, merkte sie erst, als der Jeep schneller fuhr und der Wind die Tränen von ihren kalten Wangen wegfegte.

Tränen, vom Wind getrocknet – vor sieben Jahren, in Israel.

Eine Krankenschwester betrat Kabakovs Zimmer und unterbrach ihn in seinen Gedanken. Lächelnd brachte sie ihm einen Pappbecher mit einer Tablette darin. »Ich gehe jetzt, Mr. Kabov«, sagte die Schwester. »Bis morgen abend also.« Kabakov sah auf seine Uhr. Moschevsky hätte eigentlich schon von der Lodge aus anrufen müssen, dachte er. Es war fast Mitternacht.

In einem Auto, das auf der anderen Straßenseite parkte, saß Dahlia Iyad und beobachtete eine Gruppe von Nachtschwestern, die im Gänsemarsch den Haupteingang des Krankenhauses betraten. Auch sie sah auf die Uhr. Dann fuhr sie davon.

11

Als Kabakov seine Tablette nahm, stand Moschevsky gerade im Eingang zum *Boom-Boom,* dem Nightclub der *Mt. Murray Lodge.* Mürrisch betrachtete er die Gäste. Die dreistündige Fahrt durch die Pocono Mountains bei leichtem Schneefall war ziemlich anstrengend gewesen. Er hatte schlechte Laune. Wie erwartet war bei der Rezeption keine Rachel Bauman bekannt. Unten im Speisesaal hatte er sie nicht entdecken können, aber sein suchender Blick hatte den etwas irritierten Oberkellner dreimal veranlaßt, ihm einen Tisch anzubieten. Die Band im *Boom-Boom* spielte reichlich laut, aber nicht schlecht. Das helle Licht eines Scheinwerfers glitt über die Tische, verharrte über jedem eine Weile und glitt dann weiter. Oft winkten die Gäste, wenn der Lichtkreis sie erfaßte.

Rachel Bauman saß mit ihrem Verlobten und einem Ehepaar zusammen, das sie im Hotel kennengelernt hatten. Sie winkte nicht. Sie fand die Lodge häßlich, die Landschaft langweilig, die Pocono Mountains kümmerlich und die Gäste spießig. Es waren meist junge Leute mit billigem Modeschmuck, und da und dort blitzten neue Eheringe auf. Sie war etwas deprimiert, weil es sie daran erinnerte, daß sie dem attraktiven, aber langweiligen jungen Anwalt, der neben ihr saß, sozusagen ihr Jawort gegeben hatte. Es war nicht zu befürchten, daß er sie aus ihrer Lebensbahn warf.

Das Sechzig-Dollar-Zimmer, das sie mit ihm teilte, war geschmacklos eingerichtet, und sie hatte Haare in der Badewanne entdecken müssen. Ihr sogenannter Verlobter trug ein Halstuch zum Morgenmantel und ging mit der Armbanduhr zu Bett. Großer Gott, dachte Rachel, und dabei habe ich selbst Emailringe an den Fingern.

Moschevsky trat an den Tisch. Er hatte sich seine Worte vorher sorgfältig zurechtgelegt und wollte mit einem kleinen Scherz beginnen.

»Dr. Bauman, ich sehe Sie immer nur auf Parties. Erinnern Sie sich noch an mich? Moschevsky, Israel 1967. Ich hätte Sie gern einen Augenblick gesprochen.«

»Wie bitte?«

Darauf war Moschevsky nicht mehr vorbereitet. Er zögerte, überlegte kurz und beugte sich tief zu ihr herunter, so als gelte es, einem kurzsichtigen Dermatologen sein Gesicht zu zeigen.

»Robert Moschevsky, Israel 1967. Mit Major Kabakov. Erinnern Sie sich? Im Lazarett und auf der Party?«

»Ach natürlich! Sergeant Moschevsky. In Ihrem Zivil habe ich Sie gar nicht erkannt.«

Rachels Freund und das Ehepaar starrten Moschevsky an.

»Das ist Marc Taubman. Und das ist Robert Moschevsky, ein guter Freund von mir«, sagte Rachel. »Nehmen Sie doch Platz, Sergeant.«

»Ja, tun Sie das«, sagte Marc Taubman, ihr sogenannter Verlobter, unschlüssig.

»Was in aller Welt...« Rachel wurde plötzlich ernst. »Wie geht es David?«

»Einigermaßen.« Genug der Konversation, dachte Moschevsky. Es war nicht seine Aufgabe, hier herumzusitzen und zu plaudern. Er beugte sich wieder zu ihr herunter. »Es ist dringend. Ich muß allein mit Ihnen sprechen. Bitte«, brummte er.

»Wollt ihr uns bitte entschuldigen?« Sie legte Taubman die Hand auf die Schulter, als er aufstehen wollte. »Ich bin gleich wieder da, Marc.«

Nach fünf Minuten kehrte Rachel an den Tisch zurück, um Marc Taubman zu holen. Zehn Minuten später saß er, das Kinn in die Hand gestützt, allein an der Bar. Rachel und Moschevsky jagten nach New York. Der Schnee klatschte gegen die Windschutzscheibe.

Weiter im Süden prasselte zur gleichen Zeit Regen gegen die Windschutzscheibe von Landers Kombiwagen. Dahlia Iyad fuhr den Garden State Parkway hinunter und bog dann westlich nach Lakehurst ab. Es war drei Uhr morgens, als sie Landers Haus erreichte und hineinlief. Lander trank gerade eine Tasse Kaffee. Sie legte die Spätausgabe der *Daily News* auf den Küchentisch und schlug die Doppelbildseite des Mittelteils auf. Das Gesicht des Mannes auf der Bahre war klar zu erkennen. Es war Kabakov.

»Es ist also Kabakov. Na, wenn schon«, sagte Lander.

»Na, wenn schon?« wiederholte Fasil, der gerade aus seinem Zimmer kam. »Er hat vielleicht noch mit Muzi geredet, hat vielleicht eine genaue Beschreibung von Ihnen. Einer von der Besatzung der *Leticia* muß ihn auf Muzis Spur gebracht haben. Und dann hat er bestimmt auch eine Beschreibung von mir. Er weiß vielleicht noch nicht genau, wer ich bin, aber er weiß jedenfalls von mir. Er wird sich's schon zusammenreimen. Und er hat Dahlia gesehen. Er muß weg.«

Lander setzte seine Tasse klirrend ab. »Ach, hören Sie doch auf, Fasil. Wenn die Behörden etwas wüßten, wären sie längst hier. Ihnen geht es nur um Rache, weil er Ihren Anführer erschossen hat.«

»Im Schlaf, heimtückisch...«

»Ihr fallt mir auf die Nerven. Deshalb sind euch die Israelis auch immer eine Länge voraus, weil ihr immer nur daran denkt, was sie euch gestern angetan haben, und euch dafür rächen wollt. Und nun wollen Sie das ganze Unternehmen aufs Spiel setzen, nur um sich zu rächen.«

»Kabakov muß sterben«, sagte Fasil mit erhobener Stimme.

»Und es ist auch nicht nur die Rache. Sie haben Angst, daß er, wenn Sie ihn jetzt nicht kriegen, solange er noch angeschlagen ist, *Sie* im Schlaf besuchen wird.«

Das Wort ›Angst‹ hing zwischen ihnen im Raum. Fasil mußte alle Kraft zusammennehmen, um nicht die Beherrschung zu verlieren. Ein Araber schluckt eher eine Kröte als eine Beleidigung. Fasil und Lander standen einander drohend gegenüber. Um sie abzulenken, ging Dahlia langsam auf den Küchentisch zu, goß sich eine Tasse Kaffee ein und stellte sich vor die Schublade, in der die Messer lagen.

Fasil sprach jetzt mit trockener Kehle. »Kabakov ist der beste Mann der Israelis. Sicher, wenn er stirbt, wird man ihn ersetzen, aber das ist nicht das gleiche. Darf ich Ihnen vielleicht etwas erklären, Mr. Lander? Muzi wurde beseitigt, weil er Sie gesehen hat. Er kannte Ihr Gesicht und –« Fasils arabische Zunge konnte sehr geschickt sein, wenn er wollte. Er zögerte gerade lange genug, daß Lander in Gedanken die Worte ›Ihre Hand‹ vorwegnehmen konnte, und fuhr dann, anscheinend aus Takt, fort – »Ihren Akzent. Außerdem sind wir beide von unseren Wunden gezeichnet.« Er griff sich an die Narbe auf seiner Wange. Lander sagte nichts, Fasil sprach weiter. »Es gibt also einen Mann, der Dahlia vom Sehen kennt. Er weiß vermutlich, wo er ihr Bild finden und feststellen kann, wer sie ist.«

»Wo denn?«

»In der Ausländerkartei der Einwanderungsbehörde. Obwohl ich mir auf dem Foto kaum ähnlich sehe«, sagte sie. »Und auch in den Jahrbüchern der Amerikanischen Universität in Beirut...«

»Universitätsjahrbücher? Na hör mal, auf die Idee würde er doch nie...«

»Es wäre nicht das erste Mal, Michael. Sie wissen, daß viele von uns dort und an der Universität in Kairo angeworben werden. Meist sind die Bilder längst aufgenommen und die Jahrbücher schon lange veröffentlicht, wenn jemand von den Studenten sich der Bewegung anschließt. Er wird schon nachsehen.«

»Wenn er weiß, wer Dahlia ist, wenn er ein Foto von ihr kriegt, wird ihr Bild überall verbreitet«, fügte Fasil hinzu. »Und wenn es soweit ist, daß sie zuschlagen wollen, werden überall Geheimdienstleute herumwimmeln, zumal wenn der Präsident das Spiel besucht.«

»Er wird es besuchen, er wird es besuchen. Er hat ausdrücklich gesagt, daß er es besuchen wird.«

»Dann kommt der Geheimdienst bestimmt auch zum Flugplatz. Und das sind dann Leute, die Dahlias Bild und möglicherweise auch mein Bild gesehen und vielleicht eine Personenbeschreibung von Ihnen gelesen haben«, sagte Fasil. »Und das alles wegen Kabakov... falls wir ihn am Leben lassen.«

»Ich will nicht riskieren, daß man Sie oder Dahlia faßt«, erklärte Lander. »Andererseits wäre es unsinnig, wenn ich ihn selbst umbrächte.«

»Das ist auch nicht nötig«, sagte Dahlia. »Dafür haben wir unsere Leute.« Sie log.

Im Long Island College Hospital mußte Rachel Bauman sich an zwei FBI-Kontrollstellen ausweisen, ehe sie mit Moschevsky das Krankenzimmer, in dem Kabakov lag, betreten konnte.

Kabakov wachte auf, als die Tür sich leise öffnete. Rachel ging durch das dunkle Zimmer und legte ihre Hand an seine Wange. Sie fühlte, wie seine Wimpern ihre Hand streiften, und da wußte sie, daß er wach war.

»David, ich bin es«, sagte sie.

Sechs Stunden später kam Corley wieder ins Krankenhaus. Die Besuchszeit hatte begonnen, Menschen mit Blumensträußen gingen durch die Flure oder standen mit besorgtem Gesicht vor den Türen mit dem Schild ›Kein Zutritt. Bitte nicht rauchen. Patient unter Sauerstoffzelt‹.

Corley sah Moschevsky auf einer Bank vor Kabakovs Zimmertür sitzen. Der Israeli aß gerade einen doppelten Hamburger. Neben ihm saß ein Mädchen von ungefähr acht Jahren in einem Rollstuhl. Auch sie aß einen Hamburger.

»Schläft er noch?«

»Er badet gerade«, sagte Moschevsky mit vollem Mund.

»Guten Morgen«, sagte das Kind.

»Guten Morgen. Was meinen Sie, wann er fertig ist, Moschevsky?«

»Wenn die Schwester ihn abgeschrubbt hat«, sagte das Kind. »Es kitzelt. Sind sie mal von einer Schwester gewaschen worden?«

»Nein. Moschevsky, sagen Sie der Schwester, sie soll sich beeilen. Ich muß...«

»Wollen Sie mal abbeißen?« fragte das Kind und hielt Corley den Hamburger hin. »Mr. Moschevsky und ich haben sie uns holen lassen. Das Essen hier ist schrecklich. Mr. Moschevsky wollte nicht, daß Mr. Kabakov auch einen bekommt. Und Mr. Kabakov war ganz böse deswegen.«

»Aha«, sagte Corley und kaute am Daumennagel.

»Ich bin auch so verbrannt wie Mr. Kabakov.«

»Das tut mir aber leid.«

Sie beugte sich in ihrem Rollstuhl etwas zur Seite, um sich eine Handvoll Pommes frites aus der Tüte zu nehmen, die auf Moschevskys Knien lag. Corley öffnete die Tür, steckte seinen Kopf hinein, redete kurz mit der Schwester und machte die Tür wieder zu.

»Ich habe mir beim Kochen einen Topf heißes Wasser übergegossen«, sagte das Kind.

»Wie bitte?«

»Ich habe gesagt, ich habe mir beim Kochen heißes Wasser übergegossen.«

»Oh, das tut mir aber leid.«

»Ich habe zu Mr. Kabakov gesagt – ihm ist nämlich dasselbe passiert –, ich habe zu ihm gesagt, daß die meisten Unfälle zu Hause in der Küche passiern.«

»*Du* hast mit Mr. Kabakov gesprochen?«

»Ja, wir haben uns von seinem Fenster aus das Baseballspiel gegenüber angsehen. Auf dem Schulhof. Die Kinder spielen da jeden Morgen, ehe die Schule anfängt. Von meinem Fenster aus sehe ich nur eine große Backsteinmauer. Er kennt viele gute Witze. Soll ich Ihnen mal einen erzählen?«

»Nein, vielen Dank. Er hat mir schon genug erzählt.«

»Ich habe auch so ein Bett mit einem Zelt, und ...«

Die Schwester kam aus dem Zimmer. »Sie können jetzt reingehen.«

»Au fein«, sagte das Kind.

»Warte, Dotty«, brummte Moschevsky. »Bleib hier. Wir haben die Chips noch nicht aufgegessen.«

»Pommes frites«, sagte das Kind. »Nicht Chips.«

Als Corley eintrat, saß Kabakov aufrecht im Bett. »Bei Ihrer Morgentoilette hat man Ihnen hoffentlich auch die Ohren gewaschen. Also, wir haben die Durchsuchungsbefehle für die *Leticia* bekommen. Drei Männer von der Besatzung haben das Boot gesehen. An das Kennzeichen erinnert sich keiner mehr, aber das war ja sowieso gefälscht. Wir haben ein bißchen Farbe von der Stelle, wo das Boot an der Bordwand entlanggeschrammt ist. Sie wird gerade analysiert.«

Kabakov machte eine ungeduldige Handbewegung. Corley ignorierte sie und fuhr fort: »Unsere Elektronikleute haben mit dem Radarmann vom Boot des Küstenschutzes gesprochen. Sie glauben, das Boot war aus Holz. Wir wissen, daß es sehr schnell ist. Nach der Beschreibung des Motorgeräuschs zu urteilen, hatte es vermutlich Dieselmotore mit Turbolader. Das alles paßt genau auf ein Schmugglerboot. Wir werden es früher oder später finden. Es muß schließlich irgendwo gebaut worden sein, auf einer sehr guten Werft.«

»Und der Amerikaner?«

»Noch nichts. Amerikaner gibt's hier nämlich ziemlich viele. Die Besatzung der *Leticia* arbeitet an einem Identikit, um ein Bild von dem Mann zusammenzusetzen, der auf den Azoren an Bord kam. Aber wir können uns nur über einen Dolmetscher verständigen, und das geht sehr langsam, vor allem bei Beschreibungen wie ›Augen wie ein Schweinearsch‹. Ich schicke Ihnen auch ein Identikit. Dann können Sie ein Bild von der Frau zusammensetzen. Das Labor untersucht die Madonna.«

Kabakov nickte.

»Also, ich habe für halb zwölf einen Medevac-Hubschrauber bestellt. Wir fahren hier um elf los, zum Marine-Terminal auf dem Flughafen La Guardia –«

»Haben Sie einen Augenblick Zeit für mich, Mr. Corley?« fragte Rachel von der offenen Tür her. Sie hatte Kabakovs Röntgenbilder und sein Krankenblatt in der Hand und trug einen weißen Arztkittel.

»Ich könnte schon längst in der israelischen Vertretung sein«, sagte Kabakov. »Da könnten Sie nicht an mich ran. Sprechen Sie mit ihr, Corley.«

Eine halbe Stunde später sprach Corley mit dem Krankenhausdirektor. Der Direktor sprach mit dem Mann in der Pressestelle des Krankenhauses, der möglichst früh gehen wollte, weil Freitag war. Er schob deshalb nur eine Notiz unters Telefon und machte sich nicht die Mühe, den Vorgang auch noch in das Buch einzutragen, nach dem er bei Anfragen Auskunft über das Befinden der Patienten gab.

Die Fernsehredakteure, die ihre Achtzehn-Uhr-Nachrichten zusammenstellten, riefen nachmittags an, um sich nach dem Befinden der verschiedenen Unfallopfer zu erkundigen. Das Mädchen am Telefon warf einen Blick auf die Notiz und sagte: »Mr. Kabov« sei per Hubschrauber ins Brooklyn Army Hospital verlegt worden. Aber an diesem Tag war sehr viel passiert. Keine Station brachte die Meldung.

Die *New York Times,* gründlich wie immer, nahm eine Meldung über Mr. Kabovs Verlegung auf. Die *Times* war die letzte Redaktion, die anrief, und danach wurde die Notiz weggeworfen. Die erste Ausgabe der *Times* ist morgens erst gegen 10 Uhr 30 auf der Straße. Und am nächsten Morgen um 10 Uhr war es bereits zu spät. Dahlia war schon unterwegs.

12

Der IRT-Zug donnerte durch den Tunnel unter dem East River hindurch und hielt an der Station Boro Hall in der Nähe vom Long Island College Hospital. Elf Krankenschwestern, deren Nachtdienst um 23 Uhr 30 begann, stiegen aus. Als sie die Stufen zur Straße hinaufstiegen, waren es plötzlich zwölf. Sie gingen dicht hintereinander die nächtliche Straße entlang und blickten nur hin und wieder mißtrauisch nach rechts oder links. Aber weit und breit war niemand zu sehen außer einem Betrunkenen, der auf sie zugetorkelt kam. Die Schwestern hatten ihn schon aus 25 Meter Entfernung bemerkt und gingen, die Handtaschen fest unter den Arm geklemmt, an ihm vorbei. Die meisten Krankenhausfenster waren dunkel. Eine Krankenwagensirene heulte und heulte ein zweites Mal, diesmal lauter.

»Immer dasselbe«, sagte eine resignierte Stimme.

Ein gähnender Wachmann öffnete die Glastüren. »Bitte die Ausweise, meine Damen.«

Mürrisch kramten die Frauen in ihren Handtaschen und

hielten ihre Ausweise hoch – Hausausweise für die angestellten Schwestern, hellgrüne Ausweiskarten, ausgestellt von der State University New York, für die Privatschwestern. Dies war die einzige Sicherheitskontrolle, die sie zu passieren hatten.

Der Wachmann ließ seinen Blick über die hochgehaltenen Karten schweifen, als zählte er eine Schulklasse ab. Er winkte sie weiter, und sie entfernten sich in Richtung der verschiedenen Stationen. Eine von ihnen betrat die Damentoilette gegenüber vom Fahrstuhl im Erdgeschoß. Wie erwartet war der Raum dunkel.

Sie knipste das Licht an und sah in den Spiegel. Die blonde Perücke saß ausgezeichnet, und es hatte die Mühe gelohnt, daß sie sich die Augenbrauen gebleicht hatte. Da Dahlia Iyad sich überdies die Wangen mit Watteröllchen ausgestopft und eine modische Brille aufgesetzt hatte, um die Proportionen ihres Gesichts zu verändern, war sie kaum wiederzuerkennen.

Sie hängte ihren Mantel in die Toilettenkabine und nahm ein kleines Tablett aus der Innentasche. Sie stellte zwei Fläschchen und einen Tablettenbecher auf das Tablett, legte ein Thermometer und einen Zungenspachtel aus Plastik daneben und bedeckte das Ganze mit einem Tuch. Das Tablett war reine Tarnung. Das wichtigste Stück ihrer Ausrüstung befand sich in der Tasche ihrer Schwesterntracht. Es war eine Spritze mit Kaliumchlorid, genug, um das Herz eines kräftigen Ochsen zum Stillstand zu bringen.

Sie setzte die gestärkte und gebügelte Schwesternhaube auf und steckte sie sorgfältig mit Haarnadeln fest. Dann prüfte sie noch einmal ihr Aussehen im Spiegel. Die lose sitzende Schwesterntracht wurde ihrer Figur zwar nicht gerecht, verbarg aber die flache Beretta, die sie sich oben in die Strumpfhose gesteckt hatte. Dahlia war mit sich zufrieden.

Der Flur im Erdgeschoß, wo die Verwaltungsbüros lagen, war düster und verlassen. Wegen der Energieknappheit brannten nur die nötigsten Lampen. Im Vorbeigehen las sie die Schilder an den Türen. Buchhaltung, Archiv, da war es – Auskunft. Hinter dem Fenster mit der runden Sprechöffnung war es dunkel.

Die Tür war mit einem einfachen Schnappschloß gesichert. Sie brauchte keine dreißig Sekunden, um sie mit dem Zungenspachtel zu öffnen. Den nächsten Schritt hatte sie sich genau überlegt, und obwohl es ihr instinktiv widerstrebte, knipste sie das Deckenlicht an, statt nur die Taschenlampe zu benutzen. Die Leuchtröhren summten und blitzten nacheinander auf.

Sie schlug das große Auskunftsbuch auf, das am Schalterfenster lag, und suchte unter K. Kein Kabakov. Das bedeutete, daß sie auf jeder Etage, in jedem Stationszimmer nachforschen mußte und Gefahr lief, von einem Wachmann entdeckt zu werden. Halt. In den Fernsehnachrichten hatten sie ihn Kabov genannt. Auch in den Zeitungen hatte Kabov gestanden. Ganz unten auf der Seite, da war es. Kabov, D. Ohne Adresse. Auskünfte nur beim Krankenhausdirektor. Jeden, der nach K. fragt, sofort dem Krankenhausdirektor, dem Sicherheitspersonal und dem FBI, LE 5–7700, melden. Er lag auf Zimmer 327.

Dahlia atmete tief ein und klappte das Buch zu.

»Wie sind Sie hier reingekommen?«

Dahlia wäre beinahe aufgesprungen, sprang aber nicht auf, sondern blickte gelassen zu dem Wachmann hoch, der durch das Auskunftsfenster hereinsah. »Hallo, möchten Sie sich nicht ein bißchen nützlich machen?« sagte sie. »Würden Sie das Buch oben beim Nachtdienstleiter abgeben? Dann brauche ich nicht wieder ganz rauf. Das wiegt ja glatt zehn Pfund.«

»Wie sind Sie hier reingekommen?«

»Mit dem Schlüssel vom Nachtdienstleiter.« Wenn er den Schlüssel sehen wollte, würde sie ihn töten.

»Hier darf sich nachts niemand aufhalten.«

»Hören Sie, wollen Sie oben anrufen und denen sagen, daß man Ihre Erlaubnis braucht? Mir soll's recht sein. Mir hat man nur gesagt, daß ich es holen soll, sonst nichts.« Wenn er anrufen wollte, würde sie ihn töten. »Hätte *ich* mich erst bei Ihnen melden müssen? Das hätte ich gern getan, aber davon hat man mir nichts gesagt.«

»Ich bin für das Erdgeschoß verantwortlich, verstehen Sie? Ich muß wissen, wer da ist. Ich sehe das Licht, ich weiß nicht, wer da ist. Ich muß den Eingang allein lassen, um es festzustellen. Was passiert, wenn jemand vor der Pforte steht und darauf wartet, daß ich ihn einlasse? Dann würde man mir Vorwürfe machen, weil ich nicht an der Tür gewesen bin. Sie melden sich in Zukunft bei mir, wenn Sie hier runterkommen, verstanden?«

»Klar, natürlich. Tut mir leid.«

»Vergessen Sie nicht, das Licht auszumachen und wieder abzuschließen, ja?«

»Natürlich.«

Er nickte und schritt langsam den Flur hinunter.

In Zimmer 327 war es dunkel und still. Nur die Straßenbeleuchtung schimmerte durch die Jalousien und warf dünne Lichtstreifen an die Decke. Augen, die sich an die Dunkelheit gewöhnt hatten, konnten das Bett mit dem Aluminiumgestell ausmachen, an dem die Decke über dem Patienten hing. In dem Bett schlief Dotty Hirschburg, den Daumen im Mund, den tiefen Schlaf der Kindheit. Den ganzen Nachmittag hatte sie vom Fenster ihres neuen Zimmers zum Schulhof hinübergeblickt. Sie hatte sich inzwischen an das Kommen und Gehen der Nachtschwestern gewöhnt und bewegte sich nicht, als die Tür vorsichtig geöffnet wurde. An der Wand gegenüber erschien eine Lichtsäule, wurde breiter, ein Schatten huschte hindurch, und dann wurde der Lichtstreifen wieder schmaler und verschwand schließlich ganz, als die Tür geschlossen wurde.

Dahlia Iyad stand mit dem Rücken zur Tür und wartete darauf, daß ihre Pupillen sich weiteten. Das aus dem Flur hereinfallende Licht hatte ihr gezeigt, daß sich nur der Patient im Raum befand. Dahlia öffnete den Mund weit, damit ihre Atemzüge leiser wurden. Sie konnte in der Dunkelheit andere Atemzüge hören. Draußen im Flur vernahm sie die Schritte einer Krankenschwester. Sie hielten inne, und dann betrat die Schwester das Zimmer gegenüber.

Dahlia näherte sich leise dem Fußende des Bettes. Sie stellte ihr Tablett auf dem Rolltisch ab und holte die Spritze aus der Tasche. Sie entfernte die Hülle von der langen Nadel und drückte den Kolben so weit hinunter, bis sie an der Spitze der Nadel einen winzigen Tropfen Flüssigkeit spürte.

Irgendwohin. Am besten die Halsschlagader. Nur schnell. Sie ging im Dunkeln zum Kopfende und tastete vorsichtig nach dem Hals, berührte Haare und dann die Haut. Fühlte sich merkwürdig weich an. Wo war der Puls? Da. Zu zart. Sie legte Daumen und Zeigefinger vorsichtig um den Hals. Zu klein. Merkwürdig. Sie steckte die Spritze wieder in die Tasche und knipste ihre Kugelschreiberlampe an.

»Hallo«, sagte Dotty Hirschburg blinzelnd. Dahlias kühle Finger ruhten an ihrem Hals.

»Hallo«, sagte Dahlia.

»Das Licht tut mir weh. Kriege ich eine Spritze?« Ängstlich blickte sie in Dahlias von unten her beleuchtetes Gesicht. Die Hand glitt langsam zu ihrer Wange hinauf.

»Nein. Nein, du kriegst keine Spritze. Ist alles in Ordnung? Möchtest du irgend etwas?«

»Siehst du bei allen nach, ob sie schlafen?«

»Ja.«

»Warum weckst du sie dann auf?«

»Damit ich weiß, ob alles in Ordnung ist. Du mußt jetzt wieder schlafen.«

»Das finde ich komisch. Daß Sie die Leute aufwecken, um zu sehen, ob sie schlafen.«

»Wann bist du denn in dieses Zimmer gekommen?«

»Heute. Vorher war Mr. Kabakov hier. Meine Mutter hat gefragt, ob ich es haben kann, weil ich von hier aus den Schulhof sehen kann.«

»Wo ist Mr. Kabakov?«

»Er ist weg.«

»War er sehr krank, haben sie ihn mit einem Tuch bedeckt, als sie ihn wegbrachten?«

»Sie meinen, ob er tot ist? Quatsch. Sie haben nur eine Stelle an seinem Kopf rasiert. Wir haben gestern zusammen den Kindern auf dem Schulhof zugesehen. Die Ärztin hat ihn weggebracht. Vielleicht ist er nach Hause gekommen.«

Dahlia zögerte im Flur. Sie wußte, daß sie es jetzt nicht auf die Spitze treiben durfte. Am besten verließ sie das Krankenhaus sofort. Sie mußte sich eben damit abfinden, daß sie es nicht geschafft hatte. Aber sie überlegte es sich anders. An der Kühlbox vor der Schwesternstation verbrachte sie einige Minuten damit, einen Krug mit Eiswürfeln zu füllen. Die Oberschwester, ganz Stärke und Brille und eisengraues Haar, unterhielt sich mit einer Hilfsschwester. Es war eine jener nichtssagenden Unterhaltungen, die ohne Anfang und Ende durch die Nacht tröpfeln. Dann wurde die Oberschwester von einer Etagenschwester angerufen und stand auf und marschierte den Flur hinunter, um etwas zu erledigen.

Dahlia war blitzschnell an ihrem Schreibtisch und blätterte die alphabetische Kartei durch. Kein Kabakov. Kein Kabov. Die Hilfsschwester beobachtete sie. Dahlia wandte sich an sie.

»Was ist mit dem Patienten auf 327?«

»Mit wem?«

»Dem Mann auf 327.«

»Ich kann nicht alle Patienten im Kopf behalten. Ich hab' Sie hier noch nie gesehen. Sind Sie neu?«

»Ja, ich war vorher im St. Vincent.« Das stimmte, denn sie hatte im St. Vincent's Hospital in Manhattan den Ausweis und alles andere gestohlen. Dahlia mußte sich jetzt beeilen, selbst wenn sie die Schwester damit mißtrauisch machte. »Wenn er verlegt worden ist, muß es doch hier drin stehen.«

»Seine Karteikarte ist wahrscheinlich unten eingeschlossen. Wenn er hier nicht in der Kartei ist, dann liegt er auch nicht mehr hier auf der Station, und wenn er nicht mehr hier auf der Station liegt, ist er wahrscheinlich gar nicht mehr hier im Krankenhaus.«

»Die anderen Schwestern sagten, es hätte viel Wirbel gegeben, als er eingeliefert wurde.«

»Nicht nur bei der Einlieferung, das kann ich Ihnen sagen. Gestern kam noch um drei Uhr nachts eine Ärztin und wollte unbedingt seine Röntgenbilder sehen. Ich mußte extra nach oben und den Röntgenraum aufschließen. Man muß ihn gestern weggebracht haben, als ich schon weg war.«

»Welche Ärztin war es?«

»Weiß ich nicht. Gab sich nicht eher zufrieden, bis sie die Aufnahmen hatte.«

»Hat sie den Empfang quittiert?«

»Oben in der Röntgenstation mußte sie unterschreiben. Das müssen alle.«

Die Oberschwester kam zurück. Jetzt aber schnell. »Ist die Röntgenabteilung im vierten Stock?«

»Im fünften.«

Die Oberschwester und die Hilfsschwester redeten miteinander, als Dahlia den Fahrstuhl betrat. Die Türen schlossen sich. Dahlia sah nicht mehr, wie die Hilfsschwester zum Lift hinüberzeigte und wie die Oberschwester, die sich an ihre Anweisungen erinnerte, erschrak und nach dem Telefonhörer griff.

In der Notaufnahme piepste es aus dem Walkie-Talkie von Sergeant John Sullivan. »Halt's Maul!« rief der Polizist dem fluchenden, betrunkenen Mann zu, den sein Kollege festhielt. Sullivan nahm sein Sprechfunkgerät vom Gürtel ab und meldete sich.

»Emma Ryan, Oberschwester dritte Etage, meldet verdächtige Frau, weiß, blond, etwa 1,68 m groß, Ende Zwanzig, Schwesterntracht, möglicherweise auf der Röntgenstation im fünften Stock«, sagte der Revierdienstleiter. »Ein

Wachmann wird Sie an den Fahrstühlen erwarten. Wagen 71 ist unterwegs.«

»Zehn-vier«, sagte Sullivan und schaltete ab. »Jack, binde den Kerl an die Bank und bewach die Treppe, bis 71 kommt. Ich gehe rauf.«

Der Wachmann wartete mit einem großen Schlüsselbund.

»Legen Sie alle Fahrstühle bis auf den ersten still«, sagte Sullivan. »Los, rauf.«

Dahlia hatte keine Mühe mit dem Schloß des Röntgenlabors. Sie zog die Tür hinter sich zu. Mit einem Blick erfaßte sie den massigen Röntgentisch. Das Gehäuse der Röntgenröhre. Sie rollte einen der schweren Bleischirme vor die Tür aus Milchglas und knipste ihre Kugelschreiberlampe an. Der kleine Strahl glitt über den aufgerollten Bariumschlauch, die Schutzbrille und die Handschuhe, die neben dem Leuchtschirm hingen. Eine Sirene. Ein Krankenwagen? Polizei? Ein schneller Blick in die Runde. Diese Tür – eine Dunkelkammer. Eine Nische mit großen Aktenschränken. Schubfächer, die sich auf rasselnden Rollen öffneten – Röntgenbilder in Umschlägen. Hier ein kleines Büro, ein Schreibtisch und ein Buch. Schritte im Flur. Ein Lichtkreis auf den Seiten, schnell umblättern, schnell. Das Datum von gestern. Eine Seite mit Unterschriften und Patientennummern. Es mußte ein Frauenname sein. Nach den Zeitangaben in der linken Spalte vorgehen. 4 Uhr, nur eine Nummer, kein Patientenname, Röntgenbilder an Dr. Rachel Bauman ausgehändigt. Keine Rückgabebestätigung.

Die Schritte machten vor der Tür halt. Schlüsselklappern. Der erste paßt nicht. Perücke und Brille hinter den Aktenschrank werfen. Die Tür stößt gegen den Bleischirm. Ein riesiger Polizist und ein Wachmann kommen herein.

Dahlia Iyad stand vor einem eingeschalteten Röntgenbildbetrachter. Vor der beleuchteten Scheibe klemmte das Röntgenbild eines Brustkorbs. Rippen warfen Licht- und Schattenstreifen auf ihre Schwesterntracht. Knochenschatten glitten über ihr Gesicht, als sie sich den beiden Männern zuwandte. Der Polizist hatte seinen Revolver gezogen.

»Ja, bitte?« So tun, als bemerke sie die Pistole erst jetzt. »Mein Gott, stimmt etwas nicht?«

»Bleiben Sie stehen, wo Sie sind.« Mit der freien Hand tastete Sullivan suchend nach dem Lichtschalter und fand ihn. Jetzt, da der Raum beleuchtet war, sah Dahlia die Einzelheiten des Büros, die sie im Dunkeln nicht bemerkt hatte. Der Polizist sah sich rasch im Raum um.

»Was machen Sie hier?«

»Ich betrachte ein Röntgenbild, das sehen Sie doch.«

»Sind Sie allein?«

»Ja. Vor ein paar Minuten war eine Schwester hier.«

»Blond, etwa Ihre Größe?«

»Ja, ich glaube.«

»Wohin ist sie gegangen?«

»Keine Ahnung. Was ist denn los?«

»Das wollen wir gerade rausfinden.«

Der Wachmann sah in die anderen Räume, die an das Röntgenlabor grenzten, und kehrte kopfschüttelnd zurück. Der Polizist starrte Dahlia an. Irgend etwas störte ihn an ihr, aber er wußte nicht, was es war. Ich sollte sie durchsuchen, dachte er, ich sollte sie zu der Oberschwester bringen, die angerufen hat. Ich sollte die ganze Etage sichern. Ich sollte über Funk meinen Kollegen rufen. Krankenschwestern hatten in ihren weißen Trachten so etwas Unnahbares. Er mochte nicht Hand an eine Krankenschwester legen. Er wollte keine Krankenschwester beleidigen. Er wollte nicht eine Krankenschwester abführen und sich womöglich lächerlich machen.

»Tut mir leid, Schwester, aber Sie müssen kurz mitkommen. Wir müssen Ihnen ein paar Fragen stellen.«

Sie nickte. Sullivan steckte seine Waffe weg, ließ aber die Revolvertasche offen. Er befahl dem Wachmann, die anderen Zimmer auf der Etage zu durchsuchen, und nahm das Funkgerät vom Gürtel.

»Sechs-fünf, sechs-fünf.«

»Ja, John«, kam die Antwort.

»Eine Frau im Labor. Sie sagt, die Gesuchte sei hier gewesen und wieder gegangen.«

»Vorder- und Hintereingang werden bewacht. Soll ich hochkommen? Bin auf dem Treppenabsatz zum dritten Stock.«

»Ich bringe sie runter. Hol die Oberschwester.«

»John, die Oberschwester sagt, daß um diese Zeit niemand im Labor sein darf.«

»Ich bringe sie runter. Warte.«

»Wer hat das gesagt?« fragte Dahlia erregt. »Sie ... also wirklich!«

»Kommen Sie.« Er ging hinter ihr zum Fahrstuhl, beobachtete sie, die Hand an der Revolvertasche. Sie stand neben den Fahrstuhlknöpfen. Die Türen schlossen sich.

»Dritter?« fragte sie.

»Ich mach' schon.« Er langte mit der Rechten nach dem Knopf. Im gleichen Augenblick hatte Dahlias Hand den Lichtschalter erreicht. Im Fahrstuhl wurde es schwarz. Scharrende Füße, Lederknirschen, ein Ächzen, ein Fluch, ein dumpfer Schlag, keuchendes Atmen, während die Zahlen des Etagenanzeigers nacheinander aufleuchteten.

Im dritten Stock beobachtete Sullivans Kollege die aufblinkenden Lichter über der Fahrstuhltür. Drei. Er wartete. Der Fahrstuhl fuhr weiter. Zwei. Der Fahrstuhl hielt an.

Verblüfft drückte er den Knopf für ›Aufwärts‹ und wartete, während der Fahrstuhl wieder heraufkam. Er stand vor den Türen. Sie öffneten sich.

»John? Mein Gott, John!«

Sullivan lag da, mit offenem Mund und weit aufgerissenen Augen. Die Spritze steckte wie eine Banderilla in seinem Nacken.

Jetzt lief Dahlia so schnell sie konnte. Der lange Flur des zweiten Stocks schwankte, und über ihr tanzten die Lampen. Vorbei an einer verdutzten Hilfsschwester und um die Ecke in eine Wäschekammer. Schnell in einen hellgrünen Operationskittel schlüpfen. Die Haare hochstecken. Einen Mundschutz um den Hals hängen. Die Treppe hinunter zur Notaufnahme im hinteren Teil des Erdgeschosses. Jetzt ging sie langsam und sah die drei Polizisten, die wie Apportierhunde in die Runde blickten. Besorgte Verwandte saßen auf den Stühlen im Warteraum. Die Schreie eines Betrunkenen, dem man ein Messer in den Leib gerammt hatte. Opfer von Schlägereien, die auf Behandlung warteten.

Auf einer Bank saß eine kleine Puertoricanerin und schluchzte. Dahlia ging zu ihr, setzte sich neben sie und legte den Arm um die dicke kleine Frau. *»No tenga miedo«*, sagte Dahlia.

Die Frau blickte zu ihr auf. In ihrem nußbraunen Gesicht blitzten Goldzähne. »Wie geht es Julio?« fragte sie.

»Keine Sorge, er kommt durch. Kommen Sie, kommen Sie mit an die frische Luft. Dann werden Sie sich besser fühlen.«

»Aber...«

»Scht. Tun Sie, was ich sage.«

Sie zog die Frau hoch, die mit ihrem schwangeren Leib und ihren zerschlissenen Schuhen unter Dahlias schützendem Arm wie ein hilfloses Kind wirkte.

»Ich hab's ihm gesagt. Ich hab's ihm hundertmal gesagt...«

»Beruhigen Sie sich. Beruhigen Sie sich.«

Zum Seitenausgang der Notaufnahme gehen. Vor der Tür stand ein Polizist. Ein kräftiger Kerl, der in seiner blauen Uniform schwitzte.

»Warum kommt er nicht nach Hause zu mir? Warum muß er sich immer prügeln?«

»Es wird schon alles wieder gut.«

Der Polizist rührte sich ncht.

»Hören Sie, die Frau hier braucht ein bißchen frische Luft. Könnten Sie draußen ein paar Minuten mit ihr auf und ab gehen?«

Ein Funksprechgerät knackte am anderen Ende der Halle. Jede Sekunde konnte der Alarm kommen. Polizistenmord.

»Ich muß die Tür bewachen. Hier darf jetzt niemand raus.«

»Kann ich sie nicht einen Augenblick herumführen? Ich fürchte, drinnen fällt sie in Ohnmacht.«

Der Polizist rieb sich den Nacken. Er hatte ein breites, von Narben entstelltes Gesicht. Die Frau schwankte gegen Dahlia.

»Hm. Wie heißen Sie?«

»Dr. Vizzini.«

»In Ordnung.« Er drückte mit der Schulter die Tür auf. Kalte Luft wehte ihnen ins Gesicht. Draußen sah man überall das kreisende rote Licht der Streifenwagen. Nicht rennen, dachte Dahlia. Hier sind überall Polizisten.

»Tief einatmen«, sagte Dahlia zu der Puertoricanerin. Die Frau warf den Kopf zurück.

Ein Taxi hielt an. Ein Assistenzarzt stieg aus. Dahlia gab dem Fahrer ein Zeichen und hielt den Assistenzarzt an.

»Gehen Sie rein?«

»Ja.«

»Würden Sie die Frau hier bitte mit hineinnehmen? Vielen Dank.«

Ein paar Straßen weiter auf dem Gowanus Parkway lehnte sie sich im Taxi zurück und schloß die Augen.

John Sullivan war noch nicht tot, aber er war dem Tod nahe. Sein Kollege kniete im Fahrstuhl, hielt das Ohr an Sullivans Brust und hörte ein schwaches, unregelmäßiges Pochen. Er legte Sullivan flach auf den Boden des Fahrstuhls. Die Tür wollte sich schließen, aber der Polizist blokkierte sie mit seinem Stiefel. Emma Ryan war nicht umsonst Oberschwester. Ihre Hand mit den Leberflecken schlug den Stopschalter des Fahrstuhls herunter, und sie bellte nach dem Wiederbelebungsteam. Dann kniete sie auch schon über Sullivan, sah ihn prüfend aus ihren grauen Augen an. Ihr runder Rücken hob und senkte sich in regelmäßigem Rhythmus, während sie ihm eine Herzmassage gab. Der andere Polizist hatte sich über Sullivans Kopf gebeugt und versuchte ihn durch Mund-zu-Mund-Beatmung wiederzubeleben. Die Hilfsschwester löste ihn ab, damit er per Funk Alarm geben konnte, aber kostbare Sekunden waren bereits verloren.

Eine Krankenschwester kam mit einer Rollbahre. Sie hoben den schweren Polizisten darauf. Emma Ryan zog die Injektionsspritze aus Sullivans Nacken und gab sie einer Schwester. Die Nadel hatte die Haut durchstochen und zwei kleine rote Löcher hinterlassen, wie ein Schlangenbiß. Ein Teil der giftigen Lösung war an die Fahrstuhlwand gespritzt, nachdem die Nadel wieder ausgetreten war. Die Flüssigkeit war hinuntergelaufen und bildete eine winzige Lache auf dem Boden.

»Holen Sie sofort Dr. Field und geben Sie ihm die Spritze«, sagte Emma Ryan zu der Krankenschwester. Dann wandte sie sich an eine andere Schwester: »Nehmen Sie schon die Blutprobe ab, während wir ihn zur Intensivstation fahren. Schnell.«

Wenige Minuten später war Sullivan an die Herz-Lungen-Maschine angeschlossen. Dr. Field stand neben ihm. Versehen mit den Ergebnissen des Bluttests und der Urinanalyse, vor sich ein Tablett mit Gegenmitteln, bemühte er sich schweigend um den Patienten. Er würde leben. Sie würden ihn am Leben erhalten.

13

Es ist weniger gefährlich, eine Anakonda mit einer brennenden Zigarette zu reizen, als einen New Yorker Polizisten umzubringen. New Yorks beste Männer sind schrecklich in ihrem Zorn. Sie jagen einen Polizistenmörder ohne Erbarmen. Sie vergessen niemals, sie vergeben niemals. Ein Mord an Kabakov – und das daraus resultierende diplomatische Hickhack sowie der Druck seitens des Justizministeriums – hätte vielleicht zu einer Pressekonferenz des Bürgermeisters und des Polizeipräsidenten und zu einem Rund-um-die-Uhr-Einsatz von zwanzig bis dreißig Kriminalbeamten geführt. Aber der Nadel in Sullivans Nacken wegen brannten über 30000 Polizisten in den fünf Bezirken der Stadt darauf, sich an der Suche nach dem Mörder zu beteiligen.

Trotz Rachels Einwänden verließ Kabakov am nächsten Tag gegen Mittag sein Krankenbett im Gästezimmer ihrer Wohnung und besuchte Sullivan. Seine Wut war einer stumpfen Verzweiflung gewichen. Sullivan war schon wieder so weit bei Kräften, daß er ein Indentikit zusammensetzen konnte. Er hatte die Frau bei guter Beleuchtung gesehen, und nicht nur von vorn, sondern auch im Profil. Mit Hilfe des Identikits und eines Polizeizeichners setzten Kabakov, Sullivan und der Wachmann des Krankenhauses gemeinsam ein Phantombild zusammen, das Dahlia Iyad sehr ähnlich war. Als die Fünfzehn-Uhr-Schicht den Dienst antrat, hatte jeder Streifenpolizist und jeder Kriminalbeamte einen Abzug des Phantombilds in der Tasche. Die Frühausgabe der *Daily News* brachte das Bild auf der zweiten Seite.

Sechs Polizisten vom Erkennungsdienst und vier Beamte von der Einwanderungsbehörde durchforschten, jeder mit einem Abzug des Bildes versehen, die Kartei, in der alle in die Vereinigten Staaten eingereisten Araber verzeichnet waren.

Nur Oberschwester Emma Ryan, die FBI-Agenten, die den Fall bearbeiteten, und die höchsten Beamten der New Yorker Polizei wußten, daß zwischen Kabakov und dem Vorfall im Krankenhaus ein Zusammenhang bestand. Emma Ryan konnte schweigen.

Washington wünschte keine Terroristenpanik, und das gleiche galt für die Justizbehörden. Bei den Ermittlungen in einem Fall, der so schlimm enden konnte wie dieser, wollte man nicht auch noch die Massenmedien auf dem

Hals haben. Die Polizei erklärte der Öffentlichkeit gegenüber, der Eindringling habe es wahrscheinlich auf Narkotika und wertvolles radioaktives Material abgesehen. Diese Erklärung befriedigte die Presse zwar nicht ganz, doch bei der erdrückenden Flut von Meldungen über Ereignisse in New York City vergessen die Journalisten leicht die Nachrichten von gestern. Die Behörden hofften, das Interesse der Medien würde nach ein paar Tagen nachlassen.

Und Dahlia hoffte, Landers Zorn würde nachlassen. Er war außer sich vor Wut, als er ihr Phantombild in der Zeitung sah und erfuhr, was sie getan hatte. Einen Augenblick glaubte sie, er würde sie umbringen. Sie nickte kläglich, als er ihr verbot, noch irgend etwas gegen Kabakov zu unternehmen. Fasil blieb zwei Tage in seinem Zimmer.

Kabakovs Genesungsaufenthalt in ihrer Wohnung war für Rachel Bauman eine merkwürdige, fast unwirkliche Zeit. Ihre Wohnung glänzte vor Sauberkeit und Ordnung, und er bewegte sich darin wie ein zerzauster Kater nach einer Balgerei im Regen. Wenn Kabakov und Moschevsky in ihrer Wohnung waren, kamen Rachel die Räume und Möbel klein und wie verändert vor, dabei machten die beiden riesigen Männer erstaunlich wenig Lärm. Anfangs war sie froh darüber, doch schließlich wurde es ihr beinahe etwas unheimlich. Größe und Stille, fand sie, waren eine bedrohliche Kombination.

Moschevsky tat sein Bestes, um sich anzupassen. Nachdem er Rachel einige Male zu Tode erschreckt hatte, wenn er plötzlich mit einem Tablett in der Küche erschien, räusperte er sich jetzt jedesmal, um sein Kommen anzukündigen. Rachels Freunde auf der anderen Seite des Flurs waren auf den Bahamas und hatten ihr die Schlüssel dagelassen. Sie brachte Moschevsky in der anderen Wohnung unter, als ihr sein Schnarchen auf ihrem Sofa unerträglich wurde. Kabakov befolgte respektvoll ihre therapeutischen Anordnungen. Die einzige Ausnahme war der

Besuch an Sullivans Krankenbett. Zunächst redeten sie und Kabakov nicht viel miteinander. Er wirkte abwesend, und Rachel wollte ihn nicht in seinen Gedanken stören.

Rachel hatte sich seit dem Sechs-Tage-Krieg verändert, aber nicht grundsätzlich. Sie widmete sich jetzt noch entschiedener ihrem Beruf. Sie hatte eine lebhafte Praxis, sie führte ein geordnetes Leben. In all den Jahren hatte es nur zwei Männer in ihrem Leben gegeben. Zwei Verlobungen. Abende in eleganten, langweiligen Restaurants, wo die Küchenchefs ihren einfallslosen Gerichten auf der Speisekarte kokette Namen gaben – Restaurants, die ihre Begleiter ausgesucht hatten. Diese Erlebnisse hatten ihr keinen großen Eindruck gemacht. Männer, die ihre Leidenschaften hätten wecken können, wies sie zurück. Ihre einzige Leidenschaft war ihre Arbeit – und die Arbeit gab ihr Kraft. In ihrer Freizeit widmete sie sich ehemaligen Rauschgiftsüchtigen, auf Bewährung entlassenen Strafgefangenen und seelisch gestörten Kindern. Im Oktober-Krieg von 1973 hatte sie im New Yorker Mount Sinai Hospital täglich die doppelte Zeit gearbeitet, damit ein Kollege mit neueren chirurgischen Kenntnissen nach Israel gehen konnte.

Sie war immer sehr elegant gekleidet. Bloomingdale's and Bonwit Teller, Lord & Taylor und Sachs waren die Etappen ihrer Samtagsrunden. Auf den ersten Blick wirkte sie wie eine schick, aber nicht modisch angezogene vornehme, kultivierte junge Frau. Bei näherem Hinsehen störten ein Schuß Burschikosität und ein bißchen zuviel Make-up ein wenig das Bild. Eine Zeitlang hatte sie ausgesehen wie eine Frau, die mit den Accessoires ihrer Tochter gegen das Älterwerden kämpft. Dann wurde es ihr gleichgültig, was sie anzog, und sie gab sich mit dezenten Kleidern und unauffälligen Straßenkostümen zufrieden, die man überall tragen konnte. Sie arbeitete immer länger in der Praxis, und ihre Wohnung wurde immer ordentlicher und steriler. Sie bezahlte viel Geld für eine Putzfrau, die alles immer wieder an den Platz legte, wo es hingehörte.

Und nun war Kabakov da, der, ein Stück Salami in den Fingern, in ihren Bücherregalen stöberte. Und der mit Vorliebe Dinge in die Hand nahm, ohne sie wieder dahin zu legen, wo er sie gefunden hatte. Er lief barfuß herum und ließ seine Pyjamajacke offen. Manchmal vermied sie es, ihn anzusehen.

Rachel machte sich seiner Gehirnerschütterung wegen kaum noch Sorgen. Und er selbst hatte sie offenbar schon vergessen. Als seine Schwindelanfälle seltener wurden und schließlich ganz aufhörten, änderte sich ihr Verhältnis zueinander. Die unpersönliche Arzt-Patient-Beziehung, um die sie sich bemüht hatte, ließ sich nicht länger aufrechterhalten.

Kabakov fand Rachels Gesellschaft anregend. Er genoß es, mit jemandem zusammen zu sein, der ihn zum Nachdenken zwang. Er überraschte sich dabei, daß er Dinge sagte, die er noch nie bewußt gedacht oder gar ausgesprochen hatte. Ihr Anblick bereitete ihm Vergnügen. Sie hatte lange Beine und sah überhaupt gut aus, trotz ihrer etwas eckigen Bewegungen. Kabakov hatte beschlossen, ihr von seinem Auftrag zu erzählen, aber gerade weil er sie mochte, fiel es ihm schwer. Er hatte jahrelang seine Zunge im Zaum gehalten. Er wußte, wie schnell er auf Frauen reagierte und daß die Einsamkeit seines Berufs ihn leicht in Versuchung führte, über sich und seine Probleme zu sprechen.

Rachel hatte ihm in der Not sofort und ohne Fragen zu stellen geholfen. Sie war jetzt in die Sache hineingezogen und schwebte möglicherweise in Gefahr – Kabakov wußte genau, weshalb die Araberin in das Röntgenlabor eingedrungen war. Trotzdem war es nicht sein Gerechtigkeitssinn, der ihn veranlaßte, ihr alles zu erzählen, nicht das Gefühl, daß sie ein Recht darauf hatte, es zu wissen. Seine Überlegungen waren mehr praktischer Natur. Sie besaß einen klaren Verstand, und den brauchte er. Einer der Verschwörer war wahrscheinlich Abu Ali – ein Psychologe. Und Rachel verstand etwas von Psychiatrie. Einer der Terroristen war eine Frau. Und Rachel war eine Frau. Da sie die Nuancen des menschlichen Verhaltens kannte und zugleich ein Produkt der amerikanischen Zivilisation war, hatte sie vielleicht nützliche Einsichten. Kabakov glaubte, daß er sich in einen Araber versetzen konnte – konnte er aber auch wie ein Amerikaner denken? Gab es überhaupt eine bestimmte amerikanische Art zu denken? In seinen Augen war jeder Amerikaner anders. Er dachte, wenn die Amerikaner erst einmal länger in ihrem Land waren, würden sie vielleicht noch eine spezifische amerikanische Denkweise entwickeln.

Er saß in der Sonne am Fenster und erklärte ihr die Situation, während sie die Brandwunden an seinem Bein verband. Er begann damit, daß es irgendwo im Nordosten der Vereinigten Staaten eine geheime Zelle des ›Schwarzen September‹ gab, die Vorbereitungen getroffen hatte, irgendwo eine große Menge Plastiksprengstoff, wahrscheinlich eine halbe Tonne oder noch mehr, explodieren zu lassen. Er erklärte ihr, warum es aus israelischer Sicht unbedingt notwendig war, die Terroristen daran zu hindern, und fügte hastig die menschlichen Gesichtspunkte hinzu. Sie machte den Verband fertig und saß dann mit gekreuzten Beinen aufmerksam zuhörend auf dem Teppich. Ab und zu blickte sie zu ihm auf, um eine Frage zu stellen. Die übrige Zeit sah er nur ihren gebeugten Kopf, den Scheitel ihres Haars. Er war gespannt, wie sie es aufnehmen würde. Er wußte nicht, was sie dachte, jetzt, da der tödliche Kampf, dessen Zeuge sie im Nahen Osten gewesen war, auch sie unmittelbar bedrohte.

Sie war vor allem erleichtert, was Kabakov selbst betraf. Sie wollte immer Einzelheiten wissen. Wollte genau wissen, was er getan und gesagt hatte – besonders unmittelbar vor der Explosion in Muzis Wohnung. Und sie war froh, daß seine Antworten schnell und präzise kamen. Als man ihn im Krankenhaus nach seinen letzten Erinnerungen fragte, hatte er dem Arzt nur vage Antworten gegeben, und Rachel war sich nicht sicher, ob das ein bewußtes

Ausweichen oder die Folge eines Gehirntraumas war. Sie hatte ihn bisher nicht nach Einzelheiten fragen wollen und hatte so nur eine unvollständige Diagnose stellen können. Jetzt verfolgte sie mit ihren genauen Fragen einen doppelten Zweck. Sie brauchte die Informationen, wenn sie ihm helfen sollte, aber sie wollte auch seine emotionellen Reaktionen testen. Sie achtete darauf, ob er auf Fragen mit der Gereiztheit reagierte, die für den Korsakoffschen Symptomenkomplex, den hochgradigen Verlust der Merkfähigkeit, typisch sind. Diesen Verlust, der oft nach Gehirnerschütterungen auftritt, versucht der Kranke durch Konfabulieren auszugleichen.

Befriedigt über seine Geduld und erfreut über seine Klarheit begann sie sich mehr auf den Informationsgehalt seiner Antworten zu konzentrieren. Als er seinen Bericht beendete, war er mehr als nur ein Patient, und sie war nun so etwas wie sein Komplice. Kabakov schloß mit den Fragen, die ihn quälten: Wer war der Amerikaner? Wo würden die Terroristen zuschlagen? Danach saß er schweigend da und schämte sich irgendwie, so als hätte sie ihn weinen gesehen.

»Wie alt war Muzi?« fragte sie ruhig.

»Sechsundfünfzig.«

»Und seine letzten Worte waren: ›Zuerst kam der Amerikaner?‹«

»Ja, genau das hat er gesagt.« Kabakov sah nicht, worauf sie hinaus wollte. Er hatte jetzt keine Lust mehr, weiter darüber zu sprechen.

»Soll ich dir mal etwas sagen?«

Er nickte.

»Ich glaube, dein Amerikaner ist mit einiger Wahrscheinlichkeit ein Weißer, kein Semite und über fünfundzwanzig.«

»Wie willst du das wissen?«

»Ich weiß es nicht, ich vermute es nur. Muzi war ein Mann, der seine besten Jahre hinter sich hatte. Für viele Männer seines Alters ist eine Person, wie ich soeben beschrieben habe, der typische Amerikaner. Wenn der Amerikaner, den er sah, schwarz gewesen wäre, hätte er es höchstwahrscheinlich irgendwie erwähnt. Er hätte ein Wort benutzt, das auf die rassische Zugehörigkeit hindeutet. Habt ihr die ganze Zeit Englisch gesprochen?«

»Ja.«

»Ein Mann in Muzis Alter und ein Ausländer wie Muzi würde nie ›der Amerikaner‹ sagen, wenn es sich um einen Amerikaner arabischer Herkunft oder um einen amerikanischen Juden handelt. Mit dem Wort Amerikaner kann man zwar auch Juden, Schwarze oder Lateinamerikaner bezeichnen, aber dann fügt man fast immer irgendein Beiwort hinzu. Ohne ein solches Adjektiv wird es praktisch nur für Weiße gebraucht, die keiner Minderheit angehören. Wahrscheinlich klingt das alles ziemlich pedantisch, aber es stimmt.«

Als Kabakov sich am Telefon mit Corley beriet, berichtete er dem FBI-Mann, was Rachel gesagt hatte.

»Dann haben wir nur noch vierzig Millionen Verdächtige«, sagte Corley. »Nein, Entschuldigung, auch der kleinste Hinweis hilft.«

Corleys Bericht über die Suche nach dem Boot war nicht sehr ermutigend. Zollfahnder und Beamte der New Yorker Polizei hatten bei allen Bootswerften auf City Island gefragt. Polizisten der Distrikte Nassau und Suffolk hatten jeden Bootshafen auf Long Island durchsucht. Die Landespolizei New Jersey hatte die Besitzer aller Bootswerften an der Küste von New Jersey vernommen. FBI-Agenten waren zu den besten Bootswerften – zu berühmten Bootsbauern wie Rybovich, Trumpy und Huckins – und zu den weniger bekannten Werften gefahren, wo man noch gute Holzboote baute. Auf keiner der Werften wußte man etwas von dem entkommenen Boot.

»Boote, Boote, Boote«, ging es Rachel durch den Kopf.

Kabakov starrte durchs Fenster auf den Schnee, während Rachel das Abendessen zubereitete. Er versuchte sich an etwas zu erinnern, versuchte sich auf Umwegen daran heranzutasten, so wie er sich im Dunkeln am Horizont orientierte. Die Art und Weise, wie man Muzi beseitigt hatte, ließ Kabakov keine Ruhe. Wo war diese Technik schon einmal angewendet worden? In den letzten fünf oder sechs Jahren waren Tausende von Berichten über seinen Schreibtisch gegangen, und in einem davon war eine Bombe in einem Kühlschrank erwähnt worden. Er erinnerte sich, daß der Bericht in einem altmodischen gelben Umschlag gesteckt hatte. Das bedeutete, daß er ihn vor 1972 gesehen hatte, denn von da an hatte der israelische Geheimdienst andere Hefter verwandt, um die Herstellung von Mikrofilmen zu erleichtern. Noch eine blitzartige Erinnerung. Ein Memorandum über Minenfallen, das die Kommandotrupps vor Jahren auf seine Anweisung bekommen hatten. In dem Memorandum waren Quecksilberschaltungen erklärt worden, die damals bei den Fedajin in Mode waren, und es hatte einen Nachtrag über elektrische Geräte enthalten.

Er war gerade dabei, mit Hilfe dieser Erinnerungsfetzen ein Telegramm an das Hauptquartier des Mossad aufzusetzen, als es ihm wieder einfiel. Syrien 1971. Ein Agent des Mossad war bei einer Explosion in einem Haus in Damaskus ums Leben gekommen. Der Sprengsatz war nicht sehr stark gewesen, hatte aber den Kühlschrank völlig zertrümmert. Eine zufällige Ähnlichkeit? Kabakov rief das israelische Konsulat an und diktierte das Telegramm. Der Funkmann wies darauf hin, daß es in Tel Aviv vier Uhr morgens sei.

»Macht nichts, macht nichts«, sagte Kabakov. »Wir arbeiten immer. Bringen Sie das Telegramm auf den Weg!«

Ein eisiger Dezember-Regen wehte Moschevsky ins Gesicht, als er an der Ecke auf ein Taxi wartete. Er ließ drei Dodges vorbeifahren und erblickte schließlich das, was er suchte, einen großen Checker, der sich durch das morgendliche Verkehrsgewühl seinen Weg bahnte. Er brauchte einen besonders geräumigen Wagen, damit Kabakov sein verletztes Bein ausstrecken konnte. Moschevsky wies den Fahrer an, vor Rachels Apartmenthaus in der Mitte des Häuserblocks zu halten. Kabakov kam herausgehumpelt und kletterte neben ihm ins Auto. Er nannte dem Fahrer die Adresse des israelischen Konsulats.

Kabakov hatte Rachels Anweisungen befolgt und sich ausgeruht. Jetzt ging es wieder los. Er hätte Botschafter Tell in Washington von der Wohnung aus anrufen können, aber bei dieser Sache brauchte er das sicherste Telefon, das es gab – ein Telefon mit Scrambler. Er hatte beschlossen, Tel Aviv zu bitten, auf das State Department einzuwirken, damit es einen Vorstoß bei den Russen unternahm. Kabakovs Bitte mußte zuvor mit Tell abgesprochen werden. Zwar verletzte es seinen beruflichen Stolz, die Russen um Hilfe zu bitten. Aber im Augenblick konnte Kabakov sich beruflichen Stolz nicht leisten. Das wußte und akzeptierte er, aber es paßte ihm nicht.

Seit dem Frühjahr 1971 besaß das Komitet Gosudarstwennoj Besopasnosti, der berüchtigte KGB, eine Sonderabteilung, die dem ›Schwarzen September‹ über Geheimdienstkanäle der El-Fatah technischen Beistand leistet. Das war die Quelle, die Kabakov anzapfen wollte. Er wußte, daß die Russen Israel niemals helfen würden, doch er glaubte, angesichts der neuen Ost-West-Entspannung würden sie vielleicht mit den Vereinigten Staaten zusammenarbeiten. Die Bitte an Moskau mußte von den Amerikanern kommen, aber ohne Zustimmung Tel Avivs konnte Kabakov diesen Schritt nicht vorschlagen. Gerade weil er es so sehr haßte, um etwas zu bitten, würde er das Telegramm nach Tel Aviv selbst unterzeichnen, statt Tell die Hauptverantwortung zuzuschieben.

Kabakov beschloß zu schwören, daß der Plastiksprengstoff aus der Sowjetunion kam, ob es nun stimmte oder nicht. Vielleicht würden die Amerikaner es ebenfalls beschwören. Dann lag der Schwarze Peter bei den Russen.

Warum eine solche Menge von Sprengstoff? Deutete das darauf hin, daß der ›Schwarze September‹ in diesem Land eine ganz bestimmte Gelegenheit im Auge hatte? Hier, in diesem Punkt würde der KGB vielleicht helfen.

Die amerikanische Zelle des ›Schwarzen September‹ hatte sich inzwischen bestimmt vollständig abgeriegelt und auch die Verbindung zur Guerillaführung in Beirut gekappt. Es würde verdammt schwer sein, sie aufzuspüren. Der Schock, den das Phantombild ausgelöst hatte, würde die Terroristen noch tiefer in ihren Bau treiben. Sie mußten ganz in der Nähe sein – sie hatten nach der Explosion zu schnell reagiert. Warum hatte dieser verfluchte Corley bloß das Krankenhaus nicht genügend überwachen lassen?

Was war im Hauptquartier des ›Schwarzen September‹ in Beirut geplant worden, und wer war dabei gewesen? Nadscheer. Nadscheer war tot. Die Frau. Sie hielt sich versteckt. Abu Ali? Ali war tot. Man konnte nicht mehr festsellen, ob Ali bei den Planungen dabei gewesen war, aber es war sehr wahrscheinlich, denn Ali gehörte zu den wenigen Männern auf der Welt, denen Nadscheer vertraut hatte. Ali war Psychologe gewesen. Aber Ali war auch noch vieles andere gewesen. Wozu brauchten sie einen Psychologen? Ali würde es nie mehr erzählen können.

Wer war der Amerikaner? Wer war der Libanese, der den Sprengstoff eingeschmuggelt hatte? Wer hatte Muzi in die Luft gejagt? War es die Frau, die er in Beirut gesehen hatte – die Frau, die versucht hatte, ihn im Krankenhaus zu töten?

Der Taxifahrer fuhr so schnell es das nasse Pflaster erlaubte. Er sauste genüßlich über die Schlaglöcher hinweg und bremste bei der ersten roten Ampel so scharf, daß die vordere Stoßstange fast den Boden berührte. Mit resigniertem Gesichtsausdruck stieg Moschevsky aus und kletterte auf den Beifahrersitz. »Immer mit der Ruhe. Nicht so voll in die Bremsen, nicht so holpern«, sagte er.

»Wieso?« sagte der Fahrer. »Zeit ist Geld, mein Junge.«

Moschevsky beugte sich vertraulich zu ihm. »Weil ich dir sonst deinen verdammten Hals umdrehe, Bürschchen. Darum.«

Abwesend betrachtete Kabakov die Passanten, die vorüberhasteten. Es war noch früh am Nachmittag, und schon dämmerte es. Was für eine Stadt. Eine Stadt mit mehr Juden als Tel Aviv. Was hatten die jüdischen Einwanderer wohl empfunden, die nach der Überfahrt auf dem überfüllten Zwischendeck in Ellis Island zusammengepfercht wurden. Und manche hatten dort sogar ihren Namen verloren, weil ein des Lesens und Schreibens kaum kundiger Beamter einfach ›Smith‹ oder ›Jones‹ in die Einwanderungspapiere gekritzelt hatte. Und an einem trüben Nachmittag hatte die Fähre sie dann von Ellis Island auf diesen kalten Felsen übergesetzt, auf dem einem nichts geschenkt wurde. Auseinandergerissene Familien, Männer, die allein waren.

Was geschah hier damals mit einem Mann, der allein gekommen war und starb, bevor er sich etwas aufgebaut hatte und seine Familie nachholen konnte? Mit einem einsamen Mann? Wer sah *Shibh'aa* – die Nachbarn?

Die Plastikmadonna am Armaturenbrett des Taxis erregte Kabakovs Aufmerksamkeit, und schuldbewußt wandte er sich wieder dem Problem zu, das ihn quälte. Er schloß die Augen und fing noch einmal von vorn an, bei dem Kommandounternehmen in Beirut, das ihn letztlich hierher geführt hatte.

Kabakov war vor dem Überfall genauestens instruiert worden. Die Israelis wußten, daß sich Nadscheer und Abu Ali in dem Apartmenthaus aufhalten würden und daß vielleicht auch noch andere Terroristenführer anwesend waren. Kabakov hatte die Dossiers über die Guerillaführer, von denen man wußte, daß sie im Libanon waren, so lange studiert, bis er den Inhalt auswendig konnte. Er sah die Akten, die in alphabetischer Reihenfolge auf seinem Schreibtisch gelegen hatten, noch jetzt vor sich.

Zuerst Abu Ali. Abu Ali, getötet beim Überfall in Beirut, hatte keine Angehörigen, keine Familie außer seiner Frau, und sie war ebenfalls tot. Er – *ein Mann, der allein war!* Bevor Kabakov den Gedanken zu Ende gedacht hatte, klopfte er an die Trennscheibe aus Plexiglas. Moschevsky schob sie auf.

»Sagen Sie ihm, er soll auf die Tube drücken!«

»So, jetzt soll ich auf einmal auf die Tube drücken?« sagte der Fahrer über die Schulter hinweg.

Moschevsky bleckte die Zähne.

»Na schön, dann drücke ich auf die Tube«, sagte der Mann.

Das israelische Konsulat und die israelische Vertretung bei den Vereinten Nationen sind im gleichen Haus untergebracht, einem weißen Backsteingebäude in Manhattan, Second Avenue Nr. 800. Das Sicherheitssystem ist ausgeklügelt und lückenlos. Ungeduldig humpelte Kabakov im Warteraum auf und ab. Dann ging er schnell in die Fernmeldezentrale.

Es dauerte nur wenige Minuten, bis Tel Aviv den Eingang seines chiffrierten Telegramms Abu Ali betreffend bestätigte. Es setzte eine gut geölte Maschinerie in Gang. Nach einer Viertelstunde verließ ein untersetzter junger Mann das Hauptquartier des Mossad und fuhr zum Flughafen Lod. Er würde nach Nikosia fliegen, den Paß wechseln und dann das nächste Flugzeug nach Beirut nehmen. Seine erste Aufgabe in der libanesichen Hauptstadt würde es sein, eine Tasse Kaffee zu genießen, und zwar in einem kleinen Café mit einem ausgezeichneten Blick auf das Polizeipräsidium von Beirut, wo man hoffentlich die gesetzliche Frist einhielt und den numerierten Karton mit Alis Sachen noch im Asservatenraum verwahrte. Jetzt gab es einen Empfangsberechtigten.

Vom Scrambler-Telefon des Konsulats aus sprach Kabakov eine halbe Stunde lang mit Tell. Der Botschafter gab keinerlei Überraschung über Kabakovs Bitte um indirekte sowjetische Hilfe zu erkennen. Kabakov hatte das Gefühl, daß Yoachim Tell in seinem ganzen Leben noch nie überrascht gewesen war. Er glaubte, in der Stimme des Botschafters sogar eine besondere Wärme zu hören, als dieser sich verabschiedete. War es Sympathie? Kabakov errötete und humpelte zur Tür der Zentrale. In der Ecke ratterte der Fernschreiber, und in der Türöffnung hielt ihn der Beamte zurück. Die Antwort auf seine Anfrage nach dem syrischen Bombenattentat von 1971 wurde gerade durchgegeben.

Das Bombenattentat fand am 15. August statt, hieß es in dem Telex, während der großangelegten Rekrutierungskampagne der El-Fatah in Damaskus. Man wußte, daß sich damals drei Guerillaführer in Damaskus aufhielten:

Fakhri al-Amari, Anführer der Gruppe, der den jordanischen Ministerpräsidenten Wasfi el-Tel ermordet und sein Blut getrunken hatte. Amari hielt sich derzeit angeblich in Algerien auf. Nachforschungen liefen.

Abdel Kadir, der einmal einen israelischen Schulbus mit einer Bazooka beschossen hatte. Er kam 1973 ums Leben, als seine Bombenfabrik bei Cheikh Saad in die Luft flog. In dem Telex hieß es noch, es sei wohl überflüssig, Kadirs Ende eingehender zu beschreiben, da Kabakov seinerzeit dabei gewesen sei.

Muhammad Fasil alias Yusuf Halef alias Sammar Tufiq. Vermutlich der Urheber des Massakers von München und einer der vom Mossad am dringendsten gesuchten Männer. Fasil habe zuletzt angeblich in Syrien operiert. Der Mossad habe zunächst geglaubt, er habe sich in Damaskus aufgehalten, als Kabakov die Beirut-Aktion durchführte, aber neuere, noch unbestätigte Meldungen lauteten dahin, daß er sich in den letzten drei Wochen in Beirut aufgehalten habe. Der israelische Geheimdienst bemühe sich bei Quellen in Beirut und anderswo, den gegenwärtigen Aufenthaltsort Fasils herauszubekommen.

Fotos von al-Amari und Fasil wurden über Satellit an die israelische Botschaft in Washington gefunkt und sollten von dort an Kabakov weitergeleitet werden. Die Negative sollten folgen. Kabakov stöhnte. Wenn sie Negative schickten, mußten die Fotos schlecht sein – so schlecht, daß die Funkbilder nicht viel nützen würden... Aber es war immerhin etwas. Er wünschte, er hätte mit seiner Bitte, die Russen um Hilfe zu ersuchen, noch gewartet. »Muhammad Fasil«, murmelte Kabakov. »Ja, das sieht dir ähnlich. Hoffentlich bist du diesmal selbst gekommen.«

Er ging wieder in den Regen hinaus und fuhr nach Brooklyn. Moschevsky und die drei Israelis von der Einsatzgruppe durchkämmten die Bars von Cobble Hill, die Schnellgaststätten und Spielhallen, um eine Spur von Muzis griechischem Gehilfen zu entdecken. Vielleicht hatte der Grieche den Amerikaner gesehen. Kabakov wußte, daß der FBI diesen Boden auch schon beackert hatte, aber seine Männer sahen nicht wie Polizeibeamte aus, sie paßten besser in das Völkergemisch dieses Viertels und konnten Unterhaltungen in mehreren Sprachen belauschen. Kabakov bezog Stellung in Muzis Büro und durchsuchte die Papiere, die der Importeur hinterlassen hatte – ein unglaubliches Rattennest. Er hoffte, einen Hinweis auf den Amerikaner oder auf Muzis Kontaktmänner im Nahen Osten zu finden. Wenn es zwischen dem Golf von Aden und Istanbul einen Menschen gab, der über die Mission des ›Schwarzen September‹ in den Vereinigten Staaten Bescheid wußte, und wenn es Kabakov gelang, den Namen dieses Mannes ausfindig zu machen, würde er versuchen, ihn zu entführen. Oder bei dem Versuch sterben.

Am späten Abend hatte er zwar herausgefunden, daß Muzi mindestens drei verschiedene Buchführungen hatte, aber sonst hatte er kaum etwas entdeckt. Verdrossen kehrte er in Rachels Wohnung zurück.

Rachel war seinetwegen aufgeblieben. Sie kam ihm irgendwie verändert vor, und als er sie ansah, war er nicht mehr verdrossen. Die Trennung tagsüber hatte beiden etwas klargemacht.

Sehr sanft wurden sie Liebende. Und wenn sie sich von nun an liebten, dann immer mit großer Zärtlichkeit, als fürchteten sie beide, sie könnten das schützende Zelt, das ihre Gefühle um das Bett gewoben hatten, zerreißen.

»Ich bin albern«, sagte Rachel einmal, als sie friedlich an seiner Seite lag. »Aber es ist mir gleich.«

»Mir erst recht«, sagte Kabakov. »Willst du eine Zigarre?«

Botschafter Tell rief um 7 Uhr morgens an. Kabakov stand gerade unter der Dusche. Rachel öffnete die Badezimmertür und rief seinen Namen in den Dampf. Kabakov kam schnell heraus, während Rachel noch in der Türöffnung stand. Er wickelte sich ein Handtuch um und patschte zum Telefon. Rachel feilte intensiv an ihren Fingernägeln.

Kabakov schwante nichts Gutes. Wenn der Botschafter von den Russen etwas erfahren hätte, würde er nicht das normale Telefon benutzt haben. Tells Stimme klang ruhig und sehr sachlich.

»Major Kabakov, wir haben von der *New York Times* eine Sie betreffende Anfrage bekommen. Und ein paar lästige Fragen nach dem Vorfall auf der *Leticia.* Ich würde es begrüßen, wenn Sie herkämen. Ich werde kurz nach drei Zeit für Sie haben, falls es Ihnen paßt.«

»Ich werde da sein.«

Kabakov fand die *Times* auf Rachels Türvorleger. Seite eins: Israelischer Außenminister zu Nahost-Gesprächen in Washington. Das kann warten. Lebenshaltungskosten. General Motors muß Lkws wegen Produktionsfehler zurückrufen. Seite zwei. Oh, zum Teufel. Hier ist es:

Araber von israelischen Agenten
in New York gefoltert, behauptet Konsul
Von Margaret Leeds Finch

Wie der libanesische Konsul am Dienstagabend erklärte, wurde letzte Woche ein libanesischer Seemann auf einem libyschen Handelsschiff im New Yorker Hafen von israelischen Agenten gefoltert und verhört. Kurz darauf wurde der Betreffende von der Zollfahndung wegen Verdachts auf Schmuggel festgenommen.

In einer scharf formulierten Protestnote an das State Department behauptet Kosul Yussuf el-Amedi, Mustafa Fawzi, Erster Offizier auf dem Frachter *Leticia*, sei von zwei Männern, die sich als Israelis ausgewiesen hätten, geschlagen und mit elektrischen Stromstößen gefoltert worden. Er sagte, er wisse nicht, was die Agenten gesucht hätten und verweigerte jede Stellungnahme zu dem Verfahren wegen Beihilfe zum Schmuggel, das gegen Fawzi anhängig ist.

Ein israelischer Sprecher wies die Beschuldigung entschieden zurück und erklärte, es handele sich um »einen plumpen Versuch, die amerikanische Öffentlichkeit gegen Israel aufzuhetzen«.

Dr. Carl Gillette, Amtsarzt der Strafvollzugsbehörde, untersuchte Fawzi im Bundes-Untersuchungsgefängnis in der West Street und fand keinerlei Anzeichen für körperliche Mißhandlungen.

Konsul Amedi sagte, Fawzi sei von Major David Kabakov von der israelischen Abwehr und von einem anderen, unbekannten Mann angegriffen worden. Kabakov ist der israelischen Botschaft in Washington attachiert.

Die *Leticia* wurde inzwischen von den Behörden beschlagnahmt...

Den Rest des Artikels überflog Kabakov nur noch. Die Zollbehörde hatte über die Untersuchung der *Leticia* verlauten lassen, und die Zeitung kannte die Verbindung zu Muzi Gott sei Dank noch nicht.

»Sie werden nach Israel zurückbeordert«, sagte Botschafter Tell.

Um Kabakovs Mundwinkel zuckte es. Ihm war, als hätte man ihm in den Magen getreten.

Mit der Spitze seines Kugelschreibers schob Tell die Papiere auf seinem Schreibtisch hin und her. »Da Fawzi libanesischer Staatsbürger ist, wurde seine Verhaftung routinemäßig dem libanesischen Konsul gemeldet. Das Konsulat verschaffte ihm einen Anwalt. Der Anwalt handelt offenbar nach Anweisungen aus Beirut, und Fawzi tut, was er ihm sagt. Man informierte die Libyer, da der Frachter unter libysicher Flagge fährt. Als Ihr Name ins Spiel kam, hat man zweifellos die El-Fatah und Oberst Gaddafi alarmiert. Ich habe Fawzis angebliche Aussage noch nicht gesehen, aber sie soll äußerst farbig sein. Anatomisch sehr genau. Haben Sie ihn mißhandelt?«

»Das war gar nicht nötig.«

»Die Libanesen und die Libyer werden so lange protestieren, bis man Sie zurückruft. Wahrscheinlich werden auch die Syrer in den Protest mit einstimmen. Gaddafi hat mehr als einen arabischen Diplomaten gekauft. Ich bezweifle, ob irgendeiner von ihnen weiß, warum Sie wirklich hier sind. Nur Gaddafi ist vielleicht informiert.«

»Was sagt das State Department?« Kabakov fühlte Übelkeit in sich aufsteigen.

»Man wünscht in dieser Sache keine diplomatischen Verwicklungen. Man will es totschweigen. Offiziell sind Sie hier als Vertreter Israels nicht mehr erwünscht.«

»Diese feisten Idioten! Sie verdienen...« Kabakov biß sich auf die Lippen.

»Wie Sie wissen, Major Kabakov, steht diese Woche der Tadelsantrag der Vereinigten Arabischen Republik gegen Israel auf der Tagesordnung der UN – wegen der Aktion gegen die Fedajin-Lager in Syrien im letzten Monat. Die Situation sollte jetzt nicht durch eine weitere Verstimmung verschärft werden.«

»Was ist, wenn ich meinen amtlichen Auftrag niederlege und einen gewöhnlichen Paß bekomme? Dann könnte Tel Aviv sich notfalls von mir distanzieren.«

Botschafter Tell hörte nicht zu. »Wenn die Araber ihr Vorhaben ausführen, was Gott verhüten möge, würden die Amerikaner vielleicht in Wut geraten und ihre Unterstützung für Israel verdoppeln. Ein verführerischer Gedanke«, sagte er. »Aber wir wissen beide, daß es anders kommen wird. Man wird vor allem denken, daß es nur deshalb zu dem Massaker kam, *weil* die Vereinigten Staaten Israel geholfen haben. Weil sie sich in einen weiteren schmutzigen kleinen Krieg verwickeln ließen. Seit Indochina ist man dagegen verständlicherweise allergisch. Den Franzosen erging es damals genauso. Ich wäre gar nicht überrascht, wenn die El-Fatah in Paris zuschlüge, falls die Franzosen uns Mirage-Bomber lieferten. Aber wie dem auch sei, wenn die Sache hier passiert, werden sich die arabischen Regierungen zum hundertstenmal von der El-Fatah distanzieren, und Gaddafi wird der El-Fatah noch ein paar weitere Millionen Dollar schenken. Die Vereinigten Staaten können es sich gar nicht leisten, zu lange auf die Araber wütend zu sein. Es klingt furchtbar, aber die Amerikaner werden nur zu gern der El-Fatah die alleinige Schuld zuschieben. Es kann gar nicht anders sein, dazu braucht Amerika zuviel Öl.

Wenn es den Arabern gelingt«, fuhr Tell fort, »und wenn wir versucht hätten, sie daran zu hindern, stünde es nicht ganz so schlecht für uns. Wenn wir aufhören zu helfen und die Araber haben Erfolg, dann haben wir dennoch die Schuld, selbst wenn wir die Hilfe nur auf Ersuchen des State Department eingestellt haben. Die Amerikaner wollen übrigens die Russen nicht um Geheiminformationen aus dem Nahen Osten bitten, sagen sie. Das State Department teilte uns die Neuigkeit mit, daß es im Nahen Osten ständig Spannungen zwischen Ost und West gebe. Aus diesem Grund könne einer derartigen Bitte unmöglich entsprochen werden. Sie wollen den Russen gegenüber nicht eingestehen, daß die CIA die Informationen nicht selbst beschaffen kann. Aber es war trotzdem richtig, daß Sie diesen Schritt vorschlugen, David. Und dann ist da noch etwas.« Tell gab Kabakov ein Telegramm vom Hauptquartier der Mossad. »Man hat es Ihnen auch nach New York geschickt.«

In dem Telegramm stand, Muhammad Fasil sei einen Tag nach Kabakovs Kommandounternehmen in Beirut gesehen worden. Auf der Wange habe er eine ganz ähnliche

Wunde gehabt wie Mustafa Fawzi, der Erste Offizier der *Leticia*, sie beschrieben hätte.

»Muhammad Fasil«, sagte Tell ruhig. »Der Allerschlimmste.«

»Ich werde nicht...«

»Warten Sie, warten Sie, David. Wir müssen jetzt absolut offen miteinander reden. Kennen Sie beim Mossad oder anderswo irgend jemanden, der sich vielleicht besser für diese Sache eignet als Sie?«

»Nein, Exzellenz.« Kabakov wollte sagen, wenn er nicht in Beirut das Tonband gefunden hätte, wenn er Fawzi nicht in die Mangel genommen hätte, wenn er nicht die Kabine auf dem Schiff durchsucht hätte, wenn er nicht die Schiffsbücher geprüft und Muzi überrumpelt hätte, würde man überhaupt noch nichts wissen. Er sagte aber nur: »Nein, Exzellenz.«

»Dann wären wir uns ja einig.« Tells Telefon klingelte. »Ja? Fünf Minuten, sehr gut.« Er wandte sich wieder Kabakov zu. »Major Kabakov, würden Sie sich bitte im Konferenzraum im zweiten Stock melden? Und es wäre vielleicht ganz gut, wenn Sie vorher Ihren Schlips zurechtrückten.«

Kabakov fühlte sich von seinem Kragen beengt. Er hatte das Gefühl, man würge ihn, und er blieb vor dem Konferenzraum stehen, um sich wieder in die Gewalt zu bekommen. Vielleicht würde ihm der Militärattaché gleich den Abberufungsbefehl vorlesen. Wenn er dem Mann ins Gesicht schrie, würde er schon gar nichts erreichen. Aber was hatte Tell gemeint, als er sagte, dann sind wir uns ja einig? Wenn er nach Israel zurück mußte, dann würde er dem Befehl folgen, aber die Guerillas in Syrien und im Libanon würden dann allen Grund haben zu wünschen, er wäre in den Vereinigten Staaten geblieben.

Kabakov öffnete die Tür. Der schmächtige Mann am Fenster wandte sich um.

»Kommen Sie doch herein, Major Kabakov«, sagte der israelische Außenminister.

Nach einer Viertelstunde war Kabakov wieder unten in der Halle und unterdrückte mühsam ein Lächeln. Ein Wagen der Botschaft brachte ihn zum National Airport. Zwanzig Minuten vor der Abflugszeit der Maschine nach Tel Aviv, Flug 601, traf er am El Al-Terminal auf dem Kennedy International Airport ein. Bei der Abfertigung erwartete ihn lächelnd Margaret Leeds Finch von der *New York Times.* Während er sein Gepäck abgab und durch die Detektorschleuse ging, stellte sie ihm Fragen. Er antwortete ebenso höflich wie einsilbig. Ihren Presseausweis schwenkend, folgte sie ihm auf den Flugsteig hinaus und blieb bis zum Einstieg an seiner Seite. Erst hier wurde sie höflich, aber bestimmt von Sicherheitsbeamten der El Al aufgehalten.

Kabakov ging durch die Erste-Klasse-Kabine und dann durch die Touristenklasse nach hinten zur Bordküche, wo man gerade die Verpflegung an Bord nahm. Der Stewardeß zulächelnd stieg er durch die offene Ladeluke auf die ausgefahrene Plattform des Versorgungswagens. Die Plattform surrte langsam abwärts, und der Wagen fuhr in die Wagenhalle zurück. Kabakov kletterte heraus und stieg in die Limousine um, in der Corley und Moschevsky ihn erwarteten.

Offiziell hatte Kabakov die Vereinigten Staaten verlassen. Inoffiziell war er wieder zurückgekommen. Er mußte jetzt sehr vorsichtig sein. Wenn ihm Fehler unterliefen, würde es auf sein Land zurückfallen. Kabakov hätte gern gewußt, was bei dem Arbeitsessen des israelischen und des amerikanischen Außenministers gesprochen worden war. Natürlich würde er nie Einzelheiten erfahren, aber offenbar hatten sie die Situation eingehend erörtert. Die ihm erteilten Weisungen waren die gleichen wie zuvor: Verhindern Sie das arabische Unternehmen. Seine Leute waren mit Ausnahme Moschevskys zurückgezogen worden. Kabakov sollte inoffiziell als Berater der Amerikaner fungieren. Er war ziemlich überzeugt davon, daß zwischen den beiden Außenministern der letzte Teil seiner Instruktionen nicht besprochen worden war. Wenn er seine Kompetenzen als Berater überschreiten mußte, sollte es keine Mitwisser geben.

Auf der Rückfahrt nach Manhattan herrschte in dem Wagen ein beklommenes Schweigen. Ein Schweigen, das Corley schließlich brach: »Tut mir leid, daß das passiert ist, alter Knabe.«

»Ich bin nicht Ihr alter Knabe, alter Knabe«, sagte Kabakov mit ruhiger Stimme.

»Die Leute vom Zoll haben das Plastikding gesehen und brannten darauf, die Burschen einzusperren. Wir mußten sie einfach einsperren.«

»Macht nichts, Corley. Ich bin hier, um Ihnen zu helfen, alter Knabe. Hier, sehen Sie sich das mal an.« Kabakov gab ihm eines der Fotos, die man ihm beim Verlassen der Botschaft ausgehändigt hatte. Die Abzüge waren noch feucht.

»Wer ist das?«

»Muhammad Fasil. Da, lesen Sie die Beschreibung.«

Corley stieß einen Pfiff aus. »München! Wie wollen Sie wissen, daß er es ist? Die Besatzung der *Leticia* wird auf höheren Befehl behaupten, ihn nie gesehen zu haben. Darauf können Sie Gift nehmen.«

»Das macht nichts. Lesen Sie weiter. Am Tag nach unserem Überfall war Fasil in Beirut. Eigentlich hätten wir ihn zusammen mit den anderen erwischen müssen, aber wir haben nicht damit gerechnet, daß er da war. Er bekam einen Streifschuß an der Wange ab. Der Libanese auf dem Frachter hatte eine Narbe auf der Wange. Das hat Fawzi gesagt.«

Das Foto war bei schlechter Beleuchtung in einem Café in Damaskus aufgenommen worden und ziemlich verschwommen.

»Sobald Sie das Negativ haben, können wir es mit dem NASA-Computer verbessern«, sagte Corley. »So werden auch die Bilder von dem Mariner-Projekt aufgebessert.« Corley machte eine Pause. »Hat irgend jemand vom State Department mit Ihnen geredet?«

»Nein.«

»Aber Ihre Leute haben mit Ihnen geredet.«

»Corley, ›meine Leute‹ reden immer mit mir.«

»Über Ihre Zusammenarbeit mit uns, meine ich. Sie haben Ihnen klargemacht, daß Sie uns bei unseren Überlegungen beraten sollen, daß wir aber die Arbeit allein machen. Stimmt's?«

»Stimmt. Sie können sich auf was gefaßt machen, alter Knabe.«

Das Auto setzte Kabakov und Moschevsky vor der israelischen UN-Vertretung ab. Sie warteten, bis es außer Sichtweite war und nahmen dann ein Taxi zu Rachels Wohnung.

»Corley weiß sowieso, wo wir sind«, sagte Moschevsky.

»Ja, aber ich möchte nicht, daß der Saukerl denkt, er kann jedesmal bei uns hereinplatzen, wenn ihm danach ist«, sagte Kabakov. Aber er dachte, während er das sagte, weder an Corley noch an Rachels Wohnung. Er dachte an Fasil, Fasil, Fasil.

Muhammad Fasil dachte ebenfalls intensiv nach. Er lag in Landers Gästezimmer im Erdgeschoß auf dem Bett. Fasil hatte eine Leidenschaft für Schweizer Schokolade, und er aß gerade ein Stück. Im Einsatz begnügte er sich mit der kargen Verpflegung der Fedajin, aber wenn er allein war, zerrieb er gern Schweizer Schokolade, bis sie schmolz, und leckte sie dann von den Fingern. Fasil hatte noch mehr solche geheimen kleinen Leidenschaften. Er war auch sonst durchaus fähig, Leidenschaften zu entwickeln und hatte auch durchaus Gefühle, aber sie gingen nicht sehr tief. Tief in ihm gab es vielmehr eine verborgene Kälte, in der wilde Gegensätze einander bekämpften. Er war sich schon sehr früh seiner selbst bewußt geworden, und er hatte seinen Schulkameraden gezeigt, wer er war, und von da an hatte man ihn in Ruhe gelassen. Fasil besaß ein schnelles Reaktionsvermögen und verfügte über eine erstaunliche Kraft und Gewandtheit. Er kannte weder Furcht noch Mitleid, aber Bosheit kannte er. Fasil war der lebende Beweis für die Fragwürdigkeit der Physiognomik. Er war schlank und sah recht gut aus. Aber er war ein Ungeheuer.

Es war eigenartig, daß ihn nur die primitivsten und die scharfsinnigsten Leute durchschauten. Die Fedajin bewunderten ihn aus der Distanz und priesen sein Verhalten im Gefecht, denn sie erkannten nicht, daß seine Kaltblütigkeit etwas anderes war als Mut. Aber er konnte es nicht wagen, sich unter die Analphabeten und Unwissenden zu mischen, die am Lagerfeuer saßen und Hammelfleisch und Kichererbsen kauten. Diese abergläubischen Männer besaßen einen unverbildeten Instinkt. Sie fühlten sich in seiner Gegenwart bald unbehaglich und rückten unauffällig von ihm ab. Wenn er eines Tages ihr Anführer werden sollte, mußte er dieses Problem irgendwie lösen.

Auch Abu Ali hatte ihn durchschaut, dieser schlaue kleine Mann, dieser Psychologe, der sein eigenes Inneres auf langen Umwegen erkundet hatte. Einmal hatte Ali ihm beim Kaffee von einer frühen Kindheitserinnerung erzählt – von einem Lamm, das im Haus herumlief. Danach hatte er Fasil nach dessen frühester Erinnerung gefragt. Fasil hatte erzählt, er erinnere sich noch, wie seine Mutter ein Huhn tötete, indem sie den Kopf des Huhns ins Feuer hielt. Erst als er es ausgesprochen hatte, wurde Fasil klar, daß dieses Gespräch keine harmlose Plauderei gewesen war. Zum Glück hatte Abu Ali ihn nicht bei Hafez Nadscheer anschwärzen können, denn Nadscheer war selbst merkwürdig genug.

Der Tod von Nadscheer und Ali hatte in der Führung des ›Schwarzen September‹ eine Lücke hinterlassen, die Fasil ausfüllen wollte. Aus diesem Grund wollte er möglichst schnell wieder in den Libanon zurückkehren. Es war möglich, daß irgendein Rivale in der Zwischenzeit zu stark wurde. Nach dem Massaker von München hatte sein Ansehen in der Bewegung beträchtlich zugenommen. Oberst Gaddafi hatte ihn persönlich umarmt, als die überlebenden Guerillas in Tripolis eintrafen. Wenn der Anschlag beim Super-Bowl-Spiel erfolgreich verlief, wenn Fasil ihn für sich verbuchen konnte, war er der berühmteste Guerilla der Welt, bekannter noch als Che Guevara. Fasil glaubte, er könne mit der Unterstützung Gaddafis – und der libyischen Staatskasse – rechnen, wenn er danach die Führung des ›Schwarzen September‹ übernahm. Vielleicht konnte er sogar Jassir Arafat als obersten Anführer der El-Fatah ablösen. Fasil war sich durchaus klar, daß alle Männer, die versucht hatten, Arafat abzulösen, den Tod gefunden hatten. Er brauchte Zeit, um sich eine solide Machtstellung zu schaffen.

In New Orleans sein Leben aufs Spiel zu setzen war sinnlos. Ursprünglich hatte er sich ebensowenig wie in München persönlich engagieren wollen. Er hatte keine Angst, aber er war besessen von dem Gedanken daran, was alles er noch erreichen konnte, wenn er am Leben blieb. Ohne das Mißgeschick auf der *Leticia* wäre er jetzt noch im Libanon gewesen.

Fasil sah ein, daß seine Chancen, in New Orleans mit dem Leben davonzukommen, dem jetzigen Plan nach gering waren. Seine Aufgabe sollte darin bestehen, dem Luftschiff auf dem Lakefront Airport von New Orleans Feuerschutz zu geben, während Lander die Bombe befestigte. Es war nicht möglich, die Bombe an einem anderen Ort an der Gondel festzumachen. Nur auf dem Flugplatz hatte man das Bodenpersonal und den Ankermast zur Verfügung, ohne die es unmöglich war, das Luftschiff ruhig zu halten, während diese Arbeit vorgenommen wurde.

Vielleicht konnte Lander das Bodenpersonal ein paar Sekunden lang täuschen, wenn er behauptete, das Gehäuse erhalte ein neuartiges Zusatzgerät für die Fernsehübertragung, aber diese Finte würde schnell durchschaut sein. Es würde zu einem Kampf kommen, und nach dem Abheben des Luftschiffs würde er, Fasil, allein auf dem Flugfeld stehen, möglicherweise von Polizei eingekreist. Fasil fand nicht, daß diese Rolle seinen Fähigkeiten gerecht wurde. Wenn Ali Hassan nicht auf dem Frachter getötet worden wäre, hätte er diese Aufgabe übernommen. Es war nicht gerechtfertigt, daß ein Mann wie Muhammad Fasil für so etwas sein Leben auf Spiel setzte.

Wenn es ihn nicht schon am Startplatz erwischte, konnte er versuchen, ein Flugzeug zu entführen und in ein befreundetes Land zu fliegen. Aber der Lakefront Airport, ein kleiner Privatflugplatz am Ufer des Lake Pontchartrain, wurde nicht von Langstreckenmaschinen angeflogen. Er konnte allenfalls ein Privatflugzeug in seine Gewalt bringen, das vielleicht bis Kuba kam. Aber damit war ihm nicht viel geholfen. Er konnte sich nicht darauf verlassen, daß ihm die kubanische Regierung Asyl gewährte. Fidel Castro ging mit Flugzeugentführern sehr unsanft um und würde ihn angesichts des zu erwartenden Aufruhrs in der amerikanischen Öffentlichkeit nach dem Massaker vermutlich ausliefern. Außerdem würde er, Fasil, keine Geiseln an Bord haben und kaum den amerikanischen Jagdflugzeugen entkommen, die sofort von den nahe gelegenen Stützpunkten an der Küste aufsteigen würden.

Nein, er hatte nicht das geringste Verlangen, in einem brennenden Cockpit in den Golf von Mexiko zu stürzen. Das war zu sinnlos und dumm. Fasil war fanatisch genug, um freudig zu sterben, wenn es nötig war, aber er wollte nicht um einer Dummheit willen sterben.

Selbst wenn es ihm gelang, den International Airport von New Orleans zu erreichen, würde er keine Linienmaschine finden, die ohne aufzutanken nach Libyen fliegen konnte, und eine Zwischenlandung war immer riskant.

Amerika würde in solche Aufregung geraten, wie seit Pearl Harbor nicht mehr. Fasil erinnerte sich noch an die Worte des japanischen Admirals nach dem Überfall: »Ich fürchte, wir haben einen schlafenden Riesen geweckt und ihn mit äußerster Entschlossenheit erfüllt.«

Es war überaus fraglich, ob er überhaupt in New Orleans starten konnte, denn höchstwahrscheinlich würde wenige Minuten nach der Explosion der gesamte zivile Flugverkehr stillgelegt werden.

Fasil war klar, daß sein Platz in Beirut war, daß er die neue Armee von Freischärlern führen mußte, die sich nach seinem Triumph um ihn scharen würde. In New Orleans zu sterben war geradezu Verrat an der Sache.

Also. Lander war eindeutig für die technische Durchführung des Unternehmens qualifiziert. Und er, Fasil, war inzwischen auch fest davon überzeugt, daß Lander dazu entschlossen war. Dahlia schien ihn unter Kontrolle zu haben. Blieb nur noch das Problem, wer das Unternehmen auf dem Flugplatz sicherte. Wenn Fasil geeignete Leute dafür fand, war er hier entbehrlich. Er konnte mit einem Mikrofon in der Hand in Beirut abwarten. Eine Satellitenschaltung nach New York würde sein Bild und sein Statement innerhalb von Minuten weltweit im Fernsehen verbreiten. Er konnte eine Pressekonferenz geben. Er würde mit einem Schlag der berühmteste Araber der Welt sein.

Alles, was man für die Aktion in New Orleans brauchte, war eine Handvoll erfahrener Killer. Sie mußten im letzten Augenblick eingeflogen und Dahlias Befehl unterstellt werden, und sie durften erst unmittelbar vor der Aktion erfahren, worin ihr Auftrag bestand. So etwas ließ sich arrangieren. Fasils Entschluß war gefaßt. Er würde den Bau der Bombe bis zuletzt überwachen und dafür sorgen, daß sie sicher nach New Orleans gelangte. Dann würde er abreisen.

In Fasils Augen kam Lander entnervend langsam mit der riesigen Bombe voran. Lander hatte die Höchstmenge an Sprengstoff angefordert, die das Luftschiff unter günstigsten Wetterbedingungen tragen konnte. Er hatte eigentlich nicht damit gerechnet, daß er diese Menge auch bekam. Und jetzt, da sie da war, wollte er sie auch verwenden. Die Schwierigkeiten waren Gewicht und Wetter – wie würde das Wetter am 12. Januar in New Orleans sein? Der Blimp konnte bei jedem Wetter fliegen, bei dem Football gespielt werden konnte, aber Regen bedeutete zusätzliches Gewicht, und New Orleans hatte im vergangenen Jahr 1950 mm Regen gehabt – weit mehr als alle übrigen Gebiete der USA. Schon wenn die große Hülle des Luftschiffs mit Tau benetzt war, wog es 315 Kilogramm mehr, und entsprechend verminderte sich die statische Hubkraft. Lander hatte den Auftrieb sehr sorgfältig berechnet und wollte das Luftschiff bis zum äußersten belasten, wenn es sich mit seinem tödlichen Ei in den Himmel hob. An einem klaren Sonnentag konnte er auf den ›Überhitze‹-Effekt bauen – zusätzliche Hubkraft, wenn das Helium in der Hülle wärmer war als die Luft draußen. Regen konnte jedoch alles verderben, wenn er keine Vorsichtsmaßnahmen traf. Bis der Blimp mit der Bombe startklar war, würden vermutlich schon ein paar Leute vom Bodenpersonal erschossen worden sein, und dann mußte er so schnell wie möglich abheben. Der Blimp mußte losfliegen, und zwar sofort. Die Möglichkeit von Regen hatte er einkalkuliert und deshalb die Bombenhülle so konstruiert, daß er bei schlechtem Wetter einen Teil zurücklassen konnte. Es war schade, daß man bei Aldrich kein ausgemustertes Navy-Luftschiff statt des kleinen Blimp benutzte, dachte Lander. Er hatte bei der Navy Luftschiffe geflogen, die bei Vereisung ohne weiteres die Last von sechs Tonnen Eis getragen hatten. Wenn das Luftschiff wärmere Schichten erreichte, glitten die großen Eisplatten an den Seiten herunter und fielen in glitzernden Kaskaden donnernd in die Tiefe. Aber diese längst abgewrackten Luftschiffe waren achtmal so groß gewesen wie der Aldrich-Blimp.

Die Balance mußte perfekt sein, gleich ob die ganze oder nur drei Viertel der Bombenkapsel an der Gondel hingen. Dazu waren zusätzliche Montagevorrichtungen am Rahmen erforderlich. Diese Änderungen hatten Zeit gekostet, wenn auch nicht so viel, wie Lander befürchtet hatte. Bis zum Super-Bowl-Spiel hatte er noch etwas über einen Monat Zeit. Die letzten zwei Wochen würden zu einem großen Teil mit Flügen über Football-Stadien draufgehen. Ihm blieben noch ungefähr siebzehn Arbeitstage, genug für eine weitere Verbesserung.

Er legte eine 13 mal 18 cm große und fast 1,5 cm dicke Glasfaserplatte auf seine Werkbank. Die Platte war innen mit einem Drahtgeflecht verstärkt und wie die Schale eines Wassermelonenschnitzes geformt. Er erwärmte ein Stück von dem Plastiksprengstoff und rollte es zu einer gleich großen länglichen Platte aus. Er achtete darauf, daß die Stärke dieser Platte von der Mitte nach den beiden Enden hin gleichmäßig an Dicke zunahm.

Diese Plastikplatte legte Lander auf die konvexe Seite der Glasfaserplatte. Das Ganze sah nun aus wie ein aufgeworfenes Buch, dem der eine Einbanddeckel fehlt. Über den Plastiksprengstoff legte er drei Lagen Gummituch, die er aus einer Gummiunterlage zurechtgeschnitten hatte. Darüber wiederum spannte er ein Stück dünnes Segeltuch, das mit Luftgewehrbolzen gespickt war. Die spitz zulaufenden Geschosse waren mit der flachen Unterseite auf den Stoff geklebt und standen noch dichter als die Nägel auf einem Fakirbett. Als er das so mit Bolzen besetzte Segeltuch straff über die konvexe Oberfläche des Sprengsatzes gezogen hatte, standen die scharfen Spitzen der Geschosse wie Igelstacheln leicht auseinander. Deshalb war er auf die gerundete Form verfallen. Sie war notwendig, damit die Geschosse bestimmten, vorberechneten Flugbahnen folgten. Lander hatte die ballistischen Berechnungen mit großer Sorgfalt vorgenommen. Die Form der Geschosse sollte sie im Flug stabilisieren – ähnlich wie die stählernen Fléchettes, die man in Vietnam benutzt hatte.

Nacheinander befestigte er nun noch drei weitere Lagen mit Geschossen gespickten Segeltuchs auf dem Gebilde. Die vier Lagen waren mit insgesamt 944 Geschossen besetzt. Aus 60 Meter Distanz, so hatte er berechnet, mußten sie eine Fläche von rund 93 Quadratmeter durchsieben. Praktisch würde also auf je 1000 Quadratzentimeter eines der Geschosse auftreffen – mit der Durchschlagskraft einer

Gewehrkugel. In der gesamten Streuzone würde nichts am Leben bleiben. Und dies war nur das kleine Testmodell. Die eigentliche Bombe, die unter dem Blimp hängen würde, war an Gewicht und Oberfläche dreihundertundsiebzehnmal so groß und enthielt für jeden der 80985 Zuschauer, die das Tulane-Stadion faßte, durchschnittlich 3,5 Geschosse.

Fasil betrat die Werkstatt, als Lander gerade die Außenhülle befestigte, eine Glasfaserschicht von der gleichen Stärke wie das Gehäuse der großen Bombe.

Lander schwieg.

Fasil beachtete den Gegenstand auf der Werkbank scheinbar gar nicht, doch er erkannte, worum es sich handelte, und war entsetzt. Er sah sich einige Minuten in der Werkstatt um, vorsichtig darauf bedacht, nichts zu berühren. Als ausgebildeter Techniker konnte er nicht umhin zu bewundern, wie sauber und wie zweckmäßig die große Bombe konstruiert war.

»Diese Reynolds-Legierung ist schwer zu schweißen«, sagte er und klopfte auf den Rahmen aus Metallrohren. »Ich sehe hier kein Heliarc-Gerät, haben Sie den Rahmen andeswo machen lassen?«

»Ich habe mir übers Wochenende ein paar Sachen in der Firma ausgeliehen.«

»Der Rahmen ist ja sogar spannungsgemindert. Sie haben aber auch keine Raffinesse ausgelassen, Mr. Lander.« Das sollte ein scherzhaftes Kompliment für Landers handwerkliches Können sein. Fasil war zu dem Schluß gekommen, es sei seine Pflicht, mit dem Amerikaner gut auszukommen.

»Wenn der Rahmen sich verzieht und die Glasfaserhülle reißt, könnte jemand die Geschosse sehen, wenn wir die Bombe aus dem Lastwagen holen«, sagte Lander mit monotoner Stimme.

»Ich dachte, Sie würden jetzt allmählich auch den Sprengstoff unterbringen. Uns bleibt ja nur noch ein Monat.«

»Ich bin noch nicht soweit. Ich muß erst noch etwas testen.«

»Kann ich Ihnen dabei behilflich sein?«

»Kennen Sie den Brisanzwert von diesem Material?«

Fasil schüttelte bedauernd den Kopf. »Es ist noch ganz neu.«

»Haben Sie schon mal gesehen, wie etwas davon detoniert ist?«

»Nein. Man hat mir gesagt, daß es mehr Sprengkraft hat als C-4. Sie haben gesehen, wie es in Muzis Wohnung gewirkt hat.«

»Ich habe nur ein Loch in der Mauer gesehen, und daraus kann ich nicht genug schließen. Der häufigste Fehler, der bei Bomben, die gegen Menschen gerichtet sind, gemacht wird, besteht darin, die Geschosse zu nahe an der Sprengladung anzubringen. Sie werden dann bei der Explosion beschädigt. Denken sie daran, Fasil. Wenn Sie es noch nicht wissen sollten, wissen Sie es jetzt. Lesen Sie dieses Handbuch, dann wissen Sie alles darüber. Ich kann Ihnen die Fachausdrücke übersetzen. Ich möchte nicht, daß diese Geschosse bei der Detonation zerfetzt werden. Es liegt mir nicht daran, 75 Heime für Gehörbeschädigte mit Insassen zu füllen. Ich weiß nicht, wie stark die Isolierschicht zwischen den Geschossen und dem *plastique* sein muß.«

»Sehen Sie doch nach, wieviel man bei einer Claymore-Mine braucht...«

»Das ist kein Anhaltspunkt. Wir haben es hier mit größeren Entfernungen und weit mehr Sprengstoff zu tun. Eine Claymore ist so groß wie ein Schulbuch. Unsere Bombe ist so groß wie ein Rettungsboot. Eine so große Bombe hat noch nie jemand gebaut.«

»In welcher Position über dem Stadion wollen Sie die Bombe zünden?«

»Über der Fünfzig-Yard-Linie, in genau 30 Meter Höhe, längs zum Spielfeld. Sie sehen, die Krümmung der Bombenhülle entspricht genau der Form des Stadions mit seinen Tribünen.«

»Also . . .«

»Also muß ich mich auch darauf verlassen können, daß die Geschosse im richtigen Bogen streuen und nicht in Klumpen durch die Luft sausen. Ich habe noch etwas Platz im Gehäuse. Ich kann die Rundungen notfalls noch verstärken. Die Sache mit dem Abstand und der Streuung finde ich heraus, wenn wir das Ding hier detonieren lassen«, sagte Lander und klopfte mit der Hand auf das Modell, das auf der Werkbank lag.

»Da ist doch mindestens ein halbes Kilo *plastique* drin.«

»Ja.«

»Wie wollen Sie das Ding in die Luft jagen, ohne die Aufmerksamkeit der Behörden zu erregen?«

»Das drehe ich schon.«

»Sie hätten die Polizei auf dem Hals, ehe Sie noch die Ergebnisse analysieren können.«

»Keine Sorge.«

»Das ist . . .« Er hätte beinahe ›Wahnsinn‹ gesagt, hielt aber rechtzeitig inne. »Das ist sehr riskant.«

»Verlassen Sie sich auf mich, Araber.« Die Antwort kam ruhig und bestimmt.

»Darf ich Ihre Berechnungen sehen?« Fasil hoffte, ihm würde etwas einfallen, um das Experiment zu stoppen.

»Bitte sehr. Bedenken Sie aber, daß dies kein maßstabgerechtes Modell der großen Bombe ist. Nur die beiden Biegungen zur Streuung der Geschosse sind die gleichen.«

»Ich werde es bedenken, Mr. Lander.«

Fasil sprach mit Dahlia, die gerade den Müll nach draußen brachte. »Rede du mit ihm«, sagte er auf arabisch. »Wir wissen, daß das Ding auch so funktionieren wird. Die Sache mit dem Test ist viel zu riskant. Er wird noch alles verpatzen.«

»Es könnte sein, daß es nicht ganz perfekt funktioniert«, sagte sie auf englisch. »Es muß absolut einwandfrei funktionieren.«

»Es braucht nicht *so* perfekt zu sein.«

»Für ihn schon. Für mich auch.«

»Für unsere Mission, für das, was wir vorhaben, genügt es auch so.«

»Genosse Fasil, wenn Michael Lander am 12. Januar in der Gondel auf den Knopf drückt, wird es die letzte Tat seines Lebens sein. Er wird nicht mehr erleben, was danach kommt. Ich auch nicht, wenn er mich da oben braucht. Wir müssen also *wissen*, was danach kommt, verstehst du das?«

»Ich verstehe nur, daß du langsam immer mehr so redest wie er und nicht mehr wie wir.«

»Dann fehlt es dir an Intelligenz.«

»Im Libanon würde ich dich dafür töten.«

»Wir sind hier nicht im Libanon, Genosse Fasil. Wenn wir den Libanon je wiedersehen sollten, kannst du es ja versuchen.«

14

Rachel Bauman saß im Halfway House in der Bronx an einem Schreibtisch und wartete. Das Rehabilitationszentrum für Rauschgiftsüchtige weckte in ihr viele Erinnerungen. Sie sah sich in dem freundlichen kleinen, von Laien gestrichenen und mit zusammengesuchten Möbeln eingerichteten Raum um, und sie dachte an einige der kaputten und verzweifelten Typen, denen sie hier zu helfen versucht hatte, und an das, was sie ihr erzählt hatten. Solcher Erinnerungen wegen hatte sie dieses Zimmer als Treffpunkt mit Eddie Stiles gewählt.

An der Tür klopfte es leicht, und Stiles kam herein, ein schmaler Mann mit schütterem Haar und unruhigem Blick. Er hatte sich eigens zu dieser Gelegenheit rasiert. An seinem Kinn klebte ein Pflaster. Stiles lächelte befangen und drehte seine Mütze in den Händen.

»Setzen Sie sich, Eddie. Es geht Ihnen offenbar gut.«

»Besser denn je, Dr. Bauman.«

»Wie gefällt es Ihnen auf dem Schlepper?«

»Könnte besser sein, um die Wahrheit zu sagen. Aber es gefällt mir, bestimmt«, fügte er schnell hinzu. »Sie haben mir einen großen Gefallen getan, daß Sie mir den Job besorgten.«

»Ich habe Ihnen den Job nicht besorgt, Eddie. Ich habe den Mann nur gebeten, Sie sich mal anzusehen.«

»Ja, schon, aber sonst hätte ich den Job nie bekommen. Wie geht es Ihnen? Sie sehen irgendwie verändert aus, ich meine, so als ob es Ihnen gutgeht. Aber Schluß damit, Sie sind schließlich der Doktor.« Er lachte verlegen.

Rachel sah, daß er zugenommen hatte. Als sie ihn vor drei Jahren kennengelernt hatte, war er gerade verhaftet worden, weil er mit einem Fischkutter von Norfolk herauf Zigaretten geschmuggelt hatte, um sich seine tägliche Fünfundsiebzig-Dollar-Ration Heroin besorgen zu können. Eddie hatte viele Monate im Halfway House verbracht, hatte viele Stunden mit Rachel gesprochen. Und sie hatte sich um ihn gekümmert, während er schrie.

»Weshalb wollten Sie mich sprechen, Dr. Bauman? Ich meine, ich freue mich, Sie zu sehen, und wenn Sie wissen möchten, ob ich sauber bin...«

»Ich weiß, daß sie sauber sind, Eddie. Ich möchte Sie um einen Rat bitten.« Noch nie hatte sie ihre Beziehung zu einem Patienten ausgenutzt, und es störte sie, das jetzt zu tun. Stiles bemerkte es sofort. Seine angeborene Wachsamkeit kämpfte mit der Achtung und Sympathie, die er für sie empfand.

»Es hat nichts mit Ihnen zu tun«, sagte sie. »Lassen Sie es mich Ihnen erklären, und sagen Sie mir dann, was Sie davon halten.«

Stiles entkrampfte sich ein wenig. Sie verlangte also nicht von ihm, daß er sich gleich auf etwas festlegte.

»Ich suche ein Boot, Eddie. Ein ganz bestimmtes Boot. Ein Boot für krumme Sachen.« Einige Sekunden lang schwiegen beide.

Sein Gesicht verriet nichts. »Ich fahre auf einem Schlepper. Mit anderen Booten habe ich nichts zu tun. Sie wissen doch, daß ich auf einem Schlepper fahre.«

»Ja, ich weiß es. Aber Sie kennen eine Menge Leute, Eddie, die Boote besitzen. Ich brauche Ihre Hilfe.«

»Wir haben doch immer mit offenen Karten gespielt, stimmt's?«

»Ja.«

»Und Sie haben nie etwas von dem weitergesagt, was ich Ihnen auf der Couch erzählt habe, stimmt's?«

»Kein Wort.«

»In Ordnung. Sagen Sie mir, worum es geht und wer es wissen will.«

Rachel zögerte. Die Wahrheit war die Wahrheit. Etwas anderes würde nicht genügen. Sie erzählte es ihm.

»Der Kerl vom FBI hat mich schon gefragt«, sagte Stiles, als sie ausgeredet hatte. »Kommt einfach so an Bord und fragt mich vor allen Leuten aus. Das hab ich gern. Ich weiß, daß die Leute vom FBI auch noch ein paar... Jungs aus meiner Bekanntschaft gefragt haben.«

»Und Sie haben dem FBI gegenüber dichtgehalten.«

Stiles lächelte und wurde rot. »Ich konnte den Bullen nichts Bestimmtes sagen, verstehen Sie? Aber ich habe mich ehrlich gesagt auch nicht sehr konzentriert. Ich nehme an, die anderen haben's auch nicht getan. Ich habe gehört, daß die Bullen sich immer noch im Hafen herumtreiben und Fragen stellen.«

Rachel wartete. Sie drängte ihn nicht. Der kleine Mann steckte den Finger in den Kragen, strich sich übers Kinn, zwang sich, die Hände wieder auf die Knie zu legen.

»Sie möchten mit dem Burschen reden, dem das Boot gehört? Ich meine nicht, daß Sie selbst mit ihm reden wollen, das wäre... Ich meine, Ihre Freunde.«

»Richtig.«

»Nur reden?«

»Nur reden.«

»Für Geld? Ich meine, nicht für mich. Glauben Sie das bitte nicht. Um Gottes willen, ich schulde Ihnen schon mehr als genug. Aber ich meine, wenn ich einen bestimmten Burschen kennen sollte – umsonst ist der Tod. Sicher, ich hab ein paar hundert auf der Kante, aber es könnte ...«

»Machen Sie sich keine Sorgen um das Geld«, sagte sie. »Erzählen Sie mir noch mal, wo die Küstenwache das Boot zuerst ausgemacht hat und was da losgewesen ist.«

Stiles hörte zu, nickte und stellte von Zeit zu Zeit eine Frage. »Offen gesagt, vielleicht kann ich Ihnen überhaupt nicht helfen«, sagte er schließlich. »Aber man kriegt so einiges mit. Ich will mich mal umhören.«

»Sehr vorsichtig.«

»Das wissen Sie doch.«

15

Harry Logan fuhr mit seinem verbeulten Lieferwagen den Maschinenpark der United Coal Company ab, um seine stündliche Wachrunde zu absolvieren, und musterte die Reihen der Bulldozer und Räumwagen. Er sollte auf Diebe und wildgewordene Umweltschützer achten, aber es kam nie jemand. Weit und breit war keine Menschenseele zu sehen. Alles war in Ordnung, er konnte sich also einen Augenblick verdrücken.

Er bog in den Schlackenweg ein, der an der riesigen Wunde entlangführte, die das Bergwerk in die Hügel von Pennsylvania gerissen hatte. Roter Staub wirbelte hinter seinem Lieferwagen auf. Die Grube war zwölf Kilometer lang und drei Kilometer breit, und sie wurde immer länger, da die großen Räummaschinen sich täglich weiter in die Hügel hineinfraßen. 24 Stunden am Tag, an sechs Tagen in der Woche, schlugen zwei der größten Räumfahrzeuge der Welt ihre Stahlzähne in die Hänge. Nur am Sonntag standen sie still, denn der Präsident der United Coal war ein sehr frommer Mann.

Heute war Sonntag, und nichts rührte sich hier außer

dem Wind, der über das Ödland fegte. Sonntags verdiente sich Harry Logan ein kleines Extrageld. Er sammelte in dem verlassenen Gebiet, das die Grube in Kürze verschlingen würde, Altmetall. Jeden Sonntag verließ Logan seinen Posten am Maschinenpark und fuhr zu dem kleinen, verlassenen Dorf auf dem Hügel, auf den sich die Abraumbagger zubewegten.

Die verfallenden Häuser standen leer. In den Zimmern roch es nach Urin, und alle Fensterscheiben waren eingeschlagen. Bei ihrem Auszug hatten die Hausbewohner alles mitgenommen, was ihnen wertvoll schien. Aber Logans Augen fanden immer noch etwas, das sich verkaufen ließ. Die altmodischen Dachrinnen und Installationen enthielten gutes Blei. Man konnte Schalter aus den Wänden reißen, und überall fanden sich Duschdüsen und Kupferdraht. Er verkaufte diese Dinge an seinen Schwiegersohn, der Schrotthändler war. An diesem Sonntag wollte Logan noch möglichst viel aus den Häusern herausholen. Die offene Grube war inzwischen bis auf zweihundert Meter an das Dorf herangekommen. In spätestens zwei Wochen würden das Dorf und das kleine Stück Wald davor verschwunden sein.

Rückwärts fuhr er seinen Transporter in den Garagenanbau eines der Häuser. Es war sehr still, nachdem er den Motor abgestellt hatte. Man hörte nur den Wind, der durch die fensterlosen Häuser pfiff. Logan lud gerade einen Stapel Gipsfaserplatten auf, als er das Flugzeug hörte.

Es war eine rote, viersitzige Cessna. Sie flog zweimal auffallend niedrig über das Dorf hinweg. Als Logan durch die Bäume den Hügel hinunterblickte, sah er, wie die Maschine zur Landung auf dem Schlackenweg ansetzte. Hätte er etwas davon verstanden, dann hätte er an diesem Schauspiel einer großartigen Seitenwind-Landung seine Freude gehabt – ein kurzes, seitliches Abrutschen, ein rasches Einschwenken, und die kleine Maschine setzte elegant auf und rollte aus, wobei der Staub nach der einen Seite wegstob.

Er kratzte sich am Kopf und dann am Hintern. Was wollten die denn da? Inspektoren der Firma? Falls sie ihn zur Rede stellten, würde er sagen, daß er hier oben das Gelände inspiziert hätte. Das Flugzeug befand sich jetzt außerhalb seines Blickfelds hinter einer Baumgruppe. Vorsichtig ging Logan durch den Wald nach unten. Als er das Flugzeug wieder sah, war es leer, und die Räder waren festgekeilt. Links hörte er Stimmen zwischen den Bäumen, und er ging leise in diese Richtung. Dort drüben stand eine große, leere Scheune auf einem großen Feld. Logan wußte genau, daß es in der Scheune nichts zu stehlen gab. Vom Rand des Waldes konnte er auf dem Feld zwei Männer und eine Frau sehen, die bis zu den Knöcheln im leuchtend grünen Winterweizen standen.

Der eine Mann war groß und trug eine Sonnenbrille und einen Ski-Anorak. Der andere war von dunkler Hautfarbe und hatte eine Narbe im Gesicht. Die Männer entrollten eine lange Schnur und maßen eine bestimmte Entfernung von der Seite der Scheune bis in das Feld ab. Die Frau baute einen Theodolit auf, und der größere Mann blickte hindurch, während der Dunkelhäutige mit Farbe irgendwelche Markierungen auf die Scheunenwand malte. Danach standen sie zusammen, blickten auf einen Notizblock und gestikulierten mit den Händen.

Logan trat aus dem Wald heraus. Der Dunkelhäutige sah ihn als erster und sagte etwas zu den anderen, das Logan jedoch nicht verstehen konnte.

»Hallo, was machen Sie da?«

»Hallo«, sagte die Frau lächelnd.

»Haben Sie einen Firmenausweis?«

»Wir gehören nicht zur Firma«, sagte der größere Mann.

»Das hier ist privates Gelände. Betreten verboten. Ich darf hier keinen reinlassen.«

»Wir wollten nur ein paar Fotos machen«, sagte der größere der beiden Männer.

»Hier gibt es nichts zu fotografieren«, sagte Logan mißtrauisch.

»O doch«, sagte die Frau. »Mich.« Sie fuhr sich mit der Zunge über die Lippen.

»Wir schießen hier das Titelbild für ein Magazin, verstehen Sie, ein gewagtes Magazin.«

»Sie meinen ein Pornoheft?«

»Wir nennen es lieber Naturistenzeitschrift«, sagte der größere Mann. »So eine Aufnahme kann man nicht überall machen.«

»Man würde mich glatt verhaften«, sagte die Frau lachend. Sie war wirklich eine hübsche Person.

»Für so eine Aufnahme ist es doch viel zu kalt«, sagte Logan.

»Das Bild soll ›Gänsehaut‹ heißen.«

Inzwischen entrollte der Dunkelhäutige eine Spule Draht von dem Stativ bis hin zu den Bäumen.

»Versuchen Sie nicht, mich für dumm zu verkaufen. Man hat mir nichts von dieser Sache gesagt. Der Bürgervorsteher hat mir nicht gesagt, daß ich Sie hier aufs Gelände lassen soll. Machen Sie lieber, daß Sie hier fortkommen!«

»Haben Sie nicht Lust, sich 50 Dollar zu verdienen? Es dauert nur eine halbe Stunde, und dann sind wir schon wieder weg«, sagte der Große.

Logan überlegte einen Augenblick. »Aber mich ausziehen – das kommt nicht in Frage.«

»Das brauchen Sie auch nicht. Ist sonst noch jemand in der Nähe?«

»Nein. Weit und breit kein Mensch.«

»Dann können wir ja in Ruhe arbeiten.« Der Mann hielt ihm eine Fünfzig-Dollar-Note hin. »Was ist – stört Sie meine Hand?«

»Nein. Nein.«

»Warum starren Sie dann so darauf?«

Die Frau, die neben dem großen Mann stand, trat unruhig von einem Fuß auf den anderen.

»Verzeihung, ich wollte es nicht.« Logan sah in der Sonnenbrille des Mannes sein Spiegelbild.

»So, ihr beide holt jetzt die große Kamera aus der Maschine, und der Herr hier und ich bereiten inzwischen alles vor.« Der Dunkelhäutige und die Frau verschwanden im Wald.

»Wie heißen Sie?«

»Logan.«

»Gut, Mr. Logan. Ob Sie wohl so freundlich sind, gleich hier in der Mitte vor der Scheunenwand ein paar Bretter aufs Feld zu legen, damit die Dame darauf stehen kann?«

»Wie bitte?«

»Ich möchte, daß Sie hier ein paar Bretter hinlegen, genau in die Mitte. Der Boden ist kalt, und wir möchten gern, daß man die Füße zwischen den kleinen grünen Halmen sieht. Manche Leute sind ganz scharf auf Füße.«

Während Logan die Bretter zusammensuchte, schraubte der Mann den Theodolit ab und befestigte einen merkwürdig gewölbten Gegenstand auf dem Stativ. Er drehte sich um und rief Logan zu: »Nein, nein. Sie müssen zwei, drei Bretter aufeinander legen.« Mit den Daumen und Zeigefingern bildete er vor seinen Augen einen Sichtrahmen und blickte hindruch. »Stellen Sie sich mal darauf, damit ich sehe, ob es so richtig ist. Bleiben Sie stehen und bewegen Sie sich nicht. Da kommen schon die anderen mit dem Bildsucher.« Der große Mann entschwand zwischen den Bäumen.

Logan kratzte sich am Kopf. Den Bruchteil einer Sekunde lang registrierte sein Gehirn den hellen Blitz. Das Krachen hörte er nicht mehr. Zwanzig Geschosse zerfetzten ihn, und die Druckwelle schleuderte ihn gegen die Scheunenwand.

Lander, Fasil und Dahlia kamen durch den Rauch gelaufen.

»Hackfleisch«, sagte Fasil. Sie drehten den schlaffen Körper um und musterten den Rücken. Dann machten sie schnell ein paar Aufnahmen von der Scheunenwand. Sie war nach innen gewölbt und sah aus wie ein riesiges Sieb. Lander ging in die Scheune. Hunderte von kleinen Löchern in der Wand ließen Lichtstrahlen ein, die wie Sommersprossen auf seinem Gesicht lagen, während sein Fotoapparat klickte und klickte.

»Sehr gut«, sagte Fasil.

Sie schleiften den Toten in die Scheune, begossen ihn und das trockene Holz ringsum mit Benzin und legten eine zwanzig Meter lange Benzinspur, als sie das Scheunentor verließen. Das Feuer schoß in die Scheune hinein und entzündete die Benzinlachen mit einem ›Wumm‹, dessen Druck sie im Gesicht spürten.

Von der Scheune stieg schwarzer Rauch auf, als die Cessna am Horizont verschwand.

»Wie haben Sie die Stelle gefunden?« fragte Fasil. Er beugte sich vom Rücksitz vor und sprach mit lauter Stimme, um das Geräusch des Motors zu übertönen.

»Ich war im letzten Sommer auf der Jagd nach Dynamit«, sagte Lander.

»Glauben Sie, daß die Polizei bald kommt?«

»Ich bezweifle es. Hier werden dauernd Sprengungen vorgenommen.«

16

Eddie Stiles saß am Fenster der Snack Bar im New York City Aquarium und machte sich Sorgen. Von seinem Tisch aus konnte er unten Rachel Bauman sehen, die vierzig Meter weiter am Geländer des Pinguingeheges stand. Es war nicht Rachel Bauman, die ihm Sorgen machte. Es waren vielmehr die beiden Männer neben ihr. Sie gefielen Stiles nicht. Der Mann links von ihr war ein Mann wie ein Berg. Der andere war ein bißchen kleiner, sah aber noch schlimmer aus. Er hatte die schnellen, sparsamen Bewegungen und die Ruhe, die Eddie fürchten gelernt hatte. So hatten sich die Raubtiere in Eddies Welt bewegt. Die Haie. Ganz anders als die kleinen Fische, die Hehler und Gauner.

Eddie mißfiel es, wie der Mann mit einer einzigen langsamen Drehung des Kopfes den Blick über die höher gelegenen Stellen gleiten ließ, über das Dach des Raubfischhauses, über die Zäune auf den Dünen zwischen dem Aquarium und der Strandpromenade von Coney Island. Danach schien der Mann systematisch wie ein Infanterieoffizier, in der Nähe beginnend, das gesamte Terrain in Augenschein zu nehmen. Und die ganze Zeit wedelte er dabei einem neugierigen Pinguin mit dem Finger vor dem Schnabel herum, als gelte dem Pinguin seine ganze Aufmerksamkeit.

Dr. Bauman hatte ihm versprochen, daß er nicht in die Sache hineingezogen würde. Sie hatte ihn noch nie belogen. Sein Leben, das Leben, das er sich aufbauen wollte, beruhte auf dem, was er mit ihrer Hilfe über sich gelernt hatte. Wenn das, was sie ihm gesagt hatte, nicht stimmte, dann stimmte gar nichts mehr. Er trank seinen Kaffee aus und ging schnell die Treppe zum Walbecken hinunter. Er hörte den Wal blasen, ehe er das Becken erreichte. Es war ein dreizehn Meter langer, weiblicher Schwertwal, ein elegantes Tier mit glänzend schwarzem Rücken und weißer Zeichnung. Es war gerade eine Vorführung im Gange. Ein junger Mann stand auf der Plattform über dem Wasser und hielt im blassen Licht der Wintersonne einen Fisch hoch. Auf dem Wasser bildete sich eine schnurgerade Linie quer durch das Becken, als der Wal unter der Oberfläche wie eine schwarze Lokomotive herangesaust kam. Er schoß senkrecht aus dem Wasser und schien in seiner ganzen Länge in der Luft zu stehen, als er den Fisch zwischen die Zähne nahm.

Eddie hörte hinter sich den Beifall, als er die Stufen zur unterirdischen Galerie mit den großen Scheiben aus Panzerglas hinunterging. Der Raum war dunkel und feucht und nur von den Sonnenstrahlen erhellt, die durch das blaugrüne Wasser des Walbeckens hereindrangen. Eddie warf einen Blick in das Becken. Der Wal schwamm dicht über dem hell getüpfelten Beckengrund und drehte sich beim Kauen langsam um die eigene Achse. Drei Familien mit Kindern kamen die Treppe herunter und blieben neben ihm stehen. Die Kinder lärmten.

»Daddy, ich kann nichts sehen.«

Der Vater wollte sich den Jungen auf die Schultern heben. Der Junge stieß mit dem Kopf gegen die Decke, und der Vater brachte das schreiende Kind nach draußen.

»Hallo, Eddie«, sagte Rachel.

Ihre beiden Begleiter blieben einen Schritt hinter ihr stehen. Das nenne ich gute Manieren, dachte Eddie. Schlägertypen hätten sich zu beiden Seiten von ihr postiert. Bullen auch. »Hallo, Dr. Bauman.« Ein kurzer Blick über ihre Schulter hinweg.

»Eddie, das ist David, und das ist Robert.«

»Sehr erfreut.« Eddie gab ihnen die Hand. Kein Zweifel, der Große hatte ein Schießeisen unter dem linken Arm. Vielleicht hatte der andere Bursche auch eines, aber sein Mantel saß besser. Dieser David. Auffallend kräftige Fingerknochen und eine Handkante wie eine Holzraspel. Das hatte er nicht vom Jojo-Spielen. Dr. Bauman war eine sehr gescheite und verständnisvolle Person, aber es gab einige Dinge, von denen sie keine Ahnung hatte, dachte Eddie. »Dr. Bauman, ich hätte Sie gern eine Minute gesprochen, hm, allein, wenn es Ihnen nichts ausmacht.«

Sie gingen ans andere Ende des Raums. Er flüsterte ihr ins Ohr. Das Geschrei der Kinder übertönte seine Stimme. »Doc, ich wollte Sie nur fragen, ob Sie diese Burschen kennen? Ich weiß, daß Sie glauben, Sie kennen sie, aber kennen Sie sie *wirklich?* Dr. Bauman, das sind zwei ganz schwere Jungs. Es gibt verschiedene schwere Jungs, solche und solche. Da kenne ich mich zufällig aus. Und die hier sind von der schlimmeren Sorte. Die geben sich nicht mit einer Damenhandtasche zufrieden. Die sehen nicht so aus, als ob sie lange fackeln. Es gefällt mir nicht, daß Sie mit solchen Typen zusammen sind, verstehen Sie – außer Sie sind mit ihnen verwandt, dann können Sie nichts dafür.«

Rachel legte ihm die Hand auf den Arm. »Vielen Dank,

Eddie. Ich weiß, was Sie sagen wollen. Aber ich kenne die beiden schon lange. Es sind Freunde von mir.«

Man hatte einen Tümmler ins Becken gelassen, damit der Wal Gesellschaft hatte. Er versteckte gerade eifrig Fischstückchen im Abfluß, während der Wal von dem Pfleger abgelenkt wurde. Der Wal glitt an dem Unterwasserfenster vorbei, brauchte volle zehn Sekunden, um es zu passieren, und sein kleines Auge blickte durch das Glas auf die Leute, die sich vor dem Fenster unterhielten.

»Dieser Jerry Sapp, von dem man mir erzählt hat, hat vor ein paar Jahren eine Sache in Kuba gemacht«, sagte Stiles zu Kabakov. »Kuba! Er unterlief den Küstenradar bei Puerta Cabanas. Er hatte ein paar Kubaner aus Miami dabei.« Stiles blickte von Kabakov zu Rachel und dann wieder zurück. »Sie hatten an der Küste etwas zu erledigen, verstehen Sie, und fuhren mit einem von diesen Schlauchbooten, einem Avon oder Zodiac, durch die Brandung und holten eine Kiste ab. Ich weiß nicht, was darin war, wirklich nicht, aber der Bursche ist nicht wieder nach Florida zurückgekommen. Vor Bahia Honda kam ihm ein kubanisches Patrouillenboot in die Quere, und er ist dann gleich nach Yucatán rübergefahren. Er hatte einen großen Plastiksack als Reservetank auf dem Vorderdeck.«

Kabakov hörte zu, mit den Fingern auf das Geländer trommelnd. Der Wal war jetzt ruhig und ließ sich an der Wasseroberfläche treiben. Sein großer Schwanz wies nach unten, und die Schwanzflossen hingen drei Meter tief im Wasser.

»Diese Kinder machen einen ganz verrückt«, sagte Eddie. »Können wir nicht rausgehen?«

Sie standen im dunklen Gang des Raubfischhauses und sahen zu, wie die langen grauen Schatten der Haie unaufhörlich kreisten, während kleine Fische zwischen ihnen herumflitzten.

»Ich habe mich jedenfalls immer gefragt, wie dieser Bursche es fertiggebracht hat, auch nur in die Nähe von Kuba zu kommen. Seit der Schweinebucht sind die unglaublich gut mit Radar ausgerüstet. Der Mann, den Sie suchen, sagen Sie, ist dem Radar der Küstenwache entkommen. Also genau die gleiche Geschichte. Ich hab mich nun ein bißchen nach diesem Sapp umgehört. Er war vor ungefähr zwei Wochen bei *Sweeney's* in Asbury Park. Aber seitdem hat ihn niemand mehr gesehen. Er hat ein Sportfischerboot von Shing Lu aus Hongkong. Es ist ganz aus Holz.«

»Wo hatte er das Boot liegen?« fragte Kabakov.

»Ich weiß nicht. Keiner schien es zu wissen. Ich meine, man kann nicht allzu direkt fragen, verstehen Sie? Aber der Barkeeper von *Sweeney's* nimmt Nachrichten für Sapp entgegen. Ich nehme an, er kann ihn irgendwie erreichen. Wenn es sich um ein Geschäft handelt.«

»Auf was für ein Geschäft würde er anbeißen?«

»Kommt darauf an. Er ist sich klar darüber, daß man hinter ihm her ist. Wenn er die Sache, für die Sie sich interessieren, selbst erledigt hat, weiß er natürlich, daß man hinter ihm her ist. Und wenn es ein Chartergeschäft war, wenn er das Boot nur verliehen hat, weiß er es ebenfalls, weil er dann bestimmt die ganze Zeit den Funkverkehr der Küstenwache abgehört hat. Würden Sie doch auch tun, oder?«

»Wie würden Sie sich verhalten, wenn Sie dieser Mann wären?«

»Ich würde das Boot einen Tag lang von einem sicheren Versteck aus beobachten, um mich zu vergewissern, daß es nicht überwacht wird. Dann würde ich es neu anmalen, wenn ich einen Platz hätte, wo ich so etwas machen kann. Ich würde die richtige Zulassungsnummer wieder aufmalen und das Aussehen ändern – ich würde einen Aufbau zum Thunfischangeln montieren. Und dann würde ich mich zwichen die Luxusyachten mischen, die an der Küste entlang nach Florida schippern«, erklärte Eddie. »Diese reichen Typen fahren am liebsten im Schwarm.«

»Nennen Sie mir eine lohnende Sache, weit weg von hier, die ihn reizen könnte«, sagte Kabakov. »Etwas, wozu man das Boot braucht.«

»Koks«, sagte Eddie mit einem schuldbewußten Blick zu Rachel. »Heroin. Von Mexiko nach ... sagen wir ... Corpus Christi oder Aransas Pass an der texanischen Küste. Da beißt er vielleicht an. Man müßte aber was im voraus zahlen. Und man muß die Sache sehr vorsichtig einfädeln. Er würde sonst sofort Lunte riechen.«

»Denken Sie noch ein bißchen darüber nach, wie wir am besten Kontakt mit ihm kriegen, Eddie. Und vielen Dank«, sagte Kabakov.

»Ich hab's für Dr. Bauman getan.« Die Haie glitten stumm durch das beleuchtete Becken. »Hören Sie, ich werde langsam nervös, ich habe genug von diesen Biestern.«

»Wir sehen uns in der Stadt, David«, sagte Rachel.

Kabakov war überrascht, in ihren Augen eine Spur von Widerwillen zu entdecken, als sie ihn ansah. Sie und Eddie gingen zusammen fort. Sie hielten die Köpfe gesenkt und sprachen miteinander. Rachel hatte den Arm um Eddies Schultern gelegt.

Kabakov hätte Corley lieber nicht eingeweiht. Bis jetzt wußte der FBI-Agent noch nichts von der Sache mit Jerry Sapp und seinem Boot. Kabakov wollte diese Spur allein verfolgen. Er mußte mit Sapp reden, bevor Sapp sich hinter seinen verfassungsmäßigen Rechten versteckte.

Es machte Kabakov nichts aus, die Rechte, die Würde oder die Persönlichkeit eines Menschen zu verletzen, wenn er dadurch einen unmittelbaren Vorteil hatte. Die Tatsache, daß er so handelte, störte ihn nicht, aber er wußte, welche Gefahr der Erfolg solcher Taktiken für ihn selbst mit sich brachte, und das beunruhigte ihn.

Er spürte, wie er nach und nach eine verächtliche Haltung gegenüber jenen Sicherheitsvorkehrungen einnahm, die den Bürger vor allzu scharfen Polizeimethoden schützten. Er versuchte nicht, sein Vorgehen mit Schlagworten wie »um der guten Sache willen« zu rechtfertigen. Kabakov glaubte zwar, daß seine Maßnahmen notwendig waren, und er wußte, daß sie wirkten, fürchtete aber zugleich, daß die Mentalität, die man dabei entwickeln konnte, häßlich und gefährlich war. Sie hatte – für ihn – ein ganz bestimmtes Gesicht. Hitler.

Kabakov begriff, daß die Dinge, die er tat, seinen Geist ebenso zeichneten wie seinen Körper. Er wollte sich einreden, daß seine zunehmende Ungeduld den Beschränkungen gegenüber, die ihm das Gesetz auferlegte, allein auf seinen Erfahrungen beruhte – daß er angesichts dieser Hindernisse ebenso Zorn empfand, wie er an einem kalten Wintermorgen das Ziehen in seinen alten Wunden spürte.

Aber das stimmte nicht ganz. Der Keim zu dieser Einstellung lag in seinem Wesen. Das hatte er vor Jahren bei Tiberias, in Galiläa, entdeckt.

Damals war er im Jeep unterwegs, um einige Stellungen an der syrischen Grenze zu inspizieren. Vor einem Brunnen an einem Berghang hielt er an. Ein alter amerikanischer Windmotor pumpte das kalte Wasser aus dem Felsen. Der Windmotor quietschte in regelmäßigen Abständen, während die Flügel sich langsam drehten – ein einsames Geräusch an einem strahlenden, stillen Tag. Sich an den Jeep lehnend, das Gesicht noch kühl vom Wasser, beobachtete Kabakov eine Herde von Schafen, die am Hang über ihm graste. Ein Gefühl des Alleinseins schnürte ihm die Brust zusammen, und in dieser unendlichen Weite wurde er sich plötzlich seiner selbst bewußt. Und dann sah er hoch oben einen Adler, der sich, die Federn an den Spitzen der Schwingen wie Finger gespreizt, von einem warmen Aufwind tragen ließ und seitlich über den Gipfel glitt, während sein Schatten schnell über die Felsen huschte. Der Adler machte nicht Jagd auf Schafe, denn es war Winter und es gab keine Lämmer, aber er war über den Schafen, und sie sahen ihn und blökten angstvoll. Kabakov wurde schwindlig, als er den Vogel beobachtete, und er mußte sich an dem Jeep festhalten, um nicht das Gleichgewicht zu verlieren.

Und da hatte er erkannt, daß er den Adler mehr liebte

als die Schafe und daß es immer so sein würde und daß er deshalb, weil er einfach nicht anders konnte, niemals vollkommen sein konnte im Angesicht Gottes.

Kabakov war froh, daß er nie wirkliche Macht haben würde.

Jetzt überlegte Kabakov in einer Wohnung auf den Felsen von Manhattan, wie man Jerry Sapp den Köder hinhalten konnte. Wenn er Sapp allein verfolgte, mußte Eddie Stiles den Kontakt herstellen. Er war der einzige von Kabakovs amerikanischen Bekannten, der Zugang zur Unterwelt des Hafengebiets von New York hatte. Ohne seine Hilfe mußte Kabakov Corleys Verbindungen benutzen. Stiles würde es für Rachel tun.

»Nein«, sagte Rachel beim Frühstück.

»Er würde es tun, wenn du ihn darum bitten würdest. Wir könnten ihn die ganze Zeit sichern...«

»Er wird es nicht tun, vergiß es.«

Es war kaum zu glauben, daß sie noch zwanzig Minuten vorher so warm und morgenfrisch über ihm gewesen war, ihr Haar ein zärtliches Pendel, das sein Gesicht und seine Brust streichelte.

»Ich weiß, daß du niemanden gern ausnutzt, aber verdammt noch mal...«

»Es paßt mir nicht, daß ich ihn ausnutze, es paßt mir nicht, daß du mich ausnutzt. Ich nutze dich auch aus, aber auf eine andere Art, über die ich mir noch nicht ganz im klaren bin. Wenn wir uns gegenseitig ausnutzen, ist das in Ordnung. Wir haben außerdem noch etwas, und es ist gut so. Aber Eddie lassen wir aus dem Spiel.«

Sie ist wirklich großartig, dachte Kabakov.

»Ich kann es nicht. Ich will es auch gar nicht«, sagte sie. »Möchtest du etwas Orangensaft?«

»Ja, bitte.«

Widerwillig ging Kabakov zu Corley. Er sagte ihm, was er über Jerry Sapp wußte. Die Quelle nannte er ihm nicht.

Zwei Tage lang bereitete Corley zusammen mit dem

Rauschgiftdezernat den Köder vor. Er telefonierte eine Stunde lang mit Mexico City. Dann traf er sich mit Kabakov im FBI-Büro von Manhattan.

»Was Neues über den Griechen?«

»Noch nicht«, sagte Kabakov. »Moschevsky klappert noch immer die Bars ab. Was ist mit Sapp?«

»Beim FBI gibt es keine Akte über einen Jerry Sapp«, sagte Corley. »Wer er auch ist, unter diesem Namen ist er sauber. Die Zulassungsabteilung der Küstenwache führt ihn auch nicht. Ihre Karteien enthalten allerdings auch keine ausführlichen Hinweise auf Bootstypen, wie wir sie jetzt brauchten. Die Farbe, die wir haben, reicht für eine Vergleichsanalyse, aber die Frage der Herkunft ist eine andere Sache. Es ist keine Bootsfarbe. Es ist ein handelsüblicher Emaillack auf der Basis eines schweren Grundiermittels, wie man ihn überall kaufen kann.«

»Was ist mit dem Rauschgift?«

»Darauf wollte ich gerade zu sprechen kommen. Hier erst mal die Verpackung. Haben Sie zufällig den Krapf-Mendoza-Fall in Chihuahua verfolgt? Nun, ich kannte die Einzelheiten auch nicht. Von 1970 bis 1973 haben die über einen Zentner Heroin ins Land gebracht. Es ging nach Boston. Raffinierte Methode. Für jeden Transport heuerten sie unter einem Vorwand irgendeinen Amerikaner an, der nach Mexiko fahren mußte. Manchmal war es ein Mann, manchmal eine Frau, aber immer waren es Alleinstehende ohne nahe Verwandte. Der Strohmann flog mit einem Touristenvisum runter und hatte nach ein paar Tagen das Mißgeschick, zu sterben. Die Leiche wurde mit dem Bauch voller Heroin in die Staaten überführt. Man hatte dafür ein Bestattungsunternehmen eingespannt. Sie müßten übrigens mal wieder zum Friseur.«

»Weiter, weiter.«

»Für uns springen zwei Dinge raus. Der Geldmann in Boston hat immer noch einen guten Namen bei dieser Mafia. Er will uns helfen, weil er gern die vierzig Jahre abkürzen möchte, die er gekriegt hat. Die mexikanischen Behörden haben einen Burschen in Cozumel laufenlassen. Man fragt besser nicht, was er gern abkürzen möchte.«

»Wenn unser Mann also durchsickern läßt, daß er einen guten Mann mit Boot sucht, der das Zeug von Cozumel nach Texas bringt, würde es plausibel aussehen, weil die alte Methode nicht mehr funktioniert«, sagte Kabakov. »Und wenn Sapp unseren Mann anruft, kann er Referenzen in Mexiko und Boston nennen.«

»Ja, dieser Sapp würde es nachprüfen, bevor er persönlich aufkreuzt. Wahrscheinlich hat er sogar ein paar Zwischenstationen eingebaut, die man passieren muß, ehe man an ihn direkt rankommt. Es macht mir Sorgen, daß wir fast nichts gegen ihn in der Hand haben, wenn wir ihn kriegen. Wir könnten vielleicht eine lächerliche Anklage wegen Beihilfe zum Schmuggel zustande bringen, wegen der Benutzung des Bootes, aber das wird ihn kalt lassen. Wir haben nichts, womit wir ihm drohen können.«

O doch, das haben wir, dachte Kabakov bei sich.

Am frühen Nachmittag hatte Corley beim US-Bezirksgericht Newark, New Jersey, eine Abhörgenehmigung für die beiden Telefonanschlüsse in *Sweeney's Bar & Grill*, Asbury Park, beantragt. Um 16 Uhr wurde das Gesuch abgelehnt. Corley habe keine konkreten Anhaltspunkte für irgendwelche Vergehen und könne seinen Antrag lediglich mit anonymen Anschuldigungen von geringer Substanz begründen, erklärte der Richter. Der Richter sagte, es tue ihm leid.

Am nächsten Morgen um 10 Uhr fuhr ein blauer Lieferwagen auf den Parkplatz des Supermarkts neben *Sweeney's*. Am Steuer saß eine ältere Dame. Der Parkplatz war besetzt, und sie fuhr sehr langsam, offenbar auf der Suche nach einer Lücke. In einem Wagen, der auf dem Parkplatz neben dem Telefonmast zehn Meter hinter *Sweeney's Bar* parkte, döste ein Mann.

»Verdammt, er schläft«, sagte die ältere Dame und schien mit ihrem Busen zu sprechen.

Der dösende Mann in dem Wagen erwachte, als es in dem Sprechfunkgerät neben ihm zornig knatterte. Mit dümmlichem Gesichtsausdruck lenkte er sein Auto aus der Parklücke. Der Lieferwagen fuhr rückwärts in die Lücke. Ein paar Kunden schoben ihre Einkaufswagen die Parkinsel entlang. Der Mann, der die Parklücke frei gemacht hatte, stieg aus.

»Lady, ich glaube Sie haben einen Platten.«

»Oh, wirklich?«

Der Mann ging zum Hinterrad des Lieferwagens, dicht neben dem Telefonmast. Zwei dünne Drähte, so braun wie der Mast führten von der Telefonleitung zur Erde und endeten in einem kleinen Doppelstecker. Der Mann schob den Stecker in eine Steckdose hinter der Stoßstangenhalterung des Lieferwagens.

»Nein, es ist nur zuwenig Luft drin. Sie können noch damit fahren.«

Er fuhr ab.

Im Laderaum des Lieferwagens lehnte Kabakov sich zurück. Er hatte die Hände hinter dem Kopf verschränkt, trug einen Kopfhörer und rauchte eine Zigarre.

»Sie brauchen ihn nicht dauernd aufzuhaben«, sagte der junge Mann mit dem schütteren Haar, der an dem Miniatur-Klappenschrank saß. »Ich sage, Sie brauchen ihn nicht die ganze Zeit aufzuhaben. Wenn es klingelt oder wenn an diesem Ende abgenommen wird, sehen Sie das Licht hier aufblitzen und hören den Summton. Möchten Sie etwas Kaffee? Bitte.« Er lehnte sich dicht an die Trennwand hinter der Fahrerkabine. »He, Mutti! Etwas Kaffee?«

»Nein«, ertönte die Stimme vom Vordersitz. »Und Hände weg von den Zwiebelrollen! Du weißt, daß du davon Blähungen kriegst.« Bernie Biners Mutter hatte sich auf den Beifahrersitz gesetzt. Sie häkelte an einer Wolldecke. Als Mutter eines der besten freiberuflichen Anzapfer hatte sie zu fahren, ein unschuldiges Gesicht zu machen und auf Polizei zu achten.

»Sie verlangt 11,40 Dollar die Stunde und schreibt mir

auch noch vor, was ich essen soll«, sagte Biner zu Kabakov.

Der Summer ertönte. Bernies schnelle Finger schalteten das Tonbandgerät an. Er und Kabakov setzten sich Kopfhörer auf. Sie konnten das Telefon in der Bar klingeln hören.

»Hallo. Sweeney's.«

»Freddy?« Eine Frauenstimme. »Hör zu, Schatz, ich kann heute unmöglich kommen.«

»Scheiße, Frances, was fällt dir ein? Das ist das zweite Mal innerhalb von vierzehn Tagen!«

»Freddy, es tut mir leid, aber ich hab fürchterliche Schmerzen im Unterleib.«

»Jede Woche Schmerzen im Unterleib? Du solltest mal zum Mösendoktor, Kind. Was ist mit Arlene?«

»Ich hab sie schon angerufen. Aber sie ist nicht zu Hause.«

»Also, schick jemanden her. Ich kann nicht die Bar machen und gleichzeitig an den Tischen bedienen.«

»Ich werd's versuchen, Freddy.«

Sie hörten, wie der Barkeeper auflegte und wie eine Frau lachte, ehe auch am anderen Ende der Hörer aufgelegt wurde. Kabakov blies einen Ring in die Luft und zwang sich zur Geduld. Corleys Strohmann hatte vor einer halben Stunde, als *Sweeney's* aufmachte, eine dringende Nachricht für Sapp hinterlassen. Der Strohmann hatte dem Barkeeper 50 Dollar gegeben, damit er es eilig machte. Es war eine einfache Nachricht. Sie lautete, daß ein Geschäft in Sicht sei, und Sapp solle eine Nummer in Manhattan anrufen, um die Sache zu besprechen oder Referenzen einzuholen. Nur Sapp persönlich solle die Nummer bekommen. Wenn Sapp anrief, würde Corley versuchen, ihn zu einem Treffen zu überreden. Kabakov befriedigte das nicht. Deshalb hatte er Biner engagiert, der bereits gegen ein wöchentliches Fixum die Telefone in der israelischen UN-Vertretung auf Wanzen untersuchte. Kabakov hatte Corley in dieser Sache nicht konsultiert.

Ein Licht in Biners Klappenschrank zeigte an, daß man den Hörer des zweiten Telefons in *Sweeney's Bar* abgenommen hatte. In den Kopfhörern hörten sie, wie zehn Zahlen gewählt wurden. Dann klingelte ein Telefon. Niemand nahm ab.

Bernie Biner spulte das Tonband mit dem Wählscheibengeräusch zurück, dann ließ er es ablaufen, aber sehr langsam, und zählte die Klicktöne. »Fernwahl drei-null-fünf. Das ist Florida. Hier ist die Nummer. Acht vier vier sechs null sechs neun. Einen Moment.« Er konsultierte eine große Tabelle mit Vorwahlnummern. »es ist irgendwo im Telefonnetz von West Palm Beach.«

Es verging eine halbe Stunde, ehe ein im Klappenschrank aufleuchtendes Licht einen weiteren Anruf von der Bar aus anzeigte. Wieder zehn Zahlen.

»*Glamareef Lounge.*«

»Ja, es ist wegen Mr. Sapp. Er sagte, ich könnte ihm in dringenden Fällen unter dieser Nummer eine Nachricht hinterlassen.«

»Wer spricht bitte?«

»Freddy Hodges von *Sweeney's*. Mr. Sapp weiß Bescheid.«

»In Ordnung. Worum geht's?«

»Ich möchte, daß er zurückruft.«

»Ich weiß nicht, ob ich ihn telefonisch erreichen kann. Freddy Hodges, sagten Sie?«

»Ja. Er kennt meine Nummer. Sagen Sie ihm, daß es wichtig ist. Geschäftlich.«

»Hm, hören Sie, er kommt vielleicht gegen fünf oder sechs vorbei. Manchmal tut er es jedenfalls. Wenn ich ihn sehe, sage ich ihm Bescheid.«

»Sagen Sie ihm, daß es wichtig ist. Freddy Hodges hätte angerufen.«

»Ja, ja, ich sag's ihm.« Ein Klicken.

Bernie Biner rief die Auskunft von West Palm Beach an und vergewisserte sich, daß es tatsächlich der Anschluß der *Glamareef Lounge* war. Die Glut an Kabakovs Zigarre war fast zwei Zentimeter lang. Er war freudig erregt. Er hatte erwartet, daß Sapp eine oder mehrere Zwischenstationen benutzte, Leute, die ihn nicht kannten und die er unter einem Decknamen anrief, um Nachrichten entgegenzunehmen. Statt dessen war sein Briefkasten eine Bar. Jetzt erübrigte sich der komplizierte Prozeß einer Verabredung mit Sapp. Er konnte ihn in der Bar finden.

»Bernie, ich möchte, daß Sie das Telefon so lange anzapfen, bis Sapp bei *Sweeney's* anruft. Sagen Sie mir Bescheid, sobald Sie sicher sind, daß er es ist.«

»Wo erreiche ich Sie?«

»In Florida. Ich gebe Ihnen die Nummer, wenn ich dort bin.« Kabakov blickte auf die Uhr. Er wollte um 17 Uhr im *Glamareef* sein. Er hatte noch sechs Stunden Zeit.

Das *Glamareef* in West Palm Beach ist ein Hohlziegelgebäude, das auf Sandboden errichtet ist. Wie viele andere Bars im Süden, die nach dem Aufkommen der Klimaanlagen gebaut wurden, hat es keine Fenster. Ursprünglich war es eine Spielhalle mit Musikbox und Pool-Billard gewesen, hieß *Shangala* und hatte einen lärmenden Ventilator und einen Block Eis im Pissoir. Jetzt bemühte es sich um flottere Kunden. Seine versteckten Nischen und die schummerige Bar lockten Kunden aus zwei verschiedenen Welten an – die Büro-Playboys und die Leute von den Luxusyachten, die sich gern in verrufene Lokale begaben. Im *Glamareef,* dem ehemaligen *Shangala,* konnte man junge Frauen mit Eheproblemen antreffen. Oder ältere, wohlhabende Frauen, die einen kräftigen Matrosen suchten, der noch nie auf Seide geschlafen hatte.

Kabakov saß hinten an der Bar und trank ein Bier. Moschevsky und er hatten am Flughafen ein Auto gemietet, und die schnelle Fahrt an vier dicht beieinander liegenden Yachthäfen vorbei hatte sie entmutigt. In West Palm Beach lagen Boote wie Sand am Meer, meist Sportfischer. Sie mußten zuerst den Mann suchen, und dann das Boot.

Er hatte bereits eine Stunde gewartet, als ein stämmiger

Mann Mitte Dreißig die Bar betrat. Kabakov bestellte sich noch ein Bier und bat um Kleingeld. Er betrachtete den neuen Gast im Spiegel des Zigarettenautomaten. Er war mittelgroß und stark gebräunt und hatte kräftige Muskeln unter seinem Polohemd. Der Barkeeper stellte einen Drink vor ihn hin und legte einen Zettel daneben.

Der Stämmige trank das Glas in einem Zug aus und ging zur Telefonzelle in der Ecke. Kabakov kritzelte auf seiner Papierserviette herum. Er sah, wie der Mann in der Telefonzelle den Mund bewegte.

Das Bartelefon klingelte zweimal, ehe der Barkeeper abnahm. Er bedeckte die Sprechmuschel mit der Hand. »Ist hier eine Shirley Tatum?« fragte er laut und blickte in die Runde. »Nein, tut mir leid.« Er legte auf.

Das war Moschevsky, der die Bar von einer Telefonzelle auf der Straße angerufen und so das Signal von Bernie Biner in Asbury Park, New Jersey, weitergegeben hatte. Der Mann in der Telefonzelle, den Kabakov beobachtete, sprach mit *Sweeney's Bar* in Asbury Park, und Bernie hörte mit. Es war Jerry Sapp.

In einer Telefonzelle an der Straße sortierte Kabakov eine halbe Stunde vor Anbruch der Dunkelheit sein Kleingeld. Er wählte Rachels Nummer. Kurz darauf hörte er ihre Stimme am anderen Ende.

»Hallo.«

»Rachel, warte bitte nicht mit dem Essen auf mich. Ich bin in Florida.«

»Du hast das Boot gefunden.«

»Ja. Ich habe zuerst Sapp gefunden und bin ihm gefolgt. Ich habe es noch nicht untersucht. Auch noch nicht mit Sapp geredet. Hör zu, ich möchte, daß du morgen Corley anrufst. Sag ihm, Sapp und das Boot seien in der Clear Springs Marina bei West Palm Beach. Hast du's? Das Boot ist jetzt grün. Nummer FL 4040 AL. Ruf ihn ungefähr gegen zehn an, nicht früher.«

»Du gehst heute abend an Bord, und wenn du morgen noch lebst, wirst du mich anrufen und mir sagen, du hättest es dir anders überlegt und ich soll Corley nicht anrufen. So ist es doch, nicht wahr?«

»Ja.« Ein langes Schweigen. Kabakov mußte es brechen. »Es ist ein privater Bootshafen, sehr exklusiv. Lucky Luciano hatte hier vor ein paar Jahren ein Boot liegen. Andere schwere Jungs auch. Das hat mir der Mann im Köderladen erzählt. Ich mußte ihm einen ganzen Eimer Krabben abkaufen, um es zu erfahren.«

»Warum gehst du nicht mit Corley und einem Durchsuchungsbefehl hin?«

»Juden sind bei denen nicht erwünscht.«

»Du wirst Moschevsky mitnehmen, nicht wahr?«

»Sicher. Er wird in der Nähe sein.«

»David?«

»Ja.«

»Ich liebe dich – mit gewissen Vorbehalten.«

»Danke, Rachel.« Er legte auf.

Er sagte ihr nicht, daß der Bootshafen sehr einsam lag und an der Landseite von einem vier Meter hohen Sturmzaun mit Flutlicht umgeben war. Auch nicht, daß zwei kräftige Männer mit kurzen Schrotflinten das Tor bewachten und auf den Anlegern patrouillierten.

Kabakov fuhr einen knappen Kilometer die Straße entlang, die sich zwischen dichtem Strauchwerk zum Wasser hinunterschlängelte. Das gemietete Boot auf dem Anhänger hinter ihm hüpfte auf und ab. Er parkte das Auto im Dickicht und kletterte einen kleinen Hügel hinauf, wo Moschevsky mit den beiden Ferngläsern lag.

»Er ist noch an Bord«, sagte er. »Hier gibt es Sandflöhe.«

Kabakov suchte die drei langen Bootsstege, die in den Lake Worth hineinragten, mit dem Glas ab. Auf dem hinteren Anleger ging gerade langsam einer der Wächter entlang, die Mütze weit nach hinten geschoben. Der ganze Bootshafen stank förmlich nach schnellem, schmutzigem Geld. Kabakov konnte sich gut vorstellen, was passierte, wenn am Tor ein Durchsuchungsbefehl präsentiert wurde. Man würde unverzüglich Alarm auslösen, und alles, was auf den Booten illegal war, würde über Bord gehen. Es mußte auf Sapps Yacht einen Hinweis geben. Oder in Sapps Kopf. Etwas, das ihn zu den Arabern führte.

»Er kommt raus«, sagte Moschevsky.

Kabakov stellte das Glas auf das grüne Sportfischerboot ein, das am mittleren Steg zwischen anderen Booten lag und achtern vertäut war. Sapp kam aus der Luke auf dem Vorderdeck und schloß sie hinter sich. Er trug einen Smoking. Er sprang vom Bug in das Beiboot und ruderte ein gutes Stück weg von seiner Yacht zu einer freien Anlegestelle, wo er auf den Steg kletterte.

»Warum ist er nicht einfach vom Boot aus auf den Anleger gesprungen?« murmelte Moschevsky, ließ das Fernglas sinken und rieb sich die Augen.

»Weil das verdammte Ding ganz sicher eine Alarmanlage hat«, antwortete Kabakov mürrisch. »Wir wollen unser Boot holen.«

Kabakov schwamm langsam im Dunkel unter dem Anleger entlang, die Pfähle vor sich ertastend. Spinnenweben, die an den Planken über ihm hingen, streiften sein Gesicht, und nach dem Geruch zu urteilen trieb irgendwo in der Nähe ein toter Fisch. Er hielt inne, umklammerte einen Pfahl, den er nicht sehen konnte, während seine Füße an der rauhen Kruste Halt fanden, die den Pfahl unterhalb der Wasseroberfläche bedeckte. Im schwachen Licht, das von den Seiten her unter den Anleger drang, sah er die dunklen Schatten der Motoryachten, die hier achtern vertäut waren.

Auf der rechten Seite hatte er sieben gezählt. Er hatte also noch sechs vor sich. Einen knappen halben Meter über ihm ragten die Spitzen der Nägel, mit denen man die Planken befestigt hatte, aus dem Holz. Die Flut würde seiner Kopfhaut böse mitspielen. Eine Spinne lief ihm über den Hals, und er tauchte unter, um sie zu ertränken. Das Wasser schmeckte wie Dieselöl.

Kabakov hörte eine Frau lachen und Eiswürfel klirren.

Er schob sich den Beutel mit seiner Ausrüstung auf dem Rücken zurecht und schwamm weiter. Hier mußte es sein. Er umschwamm ein Gewirr rostiger Trossen und machte genau unter dem Rand des Anlegers halt. Über ihm ragte das Heck des Bootes schwarz empor.

Hier war die Luft nicht mehr so dumpf, und er atmete tief ein, als er auf das Leuchtzifferblatt seiner Uhr blickte. Es waren fünfzehn Minuten vergangen, seit Moschevsky den Außenborder an der Seeseite des Bootshafens vorbeigesteuert hatte und er selbst ins Wasser geglitten war. Er hoffte, Sapp würde recht lange über seinem Dessert sitzen.

Der Mann mußte irgendeine Alarmanlage haben. Entweder eine druckempfindliche Matte im offenen Cockpit am Heck oder etwas Komplizierteres. Kabakov schwamm am Heck entlang, bis er das Kabel fand, das die Yacht vom Ufer aus mit Einhundertundzehn-Volt-Strom versorgte. Er zog das Kabel aus der Steckdose am Heck. Wenn die Alarmanlage mit Landstrom arbeitete, war sie jetzt außer Betrieb. Er hörte jemanden kommen und glitt wieder unter den Anleger. Die schweren Schritte gingen über seinen Kopf hinweg, und Sand rieselte ihm ins Gesicht.

Nein, dachte er, die Alarmanlage arbeitet bestimmt unabhängig vom Stromnetz. Er würde nicht über das Heck einsteigen. Er würde so hineingehen, wie Sapp herausgekommen war.

Kabakov schwamm am Schiffsrumpf entlang in das schützende Dunkel unter dem schrägen Bug. Zwei Anlegeleinen – ganz schlaff, um sich den Gezeiten anzupassen – liefen vom Bug zu den Pfählen an beiden Seiten der Schlippe. Kabakov kletterte Hand über Hand hoch, bis er die Arme um den Pfosten der Bugreling legen konnte. Er konnte in die Kajüte der Yacht nebenan sehen. Ein Mann und eine Frau saßen auf einem Sofa. Ihre Köpfe waren nur von hinten zu sehen. Sie machten offenbar Petting. Der Kopf der Frau verschwand. Kabakov kletterte auf das Vordeck und legte sich an die Windschutzscheibe, so daß ihn die Kajüte gegen Sicht vom Bootssteg her abschirmte. Die Windschutzscheibe war zugeschoben und verriegelt. Da war der Lukendeckel.

Mit einem Schraubenzieher entfernte er das dicke Plastikfenster in der Mitte. Das Loch war gerade groß genug für seinen Arm. Er griff hinein, löste den Riegel und tastete am Rand des Lukendeckels entlang, bis er die Kontakte des Alarmsensors fand. Während er mit den Fingern nach den Drähten in dem gepolsterten Lukendeckel suchte, sah er im Geiste die Schaltung vor sich. Der Auslöser befand sich auf der Lukenkimming und wurde von einem Magneten auf dem Lukendeckel gehalten. Den Magneten lösen und so festhalten, daß er nicht vom Schalter rutscht. Nicht fallen lassen! Den Lukendeckel vorsichtig öffnen. Kein Alarm, kein Alarm, kein Alarm.

Er ließ sich in das Dunkel der Vorderkajüte fallen und schloß den Lukendeckel, legte den Magneten wieder an die alte Stelle und setzte das Fenster wieder ein.

Kabakov fühlte sich wohl. Mit seiner Taschenlampe fand er die Schaltbox der Alarmanlage und trennte die Leitung von dem Satz Trockenbatterien. Sapp verstand sein Handwerk. Ein Timer erlaubte ihm, das Boot zu verlassen, ohne Alarm auszulösen, und eine Magnetsicherung am Bootsrumpf erlaubte ihm, es auch wieder ohne Alarm zu betreten.

Jetzt konnte Kabakov sich ungehindert bewegen. Eine schnelle Durchsuchung der Vorderkajüte förderte lediglich dreißig Gramm reines kristallines Kokain und einen Kokslöffel zum Schnupfen zutage.

Er machte die Taschenlampe aus und öffnete die Luke, die zur Hauptkajüte hinaufführte. Da die Hafenlichter durch die Türen schienen, hatte er etwas Licht. Plötzlich zog er seine Parabellum, entsicherte sie und drückte den Abzug fast bis zum Anschlag durch.

In der Kajüte hatte sich etwas bewegt. Er sah es wieder, eine kleine, regelmäßige Bewegung, und noch einmal, ein Zucken, das sich dunkel gegen den Hafen abzeichnete.

Kabakov legte sich auf die Kajütstreppe, um den Schatten taxieren zu können. Er lächelte. Es war Sapps kleine Überraschung für Eindringlinge, die das Boot vom Steg aus bestiegen, ein elektrischer Drehsucher, ein neues, teures Modell. Es bestrich fortwährend das Cockpit und konnte jederzeit Alarm auslösen. Kabakov stand hinter dem Sucher auf und drehte den Schalter.

Er durchsuchte das Boot eine Stunde lang. In einem versteckten Fach neben dem Steuer entdeckte er eine belgische FN Automatic und einen Revolver. Doch fanden sich keinerlei Anhaltspunkte, daß Sapp oder Sapps Boot an der Übernahme des Plastiksprengstoffs beteiligt gewesen war.

Erst im Kartenschap fand er, was er suchte. Ein dumpfer Stoß am Bug ließ ihn aufhorchen. Das Beiboot. Sapp kam zurück. Kabakov glitt in die Vorderkajüte und drückte sich in den engen Winkel des Bugs.

Über ihm wurde die Luke geöffnet. Füße erschienen, dann Beine. Sapps Kopf war noch über der Luke, als Kabakov ihm einen Tritt in die Magengrube versetzte.

Als Sapp wieder zu sich kam, lag er, an Händen und Füßen gefesselt, in einer der beiden Kojen, und in seinem Mund steckte eine zusammengeknäulte Socke. Eine Laterne an der Decke verströmte gelbliches Licht und penetranten Petroleumgeruch. Kabakov saß auf der Koje gegenüber, rauchte eine Zigarre und reinigte sich mit Sapps Eispfriem die Fingernägel.

»Guten Abend, Mr. Sapp. Haben Sie einen klaren Kopf, oder soll ich Ihnen kaltes Wasser darüber gießen? In Ordnung? Am 12. November haben Sie vor der Küste von New Jersey eine Ladung Plastiksprengstoff von einem Frachter übernommen. Ich möchte wissen, wer bei Ihnen war und wo der Sprengstoff jetzt ist. Ansonsten interessiere ich mich nicht für Sie. Wenn Sie es mir sagen, geschieht Ihnen nichts. Wenn nicht, steht Ihnen Schlimmeres bevor als der Tod. Sie werden blind, taub und ein Krüppel sein. Muß ich Ihnen beweisen, daß ich es ernst meine? Ich denke nicht. Ich werde Ihnen gleich die Socke aus dem Mund nehmen. Wenn Sie schreien, werde ich Ihnen Grund zum Schreien geben, verstanden?«

Sapp nickte. Er spie Fusseln aus. »Wer sind Sie denn, zum Teufel?«

»Das geht Sie nichts an. Erzählen Sie mir von dem Plastiksprengstoff.«

»Davon weiß ich nichts. Sie haben nichts gegen mich in der Hand.«

»Denken Sie nicht in juristischen Begriffen, Mr. Sapp. Das Gesetz schützt Sie nicht vor mir. Die Leute, für die Sie gearbeitet haben, stehen übrigens in keinerlei Beziehungen zur Mafia. Sie brauchen sie in dieser Hinsicht nicht zu schonen.«

Sapp sagte nichts.

»Das FBI sucht Sie wegen Schmuggels. Bald wird Massenmord dazukommen. Es ist eine Menge *plastique,* Sapp. Es wird eine ganze Menge Leute umbringen, wenn Sie mir nicht sagen, wo es ist. Sehen Sie mich an, wenn ich mit Ihnen rede.«

»Lecken Sie mich am Arsch.«

Kabakov stand auf und stieß Sapp wieder die Socke in den Mund. Er packte ihn an den Haaren und drückte seinen Kopf gegen die hölzerne Schottenwand. Die Spitze des Eispfriems zielte auf Sapps rollendes Auge. Kabakov knurrte, als er den Eispfriem zurücknahm und blitzschnell zuschlug. Sapps Ohr war an die Schottenwand geheftet. Aus Sapps Gesicht war alle Farbe gewichen.

»Sie sollten mich wirklich ansehen, wenn ich mit Ihnen rede«, sagte Kabakov. »Sind Sie jetzt zur Zusammenarbeit bereit? Zwinkern Sie für ja. Sterben Sie für nein.«

Sapp zwinkerte, und Kabakov zog die Socke aus seinem Mund.

»Ich bin nicht dabeigewesen. Ich wußte nicht, daß es *plastique* war.«

Kabakov nahm an, daß das wahrscheinlich stimmte. Sapp war kleiner als der Mann, den der Erste Offizier der *Leticia* beschrieben hatte. »Aber es war Ihr Boot.«

»Ja. Ich weiß nicht, wer es gesteuert hat. *Nein!* Ich weiß es ehrlich nicht. Sehen Sie, es ist mein Beruf, nichts zu wissen. Ich wollte es gar nicht wissen.«

»Wie hat man die Verbindung zu Ihnen aufgenommen?«

»In der letzten Oktoberwoche hat mich ein Mann angerufen. Er wollte, daß das Boot in der Woche vom 8. November an ständig seeklar war. Er hat nicht gesagt, wer er war, und ich habe ihn auch nicht danach gefragt.« Sapp verzog vor Schmerzen das Gesicht. »Er wollte einiges über das Boot wissen, nicht viel. Wie stark die Maschinen seien und ob das Boot irgendwelche neuen elektronischen Geräte an Bord hätte.«

»*Neue* elektronische Geräte?«

»Ja, ich sagte ihm, die Funkortung sei ausgbaut worden – ziehen Sie um Himmels willen dieses Ding aus meinem Ohr.«

»In Ordnung. Ich werde Sie am anderen festnageln, wenn ich Sie bei einer Lüge erwische. Dieser Mann, der Sie anrief – kannte er das Boot schon?«

»Au!« Sapp wandte den Kopf von einer Seite zur andern und verdrehte die Augen, als könnte er so sein Ohr sehen.«Ich vermute, er kannte das Boot, es klang so. Er wollte allein 1000 Dollar dafür zahlen, daß es bereit lag, eine Art Vorschuß. Ich bekam die tausend zwei Tage später bei *Sweeney's* mit der Post.«

»Haben Sie den Umschlag noch?«

»Nein, es war ein einfacher Briefumschlag, mit Poststempel von New York City.«

»Er hat Sie noch einmal angerufen.«

»Ja, etwa am 10. November. Er wollte das Boot für den zwölften, einen Dienstag. Das Geld wurde noch am selben Abend bei *Sweeney's* abgegeben.«

»Wieviel?«

»Zweitausend für das Boot, fünfundsechzigtausend als Kaution. Alles in bar.«

»Wie wurde es abgegeben?«

»Ein Taxichauffeur brachte es in einem Picknickkorb.

Darüber lagen Lebensmittel. Ein paar Minuten danach ging das Telefon wieder. Es war der Mann. Ich habe ihm gesagt, wo er das Boot abholen konnte.«

»Sie haben nicht gesehen, wie er es abholte oder zurückbrachte?«

»Nein.« Sapp beschrieb das Bootshaus am Toms River.

Kabakov hatte das Foto von Fasil und das Phantombild von der Frau in einer zugeschweißten Plastikhülle in seinem Beutel. Er nahm die Fotos heraus. Sapp schüttelte bei beiden Bildern den Kopf.

»Wenn Sie immer noch glauben, daß ich mit dem Boot rausgefahren bin, dann kann ich Ihnen ein Alibi für den betreffenden Tag geben. Ich war in Asbury Park beim Zahnarzt. Ich habe eine Rechnung.«

»Das glaube ich Ihnen gern«, sagte Kabakov. »Wie lange haben Sie das Boot schon?«

»Schon lange. Acht Jahre.«

»Irgendwelche Vorbesitzer?«

»Ich habe es selbst bauen lassen.«

»Wie haben Sie die Kaution zurückgegeben?«

»Ich habe sie wieder in denselben Korb getan und den Korb im Kofferraum meines Autos gelassen. Es stand vor einem Supermarkt. Den Schlüssel zum Kofferraum habe ich unter die Bodenmatte gelegt. Irgend jemand hat das Geld abgeholt.«

Auf der Küstenkarte von New Jersey, die Kabakov in Sapps Kartenschap gefunden hatte, war der Kurs zum Treffpunkt mit einer sauberen schwarzen Linie eingezeichnet. Daneben waren die Abfahrtszeit und verschiedene Fahrzeitkontrollen notiert. Außerdem waren die Standlinien für zwei Standortbestimmungen durch Funkpeilung eingetragen. Drei Standlinien für jede Ortsbestimmung.

Kabakov hielt die Karte unter die Lampe, so daß Sapp sie sehen konnte. »Haben Sie diese Karte markiert?«

»Nein. Ich wußte nicht, daß sie auf dem Boot ist, sonst hätte ich sie natürlich beseitigt.«

Kabakov nahm eine andere Karte aus dem Kartenschap,

eine Karte von Florida. »Haben Sie hier den Kurs eingezeichnet?«

»Ja.«

Er verglich die beiden Karten. Sapps Handschrift war anders. Er hatte nur zwei Standlinien für eine Ortsbestimmung benutzt. Sapp hatte die Zeiten in amerikanischer Ostzeit notiert. Auf der Küstenkarte von New Jersey war als Zeitpunkt für das Treffen mit der *Leticia* 21 Uhr 15 angegeben. Das irritierte Kabakov. Er wußte, daß die Küstenwache das Schnellboot um 17 Uhr ostamerikanischer Zeit in der Nähe des Frachters ausgemacht hatte. Und das Boot mußte sich schon einige Minuten dort aufgehalten haben, um den Plastiksprengstoff zu übernehmen. Das Treffen mußte also gegen 16 Uhr 15 oder 16 Uhr 30 stattgefunden haben. Auf der Karte war es jedoch für fünf Stunden später angegeben. Warum? Die Abfahrtszeit vom Toms River und die Fahrzeitkontrollen waren ebenfalls um rund fünf Stunden später angegeben, als sie tatsächlich erfolgt sein mußten. Er konnte sich keinen Reim darauf machen. Und dann ging es ihm auf – der Mann, den er, Kabakov, suchte, hatte nicht die amerikanische Ostzeit benutzt, sondern Greenwicher Zeit, die Weltzeit – die *Pilotenzeit*.

»Was für Piloten kennen Sie?« fragte Kabakov. »Profis.«

»Mir fällt kein einziger ein«, sagte Sapp.

»Denken Sie gut nach.«

»Ich kenne da einen Burschen auf Jamaika mit einer Verkehrspilotenlizenz. Aber der sitzt dort im Knast, seit das FBI einmal seinen Frachtraum gefilzt hat. Er ist der einzige Berufspilot, den ich kenne. Bestimmt.«

»Sie kennen keine Piloten, Sie wissen nicht, wer das Boot gemietet hat. Das ist sehr wenig, Mr. Sapp.«

»Es stimmt aber. Mir fällt kein einziger anderer Pilot ein. Sehen Sie, Sie können mich hier fertigmachen, Sie werden es wahrscheinlich tun, aber ich weiß trotzdem nichts.«

Kabakov überlegte, ob er Sapp foltern sollte. Bei der Vorstellung wurde ihm fast übel, aber er hätte es getan, wenn er geglaubt hätte, daß sich das Ergebnis lohnen würde. Aber nein, Sapp war keine Hauptfigur in diesem Spiel. Angesichts der ihm drohenden Strafverfolgung und aus Angst vor der Anklage wegen Beihilfe zu einem größeren Massaker, das möglicherweise mit dem Sprengstoff verübt wurde, würde er sich bemühen zu helfen. Er würde versuchen, sich an die kleinsten Einzelheiten zu erinnern, die einen Hinweis auf den Mann geben konnten, der das Boot gemietet hatte. Es war besser, ihm jetzt nicht zu sehr zuzusetzen.

Also mußte man Sapp zunächst intensiv über seine Aktivitäten und Verbindungsmänner verhören und die Karte gründlich im Labor untersuchen. Und für diese Dinge war das FBI besser ausgerüstet. Kabakov hatte einen langen Weg zurückgelegt und nur sehr wenig erreicht.

Von einer Telefonzelle auf dem Bootssteg rief er Corley an.

Sapp hatte Kabakov nicht bewußt belogen, aber er irrte sich, als er gesagt hatte, er kenne sonst keine Berufspiloten. Es war eine verständliche Erinnerungslücke – es war Jahre her, seit er Michael Lander zuletzt gesehen oder an den schrecklichen, erbitternden Tag gedacht hatte, an dem er ihm begegnet war.

Sapp hatte sich gerade auf seiner Saisonfahrt nach Norden befunden, als ihm vor Manasquan, New Jersey, ein großes Stück Treibholz in die Schrauben kam und beide verbog. Sapp war stark und geschickt, aber im Wasser und bei mittlerer See konnte auch er keine defekte und verbogene Schraube auswechseln. Das Boot trieb langsam zum Strand hin und schleppte den Anker vor einem unbarmherzigen auflandigen Wind hinter sich her. Er konnte nicht die Küstenwache rufen, da die Männer denselben Gestank gerochen hätten, der auch ihm entgegenschlug, als er nach unten ging, um den Sturmanker zu holen – der Geruch von Alligatorhäuten mit einem Schwarzmarktwert von 5500 Dollar, die er in Florida von einem Wilderer gekauft hatte und die er in New York weiterverkaufen wollte. Als Sapp wieder an Deck ging, sah er ein Boot näher kommen.

Michael Lander, der mit seiner Familie in einer schmukken kleinen Motorjacht einen Ausflug machte, warf Sapp eine Leine zu und schleppte ihn in eine geschützte Bucht. Sapp, der keinesfalls mit einem havarierten Boot voll heißer Ware in einem Yachthafen festsitzen wollte, bat Lander, ihm zu helfen. Mit Schnorchel und Flossen arbeiteten sie unter dem Boot und schafften es mit vereinten Kräften, eine Schraube von der Welle zu ziehen und die Ersatzschraube aufzusetzen. Sapp konnte mit halber Kraft nach Hause tuckern.

»Entschuldigen Sie den Gestank«, sagte Sapp verlegen, als sie auf dem Heck saßen und sich ausruhten. Da Lander bei der Arbeit unter Deck gewesen war, mußte er die Häute gesehen haben.

»Geht mich nichts an«, sagt Lander.

Mit diesem Vorfall begann eine lose Bekanntschaft, die mit Landers zweiter Dienstzeit in Vietnam endete. Mit Margaret Lander hatte Sapp jedoch noch einige Monate länger verkehrt. Wenn Sapp – was nicht oft geschah – an die Landers zurückdachte, hatte er nur die Frau deutlich vor Augen, nicht aber den Piloten.

17

Am 1. Dezember ließ der Präsident seine Mitarbeiter wissen, daß er nun endgültig entschlossen sei, zum Super Bowl-Spiel nach New Orleans zu fahren, einerlei, ob die Washigton Redskins spielten oder nicht.

»Verdammte Scheiße«, zischte Earl Biggs, Leiter der für das Weiße Haus zuständigen Secret Service-Abteilung, leise vor sich hin. Überrascht war er nicht. Der Präsident hatte schon vorher gesagt, daß er sich das Spiel wahrscheinlich ansehen werde. Aber Biggs hatte immer noch gehofft, der Besuch würde abgeblasen werden.

Ich hätte es besser wissen müssen, dacht Biggs. Der Flirt

des Präsidenten mit der Nation war vorüber, und die Ergebnisse der Meinungsumfragen klangen nicht mehr so gut. Es konnte nichts schaden, wenn die ganze Welt sah, wie ihm tief im Süden die Menge zujubelte.

Biggs ließ sich mit der zuständigen Sicherheitsgruppe des Secret Service verbinden. »New Orleans. Am 12. Januar«, sagte er. »Macht euch an die Arbeit.«

Die Sicherheitsgruppe führt drei verschiedene Karteien. Die größte enthält Angaben über alle Drohungen gegen den Präsidenten, die in den letzten 40 Jahren telefonisch oder brieflich erhoben worden oder auf andere Weise bekanntgeworden sind. Personen, die mehrmals solche Drohungen geäußert haben oder als potentiell gefährlich gelten, sind in einer zweiten Kartei erfaßt, der sogenannten ›lebenden Kartei‹.

Diese ›lebende Kartei‹ wird alle sechs Monate auf den neuesten Stand gebracht. Adressenänderungen, Wechsel des Arbeitsplatzes und Auslandsreisen werden eingetragen. In dieser Kartei sind insgesamt 840 Namen festgehalten.

Von diesem Personenkreis werden 325, nämlich die gefährlichsten, in einer weiteren Kartei geführt. Diese dritte Kartei ist nach Ortsnamen angelegt und wird die ›Reiserouten-Kartei‹ genannt. Bei jeder Reise des Präsidenten innerhalb der Vereinigten Staaten werden die darin geführten Personen, soweit sie im Breicht der Reiseroute leben, überprüft.

Da es bis zum Spiel noch 43 Tage waren, hatten die Mitarbeiter der Sicherheitsgruppe und die Secret Service-Leute in New Orleans genügend Zeit für ihre Vorbereitungen.

Michael Lander tauchte in der ›Reiserouten-Kartei‹ des Secret Service nicht auf.

Am 3. Dezember flogen drei Agenten der Secret Service-Abteilung des Weißen Hauses nach New Orleans, um die nötigen Sicherheitsvorkehrungen zu treffen. Seit 1963 ist es üblich, daß solche Maßnahmen von einer Drei-Mann-

Gruppe und in einem Zeitraum von 40 Tagen durchgeführt werden.

Am 7. Dezember schickte Jack Renfro, der Leiter der Drei-Mann-Gruppe, einen ersten Bericht an Earl Biggs.

Das Tulane-Stadion gefiel Renfro nicht. Freilich überlief ihn jedesmal eine Gänsehaut, wenn der Präsident sich in der Öffentlichkeit zeigte. Das Tulane-Stadion, Platz der Green Wave, der Sugar Bowl Classic und der New Orleans Saints, ist das größte aus Stahl erbaute Stadion der Welt.

Es ist teils rostiggrau, teils hellbraun, und das Gewirr von Trägern und Streben unter den Zuschauertribünen absuchen zu müssen ist ein wahrer Alptraum. Renfro und seine beiden Kollegen verbrachten zwei Tage damit, das Stadion gründlich zu besichtigen. Wenn Renfro auf das Spielfeld hinaustrat, empfand er jeden einzelnen der 80985 Sitze als eine persönliche Bedrohung. Die verglasten Logenplätze hoch oben auf der Westseite des Stadions am Ende der Pressebänke schieden aus. Renfro wußte, daß der Präsident sich nie bereitfinden würde, diese Loge zu benutzen, selbst wenn das Wetter noch so schlecht war. Denn dort konnte ihn niemand sehen. Er würde unten in der offenen Prominentenloge der Westtribüne an der Fünfzig-Yard-Linie sitzen wollen. Renfro saß stundenlang auf diesem Platz. Und einen ganzen Tag lang saß ein Beamter der städtischen Polizei dort, während Renfro und seine beiden Mitarbeiter von zahllosen Tribünen aus die Sichtlinien prüften. Danach inspizierte er persönlich die Eliteabteilung der Polizei von New Orleans, die bei besonderen Ereignissen eingesetzt wurde und am Tage des Spiels zum Stadion abkommandiert werden sollte.

Er fuhr sämtliche Straßen vom International Airport zum Stadion ab, die US 61, den State Highway 3046, die US 90 und die Route, die zunächst die Interstate 10 und dann über die US 90, die im Stadtbereich Claiborne Avenue heißt, zum Stadion führt. Alle Strecken kamen ihm endlos vor, zumal wenn er an das Verkehrschaos im Umkreis des Stadions dachte.

In der ersten Lagebeurteilung, die er Earl Biggs übermittelte, hieß es unter anderem:

›Ich empfehle nachdrücklich, daß der Präsident vom International Airport in New Orleans mit dem Hubschrauber zum Stadion geflogen wird, unter Beachtung folgender Einzelheiten:

1. Am International Airport wartet eine Autokolonne, die aber nur von Begleitern des Präsidenten benutzt werden soll.

2. Der Landeplatz vor dem Stadion wird erst markiert, wenn der Hubschrauber des Präsidenten gestartet ist. Zu diesem Zeitpunkt wird auf dem Platz vor dem Nordwesteingang des Stadions eine transportable Landemarkierung ausgelegt. (Siehe beiliegende Zeichnung A-1.) Hier befinden sich keinerlei Oberleitungen. Zu beiden Seiten des vorgeschlagenen Landeplatzes stehen je drei hohe Lichtmasten, die in den amtlichen Plänen nicht verzeichnet sind. Man muß den Piloten des Hubschraubers also ausdrücklich auf ihr Vorhandensein hinweisen.

3. Vom Landeplatz bis zum Eingang 19 beträgt die Entfernung 100 Schritte. (Siehe beiligendes Foto A-2.) Die unansehnlichen Müllcontainer an der Mauer des Stadions werden auf meine Anweisung hin entfernt. Ich schlage vor, daß Agenten das Gebüsch in der Umgebung des Landeplatzes eine Minute vor der Landung noch einmal durchkämmen.

Der Landeplatz ist von den oberen Wohnungen von fünf Häusern im Audubon Boulevard aus einzusehen. Es sind die Häuser Nummer 49, 55, 65, 71 und 73. Nach vorläufiger Überprüfung sind alle Bewohner unverdächtig. Trotzdem wird Überwachung von Dächern und Fenstern während des Landemanövers empfohlen.

Sollten bei Eintreffen des Präsidenten noch Zuschauer vor den Kassenschaltern am Eingang 19 stehen, könnten Eingang 18 oder der Lieferanteneingang 18 A benutzt werden. Beide sind jedoch weniger empfehlenswert, da man hier ein längeres Stück unter den Tribünen hindurchgehen muß.

Bei Benutzung des Einganges 19 führt der Weg des Präsidenten eine Strecke von 75 Schritten unter der Tribüne hindurch, ehe er den Rand des Spielfelds erreicht.

Der Präsident wird die Loge 40 benutzen, eine Doppelloge an der Fünfzig-Yard-Linie. (Siehe beiliegenden Plan A-3.) Beachten Sie, daß die Loge sowohl von vorn wie von hinten zugänglich ist. Beachten Sie ferner, daß der hintere Teil der Loge durch eine Stufe um etwa 20 cm erhöht ist. Der Präsident würde also von hinten gut gedeckt sein, wenn wir einige von unseren längsten Leuten hinter ihn placieren. Unsere Leute sitzen in den Logen 14 und 13 rechts und links von der Loge des Präsidenten. In den weiter hinten gelegenen Logen 71, 70, 69 und 68 sollte mindestens je einer unserer Leute sitzen.

Das Geländer von Loge 40 besteht aus Eisenrohr. Die Enden sind mit Kappen verschlossen. Unmittelbar vor Ankunft des Präsidenten müssen die Kappen entfernt und die Rohre geprüft werden.

Loge 40 hat nur einen einzigen Fernsprechanschluß. Einzelheiten gebe ich an die Nachrichtenabteilung. (Durchschrift anliegend.) Zeichnung A-4, Draufsicht auf das Stadion und Sitzplan, zeigt, wo die einzelnen Agenten postiert werden und für welchen Bereich sie zuständig sind.

Sendefrequenz steht fest.

Am 31. Dezember, beim Sugar Bowl-Spiel, werden wir Beobachtungen anstellen und danach unsere Vorschläge für die Abfahrt des Präsidenten präzisieren.‹

Jack Renfro war ein zuverlässiger, gewissenhafter Mann, der sein Handwerk verstand. Er hatte sich die Örtlichkeiten des Stadions haargenau eingeprägt, doch bei der Prüfung möglicher Gefahrenquellen hatte er eines vergessen: nach oben, an den Himmel, zu blicken.

18

Zwei Tage nach Weihnachten hatte Lander die Bombe fertig. In dem glatten, stahlblauen, stromlinienförmigen Gehäuse, auf das mit heller Farbe die Buchstaben NBS aufgemalt waren, spiegelte sich das grelle Licht der Garage. Die Bombe lag bereits in der Transportvorrichtung. Die Halterungen, mit denen sie an der Gondel des Luftschiffs befestigt werden sollte, hingen wie offene Hände am oberen Rand. Die Kabelverbindungen und die Reservezündschnur waren sorgfältig aufgerollt und mit Klebestreifen an der Gehäusewand befestigt. In dem Gehäuse ruhten 597,25 Kilogramm Plastiksprengstoff, zu zwei sorgfältig gerundeten Platten geformt, hinter den mit Pfeilen gespickten Segeltuchlagen. Die Sprengkapseln waren gesondert eingepackt, konnten aber jederzeit angeschlossen werden.

Lander setzte sich auf einen Stuhl und starrte auf die große Bombe. Er sah sein verzerrtes Spiegelbild. Er war in Versuchung, sich auf die Bombe zu schwingen, die Sprengkapseln einzusetzen, die Zündkabel wie Zügel in die Hand zu nehmen, sie mit der Batterie zu verbinden und auf diesem mächtigen Feuerball Gottes Angesicht entgegenzureiten. Noch sechzehn Tage.

Das Telefon klingelte bereits eine Weile, als er den Hörer abnahm. Dahlia rief aus New Orleans an.

»Sie ist fertig«, sagte Lander.

»Großartig, Michael. Ich bin stolz auf dich.«

»Hast du die Garage?«

»Ja. In der Nähe der Mole an der Galvez Street, zwanzig Minuten vom Lakefront Airport. Ich bin die Strecke zweimal abgefahren.«

»Und die Garage ist bestimmt hoch genug?«

»Bestimmt. Sie war früher Teil eines Lagerhauses. Ich habe Vorhängeschlösser gekauft und angebracht. Darf ich jetzt nach Hause kommen, Michael?«

»Du hast also keine Bedenken mehr?«

»Keine Bedenken.«

»Auch nicht was den Flugplatz angeht?«

»Überhaupt keine. Man hat mich ohne weiteres reinfahren lassen. Wenn es soweit ist, schaffe ich es auch mit dem Lastwagen.«

»Komm nach Hause.«

»Also dann bis heute abend.«

Sie hat ihre Sache gut gemacht, dachte Lander, als er den Hörer auflegte. Trotzdem, er hätte die Vorbereitungen in New Orleans lieber selber getroffen. Dazu war jedoch keine Zeit gewesen. Vor dem Super Bowl-Spiel mußte er noch bei zwei anderen Footballspielen fliegen. Jede Stunde war besetzt.

Er hatte sich lange den Kopf darüber zerbrochen, wie er das Gehäuse mit der Bombe nach New Orleans schaffen konnte, und die Lösung, die er schließlich gefunden hatte, war alles andere als ideal. Er hatte einen Zweieinhalb-Tonner gemietet, der jetzt draußen in der Garagenzufahrt stand, und zwei Berufskraftfahrer angeheuert, die den Lastwagen nach New Orleans bringen sollten. Morgen sollte es losgehen. Er wollte die hintere Ladeklappe versiegeln, und selbst wenn die Fahrer die Bombe sahen, würden sie nicht ahnen, worum es sich handelte. Lander vertraute die Bombe nur höchst ungern Fremden an, aber es ließ sich nicht ändern.

Daß Fasil oder Dahlia den Lkw fuhren, war ausgeschlossen. Lander war überzeugt, daß alle Polizeidienststellen im Nordosten Personenbeschreibungen von ihnen hatten. Fasils gefälschter internationaler Führerschein mußte bei einer Verkehrskontrolle Verdacht erregen, und eine Frau am Steuer eines schweren Lastwagens ebenfalls. Sie würde überall auffallen. Außerdem wollte Lander gern, daß sie bei ihm blieb.

Wenn ich Fasil vertrauen könnte, hätte ich ihn nach New Orleans geschickt und nicht Dahlia, dachte Lander erbittert. Seit der Araber verkündet hatte, er werde bei der Aktion nicht dabeisein, traute Lander ihm nicht mehr. Es hatte ihn mit tiefer Genugtuung erfüllt, wie verächtlich Dahlia daraufhin Fasil angeblitzt hatte. Angeblich war er jetzt unterwegs, um irgendwelche Killer anzuheuern, die man auf dem Flugplatz brauchte – Dahlia hatte offenkundig dafür gesorgt, daß Fasil und er, Lander, während ihrer Abwesenheit nicht zusammen im Haus waren.

Eines fehlte Lander jetzt noch: eine Persenning, die er über die Bombe spannen wollte. Es war kurz vor fünf, der Eisenwarenhändler hatte noch geöffnet. Lander konnte es gerade noch schaffen.

Zwanzig Minuten später hielt Margaret Feldman, vormals Lander, mit ihrem Dart-Kombi hinter dem Lastwagen auf Landers Zufahrt. Sie blieb einen Augenblick im Wagen sitzen und betrachtete das Haus.

Seit der Scheidung und ihrer Wiederverheiratung war sie nicht mehr hier gewesen. Sie hatte auch jetzt Bedenken gehabt, zu kommen, doch schließlich waren Kinderwagen und Körbchen ihr Eigentum, und in wenigen Monaten würde sie beides brauchen. Es war nur recht und billig, beides abzuholen. Vorsichtshalber hatte sie angerufen, um sicherzugehen, daß Michael nicht zu Hause war. Sie wollte nicht, daß er wieder anfing zu jammern. Vor seiner Gefangenschaft war er ein starker und stolzer Mann gewesen – und an diesen Mann dachte sie mit einer gewissen Zuneigung zurück. Sie hatte sich Mühe gegeben, zu vergessen, was am Ende aus ihm geworden war. Aber noch immer hörte sie die Schreie des Kätzchens im Schlaf.

Nachdenklich blickte sie in den Spiegel ihrer Puderdose, strich das blonde Haar zurecht und prüfte die Zähne auf Lippenstiftspuren, ehe sie ausstieg. Sie tat dies ebenso mechanisch, wie sie den Zündschlüssel abzog. Am liebsten hätte sie Roger mitgenommen, doch er hatte es abgelehnt, Landers Haus in dessen Abwesenheit zu betreten. Früher hat er es nicht abgelehnt, dachte sie trocken. Warum bloß hatte Michael sich damals so mit ihm angelegt? Nun, das war jetzt ohnehin lange vorbei.

Margaret stand auf dem schneebedeckten Weg vor der Garage und stellte fest, daß an der Tür ein neues, stärkeres Schloß angebracht worden war. Dann mußte sie also durchs Haus in die Garage gehen. Ihr alter Hausschlüssel paßte noch. Eigentlich wollte sie ohne Umwege in die Garage gehen, doch drinnen im Haus erwachte ihre Neugier.

Sie sah sich um. Auf dem Teppich waren noch immer die Flecken zu sehen, wo die Kinder beim Fernsehen Brause verschüttet hatten. Im übrigen wirkte das Wohnzimmer sauber und aufgeräumt, und die Küche ebenfalls. Margaret hatte erwartet, leere Bierdosen und ungespültes Geschirr vorzufinden und war etwas pikiert, daß alles so ordentlich aussah.

Margaret ging nach oben. Ihr ehemaliges gemeinsames Schlafzimmer war unverändert. Landers Schuhe standen ordentlich nebeneinander im Schrank. Nirgends Staub. Sie stand vor dem Bett und mußte lächeln. Roger wäre wütend gewesen, wenn er gewußt hätte, woran sie dachte. Und nicht nur jetzt dachte.

Das Badezimmer. Zwei Zahnbürsten. Zwischen Margarets Brauen erschien eine kleine Falte. Eine Badekappe, Gesichtscreme, Hautöl, Schaumbad. Schau, schau. Es freute sie nun doch, daß sie in Landers Privatsphäre eingedrungen war. Wie die Frau wohl aussah? Jetzt wollte sie auch ihre Kleider sehen.

Sie suchte im anderen Schlafzimmer. Dann öffnete sie die Kinderzimmertür. Sie machte große Augen, als sie die Wandbehänge, den Spirituswärmer, die Kerzenhalter und das große Bett erblickte. Sie trat an das Bett und strich über das Kissen. Seide. »Sieh mal an«, sagte sie vor sich hin.

»Hallo, Margaret«, sagte Lander.

Sie fuhr erschreckt herum. Lander stand in der Tür, die eine Hand auf der Klinke, die andere in der Tasche. Er war bleich.

»Ich wollte bloß – «

»Gut siehst du aus.« Das stimmte. Sie sah glänzend aus. In Gedanken hatte er sie schon manchmal hier gesehen.

Leise flehend wie Dahlia, ihn berührend wie Dahlia. Lander empfand einen stechenden Schmerz. Er wünschte, Dahlia wäre bei ihm gewesen. Er sah Margaret an, versuchte, Dahlia in ihr zu sehen, mußte Dahlia in ihr sehen. Aber er sah Margaret, eine Margaret, die alles um sich her heller erscheinen ließ.

»Du siehst aber auch recht gut aus, Michael, sogar sehr gut. Das hier – das hier habe ich allerdings nicht erwartet«, sagte sie und machte eine weite Handbewegung.

»Was *hattest* du denn erwartet?« Schweiß stand ihm auf der Stirn. Was er in diesem Zimmer bei Dahlia empfunden hatte, hielt der Erinnerung an Margaret nicht stand.

»Ich wollte die Kindersachen holen, Michael. Das Körbchen und den Kinderwagen.«

»Nicht zu übersehen, daß du sie bald brauchst. Bist du sicher, daß Roger der Vater ist?«

Trotz dieser Kränkung lächelte sie halb unbewußt. Sie wollte den Augenblick hinter sich bringen, wollte fort von hier. Lander aber deutete ihr Lächeln so, als fände sie Untreue komisch, als meinte sie, sie könnten gemeinsam darüber lachen. Dieser Gedanke traf ihn wie ein glühendes Eisen.

»Ich hole mir die Sachen.« Sie ging zur Tür.

»Warst du schon in der Garage?« *Zeig ihr die Bombe, zeig sie ihr, und bring sie um.*

»Nein, ich wollte gerade – «

»Die Sachen sind nicht mehr da. Sie sind beim Spediteur eingelagert. In die Garage kommen die Spatzen. Sie machen alles schmutzig. Ich lasse dir das Zeug schicken.« *Nein! Nimm sie mit, in die Garage, zeig ihr die Bombe. Und bring sie um.*

»Vielen Dank, Michael. Das wäre sehr nett von dir.«

»Was machen die Kinder?« Seine eigene Stimme klang ihm fremd.

»Es geht ihnen gut. Sie haben es Weihnachten sehr schön gehabt.«

»Kommen sie gut mit Roger aus?«

»Ja, er ist sehr lieb zu ihnen. Sie fragen aber oft nach dir und möchten dich sehen. Ziehst du weg? Ich habe den großen Lastwagen draußen gesehen ...«

»Ist Rogers größer als meiner?«

»Was?«

Er konnte sich nicht mehr bremsen. »Du gottverfluchte Nutte.« Er näherte sich ihr. *Ich muß damit aufhören.*

»Ich gehe jetzt, Michael.« Sie ging, ihm halb zugewandt, zur Tür.

Die Pistole in der Tasche brannte ihm in der Hand. *Ich muß damit aufhören. Ich verderbe alles. Dahlia hat gesagt, großartig, Michael, ich bin stolz auf dich. Dahlia hat gesagt, du warst so stark heute, Michael. Dahlia hat gesagt, für dich mache ich es gern. Ich war für dich der erste, Margaret. Nein. Du hattest rote Druckstellen vom Gummiband an der Hüfte. Nicht daran denken. Dahlia kommt bald nach Hause. Nach Hause. Ich darf jetzt nicht – Klick.*

»Tut mir leid, daß ich das gesagt habe, Margaret. Ich bedauere es wirklich. Es ist nicht wahr, und ich bitte dich um Entschuldigung.«

Sie hatte immer noch Angst, sie wollte gehen.

Einen Augenblick lang konnte er es noch ertragen. »Ich wollte dir schon die ganze Zeit etwas schicken, dir und Roger. Moment. Moment. Ich bin damals häßlich zu dir gewesen. Es ist wichtig für mich, daß du es mir nicht nachträgst. Ich könnte den Gedanken nicht ertragen, daß du mir böse bist.«

»Ich bin dir nicht böse, Michael. Aber ich muß jetzt gehen. Bist du in Behandlung?«

»Ja, schon. Sonst geht es mir gut. Nur daß du hier plötzlich aufgetaucht bist ... Das war ein Schock für mich.« An den nächsten Worten erstickte er beinahe, aber er zwang sich, sie auszusprechen. »Du hast mir sehr gefehlt. Darum bin ich jetzt so durcheinander. Einen Augenblick noch.« Er ging rasch an den Schreibtisch in seinem Zimmer. Als er zurückkam, war sie schon auf der Treppe. »Hier, die sind für euch. Amüsiert euch gut, und sei mir nicht mehr böse.«

»Na schön, Michael, mach's gut.« Sie ging die Treppe hinunter.

An der Haustür unten blieb sie stehen und sah zu ihm hinauf. Sie mußte es ihm sagen. Sie wußte selbst nicht recht, warum. Doch er sollte es wissen. »Das mit deinem Freund Jergens tut mir sehr leid.«

»Was ist mit Jergens?«

»Es war doch Jergens, der uns immer mitten in der Nacht angerufen hat, nicht?«

»Ja und? Was ist mit ihm?«

»Er hat Selbstmord begangen. Liest du keine Zeitung? Der erste Kriegsgefangene, der nach seiner Heimkehr Selbstmord begangen hat, steht in der Zeitung. Er hat Tabletten genommen und sich einen Plastikbeutel über den Kopf gezogen«, sagte sie. »Es tut mir so leid. Ich mußte daran denken, wie du ihm am Telefon immer gut zugeredet hast, wenn er nicht schlafen konnte. Mach's gut, Michael.« Sie war erleichtert und wußte nicht warum.

Als sie vor einer Verkehrsampel halten mußte, machte sie den Umschlag auf, den Michael ihr gegeben hatte. Sie fand darin zwei Eintrittskarten für das Super Bowl-Spiel.

Kaum war Margaret aus dem Haus, rannte Lander in die Garage. Ihm war, als wanke der Boden unter seinen Füßen. Nur konzentrierte Arbeit konnte ihn jetzt vor den Gedanken bewahren, die wie schwarze Wasser in ihm aufstiegen. Er setzte behutsam den gemieteten Gabelstapler in Bewegung und schob die Gabel unter das Gestell, in dem die Bombe ruhte. Dann stellte er den Motor ab und stieg vom Sitz. Jetzt versuchte er an nichts anderes zu denken als an den Gabelstapler. An all die Gabelstapler, die er in Lagerhäusern und auf Hafenkais gesehen hatte. Er dachte über die Gesetze der Hydraulik nach. Dann ging er vor die Garage und ließ die hintere Ladeklappe des Lastwagens herunter. Er befestigte die stählerne Laderampe. Er erinnerte sich an die Landungsboote, die er gesehen hatte, und wie ihre Rampen herunterklappten. Er dachte verzweifelt über alle möglichen Laderampen nach. Er blickte rechts und links die Straße hinunter. Kein Mensch weit und breit. Aber es kam auch nicht darauf an. Er sprang auf den Gabelstapler und hob die Bombe vom Boden. Vorsichtig jetzt. Es war eine heikle Sache. Er mußte sich konzentrieren. Er mußte behutsam vorgehen. Langsam fuhr er den Gabelstapler die Laderampe hinauf bis auf die Ladefläche des Lastwagens. Die Federung des Lastwagens quietschte unter der Last. Er senkte die Gabel mit der Bombe, legte die Bremse ein, schob Bremsklötze hinter die Räder und sicherte die Bombe und den Gabelstapler mit starken Seilen. Er dachte über Knoten nach. Von Knoten verstand er etwas. Er konnte zwölf verschiedene Knoten schlagen. Er durfte nicht vergessen, ein scharfes Messer hinten in den Lastwagen zu legen, damit Dahlia die Seile durchschneiden konnte, wenn es soweit war. *O Dahlia, komm nach Hause, ich ertrinke*. Er schob die Laderampe und den Kleiderbeutel mit den Maschinenpistolen auf den Lastwagen. Dann schloß er die Klappe. Es war geschafft.

In der Garage mußte er sich übergeben. *Nur nicht denken.* Er ging ins Haus und holte sich eine Flasche Wodka. Er trank einen Schluck, behielt ihn aber nicht bei sich. Erst der zweite Schluck blieb im Magen. Er nahm die Pistole aus der Tasche und warf sie hinter den Küchenherd, wo sie außerhalb seiner Reichweite war. Wieder die Flasche, und wieder und wieder. Schon war sie halb leer, der Wodka rann ihm übers Kinn, übers Hemd. Die Flasche. Wieder und wieder. Alles drehte sich. Ich will mich nicht übergeben. *Ich will es mir behalten*. Er weinte. Jetzt packte ihn der Alkohol. Er saß auf dem Fußboden in der Küche. *In vierzehn Tagen bin ich tot, Gott sei Dank, endlich tot. Und alle andern auch. Dann herrscht Stille. Das Nichts. Es hat so entsetzlich lange gedauert. O Gott, es hat so lange gedauert*. Du hast recht gehabt, dich umzubringen, Jergens. »Jergens!« Er brüllte jetzt. Er war aufgestanden und taumelte zur Hintertür. Er brüllte in den Garten hinaus. Kalter Regen schlug ihm ins Gesicht, und er hörte nicht auf zu brüllen.

Recht hast du gehabt, Jergens! Die Gartentreppe kam plötzlich auf ihn zu, er rollte in das abgestorbene Gras und in den Schnee hinunter. Dort blieb er, das Gesicht nach oben, liegen. Über einem letzten Gedanken verließ ihn das Bewußtsein: *Wasser ist ein guter Wärmeleiter, das beweisen Millionen von Motoren und mein Herz, das kalt auf dieser Erde schlägt.*

Es war schon spät, als Dahlia den Koffer im Wohnzimmer abstellte und nach ihm rief. Sie suchte ihn in der Werkstatt, dann im Zimmer oben.

»Michael.« Überall brannte Licht, und es war kalt im Haus. Sie wurde unruhig. »Michael.« Sie ging in die Küche.

Die Tür zum Garten stand offen. Sie lief hinaus. Als sie ihn erblickte, glaubte sie, er sei tot. Sein Gesicht war weiß, mit blauen Schatten darin. Durch den kalten Schnee hatte sich das Haar fest an den Kopf gelegt. Sie kniete neben ihn und tastete durch sein nasses Hemd nach dem Herz. Es schlug noch. Sie streifte ihre Schuhe mit den hohen Absätzen ab und schleppte ihn zur Tür. Durch die Strümpfe spürte sie, daß der Boden gefroren war. Ächzend zerrte sie ihn die Stufen hinauf in die Küche, riß die Decken vom Gästebett, breitete sie neben ihm auf dem Fußboden aus, streifte ihm die nassen Kleider ab und rollte ihn in die Decken ein. Sie rieb ihn mit einem Frottiertuch ab. Und dann saß sie neben ihm in dem Krankenwagen, der ihn ins Hospital brachte. Als es Tag wurde, hatte er 41 Grad Fieber und eine Lungenentzündung.

19

Der Delta-Jet kam über dem Lake Pontchartrain herein, noch ziemlich hoch über dem Wasser, und setzte dann zu einer jähen Landung auf dem International Airport von

New Orleans an. Der plötzliche Sinkflug drückte Muhammad Fasils Magen gegen sein Herz, und er fluchte unterdrückt.

Lungenentzündung! Dahlias Liebling mußte sich also betrinken und im Regen herumwälzen! Dieser Dummkopf war jetzt im Delirium, schwach wie ein Kätzchen, und Dahlia saß blökend vor Mitleid an seinem Krankenbett. Wenigstens würde sie darauf achten, daß er im Delirium nicht über die Aktion plapperte. Die Wahrscheinlichkeit, daß Lander in fünfzehn Tagen beim Super Bowl-Spiel das Luftschiff fliegen konnte, war absolut Null, überlegte Fasil. Wenn Dahlia, diese starrköpfige Person, das endlich begriff, wenn sie einsah, daß von Lander nichts mehr zu erwarten war, würde sie ihn umbringen und nach New Orleans kommen. Das wenigstens hatte sie Fasil versprochen.

Es war hoffnungslos, dachte Fasil. Der Lastwagen mit der Bombe war genau nach Zeitplan auf dem Weg nach New Orleans. Aber was sollte er ohne Lander mit der Bombe? Er mußte einen neuen Plan entwickeln, und zwar hier, an Ort und Stelle, wo der Schlag geführt werden sollte. Zum hundertsten mal sagte er sich, daß Hafez Nadscheer einen schweren Fehler begangen hatte, als er Dahlia Iyad mit der Leitung der Mission betraut hatte. Nun, damit war es jetzt vorbei. *Er* würde jetzt die Leitung übernehmen.

Am Flughafen wimmelte es von Menschen, die zum Sugar Bowl-Spiel, dem Freundschaftsspiel zweier Universitätsmannschaften, kamen, das in drei Tagen im Tulane-Stadion stattfinden sollte. Fasil versuchte telefonisch in acht Hotels ein Zimmer zu bekommen. Alle waren ausgebucht. Er mußte sich mit einem Zimmer im Christlichen Hospiz begnügen.

Es war ein ziemlicher Abstieg, nachdem er die letzte Nacht im Hotel *Plaza* in New York verbracht hatte, vor dem die Fahnen fremder Nationen wehten und in dessen

Telefonvermittlung man es gewohnt war, Auslandsgespräche zu vermitteln. Während der Sitzungsperiode der Vereinten Nationen hingen dort auch die Fahnen Saudi-Arabiens, des Iran und der Türkei, und Ferngespräche nach dem Nahen Osten waren nichts Ungewöhnliches. Von dort hätte Fasil bequem mit Beirut sprechen und ein paar gute Schützen nach New Orleans beordern können. Er hatte im *Plaza* gerade die Mitteilung verschlüsselt und war drauf und dran gewesen, das Gespräch anzumelden, als Dahlia ihn anrief und von Landers albernem Mißgeschick berichtete. Wütend hatte Fasil den Zettel zerrissen und die Schnipsel in der eleganten Toilette seines Apartments hinuntergespült.

Nun hockte er in diesem engen Zimmer in New Orleans, und der schöne Plan war ins Wasser gefallen. Es war höchste Zeit, das Terrain zu sondieren und sich etwas Neues einfallen zu lassen. Er kannte das Tulane-Stadion nicht. Er hatte sich in allen diesen Dingen auf Lander verlassen. Mißmutig verließ er das Hospiz und winkte einem Taxi.

Wie sollte er jetzt den Anschlag ausführen? Er hatte den Lastwagen, er hatte die Bombe. Und ein paar Killer konnte er immer noch herbeordern. Außerdem stand Dahlia Iyad ihm zur Verfügung, auch wenn Lander ausfiel. Bei dem Gedanken an Lander spuckte er aus. Das Taxi bog in die Schnellstraße US 90 ein, die über die Innenstadt von New Orleans hinwegführt, und fuhr der sinkenden Sonne entgegen. Der Fahrer redete ununterbrochen und noch dazu in einem Dialekt, den Fasil kaum verstand.

»Diese faulen Kerle heutzutage wollen einfach nicht arbeiten. Sie wollen ihr Geld umsonst«, jammerte der Fahrer. »Früher, als ich noch Installateur war, ehe ich diese Rückengeschichte kriegte, hat mein Neffe, der Sohn von meiner Schwester, bei mir gearbeitet. Meistens trieb er sich irgendwo rum. Und als Installateur kann man nicht allein arbeiten. Wenn man zwischen den Leitungen herumkriecht, braucht man wen, der einem das Werkzeug zureicht. Deshalb hab ich's ja auch im Rücken, weil ich mich immerzu verrenken mußte.«

Fasil wünschte, der Mann hätte endlich den Mund gehalten. Aber er hielt nicht den Mund. »Das da drüben wird das neue Superdome-Stadion. Das wird auch nie fertig. Erst sollte es 168 Millionen kosten, und jetzt kostet es schon 200 Millionen. Da soll Howard Hughes Geld drin haben. Scheiße! Erst haben die Monteure gestreikt, dann ...«

Fasil betrachtete das riesige, überdachte Stadion. Er sah, daß dort gearbeitet wurde, obwohl Feiertag war. Er sah winzige Gestalten auf dem Dach. Bei den ersten Planungen der Aktion hatte man gefürchtet, das Super Bowl-Spiel würde womöglich schon in dem neuen Stadion stattfinden. Dann hätte man das Luftschiff nicht einsetzen können. Allerdings klafften in dem Dach noch große Lükken.

Das Taxi wechselte auf die Überholspur, ohne daß der Fahrer seine Litanei unterbrach. »Eigentlich sollte das Super Bowl-Spiel dort stattfinden. Jetzt sind sie unheimlich an der Arbeit, weil die Leute von der Stadtverwaltung finden, daß es einen schlechten Eindruck macht, daß das Ding noch nicht fertig ist. Aber das kostet was. Überstunden. Über das Doppelte bezahlen sie den Leuten, damit sie die Feiertage durcharbeiten. Im Frühling ist es bestimmt fertig, sagen sie jetzt. Von den Überstundengeldern würde ich auch gern was kassieren.«

Fasil war im Begriff, sich das Geschwätz zu verbitten, unterließ es aber. Der Fahrer würde sich an ihn erinnern, wenn er ihm grob kam.

»Sie wissen ja, wie es in Houston mit dem Astrodome gegangen ist. Sie hatten schon mit den Oilers abgeschlossen, und jetzt müssen die im Rice-Stadion spielen. Und hier wollen sie nicht, daß es ihnen auch so geht. Mit den Saints, verstehen Sie? Alle sollen sehen, daß es vorangeht, sogar die Gewerkschaft spielt mit. Und deshalb wird hier auch über die Feiertage gearbeitet. Glauben Sie etwa, ich würde für den zweieinhalbfachen Lohn nicht auch über Weihnachten und Neujahr arbeiten?«

Das Taxi folgte jetzt der weiten Nordwestkurve der US 90, und der Fahrer schob seinen Augenschirm zurecht. Die Tulane University kam in Sicht. »Da drüben links, das ist das Ursulinerinnen-College. Vor welchem Eingang des Stadions soll ich halten – in der Willow Street?«

»Bitte.«

Der Anblick des großen rostiggrauen und bräunlichen Stadions faszinierte Fasil. Im Geist sah er die Fernsehbilder von München ablaufen.

Das stählerne Stadion war gigantisch. Der Anblick erinnerte Fasil an einen Flugzeugträger. Fasil stieg aus dem Taxi. Seine Kamera knallte gegen die Tür.

Der Südosteingang war geöffnet. Das Stadionpersonal traf die letzten Vorbereitungen für das Super Bowl-Spiel. Fasil hielt seine Pressekarte bereit und die Papiere, die er für den Flug zu den Azoren verwendet hatte, doch niemand hielt ihn an. Er warf einen Blick auf das düstere Trägergewirr unter den Tribünen, dann trat er auf das Spielfeld hinaus.

Es war alles so riesig! Die Ausmaße erregten ihn. Der Kunstrasen war neu, die Markierungen strahlend weiß auf dem grellen Grün. Er trat auf den Rasen und überquerte das Feld. Er hatte das Gefühl, als gehe von den endlos aufsteigenden Reihen eine Bedrohung aus. Auch in einem leeren Stadion fühlt man sich beobachtet, wenn man über das Spielfeld geht. Er eilte zur Westseite und stieg hinauf zu den Presseplätzen.

Als er von hier oben das Oval der Tribünen überblickte, dachte er an die ebenso geformte Sprengladung, und gegen seinen Willen bewunderte er Michael Landers Genie.

Das Stadion öffnete sich unter dem Himmel wie die Lippen eines großen Mundes, passiv, abwartend. Der Gedanke an die 80985 Menschen, die sich auf diesen Tribünen drängen würden, erfüllte Fasil mit einem Gefühl, das an

Wollust grenzte. Dies war die weiche, verwundbare Öffnung der Kriegstreiber.

»Quss ummak«, zischte Fasil. Ein altes arabisches Schimpfwort: die ›Vulva deiner Mutter‹.

Er überdachte die verschiedenen Möglichkeiten. Jede Explosion im Stadion oder nahebei würde weltweites Aufsehen erregen. Die Tore waren nicht besonders stabil. Der Lastwagen würde wohl einen der vier Haupteingänge durchbrechen und bis aufs Spielfeld fahren können, bevor die Bombe gezündet wurde. Bestimmt würde es zahlreiche Opfer geben. Doch ein großer Teil der Sprengkraft würde nur einen riesigen Krater in die Erde reißen. Es würde auch nicht leicht sein, einen Lastwagen durch die engen, überfüllten Straßen zum Stadion zu fahren. Was war, wenn vor den Toren Katastropheneinsatzwagen parkten? Wenn der Präsident anwesend war, würden ganz gewiß bewaffnete Posten die Eingänge sichern. Und wenn der Fahrer erschossen würde, bevor er Zeit hatte, die Ladung hochgehen zu lassen? Wer sollte den Wagen überhaupt fahren? Er gewiß nicht. Also Dahlia. Den nötigen Mut hatte sie, das stand fest. Danach würde er sie auf seiner Pressekonferenz im Libanon gebührend würdigen.

Mit einem Krankenwagen waren die Chancen besser. Der konnte mit heulender Sirene aufs Spielfeld fahren.

Aber das Gehäuse der Bombe war zu groß für einen normalen Krankenwagen, und der Lkw, in dem die Bombe jetzt unterwegs war, sah nicht im geringsten wie ein Rettungsfahrzeug aus. Es sah aus wie ein Fernsehwagen, aber ein Rettungswagen war besser. Also ein großer, geschlossener Kastenwagen. Man konnte ihn weiß spritzen und mit einem Roten Kreuz versehen. Nur schnell mußte es gehen. Ihm blieben nur noch vierzehn Tage.

Fasil, der oben auf der Tribüne stand und den Mantelkragen zum Schutz gegen den Wind hochgeschlagen hatte, fühlte sich bedrückt unter dem weiten, leeren Himmel. Von oben war es ein Kinderspiel, an das Stadion heranzukommen, dachte er erbittert. Aber die Bombe in ein Flugzeug verladen und dann das Flugzeug entführen, war so gut wie unmöglich. Und auch wenn man es irgendwie fertigbrachte, die Bombe als Fracht zu deklarieren, stand es nicht fest, ob Dahlia einen Piloten zwingen konnte, im Sturzflug das Stadion anzufliegen, selbst wenn sie ihm einen Revolver an die Schläfe hielt.

Fasil betrachtete den Himmel im Nordosten über New Orleans. Drei Kilometer entfernt das Superdome-Stadion. Dahinter das Hotel *Marriot* und das Hochhaus des internationalen Handelszentrums. Und hinter der Skyline, keine fünfzehn Kilometer entfernt, der Lakefront Airport. Von dort her würde die dicke Zigarre, das Luftschiff, am 12. Januar ohne die tödliche Last harmlos heranschweben. Verflucht sollte er sein, dieser Lander, bis ins zehnte Glied.

Fasil sah plötzlich deutlich vor sich, wie das Unternehmen abgelaufen wäre. Das silbern glänzende Luftschiff senkt sich lautlos herab, anfangs kaum beachtet von den Zuschauern, die sich ganz auf das Spiel konzentrieren. Während es immer tiefer herunterkommt, blicken mehr und mehr Zuschauer nach oben, und es wird immer größer und größer über ihnen, es hängt über ihnen, und sein langer Schatten verdunkelt das Spielfeld, und manche Zuschauer blicken unmittelbar auf das Gehäuse der Bombe, die mit einem Blitz, grell wie die Sonne, explodiert. Die Tribünen schwanken, heben sich und brechen zusammen, von Toten übersät. Der Donner der Explosion und die Schockwelle rollen betäubend über die Gegend hin. Noch in dreißig Kilometer Entfernung bersten die Fenster, und Schiffe wirbeln herum wie im Taifun. Ein Strumwind, der seinen Namen in dieses Land heult: Fasiiiiiiiiiil!

Es wäre unglaublich schön gewesen. Er mußte sich setzen. Er zitterte. Er mußte sich zwingen, wieder an Alternativen zu denken. Er mußte aus der Situation das Beste machen. Als er sich beruhigt hatte, durchströmte ihn ein Gefühl des Stolzes und der Stärke. Er war Fasil. Und er würde sein Bestes tun.

Auf der Rückfahrt in die Stadt dachte er über den Lastwagen und den Tarnanstrich nach. Noch ist nicht alles verloren, sagte er sich. Vielleicht ist es sogar besser. Daß man einen Amerikaner nötig hatte, war ihm immer gegen den Strich gegangen. Jetzt war es *sein* Unternehmen. Es würde zwar weniger spektakulär und weniger effektiv sein als ein Angriff von oben, aber es würde ihm ungeheures Prestige eintragen, und die Guerillabewegung würde natürlich auch davon profitieren.

Dort zur Rechten war das Stadion mit dem unfertigen Dach. Das Metall glitzerte im Sonnenlicht. Und was stieg dahinter langsam auf? Ein Hubschrauber vom Typ Skycrane. Er hob eine Last, offenbar ein Maschinenteil. Jetzt schwebte er über dem Dach.

Neben einer der Lücken im Dach warteten Arbeiter. Der Schatten des Hubschraubers glitt über sie hin. Langsam, behutsam ließ der Hubschrauber seine Last durch die Lükke im Dach hinunter. Der Schutzhelm eines Arbeiters wurde weggewirbelt, er rollte, ein winziger Fleck, über das Dach und fiel dann ins Leere. Der Hubschrauber stieg wieder, von seiner Last befreit, und entschwand hinter dem unfertigen Bauwerk.

Fasil dachte nicht mehr an Lastwagen. Einen Lastwagen konnte er jederzeit beschaffen. Schweiß trat ihm auf die Stirn. Ob der Hubschrauber auch am Sonntag eingesetzt wurde? Er wies den Taxichauffeur an, ihn zum Superdome zu fahren.

Zwei Stunden später las Fasil in der öffentlichen Bücherei eine bestimmte Seite in *Jane's All the World's Airkraft*. Von der Bücherei ging er sodann ins Hotel *Monteleone* und schrieb sich die Nummer des Telefons in der Halle auf. Wenig später notierte er sich die Nummer eines Apparats in einer Telefonzelle im Union Passenger Terminal. Dann ging er zum Telegrafenamt. Mit Hilfe der Codekarte, die er in sein Kamerafutteral eingeklebt hatte, füllte er sorgfältig ein Telegrammformular aus. Minuten später ging die nach Bengasi in Libyen adressierte Botschaft durch das atlantische Kabel im Ozean.

Tags darauf war Fasil um neun Uhr früh wieder im Passenger Terminal. Er löste von einer Telefonzelle nahe dem Eingang einen gelben Aufkleber mit der Inschrift AUSSER BETRIEB ab und klebte ihn an die Tür der Zelle, die er am Ende der Reihe ausgesucht hatte. Er sah auf seine Uhr. Eine halbe Stunde noch. Mit einer Zeitung ließ er sich auf einer Bank vor der Telefonzelle nieder.

Nie zuvor hatte Fasil es gewagt, von Nadscheers Beziehungen zu Libyen Gebrauch zu machen. Wäre Nadscheer noch am Leben gewesen, hätte er es auch jetzt nicht gewagt. Fasil hatte den Plastiksprengstoff in Bengasi nur als Beauftragter von Nadscheer abgeholt, aber dort hatten sich alle Türen vor ihm geöffnet, als er den Codenamen ›Sofia‹ nannte, den Nadscheer für den Anschlag ausgesucht hatte. Diesen Codenamen hatte er auch in seinem Telegramm benutzt, und er hoffte, er würde wieder seine Wirkung tun.

Um 9 Uhr 35 klingelte es in seiner Zelle. Beim zweiten Klingeln war er am Apparat. »Hallo?«

»Ja, ich versuche Mrs. Yusuf zu erreichen.« Trotz der schlechten Verbindung erkannte Fasil die Stimme des libyschen Verbindungsoffiziers zur El-Fatah.

»Sie sprechen mit Sofia Yusuf.«

»Sprechen Sie.«

Fasil sprach rasch. Er wußte, der Libyer würde nicht lange am Apparat bleiben. »Ich brauche einen Piloten für einen Lastenhubschrauber vom Typ Sikorsky S-58. Mit absoluter Priorität. In sechs Tagen muß er in New Orleans sein. Wiederverwendung nicht vorgesehen.« Fasil wußte, daß er beinahe Unmögliches verlangte. Er wußte aber auch, daß die El-Fatah in Bengasi und Tripolis immer auf Hilfe rechnen konnte. Bevor der Verbindungsoffizier Einwände machte, fuhr er rasch fort: »Der Sikorsky ist ein ähnlicher Typ wie die russischen Hubschrauber, die am Assuandamm benutzt wurden. Leiten Sie meine Anforderungen an die höchste Stelle weiter. Die allerhöchste. Ich bin von Elf autorisiert.« ›Elf‹ war Hafez Nadscheer.

Die Stimme am anderen Ende klang so leise, als versuchte der Mann durchs Telefon zu flüstern. »Vielleicht haben wir einen solchen Mann nicht. Was Sie verlangen, ist schwierig. Sechs Tage sind dafür überhaupt nichts.«

»Wenn ich ihn nicht innerhalb von sechs Tagen bekomme, brauche ich ihn überhaupt nicht. Alles hängt davon ab. Ich muß ihn haben. Rufen Sie mich morgen um die gleiche Zeit unter der anderen Nummer wieder an. Die Priorität ist absolut.«

»Verstanden«, sagte die Stimme. Die Verbindung brach ab. Fasil verließ munteren Schrittes den Terminal. Es war gefährlich, unmittelbar mit dem Nahen Osten Verbindung aufzunehmen, aber der Zeitmangel rechtfertigte das Wagnis. Ein solcher Pilot würde sich nicht so leicht finden lassen. Bei den Fedajin kannte er keinen. Einen Hubschrauber mit einer schweren Last zu fliegen war eine Kunst, und Piloten, die das konnten, wuchsen nicht auf den Bäumen. Immerhin hatten die Libyer früher schon für den ›Schwarzen September‹ alles getan, was sie konnten. Hoffentlich trieben sie einen geeigneten Piloten auf. Und hoffentlich bald.

Daß Fasil darauf bestanden hatte, der Pilot müsse innerhalb von sechs Tagen eintreffen, war nicht unbedingt notwendig gewesen. Das Super Bowl-Spiel sollte erst in zwei Wochen stattfinden. Aber es war notwendig, die Halterungen der Bombe auf den Hubschrauber umzurüsten, und dazu brauchte er Zeit und die Hilfe eines erfahrenen Piloten.

Fasil war sich über die Schwierigkeit, einen Piloten aufzutreiben, und das Risiko, das darin lag, ihn anzufordern, durchaus im klaren. Aber das Resultat, das ihm vorschwebte, rechtfertigte in seinen Augen das Wagnis.

Wenn nun aber sein Telegramm, das sich so harmlos las, von den amerikanischen Behörden genauer unter die Lupe genommen würde? Und wenn sein Erzfeind, dieser Jude Kabakov, den Zahlencode, mit dem er die Telefonnummern verschlüsselt hatte, kannte? Das war sehr unwahrscheinlich. Trotzdem war ihm nicht wohl bei der Sache. Bestimmt wurde nach dem Plastiksprengstoff längst von den Behörden gefahndet. Aber was geplant war, konnten sie nicht wissen. Nichts deutete auf New Orleans hin.

Ob Lander wohl delirierte? Unsinn. Heutzutage lag man nicht mehr im Delirium, wenn man Fieber hatte. Aber Verrückte phantasierten manchmal, mit und auch ohne Fieber. Falls die Gefahr bestand, daß Landers etwas ausplauderte, würde Dahlia ihn töten.

In Israel rollten zur gleichen Zeit Ereignisse ab, die Fasils Anforderungen eines Piloten erheblich mehr Nachdruck verliehen als der Einfluß des verstorbenen Hafez Nadscheer. Auf einer Piste bei Jaffa kletterten vierzehn israelische Piloten in sieben Jagdbomber vom Typ Phantom F-4. Sie rollten an den Start. Die Hitze der Triebwerkgase ließ die Luft hinter ihnen flimmern. Paarweise stoben sie über die Betonbahn, hoben sich in steilem Flug in die Luft und jagten hinaus über das Mittelmeer, westwärts, Richtung Tobruk, jetzt schon mit doppelter Schallgeschwindigkeit.

Es war ein Vergeltungsschlag. Noch qualmten in Rosh Pina die Trümmer eines Wohnhauses. Es war zerstört worden von russischen Katjuscha-Raketen – einem Geschenk Libyens an die Fedajin. Diesmal sollten nicht die Stützpunkte der Fedajin in Syrien und im Libanon dafür bezahlen, diesmal sollten die Waffenlieferanten selbst büßen.

39 Minuten nach dem Start machte der Verbandsführer den libyschen Frachter aus, genau in der von Mossad angegebenen Position, 18 Meilen vor Tobruk, auf Ostkurs, schwer beladen mit Waffen für die Guerillas. Doch es galt, sich zu vergewissern. Vier Phantomjäger hielten die Höhe, um Schutz vor arabischen Jägern zu geben. Die drei anderen stießen nach unten. Die Leitmaschine, auf ein Tempo von 200 Meilen pro Stunde abgedrosselt, überflog den Frachter in 20 Meter Höhe. Kein Zweifel. Gleich darauf stürzten alle drei Maschinen heulend auf den Frachter herab, warfen ihre Bomben und zogen wieder steil nach oben.

Kein Siegesgeheul in den Cockpits, als der Frachter in Flammen aufging. Auf dem Rückflug suchten die Israeli hoffnungsvoll den Himmel ab. Wären jetzt libysche MIGs aufgetaucht, wäre ihnen wohler zumute gewesen.

Der israelische Angriff löste im Revolutionären Kommandorat in Libyen einen Wutausbruch aus. Wer dort von dem in Amerika geplanten Anschlag eigentlich wußte, wird ein Geheimnis bleiben. Doch nun griffen die Räder ineinander.

Die Israelis hatten amerikanische Maschinen geflogen.

Die Israelis hatten erklärt: »Die Waffenlieferanten selber sollen büßen.«

So sollte es sein.

20

»Ich habe ihm gesagt, er soll schlafen gehen, aber er sagt, er habe Befehl, Ihnen die Schachtel selber zu übergeben«, sagte Militärattaché Weisman auf dem Weg zum Konferenzraum in der israelischen Botschaft zu Kabakov.

Als Kabakov den Raum betrat, döste der junge Hauptmann in seinem Sessel vor sich hin, sprang jedoch sogleich auf.

»Hauptmann Reik. Hier das Paket aus Beirut.«

Am liebsten hätte Kabakov die Schachtel gleich aufgerissen. Aber Reik hatte schließlich eine lange Reise hinter sich. »Ich erinnere mich an Sie, Hauptmann Reik. Sie haben bei Qanaabe eine Batterie kommandiert.« Man schüttelte einander die Hand. Der jüngere fühlte sich sichtlich geschmeichelt.

Kabakov wandte sich der Kunststoffschachtel auf dem Tisch zu. Sie maß etwa 60 Zentimeter im Quadrat und war ungefähr 30 Zentimeter hoch. Und sie war verschnürt. In arabischen Schriftzeichen war auf den Deckel geschrieben. ›Persönlicher Nachlaß von Abu Ali, 18 Rue Verdun, verstorben. Akte Nr. 186047. Bis 23. Februar aufbewahren.‹ Im Deckel war ein Einschußloch zu sehen.

»Unsere Leute in Tel Aviv haben alles geprüft«, sagte Reik. »Der Staub deutet darauf hin, daß die Schachtel längere Zeit nicht geöffnet wurde.«

Kabakov nahm den Deckel ab und breitete den Inhalt auf dem Tisch aus. Ein Wecker mit zerbrochenem Glas. Zwei Fläschchen Tabletten. Ein Bankbuch. Ein Magazin für eine Llama Automatic – Kabakov war überzeugt, daß die Pistole selbst gestohlen worden war –, ein leeres Etui für Manschettenknöpfe, ein verbogenes Brillengestell, ein paar Zeitschriften. Falls überhaupt etwas von Wert vorhanden gewesen war, hatte die Polizei es an sich genommen, und der Rest war noch einmal von der El-Fatah gesiebt worden. Kabakov war bitter enttäuscht. Er hatte gehofft, die krankhafte Geheimniskrämerei des ›Schwarzen September‹ hätte sich ein einziges Mal gegen die Terroristen gekehrt und die Leute, die den Auftrag gehabt hatten, Abu Alis Hinterlassenschaft zu ›säubern‹, hätten nicht zwischen Wichtigem und Unwichtigem zu unterscheiden gewußt und vielleicht einen brauchbaren Hinweis übersehen. Er sah Reik an.

»Haben wir dafür teuer bezahlen müssen?«

»Yoffee hat eine Fleischwunde im Oberschenkel. Er läßt Ihnen bestellen, Major Kabakov, daß ... «

»Nur zu.«

»Er sagt, Sie schulden ihm eine Flasch Remy Martin und – und nicht wieder solche Ziegenpisse wie in Kuneitra.«

»Aha.« Kabakov mußte gegen seinen Willen grinsen. Wenigstens hatte diese alberne Schachtel kein Menschenleben gefordert.

»Yoffee ging einfach rein«, berichtete Reik. »Er hatte irgendwelche komischen Beglaubigungen von einer saudiarabischen Anwaltsfirma. Er meinte, lieber brächte er gleich alles auf einmal hinter sich, als vorher den Schreiber zu schmieren. Er wollte nicht, daß die Gegenseite sich die Schachtel vielleicht noch einmal vornahm und daß man ihm einen Karton Müll andrehte. Also gab er dem Schreiber im Polizeipräsidium drei libanesische Pfund und verlangte die Schachtel. Der Schreiber holte sie auch, aber er händigte sie ihm nicht aus, sondern sagte, er brauche die Erlaubnis seines Vorgesetzten. Normalerweise wäre das nur auf eine weitere Bestechung hinausgelaufen, aber Yoffee traute seinen Papieren nicht recht. Er haute dem Kerl eins über den Schädel, schnappte sich die Schachtel und sprang in einen Mini-Cooper, den er draußen geparkt hatte. Alles ging gut, bis er von zwei Streifenwagen an der Ecke Rue Unesco gestoppt wurde. Er konnte auf den Bürgersteig ausweichen, aber er bekam doch mehrere Treffer ab. Auf der Ramlet el-Baida hatte er schon einen ziemlichen Vorsprung. Jacoby, der unseren Hubschrauber flog, war schon zur Stelle, und Yoffee stieg, während der Wagen noch fuhr, durchs Schiebedach, und wir zogen ihn rauf. Zurück sind wir dann bei Dunkelheit geflogen, in etwa dreißig Meter Höhe. Der Hubschrauber hatte das neue, dem Gelände folgende Autopilot-System, bei dem man sich um nichts mehr zu kümmern braucht.«

»Sie waren also dabei?«

»Jawohl, Major Kabakov. Yoffee schuldet mir Geld.«

Kabakov stellte sich vor, wie der schwarze Hubschrauber bei Nacht über die Hügel drosch. »Ist das nicht reichlich weit für einen Hubschrauber?«

»Wir mußten in Gesher Haziv zwischenlanden.«

»Haben die Libanesen ihnen Jäger nachgeschickt?«

»Nach einer Weile schon. Es dauerte ein bißchen, bis sich die Sache rumgesprochen hatte. 24 Minuten, nachdem die Polizei den Hubschrauber entdeckt hatte, waren wir wieder in Israel.«

Kabakov wollte nicht zeigen, wie sehr ihn der Inhalt der Schachtel enttäuschte – nicht nachdem drei Männer ihr Leben riskiert hatten, um sie zu beschaffen. In Tel Aviv mußte man ihn für einen Trottel halten.

»Ich danke Ihnen sehr für Ihre ausgezeichnete Leistung,

Hauptmann Reik. Und bestellen Sie das bitte auch Yoffee und Jacoby. Und nun gehen Sie schlafen. Das ist ein Befehl.«

Kabakov und Weisman saßen am Tisch, vor sich Alis Hinterlassenschaft. Weisman wahrte taktvolles Schweigen. Persönliche Papiere gleich welcher Art fehlten gänzlich. Nicht einmal die überall bei der El-Fatah verbreitete Fibel *Politischer und bewaffneter Kampf* war unter den Sachen. Man hatte Alis Habseligkeiten säuberlich gefilzt. Kabakov betrachtete die Zeitschriften. Zwei Nummern von *Al-Tali'ah,* einer ägyptischen Monatsschrift. Und hier – in einem Interview – war etwas unterstrichen: ›... das Gerede von der Stärke des israelischen Geheimdienstes ist ein Mythos. Was seinen Geheimdienst betrifft, ist Israel keineswegs sonderlich fortgeschritten.‹ Kabakov fauchte wütend. Abu Ali verspottete ihn noch aus dem Grabe.

Ferner waren da einige ältere Ausgaben der Beiruter Zeitung *Al-Hawadess.* Einige Nummern von *Paris Match.* Ein zerlesenes Exemplar der *Sports Illustrated* vom 21. Januar 1974. Kabakov betrachtete es mit gerunzelter Stirn. Er nahm es in die Hand. Unter den Zeitungen und Zeitschriften war es die einzige in englischer Sprache. Auf dem Umschlag ein dunkler Fleck, vermutlich Kaffee. Er blätterte die Zeitschrift durch, einmal, zweimal. Meist war von Football die Rede. Die Araber sind begeisterte Fußballspieler. Aber der Hauptartikel handelte von – Kabakovs Gehirn arbeitete auf Hochtouren. Fasil. München. Sport. Auf dem Tonband hatte es geheißen: »Möge nie wieder ein Jahr mit Blutvergießen und Leid beginnen.«

Weisman blickte ruckartig auf, als er Kabakov plötzlich fragen hörte: »Was wissen Sie über dieses Super Bowl-Spiel, Oberst Weisman?«

FBI-Direktor John Baker nahm seine Brille ab und massierte seinen Nasenrücken. »Eine sehr kühne Hypothese, meine Herren.«

Corley rutschte auf seinem Stuhl hin und her.

Kabakov war es leid, in Bakers ausdruckloses Gesicht zu blicken, er war es leid, zu hören, mit welcher Behutsamkeit Corley sich ausdrückte, wenn er mit seinem Vorgesetzten sprach. »Das ist keine bloße Hypothese. Bedenken Sie die Tatsachen – «

»Ich weiß, ich weiß, Major Kabakov. Sie haben das alles schon mehrfach geäußert. Sie nehmen an, man habe es auf das Super Bowl-Spiel abgesehen, weil dieser Kerl – wie heißt er doch gleich – Fasil, den Anschlag auf das Olympische Dorf in München organisiert hat. Und weil auf einem Tonband, das Sie in Beirut erbeutet haben, von Blutvergießen und Leid zu Beginn des Jahres die Rede ist. Und weil der Präsident sich das Spiel ansehen will.« Es war eine skeptische Aufzählung, eine, die nicht auf Anhieb überzeugen konnte.

»Und weil ein solcher Schlag wegen der direkten Fernsehübertragung einen gewaltigen Schock auslösen würde«, setzte Corley hinzu.

»Aber alle Ihre Schlußfolgerungen gründen sich allein darauf, daß dieser Ali zufällig eine Nummer der *Sports Illustrated* besaß. Und es steht noch nicht einmal fest, ob dieser Ali mit dem geplanten Anschlag überhaupt etwas zu tun hatte.« Baker blinzelte durchs Fenster in den grauen Nachmittag von Washington, als könnte er dort die Antwort finden.

Vor Baker auf dem Tisch lag der Bericht 302 von Corley, der die ersten, noch sehr allgemeinen Informationen über den Fall enthielt. Kabakov fragte sich, warum man ihn hergebeten hatte, doch dann wurde ihm schließlich klar: Baker, von Beruf aus mißtrauisch, wollte sich Kabakov ansehen. Er wollte sehen, wie sein Polizisteninstinkt auf diesen Mann reagierte. Kabakov erkannte in Bakers Gesicht einen Zug von Starrsinn. Er weiß, daß er etwas unternehmen muß, dachte er, aber er will sich mit mir darüber streiten. Er will sich nicht reinreden lassen, aber er möchte sich doch alles anhören. Jetzt ist er am Zuge. Soll er doch in seinem eigenen Saft schmoren. Er ist dran. »Ich danke Ihnen, daß Sie Zeit für mich hatten«, sagte Kabakov und stand auf.

»Einen Augenblick noch bitte, Major Kabakov, wenn es Ihnen recht ist. Sie haben Erfahrung in diesen Sachen – wie, meinen Sie, wird man vorgehen? Wird man den Sprengstoff im Stadion verstecken und drohen, die Tribünen zu sprengen, wenn nicht bestimmte Forderungen erfüllt werden? Freilassung von Sirhan Sirhan zum Beispiel, die Einstellung der Militärhilfe für Israel oder irgend etwas dieser Art?«

»Wahrscheinlich werden sie überhaupt nichts fordern, sondern das Stadion einfach in die Luft jagen und sich hinterher damit brüsten.«

»Wie kommen Sie darauf?«

»Die Vereinigten Staaten haben den Palästinensern nichts zu bieten. Fast alle der an Flugzeugentführungen beteiligten Terroristen sind wieder auf freiem Fuß. Die in München festgenommenen sind kurz darauf ausgetauscht worden gegen ein entführtes Flugzeug. Lelia Khaled ist auf die gleiche Weise freigekommen. Die Regierung des Sudan hat die Terroristen, die ihre Diplomaten in Karthum ermordet haben, den eigenen Leuten übergeben. Sie sind allesamt frei, Mr. Baker.

Und was die Militärhilfe für Israel angeht, so könnten da zwar Versprechungen gemacht, aber keine Garantien gegeben werden. Man würde wohl auch keinerlei Zusagen machen, und falls welche gemacht würden, dann würde man sie als erzwungen und daher ungültig betrachten. Im übrigen kann man Geiseln nur benutzen, wenn man sie in der Hand hat. In einem Stadion ist das nicht möglich. Es würde zu einer Panik kommen, die Menge würde die Ausgänge stürmen und ein paar Tausende zu Tode trampeln. O nein. Sie werden das Stadion schlicht in die Luft sprengen.«

»Und wie?«

»Das weiß ich nicht. Mit einer halben Tonne Plastiksprengstoff könnten sie die Tribünen auf beiden Seiten zum Einsturz bringen, aber dazu müßten sie an mehreren Stellen Ladungen anbringen und sie gleichzeitig zünden. Und das wäre nicht einfach. Fasil ist kein Anfänger. Man könnte die Ladungen auch nicht aus der Ferne durch Funksignal zünden, weil bei einer solchen Veranstaltung auf allen möglichen Frequenzen gesendet wird. Und das Risiko der Entdeckung erhöht sich mit jeder weiteren Stelle, an der man eine Ladung versteckt.«

»Das Stadion könnten wir absuchen lassen«, sagte Corley. »Es ist zwar eine Schinderei, aber machen können wir das.«

»Ich nehme an, der Secret Service wird das selber machen«, meinte Baker, »aber man wird wohl Leute von uns dafür anfordern.«

»Ferner können wir das gesamte Personal überprüfen, das mit dem Spiel irgendwie zu tun hat. Wir können uns die fliegenden Händler, die Würstchen und kalte Getränke verkaufen, vornehmen, und wir können verbieten, daß Pakete ins Stadion mitgenommen werden«, fuhr Corley fort. »Wir können Hunde und elektronische Schnüffler einsetzen. Und es ist auch noch Zeit genug, die Hunde auf das Stück Plastiksprengstoff abzurichten, das von dem Schiff stammt.«

»Und wie steht es mit der Überwachung des Luftraums?« fragte Kabakov.

»Ah«, sagte der FBI-Direktor, »Sie denken natürlich an die Sache mit dem Piloten und der Seekarte. Man könnte alle privaten Starts und Landungen in New Orleans für die Dauer des Spiel untersagen. Wir stimmen das noch mit der Luftfahrtbehörde ab. Ich bestelle heute nachmittag die betreffenden Herren her. Danach werden wir mehr wissen.«

Das bezweifle ich, dachte Kabakov.

21

Das ewige Geräusch der Schritte des Gefangenen fiel dem Aufseher auf die Nerven. Er schob die Klappe in der Zellentür hoch und beschimpfte Abd el-Awad nach Leibeskräften. Danach schämte er sich ein wenig. Der Mann hatte schließlich das Recht, hin und her zu gehen. Er schob die Klappe noch einmal hoch und gab Awad eine Zigarette, ermahnte ihn aber, sie sogleich auszumachen und zu verstecken, falls er Schritte hörte.

Awad horchte ohnedies aufmerksam auf jeden Schritt. Bald – heute abend, morgen, übermorgen – würde man kommen. Um ihm die Hände abzuhacken.

Awad, ehemals Offizier der libyschen Luftwaffe, war des Diebstahls und des Handels mit Rauschgift überführt worden. Mit Rücksicht auf seine dem Vaterland geleisteten Dienste war die Todesstrafe in Amputation beider Hände umgewandelt worden.

Solche Strafen, wie sie der Koran vorsah, waren lange nicht mehr verhängt worden. Erst Oberst Gadaffi hatte sie wieder eingeführt. Immerhin hatte er den Vollzug insofern seinen fortschrittlichen Bestrebungen entsprechend modernisiert, als nicht mehr mit dem Beil auf dem Marktplatz hantiert wurde, sondern Chirurgen im Krankenhaus von Bengasi eine hygienisch einwandfreie Amputation ausführten.

Awad hatte versucht seine Gedanken niederzuschreiben. Er hatte seinen Vater brieflich um Entschuldigung bitten wollen für die Schande, die er über die Seinen gebracht hatte, doch wollten sich die rechten Worte nicht einstellen. Er fürchtete, daß er den Brief erst zur Hälfte fertig hatte, wenn man ihn holen kam, und daß er ihn dann so abschicken mußte. Oder daß er ihn mit dem Federhalter im Mund beenden mußte.

Ob das Urteil wohl unter Betäubung vollstreckt wurde?

Ob er sich erhängen konnte, wenn er das eine Hosenbein an der Türangel befestigte, das andere sich um den

Hals schlang und sich dann auf den Boden fallen ließ? Seit einer Woche, seit seiner Verurteilung, stellte er solche Überlegungen an. Alles wäre leichter zu ertragen gewesen, wenn man ihm gesagt hätte, wann es geschehen sollte. Aber vielleicht war es ein Teil der Strafe, daß man ihn im Ungewissen ließ.

Die Klappe wurde hochgerissen: »Ausmachen! Ausmachen!« zischte der Posten.

Awad trat benommen die Zigarette aus und schob sie mit dem Fuß unter die Pritsche. Er hörte die Riegel, stellte sich der Tür gegenüber auf, die Hände auf dem Rücken, die Fingernägel in die Handflächen gegraben.

Ich bin ein Mann und ein tapferer Offizier, dachte Awad. Das hat man nicht einmal bei der Verhandlung bestritten. Ich will mir jetzt keine Blöße geben.

Ein kleiner, adrett gekleideter Mann betrat die Zelle und sagte irgend etwas. Awad sah, wie der Mund sich unter dem dünnen Schnurrbart bewegte. »... verstehen Sie mich überhaupt, Leutnant Awad? Es ist noch nicht Zeit für ... Das Urteil wird noch nicht vollstreckt. Aber es ist Zeit für eine ernsthafte Unterhaltung. Bitte sprechen Sie Englisch mit mir. Setzen Sie sich auf den Hocker. Ich setze mich auf die Pritsche.« Der kleine Mann sprach leise und ließ Awad keinen Moment aus den Augen. Awad hatte sehr empfindsame Hände, die Hände eines Hubschrauberpiloten. Und als man ihm eine Chance bot, diese Hände zu behalten und überdies völlig rehabilitiert zu werden, akzeptierte er ohne Zögern die Bedingungen.

Man verlegte ihn vom Gefängnis Bengasi in die Kaserne von Ajdabujah und machte ihn hier unter strengen Sicherheitsvorkehrungen mit einem russischen Hubschrauber des Typs MIL-6 vertraut, einer robusten Maschine, die bei der NATO unter dem Codenamen ›Hook‹ bekannt ist. Die libysche Luftwaffe besaß drei davon. Awad war der Typ bekannt, wenn er selber auch meist kleinere Hubschrauber geflogen hatte. Er kam gut damit zurecht. Die MIL-6 glich zwar nicht im Detail der Sikorsky S-58, aber die Ähnlichkeit war doch groß. Abends studierte Awad eingehend die aus Ägypten beschaffte Fluganleitung für die Sikorsky. Wenn er mit dem Gashebel und der Steuerung vorsichtig umging und ein wachsames Auge auf den Gesamtauftrieb hatte, würde er im gegebenen Augenblick schon zurechtkommen.

Oberst Gadaffi ist ein streng moralischer Herrscher, und er verhängt die grausamsten Strafen. Deshalb sind in Libyen auch gewisse Vergehen so gut wie ausgerottet. Die edle Kunst der Fälscherei floriert hier nicht mehr. Um für Awad die notwendigen Papiere zu beschaffen, mußte man sich an einen Fälscher in Nikosia wenden.

Awad sollte ›chemisch gereinigt‹ werden – nichts durfte seine Herkunft verraten. Im Grunde brauchte man nur die Einreisepapiere für die Vereinigten Staaten. Um seine Ausreise brauchte man sich keine Gedanken zu machen, denn die Explosion würde ihn zerfetzen. Doch davon wußte Awad nichts. Man hatte ihm nichts weiter gesagt, als daß er sich bei Muhammad Fasil melden und dessen Weisungen ausführen müsse. Und um ihm die Illusion zu geben, daß er mit heiler Haut davonkäme, mußte man ihm einen ausgearbeiteten Fluchtplan sowie die dazu erforderlichen Papiere aushändigen.

Am 31. Dezember, dem Tag nach Awads Entlassung aus dem Gefängnis, wurden sein libyscher Reisepaß, mehrere neue Fotos und Proben seiner Handschrift in einer kleinen Druckerei in Nikosia abgegeben.

Das Zusammenstellen einer ›Szene‹ – eines ganzen Satzes sich gegenseitig bestätigender Papiere wie Reisepaß, Führerschein, neuere Korrespondenz mit entsprechenden Poststempeln, quittierte Rechnungen – ist für die Fälscher im Westen ein relativ neues Verfahren, das eigentlich erst entwickelt wurde, seit der Rauschgifthandel so viel abwirft, daß man sich eine so kostspielige Prozedur leisten kann. Im Nahen Osten statten die Fälscher ihre Kunden bereits seit Generationen mit solchen ›Szenen‹ aus.

Der Fälscher in Nikosia war bekannt dafür, daß er vortreffliche Arbeit leistete. Er beliefert auch die Israelis mit libanesischen Blanko-Pässen – die Einzelheiten trugen die Israelis selber ein. Und er verkaufte Informationen an den israelischen Geheimdienst.

Die Libyer verlangten diesmal allerhand – zwei Reisepässe, einen italienischen mit einem US-Einreisestempel und einen portugisischen. Dafür feilschten sie aber auch nicht um den Preis. Und was der einen Seite soviel Geld wert ist, ist oft der anderen Seite ebensoviel wert, dachte der Fälscher und zog sich den Mantel an.

Noch war keine Stunde vergangen, da wußte man in Tel Aviv bereits, wer Awad war und wer er werden sollte. Der Prozeß gegen Awad hatte in Bengasi erhebliches Aufsehen erregt. Ein Mossad-Agent brauchte daher bloß in den libyschen Zeitungen nachzulesen, über welche besonderen Qualitäten und Fähigkeiten Awad verfügte.

In Tel Aviv setzte man das Puzzle zusammen. Awad war ein hochqualifizierter Hubschrauberpilot, der unter falschem Namen in die Vereinigten Staaten einreisen und sie unter einem anderen Namen wieder verlassen sollte. Das Ferngespräch mit Washington dauerte 45 Minuten.

22

Am Nachmittag des 30. Dezember begann man mit einer gründlichen Durchsuchung des Tulane-Stadions in New Orleans, wo am nächsten Tag das Sugar Bowl-Spiel stattfinden sollte. Ähnliche Durchsuchungen waren für den 31. Dezember in den Stadien in Miami, Dallas, Houston, Pasadena angesetzt – in allen Stadien, wo am Neujahrstag wichtige Footballspiele zwischen College-Mannschaften ausgetragen werden sollten.

Kabakov war erleichtert, daß die Amerikaner endlich ihren mächtigen Apparat gegen die Terroristen aufboten. Aber er mußte grinsen, wenn er daran dachte, wie es dazu gekommen war. Es war wieder einmal typisch für die Bürokratie. FBI-Direktor Baker hatte am vergangenen Nachmittag sogleich nach seinem Gespräch mit Kabakov und Corley eine Konferenz der führenden Männer des FBI, der National Security Agency und des Secret Service einberufen. Kabakov saß ganz vorn und fühlte so manchen skeptischen Blick auf sich ruhen, als die versammelten Beamten einer nach dem anderen darauf hinwiesen, wie schwach die Indizien seien – nur das Heft einer Zeitschrift, das einen Artikel über das Super Bowl-Spiel des letzten Jahres enthielt. Und darin war nicht einmal etwas unterstrichen.

Als Corley die Theorie von dem bevorstehenden Anschlag auf das Super Bowl-Spiel in New Orleans vortrug, bemühten sich die führenden Männer von FBI und NSA nach Kräften, einander an Skepsis zu übertreffen.

Nur die Vertreter vom Secret Service, Earl Biggs und Jack Renfro, schwiegen. Kabakov hielt sie für die humorlosesten Menschen, denen er je begegnet war. Verständlich, dachte er. Sie hatten ja auch wirklich nichts zu lachen.

Kabakov wußte, daß die hier versammelten Männer alles andere als beschränkt waren. Jeder von ihnen hätte sich einer ausgefallenen Theorie gegenüber aufgeschlossener verhalten, wäre er damit unter vier Augen vertraut gemacht worden. In Gesellschaft Gleichgestellter pflegen Männer zwei unterschiedliche Reaktionen zu haben – eine echte und eine zum Vorzeigen. Und da gleich zu Beginn der Konferenz Skepsis herrschte, änderte sich daran auch nichts, als Corley seinen Vortrag hielt.

Dieses Herdenprinzip wirkt aber auch in der entgegengesetzten Richtung. Als Kabakov den Anwesenden ins Gedächtnis rief, wie der ›Schwarze September‹ bei dem Anschlag in München vorgegangen war und bei dem mißlungenen Attentat anläßlich der Fußballweltmeisterschaft vor einem halben Jahr, gelang es ihm, die Versammelten in Unruhe zu versetzen. Warum eigentlich, so fragte Kabakov, sei ein Anschlag auf das Super Bowl-Spiel in

New Orleans weniger wahrscheinlich als das Attentat im Olympischen Dorf?

›Weil hier keine jüdische Mannschaft spielt‹, hieß es sogleich. Niemand lachte. Kabakov sprach weiter. Man merkte jetzt, daß die Zuhörer betroffen waren. Sie bewegten sich unruhig auf ihren Stühlen. Solange er denken konnte war es ihm noch immer gelungen, Polizisten aus ihrer Ruhe aufzuscheuchen, sogar israelische Polizisten.

Im Zusammenhang mit Fasils bisherigen Aktionen bekam die Sportzeitschrift plötzlich als Indiz ein anderes, bedrohliches Gewicht. Nachdem man sich die potentielle Gefahr erst einmal eingestanden hatte, übertrafen sich die Beamten in ihren Vorschlägen. Warum sollte ausgerechnet nur das Super Bowl-Spiel Ziel eines Anschlags sein? In der Zeitschrift war ein überfülltes Stadion abgebildet – war dann nicht jedes überfüllte Stadion gefährdet? Gott im Himmel. Das Sugar Bowl-Spiel! Übermorgen! Und am Neujahrstag fanden überall im Land große Spiele statt. Alle mußten abgesichert werden.

Mit der Angst aber stellte sich auch Feindseligkeit ein. Kabakov spürte plötzlich, daß er in diesem Kreis der einzige Ausländer war, und noch dazu ein Jude. Und er spürte instinktiv, daß einige der Anwesenden an eben diesen Umstand dachten. Er hatte das erwartet, es überraschte ihn nicht, daß diese Männer mit den kurzgeschorenen Haaren und den Abzeichen ihrer Studentenverbindungen in ihm eher das Problem sahen als dessen Lösung. Die Gefahr ging von einer Bande von Ausländern aus, und er war auch Ausländer. Das wurde zwar nicht ausgesprochen, aber es lag spürbar in der Luft.

»Danke meine Herren«, sagte Kabakov, als er sich wieder setzte. Ihr Knaben habt keine Ahnung von Ausländern, dachte er, aber am 12. Januar könnte euch ein Licht aufgehen.

Kabakov wollte nicht einleuchten, daß der ›Schwarze September‹ sich ein Stadion aussuchen würde, in dem der Präsident nicht anwesend war. Für ihn gab es gar keinen

Zweifel mehr, daß die Terroristen beim Super Bowl-Spiel in New Orleans zuschlagen wollten. Am Nachmittag des 30. Dezember traf er dort ein. Im Tulane-Stadion hatte man mit der Durchsuchung bereits begonnen.

Es waren dafür 50 Männer eingeteilt worden – Agenten des FBI, Kriminalpolizisten, zwei Hundeführer von der Luftfahrtbehörde, deren Hunde auf den Geruch von Sprengstoff abgerichtet waren, zwei Techniker von der Army mit einem elektronischen ›Schnüffler‹, der auf den Sprengstoff von der *Leticia* eingestellt war, und Feuerwerker von der Polizei.

New Orleans war insofern ein Sonderfall, als sich hier Agenten des Secret Service beteiligten und die Druchsuchung zweimal vorgenommen werden mußte – heute für das Sugar Bowl-Spiel und das zweite Mal für das Super Bowl-Spiel, einen Tag vor dem 12. Januar. Die Männer gingen in aller Ruhe ihrer Aufgabe nach, kaum beachtet vom Stadionpersonal, das mit letzten Vorbereitungen beschäftigt war.

Kabakov interessierte sich nicht weiter für die Durchsuchung. Er rechnete nicht damit, daß man etwas finden würde. Statt dessen musterte er eingehend die Gesichter des Stadionpersonals. Er erinnerte sich daran, daß Fasil seine Guerillas sechs Wochen vor Beginn der Spiele angewiesen hatte, sich Arbeit im Olympischen Dorf zu suchen. Er wußte, daß die Stadtpolizei von New Orleans das Stadionpersonal noch einmal unter die Lupe nahm. Trotzdem starrte er immer wieder prüfend in die Gesichter, so als hoffte er auf ein Alarmzeichen in der Magengegend, falls er einem Terroristen gegenüberstand. Aber so oft er die Arbeiter auch ansah, er empfand nichts. Die polizeilichen Nachforschungen ergaben lediglich, daß einer von ihnen ein Bigamist war, der in Coahoma County, Missisippi, gesucht wurde.

Am Silvesternachmittag verloren die Tigers von der Louisiana State University das Sugar Bowl-Spiel mit 13 zu 7 gegen Nebraska. Kabakov sah zu.

Es war sein erstes Footballspiel, und er sah davon nicht viel. Er und Moschevsky verbrachten die meiste Zeit unter den Tribünen und an den Zugängen, unbehelligt von den Agenten des FBI und den über das Stadion verteilten Polizisten. Kabakov interessierte sich besonders für die Kontrolle an den Zugängen und speziell für den Einlaß von Besuchern nach Spielbeginn.

Die meisten Massenveranstaltungen waren ihm ein Ärgernis, und diese hier mit ihrer Blechmusik und den Fähnchen und Rasseln schwenkenden Zuschauern war ihm besonders widerwärtig. Marschierende Musikkapellen hatten für ihn von jeher etwas Lächerliches. Was ihn etwas versöhnte, war, daß nach der ersten Halbzeit die »Blauen Engel« der Navy mit ihren Düsenjägern in sauberer Sternformation über das Stadion brausten: im Glanz der untergehenden Sonne führten sie eine langsame Rolle aus, hoch über dem brummenden Luftschiff, das über dem Stadion schwebte. Kabakov wußte, daß andere Düsenjäger in Bereitschaft standen: auf nahe gelegenen Rollbahnen standen Abfangjäger der Air Force für den unwahrscheinlichen Fall, daß ein unbekanntes Flugobjekt den Luftraum über New Orleans anfliegen sollte, während das Spiel im Gange war.

Als die letzten Zuschauer das Stadion verließen, warfen die Tribünen bereits lange Schatten auf das Spielfeld. Kabakov war von dem stundenlangen Lärm noch ganz benommen. Es fiel ihm schwer, das Englisch der Leute zu verstehen, die sich in seiner Nähe unterhielten, und er wahr sehr gereizt. Corley traf ihn auf dem Platz vor dem Stadion in der Nähe der Lichtmasten.

»Also kein Knall«, bemerkte Corley.

Kabakov warf ihm einen raschen Blick zu – grinste Corley etwa? Nein, er sah nur müde aus.

Kabakov sah die verdrossenen Gesichter jener Männer vor sich, die jetzt in den anderen Städten die Stadien nach Sprengladungen absuchten, um die Spiele am Neujahrstag zu sichern. Dort wie hier würden sie schön auf ihn fluchen. Er hatte nie behauptet, daß der Anschlag bei einem Spiel der Universitätsmannschaften stattfinden würde. Aber das war nun auch einerlei. Er und Corley gingen durchs Stadion zurück zum Parkplatz. Rachel erwartete ihn sicher schon im Hotel *Royal* Orleans.

»Major Kabakov.«

Er sah sich um. Dann merkte er, daß die Stimme aus dem Sprechfunkgerät in seiner Tasche kam. »Hier Kabakov. Bitte sprechen.«

»Ein Gespräch für Sie in der Befehlsstelle.«

»Ich komme.«

Die Befehlsstelle des FBI war im Pressebüro der Stadionverwaltung unter den Tribünen eingerichtet worden. Ein Agent in Hemdsärmeln hielt Kabakov den Hörer hin.

Es war Weisman von der israelischen Botschaft. Corley versuchte aus Kabakovs kurzen Antworten Schlüsse zu ziehen.

»Lassen Sie uns rausgehen«, sagte Kabakov und gab den Hörer zurück. Es gefiel ihm nicht, wie die FBI-Agenten in dem Büro betont seinen Blicken auswichen. Offensichtlich hatten sie von ihm an diesem Tag genug.

Kabakov blieb an der Seitenlinie stehen und sah zu den Fahnen hinauf, die oben am Tribünenrand im Winde wehten. »Man schickt einen Hubschrauberpiloten her. Zu welchem Zweck, das ist uns noch nicht klar. Wir wissen nur, daß er kommt. Und zwar aus Libyen. Uns sie haben es damit besonders eilig.«

Schweigen. Corley schluckte trocken.

»Was wissen Sie über den Kerl?«

»Wir wissen, wie seine Pässe aussehen, wir haben ein Foto von ihm, wir wissen sozusagen alles. Unsere Botschaft übergibt die Akte soeben Ihrem Büro in Washington. In einer halben Stunde ist das Zeug hier. Sie bekommen wahrscheinlich gleich einen Anruf aus Washington.«

»Wo ist der Kerl jetzt?«

»Offenbar noch drüben, wir wissen nicht genau wo. Aber morgen werden seine Papiere in Nikosia abgeholt.«

»Sie werden doch nicht –«

»Auf keinen Fall. Drüben mischen wir uns nicht ein. Die Druckerei in Nikosia steht unter Beobachtung, und ebenso der Flughafen. Das ist alles.«

»Ein Angriff aus der Luft! Hier oder sonst irgendwo. Darauf also läuft es hinaus.«

»Vielleicht«, sagte Kabakov. »Vielleicht aber auch ein Ablenkungsmanöver von Fasil. Das hängt davon ab, wieweit er weiß, was wir wissen. Falls er das Stadion hier beobachtet oder ein anderes, dann weiß er, daß wir eine Menge wissen.«

In der Dienststelle des FBI in New Orleans nahmen sich Kabakov und Corley den Bericht über den Piloten aus Libyen vor.

Corley tippte nervös auf das gelbe Telex. »Er reist auf den portugiesischen Paß ein und will mit dem italienischen Paß, der schon den amerikanischen Einreisestempel trägt, wieder ausreisen. Zeigt er an irgendeiner Paßkontrollstelle den portugiesischen Paß vor, wissen wir es zehn Minuten später. Falls er sich an dem Anschlag beteiligen soll, haben wir die Kerle. Er wird uns zur Bombe führen und zu Fasil und zu dieser Frau.«

»Vielleicht.«

»Woher wollen die bloß den Hubschrauber nehmen? Falls sie einen Anschlag auf das Super Bowl-Spiel planen, muß einer von ihnen hier schon eine Maschine besorgt haben.«

»Richtig. Und zwar ganz in der Nähe. Die Dinger haben keine große Reichweite.« Kabakov riß einen Umschlag auf. Er enthielt 100 Fotos von Fasil im Dreiviertelprofil und 100 Abzüge von dem Phantombild der Frau. Jeder Polizist im Stadion sollte diese Fotos bei sich tragen. »Die NASA hat gute Arbeit geleistet«, bemerkte Kabakov. Die Bilder von Fasil waren erstaunlich scharf, und der Polizeizeichner hatte die Schußverletzung in seinem Gesicht nachträglich einretuschiert.

»Ich lasse die Bilder bei allen Luftcharterunternehmen,

bei den Fliegern der Navy und überall verteilen, wo Hubschrauber herumstehen«, sagte Corley. »Was haben Sie denn plötzlich?«

»Warum wird der Pilot erst jetzt geschickt? Bis auf diesen einen Umstand paßt alles prächtig zusammen. Eine große Bombe, ein Anschlag aus der Luft. Aber warum kommt der Pilot erst jetzt? Die Seekarte hat uns erstmals auf den Gedanken gebracht, daß ein Pilot an der Sache beteiligt sein könnte, aber wenn die Makierungen auf der Karte von einem Piloten stammen, dann war er bereits hier.«

»Man kann Seekarten schließlich überall kaufen, David. Sie kann sehr gut schon drüben markiert worden sein, im Nahen Osten. Sicherheitshalber. Eine Vorkehrung für den Notfall, ein Rendezvous auf See. Die Frau könnte die Karte mit herübergebracht haben. Und dann hat das Rendezvous ja auch tatsächlich stattgefunden, weil sie Muzi für unzuverlässig hielten.«

»Trotzdem, irgend etwas stimmt da nicht. Warum sind die Papiere für den Piloten erst jetzt in Auftrag gegeben worden? Wenn schon seit langem feststand, daß sie den Libyer benutzen wollten, hätten sie seine Papiere längst fertig gehabt.«

»Je später er auf der Bildfläche erscheint, um so geringer die Gefahr, daß er aufgespürt wird.«

»Nein.« Kabakov schüttelte den Kopf. »Diese hektische Eile ist nicht Fasils Stil. Sie wissen, wie lange im voraus er alle Vorbereitungen für München getroffen hatte.«

»Einerlei – wir sind jedenfalls einen entscheidenden Schritt weiter. Morgen früh schicke ich gleich Leute mit diesen Bildern auf die Flugplätze«, sagte Corley. »Die meisten Lufttaxiunternehmen sind sowieso über Neujahr geschlossen. Es kann also ein paar Tage dauern, bis wir entsprechende Auskünfte haben.«

Im Fahrstuhl des Hotels Royal Orleans war Kabakov nicht allein. Mit ihm fuhren zwei Paare hinauf, die Damen mit hoch aufgetürmten Frisuren. Es wurde laut gelacht. Er versuchte zu verstehen, was sie sagten, kam aber zu dem Schluß, daß es sich nicht lohnte.

Er fand die Zimmernummer und klopfte. Alle Hoteltüren sehen nach nichts aus. Man sieht ihnen nicht an, daß hinter ihnen Menschen atmen, die wir lieben. Rachel war wirklich da, sie preßte Kabakov lange an sich, ohne ein Wort zu sagen.

»Schön, daß du meine Nachricht im Stadion bekommen hast. Eigentlich hättest *du* mir vorschlagen können, nach New Orleans zu kommen.«

»Ich wollte warten, bis alles vorüber ist.«

»Ich habe das Gefühl, ich habe einen Roboter umarmt«, sagte sie. »Was hast du da unter deinem Mantel?«

»Eine Maschinenpistole.«

»Häng sie an die Gaderobe und trink erst mal was.«

»Wie kommst du an ein so prächtiges Hotelzimmer? Corley hat keines mehr gekriegt, er übernachtet bei einem Kollegen.«

»Ich habe Verbindungen zum *Plaza* in New York. Denen gehört auch das Hotel hier. Gefällt es dir?«

»Sehr.« Es war ein kleines, luxuriös eingerichtetes Apartment.

»Es tut mir leid, daß ich Moschevsky nicht unterbringen konnte.«

»Er steht draußen vor der Tür. Er kann ja auf dem Sofa schlafen – nein, das war nur ein Spaß. Er ist im Konsulat untergekommen.«

»Ich habe uns was zu essen bestellt.«

Er hörte nicht zu.

»Ich sage, ich habe uns was zu essen aufs Zimmer bestellt. Ein Chateaubriand.«

»Anscheinend fliegen die Araber einen Piloten ein.« Er erzählte ihr die Einzelheiten.

»Wenn er dich zu den anderen führt, ist damit doch alles erledigt.«

»Ja – falls wir auch den Sprengstoff finden. Und falls uns keiner durch die Lappen geht.«

Ihr lag eine weitere Frage auf der Zunge, aber sie sprach sie nicht aus.

»Wie lange hast du Zeit?« fragte Kabakov.

»Vier oder fünf Tage. Falls du mich brauchst auch länger. Eigentlich wollte ich heimfahren, mich um meine Praxis kümmern und am zehnten oder elften wieder hier sein – wenn du möchtest.«

»Selbstverständlich möchte ich. Wenn das hier erledigt ist, wollen wir uns New Orleans richtig ansehen. Ich glaube, es lohnt sich.«

»Oh, David, und wie sich das lohnen würde!«

»Noch etwas. Auf keinen Fall siehst du dir das Super Bowl-Spiel an. Nach New Orleans sollst du gern kommen, aber du gehst nicht ins Stadion!«

»Wenn ich dort nicht sicher bin, ist niemand dort sicher. Dann sollte man die Leute vorher warnen.«

»Genau das hat der Präsident dem FBI und dem Secret Service auch gesagt. Aber falls das Spiel wirklich stattfindet, will er kommen.«

»Es kann also noch abgesagt werden?«

»Er hat sich Baker und Biggs kommen lassen und zu ihnen gesagt: wenn ihr den Zuschauern und mir nicht ausreichenden Schutz garantieren könnt, dann lasse ich das Spiel absagen und gebe den Grund dafür bekannt. Da hat Baker gesagt, das FBI kann für die allgemeine Sicherheit garantieren.«

»Und was hat der Secret Service gesagt?«

»Biggs macht keine leichtfertigen Versprechungen. Er wartet ab, bis er weiß, was es mit dem Piloten auf sich hat. Er jedenfalls lädt niemanden ein, sich das Spiel anzusehen, und ich ebenfalls nicht. Versprich mir also, daß du nicht ins Stadion gehst.«

»Gut David, ich verspreche es.«

Er lächelte. »Und jetzt erzähl mir von New Orleans.«

Das Essen war vorzüglich. Sie saßen am Fenster, und zum erstenmal seit Tagen wich die Spannung von Kabakov. Draußen schmiegte sich die glitzernde Stadt in die

Biegung des Flusses, und hier drinnen saß Rachel im weichen Kerzenschimmer und erzählte, wie sie als Kind mit ihrem Vater nach New Orleans gekommen war, wie sie sich als große Dame fühlte, als der Vater sie mitnahm zu *Antoine*, wo ein Kellner, als er sie kommen sah, unauffällig ein Kissen auf ihren Stuhl legte.

Kabakov und sie nahmen sich vor, am zwölften, oder wann immer die Sache abgeschlossen war, bei *Antoine* zu feiern. Voll des guten Beaujolais lagen sie dann glücklich beieinander. Rachel schlief lächelnd ein.

Nach Mitternacht erwachte sie und sah, daß Kabakov aufrecht neben ihr im Bett saß. Als sie sich regte, streichelte er sie, als ob er an etwas anderes dachte.

Der Lastwagen mit der Bombe kam am 31. Dezember um 23 Uhr in New Orleans an. Der Fahrer fuhr auf der US 10 am Superdome-Stadion vorbei bis zur Kreuzung mit der US 90, bog dann nach Süden ab und brachte den Wagen unweit der Mole an der Thalia Street unter der Brücke über den Mississippi zum Stehen. Es war eine Gegend, die nachts völlig verlassen dalag.

»Hier soll es angeblich sein«, sagte der Mann am Steuer zu seinem Beifahrer. »Aber zu sehen ist kein Schwein. Das ganze Hafengelände ist abgesperrt.«

Eine Stimme aus dem Dunkel erschreckte den Fahrer: »Richtig, hier ist es«, sagte Fasil und stieg aufs Trittbrett. »Und hier sind die Ladepapiere. Der Empfang ist bescheinigt.«

Der Fahrer begutachtete die Papiere mit der Taschenlampe, während Fasil die Siegel an der hinteren Ladeklappe prüfte. Sie waren unversehrt.

»Könnten Sie uns nicht eben zum Flugplatz fahren? Heute nacht fliegt noch eine Maschine nach Newark.«

»Tut mir leid, aber das geht nicht«, sagte Fasil. »Ich setze Sie bei einem Taxistand ab.«

»Na, hören Sie mal, bis zum Flughafen, das kostet uns glatt einen Zehner.«

Fasil wollte keinen Ärger. Er gab dem Mann 10 Dollar und setzte die beiden an einem Taxistand ab. Auf der Fahrt zur Garage lächelte er und pfiff leise durch die Zähne. Schon den ganzen Tag über war er glänzender Laune gewesen, seit er nämlich über den öffentlichen Fernsprecher im Hotel Monteleone erfahren hatte, daß der Pilot unterwegs war. In seinem Kopf schwirrte es von Plänen, und er hatte Mühe, sich auf die Straße zu konzentrieren.

Zunächst einmal galt es, diesem Awad zu zeigen, wer der Herr war. Awad sollte ihn achten und fürchten. Das dürfte nicht schwerfallen.

Sodann mußte er Awad gründlich mit dem Projekt vertraut machen und ihm überzeugend darlegen, wie sie beide nach dem Anschlag entkommen würden.

Sein Aktionsplan basierte zu einem großen Teil auf dem, was er im Superdome-Stadion erfahren hatte. Der Sikorsky S-58, der seine Aufmerksamkeit erregt hatte, war ein ehrwürdiges Stück, das von der westdeutschen Bundeswehr ausrangiert und verkauft worden war. Mit seiner Tragfähigkeit von 2500 Kilogramm reichte er zwar nicht an den neuen Skycrane heran, aber für Fasils Zwecke war er mehr als ausreichend.

Bei einem Transport mit einem Hubschrauber wirken drei Personen mit: der Pilot, der ›Bauchmann‹ und der Lademeister. Das hatte Fasil beim Zusehen auf dem Gelände des Superdome-Stadions gelernt. Der Pilot hält den Hubschrauber schwebend über der Last. Dirigiert wird er dabei vom Bauchmann, der so heißt, weil er bäuchlings hinter dem Piloten auf dem Boden des Rumpfes liegt, direkt nach unten auf die Last blickt und dem Piloten über Bordsprechfunk Anweisungen gibt.

Am Boden steht der Lademeister. Er befestigt den Haken an der Ladung. Der Haken kann von den Männern an Bord des Hubschraubers nicht durch Fernbedienung verriegelt werden, das kann nur unten geschehen. Im Notfall kann der Pilot die Ladung abwerfen, indem er auf einen roten Knopf am Steuerknüppel drückt. Das erfuhr Fasil bei einem kurzen Gespräch, das er mit dem Piloten während einer Arbeitspause geführt hatte. Der Pilot war sehr freundlich gewesen – ein Schwarzer mit klaren, weitauseinanderstehenden Augen hinter der Sonnenbrille. Möglich, daß dieser Bursche einem Kollegen erlaubte, ihm bei der Arbeit im Hubschrauber zuzusehen. Das würde dann für Awad eine gute Gelegenheit sein, sich mit dem Cockpit des Hubschraubers näher vertraut zu machen. Fasil hoffte, daß Awad ein sympathisch wirkender Mann war.

Am Tage des Super Bowl-Spiels würde er den Piloten sofort erschießen und jeden, der sich einmischen wollte, ebenfalls umbringen. Awad und Dahlia sollten den Hubschrauber besteigen, und er selber würde den Lademeister machen. Dahlia würde dafür sorgen, daß der Hubschrauber später über dem Stadion genau die richtige Position einnahm, und während Awad noch auf den Befehl wartete, die Bombe abzuwerfen, würde sie die Ladung zünden.

Fasil bezweifelte keinen Moment, daß Dahlia durchhielt. Sorgen machte ihm viel mehr der rote Knopf, der die Ladung ausklinkte. Diesen Knopf mußte man außer Funktion setzen. Falls Awad nervös wurde und die Bombe tatsächlich abwarf, war ein großer Teil der Wirkung dahin. Zum Abwurf war die Bombe nicht konstruiert. Man mußte den Haken blockieren. Und zwar mußte das im letzten Augenblick vor dem Anheben geschehen, wenn Awad nicht sehen konnte, was unmittelbar unter dem Hubschrauber vorging. Einem eingeflogenen Terroristen konnte Fasil diese Aufgabe nicht anvertrauen, und aus diesem Grund war er bereit, selbst den Lademeister zu machen.

Ein immerhin noch akzeptables Risiko. Er hatte dort bessere Chancen, als er am Lakefront Airport nach dem Start des Luftschiffs gehabt hätte. Er würde es nicht mit bewaffneter Flughafenpolizei zu tun haben, sondern mit unbewaffneten Bauarbeitern. Wenn dann der große Knall kam, wollte er schon unterwegs sein. Er würde nach Houston fahren und dort ein Flugzeug nach Mexico City nehmen.

Awad würde bis zuletzt glauben, Fasil erwarte ihn mit einem Wagen im Audubon Park jenseits des Stadions.

Hier war die Garage, ein wenig von der Straße zurückversetzt, ganz wie Dahlia es beschrieben hatte. Als er den Lastwagen hineingefahren und das Tor hinter sich geschlossen hatte, öffnete Fasil die Ladeklappe. Alles schien in Ordnung. Er probierte den Motor des Gabelstablers aus. Er sprang sofort an. Ausgezeichnet. Sobald Awad angekommen war, und alle übrigen Vorbereitungen getroffen waren, konnte er Dahlia anrufen und ihr sagen, sie solle den Amerikaner umbringen und nach New Orleans kommen.

Lander stöhnte einmal und drehte sich auf die andere Seite. Dahlia Iyad legte den Stadtplan von New Orleans beiseite und erhob sich mit steifen Gliedern. Der eine Fuß war ihr eingeschlafen. Sie legte die Hand auf Landers Stirn. Seine Stirn fühlte sich heiß an. Mit einem feuchten Tuch tupfte sie ihm den Schweiß ab. Als er wieder gleichmäßig, wenn auch röchelnd, atmete, setzte sie sich wieder in den Sessel unter der Leselampe.

Jedesmal wenn Dahlia an Landers Krankenhausbett trat, ging eine sonderbare Veränderung in ihr vor. Solange sie mit dem Stadtplan unter der Lampe saß und an New Orleans dachte, betrachtete sie Lander mit den kühlen, lauernden Blick einer Katze, einem Blick, der ihre Entschlossenheit verriet, notfalls bis zum Äußersten zu gehen. An seinem Bett drückte ihr Gesicht dagegen liebevolle Sorge aus. Beides entsprach ihren wahren Gefühlen. Kein Mann hatte je eine so fürsorgliche und so mörderische Pflegerin gehabt.

Vier Nächte hatte sie auf einem Feldbett in seinem Zimmer im Hospital von New Jersey verbracht. Sie hatte ihn nicht allein lassen können, da sie fürchten mußte, er würde im Fieber etwas ausplaudern. Und er hatte tatsächlich phantasiert. Allerdings ging es dabei um Vietnam und um Personen, die sie nicht kannte. Und um Margaret. Einen ganzen Abend lang hatte er immer wieder gesagt: »Jergens, du hattest recht.«

Sie wußte nicht, ob er noch bei Verstand war, sie wußte nur, daß ihr bis zum Anschlag noch zwölf Tage blieben. Wenn sie ihn retten konnte, war sie dazu bereit. Falls nicht – nun, sterben mußte er so oder so. Der eine Tod war nicht schlimmer als der andere.

Sie wußte, daß Fasil es eilig hatte. Aber Eile war gefährlich. Falls Lander nicht fliegen konnte, und falls Fasils Alternativplan ihr mißfiel, wollte sie Fasil ausschalten. Die Bombe war zu wertvoll, man durfte sie nicht bei einer überstürzten Operation verschwenden. Jedenfalls war die Bombe wertvoller als Fasil. Sie würde ihm nie verzeihen, daß er sich auf dem Flugfeld in New Orleans hatte drükken wollen. Dabei war seine Feigheit keineswegs einem plötzlichen Versagen der Nerven zuzuschreiben, wie es bei dem Japaner der Fall gewesen war, den sie vor dem Anschlag auf den Flughafen Lod erschossen hatte. Der Grund war vielmehr sein persönlicher Ehrgeiz, und das war viel verwerflicher.

»Du schaffst es, Michael«, flüsterte sie. »Streng dich ganz fest an.«

Früh am Morgen des 1. Januars schwärmten Polizisten und Agenten des FBI zu den Flughäfen rings um New Orleans aus – Houma, Thibodaux, Slidell, Hammond, Greater St. Tammany, Gulfport, Stennis International und Bogalusa. Den ganzen Vormittag über trafen ihre Berichte nach und nach ein. Niemand hatte Fasil oder die Frau gesehen.

Corley, Kabakov und Moschevsky hatten den International Airport und den Lakefront Airport in New Orleans übernommen – ohne Resultat. Bedrückt fuhren sie in die Stadt zurück. Corley wurde auf Anfrage per Funk mitgeteilt, daß keine einzige Paßkontrollstelle etwas zu berichten hatte, auch Interpol nicht. Von dem libyschen Piloten nirgendwo eine Spur.

›Weiß der Teufel, wo der Kerl steckt‹, sagte Corley und trat auf den Gashebel.

Kabakov starrte mürrisch aus dem Fenster. Nur Moschevsky war die Ruhe selbst. Statt zeitig schlafen zu gehen war er am Vorabend im Hotsy-Totsy Club in der Bourbon Street gewesen. Jetzt schlief er auf dem Rücksitz.

Eben waren sie Richtung Bundesgericht in die Poydras Street abgebogen, da rauschte vor ihnen – wie ein riesiger Vogel aus der Deckung – der Hubschrauber hinter den Häusern in die Höhe und schwebte gleich darauf über dem neuen Stadion, unter sich eine schwere, würfelförmige Last.

›He, he, he, he, he, David‹, sagte Corley und beugte sich dicht über das Steuerrad. Er blickte schräg nach oben und trat auf die Bremse. Hinter ihnen hupte jemand wütend, überholte rechts und man sah den Fahrer zornig gestikulieren.

Kabakovs Herz schlug schneller, als er den Hubschrauber sah. Er wußte, für das Attentat war es noch zu früh, und er erkannte auch, daß der Hubschrauber ein Maschinenteil beförderte, doch das Bild stimmte mit seiner Vorstellung von dem, was zu erwarten war, erstaunlich überein.

Der Landeplatz befand sich auf der Ostseite des Superdome-Stadions. Corley parkte hundert Schritt entfernt neben einem Stapel von Trägern.

»Falls Fasil diese Gegend beobachtet, darf er Sie nicht erkennen«, sagte Corley. »Ich besorge uns ein paar Schutzhelme.« Er ging zur Baustellte hinüber und kam gleich darauf mit drei gelben Plastikhelmen samt Schutzbrillen zurück.

»Nehmen Sie das Fernglas, und gehen Sie aufs Dach. Beobachten Sie durch die Lücke dort den Landeplatz«, sagte Kabakov zu Moschevsky. »Bleiben Sie im Schatten, und beobachten Sie die Fenster der Häuser gegenüber, überhaupt jeden erhöhten Punkt und den Umkreis des Landeplatzes.«

Moschevsky war schon unterwegs.

Die Arbeiter hatten bereits eine neue Ladung zum Landeplatz gerollt, und der Helikopter kam leicht wackelnd herunter, um sie aufzunehmen. Kabakov ging in die Baubude am Rande des Landeplatzes und beobachtete durchs Fenster. Der Lademeister schützte mit der Hand die Augen vor der Sonne und sprach in ein Funkgerät, als Corley auf ihn zukam.

»Lassen Sie bitte den Helikopter herunterkommen«, sagte Corley und hielt seine Dienstmarke so, daß nur der Lademeister sie sehen konnte. Der Mann warf einen Blick auf die Marke und sah dann Corley an,

»Was ist denn?«

»Bitten Sie den Piloten zu landen.«

Der Lademeister sprach in sein Gerät und brüllte den Arbeitern etwas zu. Die mächtige Kühlpumpe wurde vom Platz gerollt, und die Männer kehrten dem Hubschrauber, der jetzt Wind aufwirbelnd aufsetzte, den Rücken zu. Der Lademeister machte das Handzeichen für Abstellen und winkte dem Piloten, heranzukommen. Der Rotor drehte sich langsamer, und die Flügelblätter senkten sich.

Der Pilot schwang sich mit einer einzigen Bewegung vom Sitz und aus dem Cockpit. Er trug eine Fliegerkombination der Marineinfanterie, die verblichen und an Knien und Ellbogen beinahe weiß war.

»Was ist los, Maginty?«

»Der Herr hier möchte mit dir reden«, sagte der Lademeister.

Der Pilot sah Corleys Ausweis an. Kabakov konnte in seinem dunklen Gesicht keinen besonderen Ausdruck entdecken.

»Können wir ins Büro gehen? Sie ebenfalls, Mr. Maginty«, sagte Corley.

»Meinetwegen«, sagte der Lademeister, »aber denken Sie daran – dieser Schaumschläger kostet uns 500 Dollar die Stunde. Vielleicht können wir uns etwas beeilen.«

Im Baubüro, wo erheblich Unordnung herrschte, zog Corley das Foto von Fasil heraus. »Kennen Sie – «

»Warum stellen Sie sich nicht erst einmal vor?« sagte der Pilot. »Das ist nicht mehr als höflich und kostet Maginty höchstens 12 Dollar.«

»Sam Corley.«

»David Kabakov.«

»Lamar Jackson.« Er reichte beiden feierlich die Hand.

»Es geht um eine Frage der nationalen Sicherheit«, sagte Corley, und Kabakov kam es vor, als bemerkte er bei dieser Eröffnung Corleys in den Augen des Piloten ein leises, amüsiertes Lächeln. »Haben Sie diesen Mann schon mal gesehen?«

Jackson runzelte die Brauen, als er das Foto betrachtete. »Ja, vor drei, vier Tagen, du warst gerade dabei, die Schlinge am Haken festzumachen, Maginty. Wer ist das überhaupt?«

»Wir fahnden nach ihm.«

»Nun, dann machen Sie sich's hier bequem. Er hat gesagt, er kommt wieder.«

»Was denn – wirklich?«

»Wie sind Sie darauf gekommen, ihn ausgerechnet hier zu suchen?«

»Sie haben, was ihm fehlt«, sagte Corley. »Einen Helikopter.«

»Und wozu braucht er den?«

»Er hat es auf eine Menge Leute abgesehen. Wann kommt er wieder?«

»Das hat er nicht gesagt. Offen gestanden, ich habe auch nicht so genau hingehört. Er kam mir so ein bißchen komisch vor, er tat so scheißfreundlich. Was hat er sonst noch ausgefressen? Sie sagten doch – «

»Er ist ein Geisteskranker und ein Killer, ein politischer Fanatiker«, antwortete Kabakov. »Er hat mehrere Morde begangen. Er will Sie ermorden, um an den Helikopter ranzukommen, wenn es soweit ist. Also sagen Sie jetzt bitte genau, wie das mit ihm war.«

»Oh, verdammt«, sagte Maginty und fuhr sich mit einem Taschentuch übers Gesicht. »Das habe ich aber gar nicht gern.« Er blickte zur Tür der Baracke hinaus, als erwartete er, daß der Mann jeden Augenblick auftauchen müßte.

Jackson schüttelte den Kopf wie jemand, der sich überzeugen will, daß er nicht träumt, sagte aber dann ganz gelassen: »Er stand plötzlich auf dem Landeplatz, als ich mir hier drin eine Tasse Kaffee holen wollte. Ich habe ihn nicht weiter beachtet, denn hier stehen immer Leute rum, die zusehen, verstehen Sie? Dann fragte er mich aus, wie man Lasten transportiert und so, und was für ein Modell ich da fliege. Die Typenbezeichnung wollte er wissen, und dann wollte er auch noch einen Blick ins Cockpit werfen. Ich habe ihm erlaubt, in den Einstieg reinzugucken, aber anfassen durfte er nichts.«

»Und hat er reingeguckt?«

»Ja ... er wollte wissen, ob man zwischen dem Frachtraum und dem Cockpit hin und her gehen kann, und ich sagte, das ist sehr umständlich, denn dazu muß man einen der Sitze im Cockpit anheben. Ich erinnere mich genau, denn mir kam die Frage komisch vor. Meistens fragen die Leute, wieviel der Helikopter trägt, und ob ich nicht Angst habe, er fällt runter. Dann sagte er, er hätte einen Bruder, der würde auch diese Dinger fliegen, und er würde sich den hier bestimmt gern mal ansehen.«

»Hat er auch gefragt, ob Sie sonntags arbeiten?«

»Das wollte ich gerade sagen. Dreimal wollte der Kerl wissen, ob wir wirklich auch die Feiertage durcharbeiten, und ich habe gesagt, klar doch, ja, ja. Dann mußte ich wieder an die Arbeit, und er wollte mir unbedingt die Hand drücken.«

»Er fragte, wie Sie heißen, nicht wahr?«

»Ja.«

»Und wo Sie wohnen?«

»Stimmt.«

Kabakov fand Jackson sympathisch. Er sah aus wie jemand, der gute Nerven hat. Man brauchte für diesen Beruf gute Nerven. Und er sah aus, als könnte er notfalls auch kräftig zuschlagen.

»Sie waren als Flieger bei der Marineinfanterie?« fragte Kabakov.

»Stimmt.«

»In Vietnam?«

»38 Einsätze. Dann kriegte ich was ab und wurde entlassen.«

»Wir brauchen Ihre Hilfe, Mr. Jackson.«

»Um den Burschen zu schnappen?«

»Richtig. Wir wollen ihn verfolgen, wenn er nach seinem nächsten Besuch die Baustelle verläßt«, sagte Kabakov. »Er wird bei dieser Gelegenheit den angeblichen Bruder mitbringen, und sie werden sich umschauen. Solange er hier ist, darf er nichts merken. Wir können ihn nicht gleich festnehmen, wir müssen ihn eine Weile beschatten. Also brauchen wir Ihre Hilfe.«

»Hm, hm. Dann könnte es sein, daß ich auch Ihre Hilfe brauche. Zeigen Sie mir doch mal Ihre Hundemarke, Mr. FBI.«

Er sah dabei Kabakov an, doch Corley gab ihm seinen Ausweis. Der Pilot ging ans Telefon.

»Die Nummer ist –«

»Ich kriege die Nummer schon, Mr. Corley.«

»Fragen Sie nach – «

»Ich lasse mir gleich den Chef geben«, sagte Jackson.

Die FBI-Stelle von New Orleans bestätige, daß Corley vom FBI war.

Jackson legte auf. »Sie wollen also wissen, ob der Irre mich gefragt hat, wo ich wohne. Daß heißt doch wohl, Sie vermuten, daß er sich meine Familie vornimmt. Mich sozusagen erpressen will.«

»Er könnte auf diesen Gedanken verfallen«, bestätige Kabakov. »Wenn er es für nötig hält.«

»Also schön. Sie wollen, ich soll so tun, als wäre nichts, wenn der Kerl wieder auftaucht, stimmt's?«

»Wir garantieren dafür, daß Ihnen nichts passiert, solange er hier ist. Wir wollen ihn nur beschatten, sobald er geht«, sagte Corley.

»Und woher wissen Sie, daß die Schweinerei nicht schon bei seinem nächsten Besuch losgeht?«

»Weil er seinen Piloten mitbringt, der den Hubschrauber vorher ansehen muß. Wir wissen, für welchen Tag der Anschlag geplant ist.«

»Na schön, einverstanden. Aber in fünf Minuten rufe ich bei meiner Frau in Orlando an, und die soll mir dann sagen, daß vor dem Haus ein Auto steht mit den vier finstersten Bullen, die ihr je vorgekommen sind. Verstehen wir uns?«

»Dann lassen Sie mich mal telefonieren«, sagte Corley.

Die Rund-um-die-Uhr-Überwachung des Landeplatzes an der Baustelle zog sich über mehrere Tage hin. Während der Arbeitszeit hielten sich Kabakov, Corley und Moschevsky dort auf. Drei Agenten des FBI übernahmen die Wache, wenn der Hubschrauber für die Nacht festgezurrt wurde. Fasil ließ sich nicht blicken.

Jackson behielt seine gute Laune. Allerdings klagte er darüber, daß ihn nun auch zwei Agenten des FBI in seiner Freizeit beschatteten. Sie stünden ihm im Licht, behauptete er.

Einmal leistete er Kabakov und Rachel im *Royal Orleans* Gesellschaft, während am Nebentisch seine beiden Leibwächter mürrisch und trocken dasaßen. Jackson war viel herumgekommen, er hatte manches gesehen und er gefiel Kabakov besser als die meisten Amerikaner, mit denen er bislang bekannt geworden war.

Maginty dagegen war ein anderer Fall. Kabakov wünschte, man hätte Maginty nicht ins Vertrauen ziehen müssen. Man sah ihm bereits an, wie sehr ihm diese Geschichte zusetzte. Er war unruhig und nervös.

Am 4. Januar regnete es morgens, die Arbeit wurde unterbrochen, und Jackson kam auf eine Tasse Kaffee in die Baracke.

»Was haben Sie da eigentlich für eine Kanone?« fragte er Moschevsky.

»Eine Galil.« Kabakov hatte ihm erlaubt, sich eines der neuen Sturmgewehre aus Israel kommen zu lassen. Er zog den Ladestreifen heraus, nahm das Geschoß aus der Kammer und gab Jackson die Waffe. Dabei deutete er auf den eingebauten Flaschenöffner in der Gabelstütze, ein Detail, das ihn besonders faszinierte.

»In Vietnam hatten wir meist eine AK-47 im Helikopter«, sagte Jackson. »Beute vom Vietcong. Mir war das Ding lieber als unsere M-16.«

Maginty kam herein, sah das Gewehr und ging rückwärts wieder hinaus.

Kabakov nahm sich vor, Moschevsky zu sagen, er solle künftig die Waffe nicht mehr herumzeigen. Es war völlig überflüssig, Maginty noch kopfscheuer zu machen, als er schon war.

»Offen gesagt«, meinte Jackson, »ich kann keines von diesen Dingern leiden. Jeder weiß, daß sich eine Menge Leute an Waffen aufgeilen – *ihr* nicht, schließlich ist es euer Beruf –, aber zeigt mir einen Kerl, der in seine Knarre verliebt ist, und ich –«

Corleys Sprechfunkgerät unterbrach das Gespräch. »Jay sieben. Jay sieben.«

»Jay sieben. Kommen.«

»Meldung aus New York. Eintagsfliege hat um 9 Uhr 40 Ortszeit Zollabfertigung JFK Airport passiert. Kommt mit Delta 704 um 12 Uhr 30 Ortszeit New Orleans an.« Eintagsfliege war der Name, den man Abd el-Awad verliehen hatte.

»Verstanden, Jay sieben. Jetzt kommt er also doch noch, Kabakov! Jetzt kriegen wir Fasil und den Sprengstoff und diese Frau.«

Kabakov seufzte erleichtert. Dies war der erste greifbare Beweis dafür, daß seine Hypothese richtig war, daß der Anschlag dem Super-Bowl-Spiel gelten sollte. »Ich hoffe nur, wir können sie greifen, bevor sie an den Sprengstoff herankommen. Sonst dürfte es hier ziemlich laut werden.«

»Heute ist also der Tag, welcher?« fragte Jackson. Seiner Stimme war keinerlei Furcht anzumerken. Er schien völlig ruhig.

»Das steht nicht fest«, meinte Kabakov. »Es kann auch morgen werden. Morgen ist Sonntag. Kann sein, er will sich davon überzeugen, daß Sie wirklich am Sonntag arbeiten. Wir werden ja sehen.«

Drei Stunden und 45 Minuten später traf Abd el-Awad an Bord eines Delta-Jet auf dem International Airport von New Orleans ein. Er hatte einen kleinen Handkoffer bei sich. Unter den Passagieren hinter ihm war auch ein stämmiger älterer Herr in grauem Büroanzug, dessen Blick sich eine Sekunde lang mit dem von Corley kreuzte, der jenseits des Ganges wartete. Der stämmige Mann sah kurz auf Awads Rücken, dann blickte er weg.

Corley ging, einen Koffer in der Hand, hinter den angekommenen Passagieren her in die Halle.

Er beobachtete Awad nicht, vielmehr suchte er in der zur Begrüßung der Ankömmlinge erschienenen Menge nach Fasil und nach der Frau.

Awad hielt aber offensichtlich nach niemandem Ausschau. Er fuhr mit der Rolltreppe nach unten, ging hinaus und näherte sich zögernd dem Platz, wo die Passagiere nach Mietwagen Schlange standen.

Corley stieg zu Kabakov und Moschevsky in den Wagen. Kabakov tat, als lese er Zeitung. Er durfte sich nicht sehen lassen, denn es konnte sein, daß man Awad bei der Einweisung auch ein Bild von Kabakov gezeigt hatte.

»Der Stämmige da, das ist Howard«, sagte Corley. »Nimmt Awad einen Mietwagen, bleibt Howard dran. Nimmt er ein Taxi, sagt Howard unseren Leuten in den Funkwagen Bescheid.«

Awad nahm ein Taxi. Howard trat hinter den Wagen und schneuzte sich die Nase.

Es war ein Vergnügen, der Verfolgung zuzusehen. Insgesamt nahmen drei Personenwagen und ein Kombi daran teil, und auf der langen Fahrt in die Stadt blieb keines der Fahrzeuge jemals länger als zwei, drei Minuten hinter dem Taxi. Als klar war, daß das Taxi am Hotel Marriott halten würde, fuhr einer der an der Jagd beteiligten Wagen zu einem der Nebeneingänge, und bevor Awad noch nach seinem Zimmer fragte, stand bereits ein Agent an der Rezeption.

Der Agent ging rasch zu den Fahrstühlen und sagte im Vorbeigehen zu einem Herrn, der neben einer Topfpalme stand: »sechs-elf.« Der Agent, der an der Palme stand, betrat den Fahrstuhl und befand sich schon im sechsten Stock, als Awad einem Pagen zu seinem Zimmer folgte.

Eine halbe Stunde später hatte das FBI das Nebenzimmer gemietet und einen Mann in der Telefonvermittlung des Hotells installiert. Awad wurde nicht angerufen, und er verließ auch sein Zimmer nicht. Um 20 Uhr ließ er sich ein Steak aufs Zimmer kommen. Es wurde von einem Agenten serviert, der ein Trinkgeld von Awad bekam. Während er hinunterfuhr, hielt er das Geldstück vorsichtig zwischen Daumen und Zeigefinger, damit man Fingerabdrücke abnehmen konnte. Die Überwachung wurde die ganze Nacht hindurch fortgesetzt.

Am 5. Januar, einem Sonntag, war es morgens kalt und regnerisch. Moschevsky goß heißen Kaffee mit Rum aus der Thermosflasche und gab erst Kabakov und dann Corley einen Becher. Durch die dünne Barackenwand hörte man, wie die Rotorblätter des Hubschraubers, der gerade wieder aufstieg, die Luft peitschten.

Es war Kabakov gegen den Strich gegangen, das Hotel zu verlassen, solange Awad sich dort noch aufhielt. Aber sein Verstand sagte ihm, daß es richtiger war, hier auf der Baustelle zu warten. Er selber konnte an der Beschattung nicht teilnehmen. Awad oder Fasil, falls dieser erschien, konnten ihn erkennen. Die FBI-Überwachung im Hotel hätte nicht besser sein können. Kabakov zweifelte auch keinen Moment daran, daß die beiden zuerst zur Baustelle kommen und dann erst zur Bombe gehen würden. Awad mußte erst wissen, wie der Hubschrauber aussah.

Die Baustelle war der Platz mit den meisten Risiken. Die Araber konnten hinter den Stapeln von Baumaterial Dekkung finden, und sie würden es mit Zivilisten zu tun haben, von denen nur zwei wußten, daß sie gefährlich waren.

Maginty war nicht anwesend, und das hielt Kabakov für ein wahres Glück. Seit die Überwachung begonnen hatte, war Maginty zweimal zu spät erschienen und hatte sich innerhalb von sechs Tagen zweimal krank gemeldet.

In Corleys Sprechfunkgerät knackte es. Corley drehte an den Knöpfen. »Einheit vier an Einheit eins.« Das waren die Leute im sechsten Stock des Hotels. Sie riefen ihren Vorgesetzten.

»Vier kommen.«

»Eintagsfliege ist auf dem Weg zum Fahrstuhl.«

»Verstanden, vier. Habt ihr mitgehört, fünf?«

»Fünf, wir warten.«

Eine Minute verging.

»Fünf an eins. Eintagsfliege in der Halle.« Die Stimme klang undeutlich. Kabakov vermutete, daß der Agent in der Halle in ein Knopflochmikrofon sprach.

Kabakov starrte auf sein Funksprechgerät. In seinem Gesicht zuckte es. Falls Awad in eine andere als die erwartete Richtung ging, konnte er sich wenige Minuten später an der Jagd beteiligen. Im Empfänger war schwach das wischende Geräusch der Drehtür zu vernehmen, dann Straßenlärm, als der Agent, der Awad beschattete, vor das Hotel trat.

»Eins, hier fünf. Er geht Richtung Westen die Decatur lang.«

Und nach längerer Pause: »Jetzt betritt er das Bienville-Gebäude.«

»Eins an drei, übernehmen Sie den Hinterausgang.«

»Drei. Verstanden.«

Es verging eine Stunde, ohne daß Awad zum Vorschein kam. Kabakov dachte, in wie vielen Räumen er schon so gewartet hatte wie hier. Man vergaß immer wieder, wie satt man einen solchen Raum bekam, in dem man wartete und wartete. Gesprochen wurde nicht. Kabakov starrte aus dem Fenster. Corley sah auf sein Funksprechgerät. Moschevsky bohrte mit dem Finger im Ohr.

»Fünf an eins. Er kommt raus. Silberfisch mit ihm.« Kabakov holte tief Luft und atmete langsam aus. »Silberfisch« war Muhammad Fasil.

Fünf berichtete weiter. »Sie nehmen ein Taxi, Nummer vier sieben fünf acht. Kennzeichen vier sieben acht Julius Ludwig – « Er wurde unterbrochen.

»Hier zwölf. Wir sehen ihn. Er biegt westwärts in die Magazine Road ein.«

»Verstanden, zwölf.«

Kabakov trat ans Fenster. Er sah, wie die Arbeiter das Ladegeschirr an der nächsten Last befestigten. Einer der Arbeiter fungierte als Lademeister.

»Zwölf an eins. Er biegt nördlich in die Poydras Street ein. Sieht ganz so aus, als will er zu euch, Jay sieben.«

»Hier Jay sieben. Verstanden, zwölf.«

Corley blieb in der Baubaracke, während Kabakov und Moschevsky draußen Stellung bezogen, Kabakov auf der Ladefläche eines Lasters hinter einer Plane, Moschevsky in einer fahrbaren Latrine mit Guckloch in der Tür. Ihre Positionen entsprachen den Spitzen eines Dreiecks rings um den Hubschrauber-Landeplatz.

»Jay sieben, Jay sieben, hier zwölf. Die beiden überqueren Poydras und Rampart Richtung Norden.«

Corley wartete, bis Jackson den Hubschrauber vom Dach wegmanövriert hatte und zur Landung ansetzte und sprach zu ihm auf der Frequenz des Hubschraubers. »Sie kriegen Besuch. Machen Sie in ungefähr fünf Minuten eine Pause.«

»Verstanden.« Jacksons Stimme klang völlig gelassen.

»Jay sieben. Hier zwölf. Das Taxi hält gegenüber von euch. Sie steigen aus.«

»Verstanden.«

Kabakov hatte Fasil bisher noch nie gesehen. Jetzt beobachtete er ihn durch einen Spalt in der Plane wie ein seltenes Tier. Das Ungeheuer von München. Tausende von Kilometern hatte er ihn gejagt.

Das Kamerafutteral, dachte er. Da hast du deine Pistole drin. Ich hätte dich in Beirut erwischen sollen.

Fasil und Awad standen nun neben einem Stapel Kisten am Rand des Landeplatzes und sahen dem Hubschrauber zu. Am nächstem war ihnen Moschevsky, der sie aber nicht sehen konnte. Sie sprachen miteinander. Awad sagte etwas, und Fasil nickte dazu. Awad drehte sich um und versuchte, die Tür von Moschevskys Versteck zu öffnen. Die Tür war von innen verriegelt. Er betrat die nächste Toilettenkabine und stand kurz darauf wieder neben Fasil.

Der Hubschrauber setzte auf, und alle wandten die Gesichter von dem aufgewirbelten Staub weg. Jackson schwang sich aus dem Cockpit und ging zum Trinkwasserbehälter.

Kabakov sah mit Erleichterung, daß Jackson sich gemächlich und völlig ungezwungen bewegte. Er ließ einen Becher voll Wasser laufen und tat dann so, als hätte er Fasil erst jetzt bemerkt. Er winkte ihm beiläufig zu.

Gut macht er das, dachte Kabakov, sehr gut.

Fasil und Awad näherten sich Jackson. Fasil stellte Awad vor, Hände wurden geschüttelt. Jackson nickte mehrmals. Sich lebhaft unterhaltend, gingen sie auf den Hubschrauber zu. Awad begleitete seine Worte mit den typischen Handbewegungen des Piloten. Awad beugte sich in den Einstieg und sah sich im Innern des Hubschraubers um. Er stellte eine Frage. Jackson schien zu zögern. Er sah sich um, als wollte er sich vergewissern, wo der Chef sei. Dann nickte er. Awad kletterte ins Cockpit.

Kabakov wußte, daß Awad den Hubschauber nicht entführen konnte – Jackson hatte die eine Sicherung der Zündung in seiner Tasche. Jackson kletterte zu Awad ins Cockpit. Fasil sah sich auf dem Landeplatz um, wach, aber gelassen. Es vergingen zwei Minuten. Jackson schüttelte den Kopf und deutete auf seine Uhr.

Das geht ja prächtig, dachte Kabakov. Awad hatte gefragt, ob er eine Tour mitfliegen dürfe, ganz wie erwartet. Jackson hatte es ihm abgeschlagen: der Versicherung wegen dürfe er ihn während der Arbeitszeit nicht mitnehmen. Das ließe sich aber vielleicht im Laufe der Woche einmal einrichten, morgens, ehe der Chef auftauchte.

Wieder Händeschütteln. Jetzt würden die beiden sich zum Sprengstoff begeben.

In diesem Augenblick kam Maginty um die Ecke der Baubaracke, das Frühstückspaket in der Hand. Er ging gerade auf die Mitte des Landeplatzes zu, als er plötzlich Fasil erblickte und wie erstarrt stehenblieb.

Kabakov fluchte leise vor sich hin. *Nein! Scher dich da weg, du Arschloch!*

Maginty war blaß geworden, der Mund stand ihm offen. Fasil sah ihn an. Jackson grinste breit. Jackson reißt uns raus, Jackson schafft es, dachte Kabakov.

Jackson sprach jetzt lauter als zuvor. Moschevsky konnte ihn verstehen. »Morgen, Maginty! Na schön, daß du überhaupt noch kommst. Zeit wird's ja.«

Maginty stand wie gelähmt da.

»Erst säufst du diesen Kommodenlack, und dann kommst du nicht aus der Falle. Mann, siehst du aber aus!« Jackson packte ihn am Arm und schob ihn zur Baubaracke. Und da sagte Maginty laut und deutlich: »Wo bleibt die Polizei?«

Fasil bellte Awad etwas zu, blickte ruckartig erst nach rechts, dann nach links, die Hand am Kamerafutteral. Und schon sprintete er vom Landeplatz weg.

Corley schrie in sein Sprechgerät: »Greift sie, greift sie, verflucht noch mal, greift sie euch!«

Kabakov riß die Plane beiseite und schrie: »Stehenbleiben, Fasil!«

Fasil schoß auf ihn, und die Magnum riß ein faustgroßes Stück aus der Bordwand des Lasters. Fasil rannte gebückt zwischen Stapeln von Baumaterial hindurch, Kabakov etwa zwanzig Meter hinter ihm.

Awad wollte Fasil nachsetzen, doch Moschevsky sprang aus der Latrine auf ihn zu, griff ihn und schlug ihn mit einem einzigen kräftigen Schlag ins Genick zu Boden. Dann rannte er hinter Kabakov und Fasil her. Awad versuchte wieder auf die Beine zu kommen, aber schon waren Jackson und Corley über ihm.

Fasil rannte auf das neue Stadion zu. Zweimal bleib er stehen und feuerte auf Kabakov. Das zweite Geschoß pfiff haarscharf an Kabakov vorbei, als er gerade in Deckung gehen wollte.

Fasil lief jetzt über den freien Platz zwischen den Materialstapeln und dem weiten Eingang des Superdome-Stadions. Kabakov beharkte das Gelände vor ihm mit einer Garbe aus seiner MP. »Halt! *Andek!*«

Fasil ließ sich von den um seine Beine spritzenden Geschossen nicht aufhalten. Er verschwand im Superdome.

Kabakov rannte hinter ihm her. Ein Anruf, ein Schuß. Das waren die FBI-Agenten, die von der anderen Seite durch das Stadion kamen. Hoffentlich hatten sie Fasil nicht erschossen.

Kabakov stürzte durch den Eingang und suchte sofort Deckung hinter einer Ladepalette mit Fensterrahmen. Oben unter der weiten Kuppel der dämmerig-düsteren Riesenhalle verbreiteten die Kabellampen des Bautrupps spärliches Licht. Kabakov sah die gelben Schutzhelme der Männer, die in die Tiefe spähten. Drei Pistolenschüsse hallten. Dann hörte er Fasils dumpfere Magnum. Er kroch um die Palette herum.

Zwei FBI-Agenten kauerten hinter einem fahrbaren Generator. Dreißig Meter vor ihnen waren Zementsäcke neben einem Winkel der Betonwand fast brusthoch aufgestapelt. Einer der Agenten feuerte. Zementstaub stieg von den oberen Säcken auf.

Kabakov rannte geduckt zu den beiden Agenten hin. Eine kaum merkliche kurze Bewegung hinter den Zementsäcken. Kabakov machte einen Satz, rollte zur Seite, hörte Fasils Magnum donnern und war auch schon hinter dem Generator. Von seinem Unterarm tropfte Blut – ein herumfliegender Betonsplitter hatte ihn getroffen.

»Ist er verletzt?«, fragte Kabakov.

»Ich glaube nicht«, erwiderte einer der Agenten.

Fasil war eingekreist. Seine Brustwehr aus Zementsäkken schützte ihn vor einem Frontalangriff, und der Winkel der Betonwand gab ihm Flankendeckung. Zwischen ihm und Kabakov und den beiden Agenten hinter dem Generator lagen gute dreißig Schritt freier Raum.

Entkommen konnte Fasil nicht. Es kam aber darauf an, ihn lebend in die Hände zu kriegen und ihn zu zwingen, daß er das Versteck des Plastiksprengstoffs preisgab.

Der Araber feuerte einen Schuß. Das Geschoß fetzte in den Generator. Das Kühlwasser begann auszulaufen. Kabakov schoß viermal, um Moschevsky, der jetzt angelaufen kam, Feuerschutz zu geben.

»Corley holt Tränengas und Rauchpatronen«, sagte er.

Fasils Stimme hallte höhnisch hinter den Zementsäcken hervor: »Kommen Sie doch her und holen Sie mich, Major Kabakov. Was glauben Sie wohl, wie viele von euch noch ins Gras beißen müssen, bevor ihr mich lebend kriegt. Na los doch, Major Kabakov, ich hab etwas für Sie.«

Kabakov spähte durch einen Schlitz in dem schützenden Generator. Er orientierte sich über Fasils Stellung. Es mußte jetzt schnell gehen. Er hatte Angst, Fasil würde sich eher umbringen, als kapitulieren. Aber da war etwas, das nützlich sein konnte: an der Betonwand, die Fasil von der Seite her deckte, hing ein großer Feuerlöscher. Fasil mußte dicht daneben stehen. Gut, dachte Kabakov. Probieren wir's. Nicht lange nachdenken. Er gab Moschevsky kurze Anweisungen und schnitt dessen Einwände mit einer kurzen Kopfbewegung ab. Dann duckte er sich hinter dem Generator wie ein Sprinter am Start.

Moschevsky hob sein Sturmgewehr und feuerte auf Fasils Brustwehr, was das Ding hergab. Kabakov rannte geduckt unter dem Geschoßhagel auf die Zementsäcke zu. Hier hockte er sich nieder und gab Moschevsky, ohne sich umzublicken, ein Handzeichen. Ein neuer Feuerstoß aus der Galil ließ den Feuerlöscher über Fasil in einer gewaltigen Schaumfontäne explodieren. Kabakov warf sich über die Brustwehr in den Schaum. Er fiel auf Fasil, der vor Schaum nichts mehr sehen konnte. In diesem Augenblick ging mit einem ohrenbetäubenden Knall neben Kabakovs Kopf Fasils Magnum los. Kabakov packte die Hand, die die Magnum hielt. Er warf den Kopf hin und her, damit Fasil ihm nicht die Finger in die Augen bohren konnte, und brach ihm mit der freien Hand auf beiden Seiten das Schlüsselbein. Fasil wälzte sich unter ihm hervor. Als er versuchte, sich hochzustemmen, stieß Kabakov ihm den Ellbogen in die Magengrube. Fasil ging wieder zu Boden.

Jetzt war auch Moschevsky da. Er zerrte Fasils Kopf hoch, drückte ihm den Mund auf und die Zunge nach vorn, damit er nicht am Schaum erstickte. Die Schlange war gefangen.

Corley hörte das Schreien, als er mit dem Tränengas angelaufen kam. Es tönte hinter den Zementsäcken hervor. Zwei FBI-Agenten standen unschlüssig davor. Mit drohender Gebärde versperrte Moschevsky ihnen den Weg.

Corley sah, wie Kabakov auf Fasil kniete, das Gesicht dicht vor dem Gesicht des Arabers. »Wo ist das Zeug, Fasil? Wo ist es?« Dabei drückte er immer wieder kräftig auf das gebrochene Schlüsselbein. Corley hörte es knirschen. »Wo ist der Plastiksprengstoff?«

Corley hielt Kabakov den Revolver an die Oberlippe. »Aufhören, Kabakov. Verdammt noch mal, aufhören.«

Kabakov sprach, aber nicht zu Corley. »Nicht schießen, Moschevsky.« Er blickte zu Corley auf. »Das ist unsere einzige Chance, etwas aus ihm herauszubringen.«

»Wir vernehmen ihn. Lassen Sie ihn los!«

Drei Herzschläge später: »Na schön. Und vergessen Sie bloß nicht, ihn über seine verfassungsmäßigen Rechte aufzuklären.«

Kabakov stand auf. Schwankend und über und über mit Schaum bedeckt, lehnte er sich an die Betonwand. Ihm war übel. Als Corley zu ihm hinübersah, war sein Zorn verraucht. Allerdings gefiel ihm gar nicht, wie Moschevsky ihn ansah. Er mußte tun, was zu tun war. Er ließ sich von einem FBI-Agenten das Sprechfunkgerät geben und sprach hinein: »Hier Jay sieben. Wir brauchen einen Krankenwagen am Osteingang zum Superdome.« Er sah auf Fasil hinunter, der stöhnend am Boden lag. Fasils Augen waren weit geöffnet. »Sie sind verhaftet. Sie brauchen keine Aussagen zu machen«, begann Corley schwerfällig.

Der Haftbefehl gegen Fasil lautete auf illegale Einreise und Verletzung der Zollbestimmungen in Gemeinschaft mit anderen. Awad wurde nur wegen illegaler Einreise festgehalten. Die Botschaft der Vereinigten Arabischen Republik besorgte beiden in New Orleans Anwälte. Keiner der beiden Araber machte eine Aussage. Am Sonntagabend setzte Corley im Gefängnislazarett Fasil stundenlang mit Fragen zu. Fasil starrte ihn nur höhnisch an. Fasils Anwalt legte sein Mandat nieder, als er hörte, worum es in Wirklichkeit ging. Für ihn sprang ein Pflichtverteidiger ein. Fasil beachtete weder den einen noch den anderen. Er schien es zufrieden, abzuwarten.

Corley leerte den Inhalt eines großen Kuverts auf dem Tisch im Büro des FBI aus. »Das ist alles, was Fasil bei sich hatte.«

Kabakov nahm sich die Sachen nacheinander vor. Eine Brieftasche, ein Umschlag mit 2500 Dollar in Scheinen, ein Flugticket nach Mexiko City ohne Datum, Fasils gefälschte Papiere, Kleingeld, Zimmerschlüssel vom Christlichen Hospiz und vom Bienville-Gebäude und zwei andere Schlüssel.

»In seinem Zimmer haben wir nichts gefunden«, sagte Corley. »Nur ein paar Kleidungsstücke. Und in Awads Gepäck fand sich auch nichts Verdächtiges. Wir versuchen herauszubekommen, woher Fasils Pistole stammt, aber wahrscheinlich hat er sie schon mitgebracht. Eines der Einschußlöcher auf der *Leticia* stammte von dem Geschoß einer Magnum.«

»Gesagt hat er nichts?«

»Kein Wort.« Einer stillschweigenden Übereinkunft folgend, hatten Corley und Kabakov ihren Zusammenstoß im

Superdome nicht mehr erwähnt, doch jetzt dachten sie beide daran.

»Haben Sie Fasil damit gedroht, man werde ihn an Israel ausliefern und ihn dort wegen München vor Gericht stellen?« fragte Kabakov.

»Ich habe mit allem gedroht.«

»Wie wär's mit Pentathol oder Halluzinogenen?«

»Das darf ich nicht, David. Ich kann mir ganz gut vorstellen, was Ihre Freundin, Dr. Bauman, in der Handtasche mit sich rumschleppt, und deshalb lasse ich sie auch nicht zu Fasil.«

»Da irren Sie sich. Das würde sie nie tun. Sie würde ihn nie unter Drogen setzen.«

»Aber Sie haben sie doch wohl darum gebeten?«

Kabakov schwieg.

»Diese Schlüssel gehören zu zwei Vorhängeschlössern«, fuhr Corley fort. »Weder Fasil noch Awad haben Vorhängeschlösser an ihren Gepäckstücken. Also hat Fasil irgendwo etwas eingeschlossen. Falls es eine sehr große Bombe ist, und sie muß schon sehr groß sein bei 600 Kilogramm Sprengstoff, befindet sie sich vermutlich auf einem Lastwagen. Oder irgendwo in der Nähe eines Lastwagens. Das bedeutet, daß wir nach einer Garage suchen müssen, einer Garage mit Vorhängeschlössern.

Wir lassen jetzt von jedem der beiden Schüssel 500 Duplikate machen. Alle Streifenpolizisten bekommen Anweisung, die Schlüssel an sämtlichen Vorhängeschlössern in ihrem Revier auszuprobieren. Wenn einer paßt, werden wir sofort benachrichtigt und der Polizist wartet, bis wir kommen.

Ich weiß schon, was Ihnen mißfällt. Zu jedem neuen Schloß gehören zwei Schlüssel.«

»Stimmt«, sagte Kabakov. »Und das zweite Paar Schlüssel hat jemand anders.«

24

»Dahlia? Bist du da Dahlia?« Es war sehr dunkel im Zimmer.

»Ja, Michael, hier bin ich.«

Er fühlte ihre Hand auf seinem Arm. »Habe ich geschlafen?«

»Zwei Stunden. Es ist ein Uhr früh.«

»Mach Licht. Ich will dein Gesicht sehen.«

»Ja.«

Er nahm ihren Kopf zwischen seine Hände und strich ihr sanft mit dem Daumen über die Wangenknochen. Seit drei Tagen hatte er kein Fieber mehr. Viermal täglich bekam er eine Dosis von 250 Milligramm Erythromycin. Das wirkte, wenn auch nur langsam.

»Ich will versuchen, aufzustehen.«

»Damit warte lieber noch.«

»Ich will auf der Stelle wissen, ob ich gehen kann. Hilf mir bitte.« Er saß auf dem Bettrand. »Also, los!« Er legte den Arm um ihre Schulter, und sie faßte ihn an der Taille. Er stand etwas unsicher auf und machte schwankend einen Schritt.

»Schwindlig«, sagte er. »Aber weiter.« Vorsichtig setzte er einen Fuß vor den anderen.

Sie spürte, wie er am ganzen Leibe zitterte. »Geh lieber wieder ins Bett, Michael.«

»Unsinn. Bis zum Sessel schaffe ich's.« Er ließ sich in den Sessel fallen, kämpfte gegen Schwindel und Übelkeit an. Er lächelte schwach. »Acht Schritte waren das. Vom Bus bis zur Gondel sind es höchstens fünfzig Schritte. Jetzt haben wir den fünften Januar – nein den sechsten, es ist ja schon nach Mitternacht. Also noch fünfeinhalb Tage. Das schaffen wir.«

»Ich habe nie daran gezweifelt, Michael.«

»O doch. Und du bezweifelst es auch jetzt noch. Ich nehme es dir nicht übel. Hilf mir zum Bett zurück.«

Er schlief bis in den Vormittag hinein und konnte zum

erstenmal wieder richtig frühstücken. Jetzt mußte sie es ihm sagen.

»Irgend etwas stimmt nicht mit Fasil, Michael.«

»Wann hast du ihn zuletzt gesprochen?«

»Dienstag, am 2. Januar. Er rief an und bestätigte, daß der Wagen sicher in der Garage steht. Gestern abend sollte er wieder anrufen. Er hat es aber nicht getan.« Von dem libyschen Piloten sagte sie nichts.

»Glaubst du, man hat ihn erwischt?«

»Sonst hätte er angerufen. Wenn er bis morgen abend nicht anruft, ist er ihnen in die Falle gelaufen.«

»Hoffentlich hat man ihn nicht gerade in der Garage erwischt, und hoffentlich hatte er nichts bei sich, was sie auf die Spur bringt.«

»Nur die Schlüssel. Die Quittung für die Miete hab ich sofort verbrannt. Die hat er nie in den Händen gehabt. Er hat nichts bei sich, was auf uns hindeutet. Die Polizei wäre sonst schon hier gewesen – falls er wirklich verhaftet ist.«

»Was ist mit der Telefonnummer vom Krankenhaus hier? Hat er die?«

»Er hat sie nur im Kopf, und er hat immer von verschiedenen Zellen aus angerufen.«

»Dann machen wir weiter. Entweder wir finden den Sprengstoff noch vor, oder nicht. Das Beladen am Flugplatz wird schwieriger werden, weil wir nur zu zweit sind, aber wenn wir uns beeilen, schaffen wir es schon. Hast du die Zimmer bestellt?«

»Ja. Im Hotel *Fairmont*. Ich habe nicht gefragt, ob die Luftschiffbesatzung dort wohnt. Ich hatte Angst –«

»Das macht nichts. Die Crew wohnt immer dort, wenn in New Orleans geflogen wird. Warum sollte es diesmal anders sein? Gehen wir noch ein bißchen.«

»Heute nachmittag soll ich wieder bei Aldrich anrufen und Auskunft über deinen Gesundheitszustand geben.« Sie hatte sich am Telefon als Landers Schwester ausgegeben und ihn krank gemeldet.

»Sag ihnen, ich hätte noch immer die Grippe und könnte frühestens in zehn Tagen wieder fliegen. Dann teilen sie Farley als Pilot und Simmons als Copilot ein. Erinnerst du dich noch an Farley? Du hast ihn damals bei dem Nachtreklameflug gesehen, über dem Shea-Stadion.«

»Ich erinnere mich an ihn.«

»Wenn du dir sein Gesicht noch einmal ansehen willst – zu Hause habe ich Bilder, auf denen er zu sehen ist.«

»Morgen«, sagte sie. »Morgen gehe ich nach Hause. Du kannst mich doch bestimmt in diesem Kleid allmählich nicht mehr sehen.« Sie legte den Kopf an seine Brust.

Lander lächelte und strich ihr mit der Hand über den Nacken.

Rasseln tut es jedenfalls nicht mehr da drinnen, dachte sie. Seine Atemwege sind frei.

25

Nach Fasils und Awads Verhaftung waren das FBI und der Secret Service endgültig davon überzeugt, daß die Araber einen Anschlag auf das Super-Bowl-Spiel geplant hatten. Mit ihrer Festnahme glaubte man, das Schlimmste abgewendet zu haben. Doch waren die Behörden sich darüber im klaren, daß die Lage nach wie vor gefährlich war.

Zwei Personen, von denen bekannt war, daß sie – mindestens am Rande – in die Sache verwickelt waren, befanden sich noch auf freiem Fuß: die Frau und der Amerikaner. Bisher wußte man nicht, wer diese Personen waren, wenn auch die Polizei ein Phantombild der Frau besaß. Schlimmer noch – irgendwo in New Orleans oder in der näheren Umgebung der Stadt befand sich eine halbe Tonne hochexplosiven Sprengstoffs.

In den ersten Stunden nach der Verhaftung der beiden Araber war Corley ständig darauf gefaßt, daß es irgendwo in der Stadt eine furchtbare Explosion gab oder daß jemand anrief und drohte, ein ganzes Wohnviertel in die Luft zu jagen, falls man Fasil nicht sofort frei ließ. Weder das eine noch das andere geschah. Bei jedem Schichtwechsel übergaben 1300 Polizisten den sie ablösenden Kollegen das ominöse Schlüsselpaar. Die Anweisung, die Schlüssel an sämtlichen Garagen und Lagerhäusern auszuprobieren, wurde bei jeder Befehlsausgabe wiederholt. Die Suche wurde während der ganzen Woche fortgesetzt.

Unterdessen trafen von überall her Scharen von Zuschauern ein, die sich im Stadtbild immer mehr bemerkbar machten, je näher das große Wochenende rückte.

Sie unterschieden sich von den Besuchern des Sugar-Bowl-Spiels dadurch, daß sie besser gekleidet waren. Und in den Restaurants fiel auf, daß diese Gäste größere Ansprüche stellten. In New Orleans sitzt das Geld immer lokker, doch jetzt floß es in Strömen. Vor *Galatoire's* und *Antoine's* und den *Court of Two Sisters* stand man Schlange, und im Französischen Viertel hallte die ganze Nacht Musik aus den Nachtlokalen.

Auch die Stehplätze waren bereits ausverkauft. Danach konnte man mit 84000 Zuschauern rechnen. Mit den Footballfans waren die Spieler, Taschendiebe und die Huren nach New Orleans gekommen. Die Polizei hatte alle Hände voll zu tun.

Kabakov fuhr am Donnerstag zum Flugplatz und beobachtete die Ankunft der Redskins aus Washington und dann die der Dolphins aus Miami. Inmitten der wartenden Menge stehend, musterte er die Gesichter der Schlachtenbummler und achtete kaum auf die Spieler, die beim Aussteigen aus ihrer Maschine den jubelnden Fans zuwinkten.

Nur einmal suchte er Muhammad Fasil auf, der noch immer in der Krankenstation des Gefängnisses lag. Kabakov stand am Fußende des Bettes und starrte dem Araber minutenlang ins Gesicht. Corley und zwei bullige FBI-Agenten waren dabei.

Endlich sagte Kabakov: »Sobald die Amerikaner Sie laufen lassen, Fasil, sind Sie ein toter Mann. Die Amerikaner können Sie an Israel ausliefern. Man wird Sie wegen München aburteilen und innerhalb einer Woche aufhängen. Dabei würde ich rasend gern zusehen.

Wenn Sie aber sagen, wo der Sprengstoff versteckt ist, wird man Sie hier wegen Schmuggels verurteilen und einsperren. Vielleicht für fünf Jahre, vielleicht etwas länger. Und Sie sind doch davon überzeugt, daß es in fünf Jahren keinen Staat Israel mehr gibt. Von daher droht Ihnen dann also keine Gefahr mehr. Ich bin zwar davon überzeugt, daß Sie sich irren, aber wenn Sie schon so fest daran glauben, dann bedenken Sie, was ich Ihnen gesagt habe.«

Fasils Augen verengten sich zu Schlitzen. Er hob den Kopf, spuckte nach Kabakov, und der Speichel lief dem Israeli über das Hemd, während Fasil sich, erschöpft von der Anstrengung, in seinen Stützverband aufs Kissen zurückfallen ließ. Corley trat einen Schritt vor, aber Kabakov rührte sich nicht. Er starrte Fasil noch einen Moment an, dann drehte er sich um und ging hinaus.

Am Freitag um Mitternacht fiel die erwartete Entscheidung des Weißen Hauses. Falls keine neuen Ereignisse eintraten, sollte das Spiel wie vorgesehen stattfinden.

Am Samstag, dem 11. Januar, hielten Earl Biggs und Jack Renfro vom Secret Service eine letzte Besprechung in der FBI-Dienststelle in New Orleans ab. Anwesend waren 30 Agenten des Secret Service, die den Begleitschutz des Präsidenten verstärken sollten, sowie 40 Agenten des FBI und Kabakov.

Renfro stand vor einer riesigen Karte des Tulane-Stadions. »Heute ab 16 Uhr wird das Stadion noch einmal nach Sprengstoff abgesucht. Die Suche wird um Mitternacht beendet. Anschließend wird das Stadion hermetisch abgesperrt. Carson, Ihr Suchtrupp ist wohl bereit.« Das war keine Frage.

»Ist bereit.«

»Ferner lassen Sie morgen mittag um 13 Uhr 40 noch einmal sechs Leute mit dem elektronischen Schnüffler die Präsidentenloge absuchen.«

»In Ordnung. Die Männer sind bereits instruiert.«

Renfro wandte sich der hinter ihm hängenden Karte zu. »Schließt man die Möglichkeit aus, daß im Stadion versteckte Sprengladungen explodieren, bleiben zwei weitere Möglichkeiten. Die Guerillas können versuchen, Sprengstoff mit einem Fahrzeug ins Stadion zu bringen. Oder sie könnten so viel Sprengstoff einschmuggeln, wie sie unter ihrer Kleidung verbergen können.

Die erste Möglichkeit.« Er griff nach dem Zeigestock. »Straßensperren werden beiderseits des Eingangs Willow Street errichtet, ferner in der Johnson, der Esther, der Barret, der Story und der Delord Street. Die Hickory wird an der Kreuzung mit dem Audubon Boulevard gesperrt. Es müssen *massive* Sperren sein, die auch schnell fahrende Fahrzeuge aufhalten. Ich möchte nicht sehen, daß irgendwo jemand mit der Kelle an einem Sägebock den Verkehr stoppt. Sobald das Stadion besetzt ist, werden die Straßensperren geschlossen.«

Einer der Männer hob die Hand.

»Was gibt's denn noch?«

»Die Fernsehleute maulen, weil sie bis Mitternacht alles aufgebaut haben sollen. Sie wollen den Übertragungswagen zwar schon am Nachmittag aufstellen, aber sie wollen, daß sie die ganze Nacht über Zugang zu ihm haben.«

»Kommt nicht in Frage«, sagte Renfro. »Sagen Sie ihnen das. Nach Mitternacht kommt keiner mehr rein. Sonntagmorgen ab 10 Uhr können die Kamerateams ins Stadion und ihre Plätze einnehmen. Mitgebracht wird nichts. Wo ist der Vertreter der Luftfahrtbehörde?«

»Hier«, sagte ein junger Mann mit spärlichem Haarwuchs. »Angesichts der bereits erfolgten Verhaftung ist mit der Verwendung eines Luftfahrzeuges nicht mehr zu rechnen.« Er sprach, als verlese er einen amtlichen Bericht. »Beide Flughäfen sind auf versteckte Waffen und versteckten Sprengstoff abgesucht worden.« Hier zögerte er. Offenbar schwankte er, ob er »jedoch« oder »trotzdem« sagen sollte. Er entschied sich für »trotzdem«. »Trotzdem wird allen Privatflugzeugen während der Dauer der Veranstaltung der Start vom International Airport sowie vom Lakefront Airport untersagt, ausgenommen Frachtflüge und Charterflüge, die von uns bereits als unbedenklich eingestuft worden sind.

Der Linienverkehr wird nach Flugplan abgewickelt. Sollte auf einem der Flughäfen der Versuch einer Entführung gemacht werden, kann die dort stationierte Polizei jederzeit eingreifen.«

»Gut«, sagte Renfro. »Die Air Force wird alle unidentifizierten Luftfahrzeuge vom Luftraum über New Orleans fernhalten. Sie ist in erhöhter Alarmbereitschaft, wie am 31. Dezember. Sollte die Air Force eingreifen müssen, ist sichergestellt, daß es nicht über dem Stadtgebiet zu Zwischenfällen kommt. Der vorgesehene Sperrkreis hat einen Radius von 150 Meilen. Wir selber setzen zur Beobachtung der Menge und des Verkehrs einen Hubschrauber ein.

Was nun die Infiltration des Stadions angeht, so werden die Besitzer von Eintrittskarten über Fernsehen und Radio vorsorglich aufgefordert, sich bereits anderthalb Stunden vor Spielbeginn einzufinden«, fuhr Renfro fort. »Manche werden sich daran halten, andere nicht. In jedem Fall müssen die Zuschauer vor Betreten des Stadions Metalldetektor-Schleusen passieren, die von den Luftfahrtgesellschaften zur Verfügung gestellt werden. Das betrifft Sie, Fullilove. Sind Sie und Ihre Leute mit dem Gerät vertraut?«

»Sind wir.«

»Die Zuspätkommenden werden natürlich toben, wenn sie vor der Schleuse Schlange stehen müssen und auf diese Weise den Anpfiff verpassen. Aber sie haben selbst Schuld. Haben Sie noch etwas zu sagen, Major Kabakov?«

»Ja.« Kabakov ging nach vorn. »Kein Terrorist wartet mit Ziehen des Revolvers, bis der Metalldetektor Alarm gibt. Beobachten Sie also die Leute in der Schlange vor der Schleuse. Wer eine Waffe trägt, wird nach einem anderen Weg ins Stadion Ausschau halten. Er wird die Polizisten nacheinander genau mustern. Er bewegt dabei vielleicht nicht den Kopf, aber man sieht es seinen Augen an. Kommt Ihnen jemand in der Schlange verdächtig vor, pakken Sie überraschend von beiden Seiten zu. Ohne vorherige Warnung. Ahnt der Terrorist, daß er erkannt ist, wird er so viele Umstehende töten, wie er kann, ehe es ihn selbst erwischt.«

Kabakov war es unangenehm, diesen erfahrenen Beamten zu sagen, was sie zu tun hatten. Aber es ließ sich nicht ändern.

»An jedem Eingang sollte man einen Kreis aus Sandsäkken aufschichten, um eventuell geworfene Handgranaten im letzten Moment noch unschädlich machen zu können. Am besten wäre es, die Sandsäcke rings um eine Grube herum aufzuschichten. Die Splitterbomben, wie sie die Terroristen gewöhnlich benutzen, haben einen Fünf-Sekunden-Zünder. Der Guerilla befestigt sie meist mit dem Sicherungsstift an der Kleidung. Reißen Sie also nie eine Handgranate ab. Packen Sie den Mann bei den Händen oder töten Sie ihn. Danach können Sie ihm vorsichtig die Handgranate abnehmen.

Ist er verwundet und am Boden, müssen Sie ihn erschießen, sofern Sie seine Hände nicht festhalten können. Es kann sein, daß er eine geballte Ladung bei sich hat, die er zündet, wenn man ihm Zeit dazu läßt.« Kabakov sah die Mißbilligung und Abscheu in einigen der Gesichter vor sich. Es war ihm gleichgültig.

»Auf keinen Fall darf sich jemand durch eine Schießerei anderswo dazu verleiten lassen, seinen Posten zu verlassen. Das ist nämlich genau der Augenblick, wo höchste Aufmerksamkeit in den anderen Bereichen geboten ist. Wird an einer Stelle geschossen, geht es bestimmt auch anderswo los.

Noch eines. Sie wissen, einer der Beteiligten ist eine Frau.« Kabakov senkte den Blick, räusperte sich und sprach jetzt laut und nachdrücklich.

»Ich habe in dieser Frau einmal in Beirut mehr die Frau

als die Terroristin gesehen. Das ist einer der Gründe dafür, daß wir heute in dieser verzweifelten Lage sind. Machen Sie nicht den gleichen Fehler.«

Es war sehr still, als Kabakov sich setzte.

Danach sagte Renfro: »Eingreifreserven stehen auf beiden Seiten des Stadions bereit. Einsatzbereit. Verlassen Sie auf keinen Fall Ihren Posten. Beim Hinausgehen lassen Sie sich hier am Tisch Ihre Spezialausweise geben. Noch irgendwelche Fragen?« Renfro warf einen Blick in die Runde, und seine Augen glänzten wie schwarzes Metall. »Das wär's, meine Herren.«

Am Abend vor dem Super-Bowl-Spiel war es im hellerleuchteten Tulane-Stadion sehr ruhig und still. Die schwachen Geräusche, die bei der Durchsuchung entstanden, schienen von der Weite des Spielfeldes aufgesogen zu werden. Nebelschwaden, die dem anderthalb Kilometer entfernten Mississippi entstiegen, trieben unter den Flutlichtern dahin.

Kabakov und Moschevsky standen am oberen Tribünenrand. Hin und wieder leuchtete die Glut ihrer Zigarren auf. Seit einer halben Stunde hatten sie beide kein Wort mehr gesprochen.

»Sie können immer noch etwas von dem Zeug am Körper ins Stadion schmuggeln«, sagte Moschevsky schließlich. »Wenn sie nicht zusätzlich noch Schußwaffen oder Zündbatterien mitschleppen, sprechen die Metalldetektoren nicht an.«

»Stimmt.«

»Selbst wenn nur zwei von ihnen das machten, wäre es schlimm genug.«

Kabakov schwieg.

»Und dagegen kann man überhaupt nichts machen«, fuhr Moschevsky fort. Kabakovs Zigarre glühte mehrmals hintereinander zornig auf.

Moschevsky nahm sich vor, lieber den Mund zu halten.

»Morgen halten Sie sich bei der Eingreifreserve an der

Westseite des Stadions auf«, sagte Kabakov. »Renfro weiß Bescheid. Sie werden dort erwartet.«

»Jawohl, Major Kabakov.«

»Sollten sie es mit einem Lastwagen versuchen, springen Sie hinten drauf und reißen als erstes die Zündkapseln raus. Es steht zwar bei jedem Eingreiftrupp auch ein Feuerwerker, aber kümmern Sie sich lieber selber darum.«

»Falls es sich um einen Wagen mit Plane handelt«, sagte Moschevsky, »sollte man das Segeltuch von der Seite her aufschneiden. Die hintere Ladeklappe könnte mit einer Handgranate gesichert sein.«

Kabakov nickte. »Sagen Sie das auch dem Vorgesetzten des Eingreiftrupps, sobald Sie sich bei ihm melden. Rachel macht eine kugelsichere Weste für Sie fertig. Ich selber kann die Dinger auch nicht ausstehen, aber ich will, daß Sie eine tragen.«

»Jawohl, Major Kabakov.«

»Corley holt Sie um 8 Uhr 45 ab. Und wenn Sie länger als bis ein Uhr früh im *Hotsy-Totsy Club* bleiben, kriegen Sie's mit mir zu tun.«

»Jawohl, Major Kabakov.«

Mitternacht in New Orleans. Das Licht der Neonlampen in der Bourbon Street wirkte im Nebel wie hingewischt. Der Aldrich-Blimp schwebte, von Farley gesteuert, über der Mississippibrücke. Über seine Flanken lief in riesigen Leuchtbuchstaben die Aufforderung: »Nicht vergessen, Citro essen. Reich an Vitamin C.«

Zwei Stockwerke über Farleys Zimmer im Hotel *Fairmont* hatten sich Dahlia Iyad und Lander eingemietet. Dahlia schlug das Thermometer herunter und steckte es Lander in den Mund. Der Flug von New Jersey hierher hatte ihn ermüdet. Um den International Airport zu meiden,wo Dahlia womöglich erkannt worden wäre, waren sie nach Baton Rouge geflogen. Von dort waren sie mit einem Mietwagen in die Stadt gefahren, und Lander hatte sich auf dem Rücksitz ausgestreckt. Er sah blaß aus, doch seine

Augen blickten klar. Dahlia las das Thermometer ab. Normal.

»Kümmere dich jetzt um den Lastwagen«, sagte er.

»Entweder ist er da oder nicht. Falls du meinst, ich soll auf alle Fälle nachsehen, tu ich's natürlich. Aber je weniger ich auf der Straße gesehen werde –«

»Du hast recht. Entweder er ist da oder nicht. Ist meine Uniform in Ordnung?«

»Ich habe sie aufgehängt. Sie sieht tadellos aus.«

Sie ließ sich ein Glas heiße Milch aufs Zimmer bringen und gab Lander dazu ein leichtes Beruhigungsmittel. Eine halbe Stunde später war er eingeschlafen. Dahlia Iyad schlief nicht. Bei Landers Verfassung konnte sie ihn nicht allein fliegen lassen, auch wenn dies bedeutete, daß man vielleicht einen Teil der Bombe zurücklassen mußte. Sie würde ihm mit dem Höhensteuerrad helfen und konnte die Bombe zünden. Anders ging es nicht.

Sie wußte, daß sie morgen sterben würde, und sie weinte eine halbe Stunde leise vor sich hin. Dann zwang sie sich, an die schlimmen Jahre im Flüchtlingslager zu denken, an den Todeskampf ihrer Mutter, die, mit 35 Jahren bereits alt, zuckend am Boden des Zeltes lag. Dahlia war zehn, und sie konnte nichts weiter tun, als die Fliegen vom Gesicht ihrer Mutter fernzuhalten. So viele Menschen litten. Ihr eigenes Leben bedeutete nichts. Nichts. Bald hatte sie sich beruhigt, doch schlafen konnte sie nicht.

Im Hotel *Royal Orleans* saß Rachel Bauman vor dem Spiegel und bürstete sich die Haare. Kabakov lag rauchend auf dem Bett und sah ihr zu.

»Wie lange bleibst du noch, wenn morgen alles vorüber ist, David?« fragte sie und beobachtete ihn im Spiegel.

»Bis wir den Sprengstoff gefunden haben.«

»Was ist mit den beiden anderen – dieser Frau und dem Amerikaner?«

»Keine Ahnung. Die Frau wird man irgendwann aufgreifen. Ohne den Sprengstoff kann sie keinen großen

Schaden anrichten. Sobald wir den haben, muß ich vermutlich Fasil nach Israel bringen, damit er dort vor Gericht kommt.«

Sie sah ihn nicht mehr an.

»Rachel?«

»Ja?«

»Weißt du, daß Israel Psychiater braucht? Du würdest staunen, wie viele verrückte Juden es gibt. Im Sommer übrigens auch Christen. Ich kenne in Jerusalem einen Araber, der ihnen Splitter vom Kreuz Christi verkauft, die er sich beschafft, indem er –«

»Darüber können wir sprechen, wenn du nicht an anderes zu denken hast und deutlicher werden kannst.«

»Gut. Morgen abend bei *Antoine*. Ich glaube, es ist jetzt genug geredet und gekämmt worden. Oder soll ich deutlicher werden?«

26

Am Sonntag, dem 12. Januar, stieg die Sonne rot am Horizont auf und tauchte die Silhouette der Stadt in eine Feuersbrunst. Michael Lander erwachte zeitig. Er hatte von den Walen geträumt und wußte nicht gleich, wo er war. Dann fiel es ihm wieder ein, alles, und alles gleichzeitig. Dahlia lag in einem Sessel, den Kopf zurückgelehnt, und beobachtete ihn aus halbgeschlossenen Augen.

Er stand vorsichtig auf und trat ans Fenster. Ein goldrosa Schimmer lag über den Straßen. Über der Dunstschicht wurde der Himmel hell. »Es wird ein klarer Tag«, sagte er. Dann nahm er den Hörer ab und rief beim Wetterdienst auf dem Flugplatz an. Wind aus Nordost, 15 Knoten, in Böen bis zu 20 Knoten. Ausgezeichnet. Rückenwind vom Lakefront Airport zum Stadion. Da konnte er glatt 60 Knoten aus dem Blimp herausholen.

»Willst du dich nicht noch etwas ausruhen, Michael?«

Er war bleich. Sie wußte, viel Kraft hatte er nicht. Aber vielleicht reichte es.

Der Blimp kreiste meist schon eine gute Stunde vor Spielbeginn über dem Stadion, damit die Fernsehtechniker ihre letzten Vorbereitungen treffen konnten und die Zuschauer das Luftschiff schon sahen, wenn sie eintrafen. So lange mußte Lander also erst einmal fliegen, ehe er zurückkam, um die Bombe zu holen.

»Ich bleibe noch etwas liegen«, sagte er. »Gegen zwölf wird die Crew aufgerufen. Farley ist heute nacht geflogen. Er dürfte jetzt schlafen, aber bestimmt geht er schon vor zwölf aus dem Zimmer, um noch etwas zu essen.«

»Ich weiß, Michael. Ich erledige das schon.«

»Mir wäre lieber, du hättest eine Pistole bei dir.« Auf dem Flug nach Baton Rouge hatten sie der Kontrollen wegen keine Waffen mitnehmen können. Die Handfeuerwaffen befanden sich auf dem Lastwagen, zusammen mit der Bombe.

»Keine Sorge, ich mach das schon. Verlaß dich auf mich.«

»Ich weiß, daß ich mich auf dich verlassen kann.«

Corley, Kabakov und Moschevsky machten sich um 9 Uhr auf den Weg zum Stadion. In den Straßen um das Hotel *Royal Orleans* wimmelte es von übernächtigen Schlachtenbummlern, die im Französischen Viertel die Nacht durchgefeiert hatten und nun sozusagen pflichtbewußt und grimmig entschlossen die Sehenswürdigkeiten betrachteten. Der feuchte Wind trieb kleine Becher und Papierservietten durch die Bourbon Street.

Bis sie das Französische Viertel hinter sich hatten, mußte Corley sehr langsam und vorsichtig fahren. Er war gereizt. Er hatte nicht daran gedacht, rechtzeitig ein Zimmer für sich zu bestellen, und mußte nun mit dem unbequemen Gästebett eines Kollegen vom FBI vorliebnehmen. Und die Frau des Kollegen hatte ihm ein ausgesprochen leichtes, um nicht zu sagen mageres Frühstück vorgesetzt. Kabakov dagegen sah aus, als habe er glänzend geschlafen und gut gefrühstückt, was Corleys Ärger noch steigerte. Am meisten aber reizte ihn der Geruch der Melone, die Moschevsky hinten im Wagen genüßlich verspeiste.

Kabakov rutschte auf seinem Platz hin und her, und als er gegen den Türgriff stieß, gab es ein metallisches Geräusch.

»Was war das?«

»Mein Gebiß ist locker«, erklärte Kabakov. »Komisch!«

Kabakov klappte seinen Mantel auf und zeigte, daß er unter dem Arm eine MP vom Typ Uzi trug.

»Und womit hat Moschevsky sich ausgerüstet? Mit einer Bazooka?«

»Ich habe einen Melonenwerfer«, kam es vom Rücksitz.

Corley zuckte mit den Schultern. Er hatte ohnehin schon Mühe, Moschevsky zu verstehen, aber nun sprach der Kerl auch noch mit vollem Mund.

Um 9 Uhr 30 trafen sie am Stadion ein. Die Straßen, die nicht für die Zufahrt zum Stadion freigegeben waren, hatte man bereits abgesperrt. Die Fahrzeuge und Sperren, die sofort nach Spielbeginn das Stadion abriegeln sollten, standen auf den Grasstreifen am Straßenrand bereit. Zehn Krankenwagen parkten nahe dem Südosteingang. Die Sperre würden nur Ambulanzen passieren dürfen, die vom Stadion wegfuhren. Auf den Dächern der Häuser an der Audubon Avenue, von denen aus man den Landeplatz des Präsidenten-Hubschraubers überblicken konnte, waren bereits Agenten des Secret Service postiert.

Alles war in höchster Bereitschaft.

Um 9 Uhr bestellte Dahlia beim Zimmerkellner drei Frühstücksgedecke. Dann nahm sie aus ihrer Handtasche eine lange Papierschere und eine Rolle Klebeband. Sie entfernte die Schraube, die die beiden Teile der Schere zusammenhielt, und führte statt dessen durch das Loch der einen Scherenhälfte einen dünnen, etwa zehn Zentimeter langen Stift, den sie mit dem Klebeband befestigte. Danach umwickelte sie auch noch den ganzen Griff mit Klebeband und schob die Scherenhälfte in ihren Ärmel.

Das Frühstück wurde um 9 Uhr 20 gebracht.

»Fang schon an, solange alles noch warm ist, Michael«, sagte Dahlia. »Ich bin gleich zurück.« Sie nahm eines der Tabletts und fuhr im Fahrstuhl zwei Stockwerke hinunter.

Farley antwortete auf ihr Klopfen mit verschlafener Stimme.

»Mr. Farley?«

»Ja?«

»Ihr Frühstück, bitte.«

»Ich habe kein Frühstück bestellt.«

»Der Geschäftsführer hat sich erlaubt, die Besatzung dazu einzuladen. Falls Sie aber nicht frühstücken wollen, nehme ich es wieder mit.«

»Nein, nein, ich nehme es. Moment.«

Farley, mit wirren Haaren und nur mit seiner Hose bekleidet, ließ sie eintreten. Wäre gerade jemand den Gang entlanggekommen, hätte er vielleicht einen Schrei gehört, der jäh abbrach. Eine Minute später schlüpfte Dahlia zur Tür hinaus. Sie hängte das Schild »Bitte nicht stören« an die Klinke und fuhr nach oben.

Hier war noch eine weitere Angelegenheit zu erledigen. Dahlia wartete damit, bis sie und Lander mit dem Frühstück fertig waren. Sie lagen nebeneinander auf dem Bett, und sie hielt Landers verstümmelte Hand.

»Du weißt, Michael, daß ich gern mit dir fliegen möchte. Hältst du das nicht auch für besser?«

»Laß nur, ich schaffe es auch so.«

»Ich möchte dir aber helfen. Ich möchte bei dir sein. Ich will es sehen.«

»Viel gibt's dabei nicht zu sehen. Und die Explosion kannst du überall hören.«

»Ich komme vom Flugplatz ja doch nicht mehr weg, Michael. Das zusätzliche Gewicht macht doch bestimmt nichts aus. Draußen sind 21 Grad, und das Luftschiff steht den ganzen Vormittag in der Sonne. Natürlich, wenn du es nicht hochkriegst –«

»Ich kriege es schon hoch. Bei soviel Sonne!«

»Bitte, Michael. Wollen wir uns denn im letzten Augenblick trennen?«

Er drehte sich herum und sah ihr in die Augen. »Du müßtest dann ganz rasch den Ballast aus der Gondel abwerfen. Die Säcke liegen ganz hinten. Unter dem hinteren Sitz. Sobald wir in der Luft sind, können wir das Schiff trimmen. Also gut – komm mit.«

Sie drückte ihn an sich, und sie lagen schweigend beieinander.

Um 11 Uhr 30 stand Lander auf, und Dahlia half ihm beim Ankleiden. Seine Wangen waren eingefallen, aber die Bräunungscreme, mit der sie sein Gesicht eingerieben hatte, verbarg die Blässe. Um 11 Uhr 50 nahm sie eine mit Novocain gefüllte Spritze aus ihrem Verbandskasten. Sie rollte seinen Ärmel zurück und betäubte eine Stelle an seinem Unterarm.Dann nahm sie eine weitere, kleinere Spritze heraus. Es war eine flexible Einmalspritze aus Plastik mit fester Nadel, die 30 Milligramm Ritalinlösung enthielt.

»Wenn du dir das hier spritzt, kann es sein, daß du plötzlich redselig wirst, Michael. Es putscht sehr auf. Daran mußt du denken. Benutz es nur im Notfall, nur wenn du merkst, daß du es anders nicht mehr schaffst.«

»Schon gut. Mach sie fest.«

Dahlia führte die Nadel in die betäubte Stelle ein, befestigte die kleine Spritze mit Klebeband am Unterarm und rechts und links davon je einen kurzen Bleistift, damit die Spritze nicht versehentlich Druck ausgesetzt wurde. »Du kannst durch den Jackenärmel fühlen, wo die Spritze ist, und brauchst einfach nur mit dem Daumen draufzudrükken.«

»Ich weiß, ich weiß.«

Sie küßte ihn auf die Stirn. »Falls ich mit dem Lastwagen

nicht zum Flughafen komme, falls ich vorher festgenommen werde –«

»Dann lasse ich einfach den Blimp aufs Stadion fallen. Dabei gehen dann auch ein paar Leute drauf. Aber denk nicht an so etwas. Bisher hatten wir doch immer Glück, nicht wahr?«

»Bisher hast du dich immer bemerkenswert klug verhalten.«

»Also, bis um Viertel nach zwei, am Flughafen.«

Sie begleitete ihn zum Fahrstuhl, kehrte dann ins Zimmer zurück und setzte sich auf den Bettrand. Es war noch zu früh, um den Lastwagen zu holen.

Lander sah die Besatzung des Luftschiffs in der Hotelhalle stehen. Es waren Farleys Copilot Simmons und zwei Kameraleute vom Fernsehen. Er trat auf sie zu und gab sich Mühe, möglichst forsch zu wirken.

Im Bus kann ich mich ausruhen, dachte er.

»Mein Gott, da sind Sie ja, Mike«, sagte Simmons. »Und ich dachte, Sie wären noch krank. Wo ist Farley? Wir haben schon versucht, ihn anzurufen. Er meldet sich nicht. Wir warten auf ihn.«

»Farley hat eine üble Nacht hinter sich. Irgendein betrunkenes Mädchen hat ihm ihren Finger ins Auge gestoßen.«

»Lieber Himmel!«

»Na, so schlimm ist es auch wieder nicht, aber er muß es behandeln lassen. Und deshalb fliege heute ich.«

»Wann sind Sie denn angekommen?«

»Heute morgen. Farley hat mich angerufen. Er hat mich um vier aus dem Schlaf geholt! Aber los jetzt, wir sind schon spät genug dran.«

»Sehr gut sehen Sie ja nicht gerade aus, Mike.«

»Besser als ihr allemal. Los, kommt.«

Am Tor zum Lakefront Airport fand der Fahrer seine Wagenpapiere nicht, und alle Insassen mußten sich ausweisen. Unweit vom Tower standen drei Streifenwagen.

Der Blimp, lang und silbrig, rot und blau, ruhte auf einem dreieckigen Grasstreifen zwischen den Pisten. Anders als die vor den Hangars stehenden Flugzeuge machte er auch im Ruhezustand den Eindruck, als fliege er. Elegant auf seinem einzigen Landerad balancierend, die Nase am Ankermast festgemacht, wies er wie ein riesiger Luftsack nach Nordosten. Nahebei parkten der Bus des Bodenpersonals und der Traktor mit dem Anhänger, in dem sich die mobile Werkstatt befand. Neben dem silbrig glänzenden Luftschiff wirkten die Menschen wie Zwerge.

Vickes, der Chef des Bodenpersonals, wischte sich die Finger an einem Stück Putzwolle ab und sagte: »Schön, daß Sie wieder da sind, Captain Lander. Hier ist schon alles klar.«

»Danke Ihnen.« Lander begann mit dem üblichen Inspektionsrundgang. Wie erwartet, war alles in Ordnung. Der Blimp war strahlend sauber. »Seid ihr soweit?« rief er.

In der Gondel nahmen Lander und Simmons die letzten vorgeschriebenen Kontrollen vor.

Vickers trieb den Kameramann und dessen Assistenten an. »Nun steigen Sie schon endlich in die Gondel, damit wir loskommen.«

Das Bodenpersonal packte das rings um die Gondel laufende Geländer und ließ den Blimp auf seinem Landerad hüpfen. Vickers entfernte mehrere Säcke Ballast von der Geländerstange, und das Bodenpersonal ließ das Luftschiff wiederum hüpfen. »Eine Spur zu schwer. Genau richtig.« Vickers war es lieb, wenn der Blimp beim Abheben ein bißchen Übergewicht hatte. Der Treibstoffverbrauch verringerte das Gewicht schnell genug.

»Wo sind die Colaflaschen? Haben wir die Colaflaschen an Bord?« fragte Simmons. Er rechnete damit, daß sie drei Stunden, vielleicht auch länger, in der Luft bleiben würden. »Ja, da sind sie ja.«

»Übernehmen Sie, Simmons«, sagte Lander.

»Okay.« Simmons glitt in den einzigen Pilotensitz auf der linken Seite der Gondel und gab durch die Windschutzscheibe ein Handzeichen. Die Mechaniker am Landemast klinkten die Sperre aus, und acht Männer zogen den Blimp an den Bugseilen herum. »Auf geht's.« Simmons wuchtete das Höhenruderrad zurück, schob die Gashebel vor, und das große Luftschiff erhob sich in einem steilen Winkel.

Lander lehnte sich im Passagiersitz neben dem Piloten zurück. Der Flug zum Stadion dauerte bei Rückenwind neuneinhalb Minuten. Lander errechnete, daß es mit Vollgas in gut sieben Minuten zu schaffen sein mußte, falls der Wind so blieb.

Unter ihnen, an der Ausfahrt Tulane, hatte sich ein langer Verkehrsstau auf der Schnellstraße gebildet.

»Die kriegen den Anpfiff sicher nicht mehr zu sehen«, sagte Simmons.

»Wohl kaum«, sagte Lander. Und die Halbzeit werden sie alle nicht mehr erleben, setzte er in Gedanken hinzu. Es war jetzt 13 Uhr 10. Fast eine ganze Stunde noch.

Dahlia Iyad stieg unweit der Mole an der Galvez Street aus dem Taxi und ging rasch die Straße hinunter in Richtung der Garage. Entweder war die Bombe da oder nicht. Entweder wartete die Polizei auf sie oder nicht. Erst jetzt fiel ihr auf, daß der Belag des Bürgersteiges Risse und Unebenheiten aufwies. Sie achtete beim Gehen auf die Risse. Auf dem Fahrdamm spielten Kinder Schlagball, und der kleine Junge mit dem Schlagholz pfiff bewundernd durch die Zähne, als sie vorbeiging.

Ein Streifenwagen scheuchte die Kinder auseinander und fuhr langsam an Dahlia vorüber. Sie wandte das Gesicht ab, als suchte sie eine Hausnummer. Der Streifenwagen bog an der nächsten Ecke ab. Sie nahm die Schlüssel aus der Handtasche und ging die Zufahrt zur Garage hinauf. Da waren die beiden Vorhängeschlösser. Sie öffnete sie, schlüpfte hinein und machte das Tor hinter sich zu. In der Garage herrschte Halbdunkel. Aber da stand der Lastwagen. Unangetastet, wie es schien.

Sie kletterte auf die Ladefläche und knipste das matte Licht an. Auf dem Gehäuse lag eine dünne Staubschicht.

Also war alles in Ordnung. Andernfalls hätte die Polizei sie auch bestimmt nicht mehr in die Nähe der Bombe gelassen. Sie zog sich einen Overall mit den Buchstaben NBS über und entfernte an den Seitenklappen des Lastwagens die Folien, mit denen die in leuchtenden Farben aufgemalten Initialen der Rundfunk- und Fernsehgesellschaft verdeckt gewesen waren.

Die Kontrolliste hing, mit Klebeband befestigt, an der Bombe. Dahlia las sie rasch noch einmal durch. Zuerst die Sprengkapseln. Dahlia nahm sie aus ihrer Verpackung und setzte sie ein. Die Zuleitung zu den Sprengkapseln verband sie mit dem Verteiler, der später an das Aggregat des Luftschiffes angeschlossen werden sollte. Sprengkapseln und Ersatzzündschnur waren jetzt funktionsbereit.

Von den Halteseilen schnitt sie alle bis auf zwei durch. Jetzt die Sachen für Lander. Ein Revolver mit Schalldämpfer und eine Drahtschere, beides in einem Papiersack. Ihre Schmeisser mit sechs Reservemagazinen und ein Schnellfeuergewehr AK-47 mit Ladestreifen befanden sich in einem Kleidersack.

Sie sprang herunter, legte die Schmeisser auf den Boden der Fahrerkabine und warf eine Wolldecke darüber. Der Fahrersitz war voller Staub. Sie wischte ihn mit dem Taschentuch ab. Dann steckte sie sich die Haare hoch und setzte eine Mütze auf.

13 Uhr 50. Zeit abzufahren. Sie öffnete die Garagentür und fuhr hinaus. Das Licht blendete. Der Laster brummelte im Leerlauf, während sie das Garagentor schloß.

Auf der Fahrt zum Flughafen durchströmte sie ein sonderbares Glücksgefühl, so als ob sie fiele und fiele und fiele.

Kabakov beobachtete vom Befehlsstand aus den Strom von Zuschauern, der sich durch den Südosteingang ins Stadion ergoß. Sie sahen alle gut gekleidet und wohlgenährt aus, alle völlig ahnungslos.

In den Schlangen vor den Metalldetektor-Schleusen

maulten die Leute, und wenn hin und wieder ein Fan aufgefordert wurde, den Inhalt seiner Taschen in eine Plastikschüssel zu leeren, kam es auch zu lauteren Protesten. In Kabakovs Nähe standen die Männer von der Eingreifreserve Ost: zehn schwerbewaffnete Männer mit kugelsicheren Westen. Er ging nach draußen, wo er das Knacken der Sprechfunkgeräte nicht mehr hörte, und sah zu, wie das Stadion sich füllte. Die Blaskapellen spielten bereits. Um 13 Uhr 45 war die Mehrzahl der Zuschauer auf ihren Plätzen. Die Straßensperren wurden geschlossen.

240 Meter über dem Stadion berieten sich die Kameramänner in dem Blimp über Sprechfunk mit dem Regisseur im Übertragungswagen hinter der Tribüne. Die Direktübertragung des Spiels sollte mit einer Luftaufnahme des Stadions beginnen. Vor diesem Bild sollte der Vorspann laufen. Der Regisseur, der in seinem Wagen zwölf Monitore vor sich hatte, war nicht zufrieden.

»He, Simmons«, sagte der Kameramann, »der Chef will es jetzt vom Nordende haben, mit Tulane im Hintergrund. Geht das?«

»Klar.« Das Luftschiff schwenkte majestätisch nach Norden.

»Sehr gut so, sehr gut.« Der Kameramann hatte den richtigen Ausschnitt. Er sah das von 84000 Menschen eingerahmte grüne Feld und die im Wind über dem Stadion wehenden Fahnen.

Lander sah den Hubschrauber der Polizei, der wie eine Libelle über dem Stadiongelände hin und her flitzte.

»Tower an Nora Eins Zero.«

Simmons nahm das Mikrofon. »Hier Nora Eins Zero, kommen.«

»Helikopter in Ihrem Sektor eine Meile nordwestlich. Weichen Sie aus«, sagte der Fluglotse.

»Verstanden. Ich sehe ihn. Nora Eins Zero Ende.«

Simmons wies nach vorn, und Lander sah in etwa 180 Meter Höhe einen Militärhubschrauber näher kommen.

»Das ist der Präsident. Nehmt den Hut ab«, sagte Simmons und nahm das Luftschiff vom Nordende des Stadions zurück.

Lander sah, wie die Landemarkierung ausgebreitet wurde.

»Jetzt sollen wir die Landung aufnehmen«, sagte der Kameraassistent. »Können Sie uns breitseits bringen?«

»So ist es gut«, rief der Kameramann. Durch seine Linse ließ er 86 Millionen Fernsehzuschauer erleben, wie der Hubschrauber des Präsidenten aufsetzte. Der Präsident stieg aus, ging schnellen Schrittes ins Stadion und war nicht mehr zu sehen.

Im Übertragungswagen bellte der Regisseur: »Kamera zwei«, und alle Welt konnte beobachten, wie der Präsident die Seitenlinie entlang zu seiner Loge ging.

Auch Lander sah ihn jetzt, als er hinunterschaute: ein gedrungener blonder Mann, von einem Rudel Männer umgeben, der mit erhobenen Armen die Menge grüßte, die ihrerseits aufsprang und ihm zuwinkte, als er vorüberging.

Kabakov hörte das Gebrüll, das den Präsidenten empfing. Er kannte ihn nicht und hätte ihn gern gesehen. Aber sein Platz war hier, nahe dem Befehlsstand, wo er sofort erreichbar war, wenn etwas passierte.

»Lassen Sie mich übernehmen, Simmons« , sagte Lander, »dann können Sie sich den Anstoß ansehen.« Sie tauschten die Plätze. Lander war schon ziemlich erschöpft, und das Höhenruderrad unter seiner Hand kam ihm besonders schwer vor.

Auf dem Spielfeld wurde fürs Fernsehen die Auslosung der Seiten wiederholt. Dann nahmen die Mannschaften Aufstellung für den Anstoß.

Lander blickte verstohlen zu Simmons hinüber, der den Kopf zum Seitenfenster hinaushielt. Lander stellte den Gemischhebel für die Backbordmaschine auf mager. Der Motor mußte nun rasch heißlaufen.

Nach einigen Minuten zuckte der Zeiger des Wärmemessers bereits weit im roten Feld. Lander stellte den Gemischhebel wieder auf normal. Er sagte: »Meine Herren, wir haben hier eine kleine Panne.« Simmons kam sofort herüber. Er klopfte an den Wärmemesser.

»Wie kommt denn das?« fragte er. Dann kletterte er auf die andere Seite der Gondel und blickte prüfend über die Schultern der Kameramänner hinweg auf den Backbordmotor. »Öl verlieren wir jedenfalls nicht.«

»Was ist?« fragte der Kameramann.

»Der Backbordmotor ist heißgelaufen. Lassen Sie mich mal vorbei.« Er griff in den hinteren Stauraum und zog einen Feuerlöscher heraus.

»He, es brennt doch nicht etwa?« Der Kameramann und sein Assistent nahmen die Sache sehr ernst, ganz wie Lander vermutet hatte.

»Unsinn«, sagte Simmons. »Den Feuerlöscher muß ich nur für alle Fälle rausholen. Das steht so in unseren Vorschriften.«

Lander drosselte den Motor. Er nahm Kurs Nordost, fort vom Stadion, Richtung Flughafen. »Vickers soll sich das mal ansehen«, sagte er.

»Haben Sie ihn schon angerufen?«

»Ja, eben, als Sie achtern waren.« Lander hatte in sein Mikrofon gemurmelt, hatte aber den Sendeknopf nicht gedrückt.

Es folgte der US 10. Rechts unter ihm lag das Superdome-Stadion und zur Linken das Ausstellungsgelände mit der ovalen Trabrennbahn. Es war gar nicht einfach, mit nur einem Motor gegen den Wind anzufliegen. Um so schneller komme ich nachher wieder zum Stadion, dachte Lander. Jetzt war er über dem Golfplatz von Pontchartrain und sah den Flugplatz vor sich. Und da war der Lastwagen. Er näherte sich der Einfahrt. Dahlia hatte es geschafft.

Aus dem Fahrerhaus des Lastwagens sah Dahlia das Luftschiff näher kommen. Sie war zeitig dran. An der Einfahrt stand ein Polizist, der sie weiterwinkte, als sie ihm durch das geöffnete Seitenfenster den blauen Sonderausweis hinhielt. Langsam rollte sie die Straße am Flugfeld entlang.

Jetzt entdeckte auch das Bodenpersonal das Luftschiff. Am Bus und am Werkstattwagen wurde es lebendig. Lander hatte es absichtlich so eingerichtet, daß sie sich beeilen mußten. Erst in etwa hundert Meter Entfernung drückte er auf den Sendeknopf und sagte über Sprechfunk: »Ich komme runter, macht Platz.«

»Nora Eins Zero, was ist los? Warum haben Sie Ihre Rückkehr nicht angekündigt, Mike?« Das war Vickers.

»Das habe ich«, behauptete Lander. Mochte Vickers sich ruhig wundern. Das Bodenpersonal eilte an die Plätze. »Ich gehe mit seitlichem Wind an den Mast und brauche Bremsklötze am Rad. Achten Sie darauf, daß der Wind uns nicht abtreibt, Vickers. Ich habe ein bißchen Ärger mit dem Backbordmotor. Nichts Besonderes, aber der Motor soll in Lee bleiben. Und bitte keine Aufregung! Verstanden?«

Vickers hatte verstanden. Lander wollte nicht, daß die Rettungswagen mit heulenden Sirenen angerast kamen.

Dahlia Iyad wartete darauf, daß sie die Landebahn überqueren durfte. Der Tower gab ihr noch rotes Licht. Sie sah zu, wie das Luftschiff aufsetzte, hüpfte, wieder aufsetzte, wie das Bodenpersonal die Bugseile packte. Schon hatten die Männer das Luftschiff unter Kontrolle.

Jetzt gab der Tower grünes Licht. Sie überquerte die Landebahn und hielt mit dem Laster hinter dem Werkstattwagen, wo er vom Bodenpersonal nicht gesehen werden konnte, das sich jetzt um die Gondel drängte. Schon hatte sie die Ladeklappe geöffnet, die Rampe angelegt. Sie ergriff den Papiersack mit dem Revolver und der Drahtschere und eilte um den Werkstattwagen herum zum Luftschiff.

Niemand beachtete sie. Vickers öffnete die Verkleidung des Backbordmotors. Dahlia gab Lander den Papiersack durch das Fenster in die Gondel und rannte zurück.

Lander sagte zu den Fernsehleuten: »Vertretet euch ruhig die Beine. Ein paar Minuten dauert es schon.«

Sie kletterten hinaus, und Lander folgte ihnen.

Er ging zu dem Bus und machte sofort wieder kehrt. »He, Vickers!« rief er. »Sie werden aus Lakehurst verlangt.«

»Scheiße, verdammte – na gut. Frankie, schau mal da rein, aber faß nichts an, bis ich wieder da bin.« Er trottete zum Bus. Lander folgte ihm hinein. Vickers streckte gerade die Hand nach dem Radiotelefon aus, als Lander ihn mit seinem Revolver in den Hinterkopf schoß. Das Bodenpersonal hatte jetzt keinen Leiter mehr. Als Lander aus dem Bus stieg, hörte er das Tuckern des Gabelstaplers. Dahlia schwenkte ihn eben um den Werkstattwagen herum. Das Bodenpersonal staunte das riesige, stromlinienförmige Gebilde an und machte Platz. Dahlia fuhr langsam vorwärts, manövrierte ihre Last behutsam unter die Gondel und hob die Gabel etwa 15 Zentimeter an.

»Was soll denn das? Was machen Sie denn da?« fragte der Mechaniker, der am Motor stand. Dahlia achtete nicht auf ihn. Sie befestigte die beiden vorderen Halterungen des Bombengehäuses an dem Geländer der Gondel. Noch vier.

»Vickers hat gesagt, ihr sollt die Ballastsäcke abnehmen«, rief Lander.

»Was hat er gesagt?«

»Raus mit dem Ballast, beeilt euch, beeilt euch!«

»Was hat das Ding da zu bedeuten, Mike? Das hab ich doch noch nie gesehen.«

»Das wird Vickers euch gleich erklären. Und jetzt legt mal etwas Tempo vor. Für jede Minute hier muß die Fernsehgesellschaft 175000 Dollar bezahlen! Die wollen, daß wir das Ding mitnehmen.«

Zwei Männer entfernten die Ballastsäcke, als Dahlia die letzte Halterung des Bombengehäuses befestigte. Sie setzte den Gabelstapler zurück. Das Bodenpersonal war verwirrt. Irgend etwas stimmte da nicht. Das riesige Gehäuse mit den Zeichen der Sendeanstalt war nie zuvor an dem Luftschiff erprobt worden.

Lander warf einen Blick in den Backbordmotor. Nichts war abmontiert worden. Er schloß die Motorhaube.

Jetzt erschienen die Kameramänner. »NBS? Was ist denn das für ein Apparat? Der gehört doch nicht uns.«

»Das erklärt euch euer Regisseur, ruft ihn vom Bus aus an.« Lander kletterte auf seinen Sitz und ließ die Motoren an. Das Bodenpersonal wich verblüfft zurück. Dahlia war schon in der Gondel, die Drahtschere in der Hand. Keine Zeit, die Schrauben zu lockern. Die Aufnahmegeräte mußten über Bord, sonst war das Luftschiff zu schwer.

Der Kameramann sah, wie sie seine Kabel zerschnitt. »He, sind Sie verrückt geworden!« Er kletterte in die Gondel. Lander drehte sich auf seinem Sitz herum und schoß ihm in den Rücken. Im Einstieg erschien das verstörte Gesicht eines Mannes. Alles, was nahe am Luftschiff stand, wich jetzt zurück. Dahlia machte die Kamera los.

»Bremsklötze und Ankermast!« rief Lander.

Dahlia sprang aus der Gondel, die Schmeisser unter dem Arm. Das Bodenpersonal wich zurück, einige der Männer rannten davon. Sie riß die Bremsklötze von dem Rad weg, und das Luftschiff drehte sich in den Wind. Dahlia war schon am Mast und klinkte die Sperre aus. Die Nase des Luftschiffs mußte unbedingt vom Mast freikommen, unbedingt. Der Blimp schaukelte. Niemand hielt die Bugseile fest. Der Wind würde es schon machen, der Wind würde das Luftschiff freisetzen. Dahlia hörte eine Sirene heulen. Ein Streifenwagen raste über die Piste.

Der Bug kam jetzt frei, aber die Aufnahmegeräte und der tote Kameramann hielten das Luftschiff noch am Boden. Dahlia schwang sich in die Gondel. Zuerst ging der Sender über Bord, dann die Kamera.

Der Streifenwagen näherte sich dem Luftschiff von vorn, mit Rotlicht und Sirene. Lander schob die Gashebel nach vorn, und das mächtige Schiff begann zu rollen. Dahlia mühte sich mit dem toten Kameramann ab, dessen Bein unter Landers Sitz eingeklemmt war. Das Luftschiff hob sich und setzte wieder auf. Der Streifenwagen war keine fünfzig Meter mehr entfernt. Die Türen wurden schon aufgestoßen. Lander ließ den größten Teil des Treibstoffs ab. Der Blimp hob sich schwerfällig in die Luft.

Dahlia lehnte sich aus der Gondel und nahm den Streifenwagen mit ihrer Schmeisser unter Feuer. Die Windschutzscheibe splitterte. Der Blimp stieg. Aus dem Streifenwagen stürzte ein Polizist, Blut auf dem Hemd, die Pistole in der Hand. Er sah zu ihr auf, als das Luftschiff über ihn hinwegzog. Ein Feuerstoß aus der Schmeisser warf ihn um. Dahlia stieß den toten Kameramann hinaus. Er fiel auf den Streifenwagen. Das Luftschiff stieg schnell. Andere Streifenwagen näherten sich jetzt, wurden kleiner und kleiner unter dem Blimp, ihre Türen wurden aufgestoßen. Dahlia hörte ein Geschoß gegen die Hülle prallen. Sie schossen also. Sie zielte mit der Schmeisser auf den nächsten Streifenwagen und sah, wie ringsum Erde aufspritzte. Lander zog den Blimp im Steigflug von 50 Grad hoch. Die Motoren heulten. Höher und höher. Weg aus der Reichweite der Pistolen.

Die Zündschnur und die Kabel! Dahlia legte sich auf den blutbeschmierten Boden der Gondel, streckte den Arm hinaus und bekam die Drähte zu fassen.

Lander war über dem Armaturenbrett zusammengesunken, einer Ohnmacht nahe. Dahlia langte über seine Schulter und drückte auf die Spritze an seinem Arm. Gleich darauf hatte er den Kopf wieder oben.

Er sah nach, ob die Kabinenbeleuchtung abgeschaltet war. Ja. »Schließ sie an.«

Dahlia riß die Verkleidung von der Kabinenbeleuchtung, schraubte die Birne aus und schloß die Zündkabel an. Die Reservezündschnur, die nur benutzt werden sollte, falls das Stromnetz im Luftschiff ausfiel, befestigte sie an einer Sitzlehne achtern in der Gondel.

Der Fahrtmesser zeigte 60 Knoten. Noch sechs Minuten bis zum Stadion.

Als die ersten konfusen Meldungen über eine Schießerei am Flugplatz beim Befehlsstand eintrafen, rannten Corley und Kabakov zu Corleys Wagen. Sie jagten die Interstate 10 entlang, als weitere Einzelheiten durchgegeben wurden.

»Unbekannte Personen schießen aus dem Aldrich-Blimp«, hieß es über Funk. »Zwei Polizisten verwundet. Bodenpersonal behauptet, eine verdächtige Vorrichtung ist an der Gondel befestigt worden.«

»Sie haben den Blimp gekapert!« sagte Corley und schlug mit der Faust neben sich auf den Sitz. »Da haben Sie Ihren anderen Piloten.« Sie sahen jetzt das Luftschiff über der Skyline, sahen, wie es von Sekunde zu Sekunde größer wurde. Corley schrie ins Funksprechgerät: »Schafft den Präsidenten aus dem Stadion!«

Kabakov war von seiner Wut, seiner Enttäuschung, dem Schock und der Unwahrscheinlichkeit des Ganzen wie erschlagen. Hier saß er, hilflos, zwischen Stadion und Flughafen in einem fahrenden Wagen. Es mußte ihm etwas einfallen, es mußte, es mußte. Eben fuhren sie am Superdome vorbei. Da packte er Corley an der Schulter. »Jackson«, sagte er. »Lamar Jackson. Mit seinem Hubschrauber. Los! So rasch Sie können!«

Sie waren bereits an der Abfahrt vorbei, aber Corley bog mit qualmenden Reifen ab und raste in der falschen Richtung die Auffahrt hinunter. Ein Wagen kam entgegen, wurde riesengroß vor der Windschutzscheibe, schleuderte, ein seitlicher Rammstoß, und schon rasten sie in die Howard Avenue. Noch eine Biegung auf quietschenden Reifen, und sie hielten mit einem Ruck. Kabakov rannte zum Landeplatz und schreckte einige FBI-Agenten auf, die hier immer noch auf Posten waren.

Jackson kam mit seinem Hubschrauber gerade vom Dach zurück, um eine Ladung Röhren zu übernehmen. Kabakov rannte zum Lademeister, den er nicht kannte.

»Holen Sie ihn runter! Er soll landen!«

Der Blimp war jetzt fast in der Höhe des Superdome-Stadions. Er bewegte sich rasch vorwärts, außerhalb der Schußweite. Noch drei Kilometer bis zum vollbesetzten Tulane-Stadion.

Corley kam angerannt. Er hatte aus dem Kofferraum seine M-16 Automatic geholt.

Der Hubschrauber setzte auf, Kabakov lief geduckt unter dem Rotor hindurch zum Einstieg. Er richtete sich vor dem Cockpit auf. Jackson legte die Hand ans Ohr.

»Sie haben den Aldrich-Blimp gekapert!« Kabakov deutete nach aben. »Wir müssen da rauf. Wir müssen rauf!«

Jackson sah zu dem Luftschiff hinauf. Er schluckte. Sein Gesicht nahm einen sonderbaren, entschlossenen Ausdruck an. »Wollen Sie mich mit der Pistole zwingen?«

»Unsinn. Ich bitte Sie.«

Jackson schloß eine Sekunde lang die Augen. »Los, steigen Sie ein. Der Bauchmann soll raus. Für den will ich nicht verantwortlich sein.«

Kabakov und Corley zerrten den verblüfften Bauchmann raus und kletterten in den Frachtraum. Unter donnerndem Getöse des Rotors sprang der Helikopter förmlich in die Höhe. Kabakov ging nach vorn und hob den leeren Sitz des Copiloten an.

»Wir könnten –«

»Ich muß wissen, ob Sie die Kerle abschießen oder ob Sie mit ihnen verhandeln wollen«, sagte Jackson.

»Abschießen.«

»Gut. Falls wir sie erwischen, fliege ich sie von oben an, denn über sich sehen sie in dem Ding nichts. Wollen Sie die Gashülle zerschießen? Das Gas entweicht nicht so schnell!«

Kabakov schüttelte den Kopf. »Dann könnten sie die Bombe immer noch zünden. Nein. Wir müssen die Gondel außer Gefecht setzen.«

Jackson nickte. »Also, ich komme von oben. Sobald Sie soweit sind, gehe ich runter. Mein Helikopter verträgt nicht viele Treffer, denken Sie daran. Verständigung über Kopfhörer.«

Der Hubschrauber machte 110 Knoten. Er holte schnell auf, aber das Luftschiff hatte einen bedeutenden Vorsprung. Es würde verdammt knapp werden.

»Auch wenn wir den Piloten erwischen – der Wind trägt den Blimp immer noch zum Stadion«, sagte Jackson.

»Was ist mit dem Ladehaken? Könnten wir den Blimp nicht mit dem Haken packen und wegziehen?«

»Wo soll man da einhaken? Das Ding ist überall glatt. Versuchen können wir es, falls Zeit bleibt, aber – aha, da kommen die Bullen.«

Vor ihnen flog der Hubschrauber der Polizei das Luftschiff von unten an.

»Doch nicht von unten!« brüllte Jackson. »Geht nicht so nah ran –« Doch noch während er rief, wurde der kleine Polizeihubschrauber von einem Feuerstoß getroffen, taumelte mit wild kreisenden Rotorblättern und stürzte ab.

Jackson konnte die Bewegungen des Seitenruders sehen, als die große Flosse des Luftschiffs unter ihm hinwegglitt. Er flog jetzt direkt über dem Blimp, und das Stadion lag schon fast unter ihnen. Zeit für einen einzigen Versuch. Kabakov und Corley stemmten sich in die offene Luke.

Lander spürte, wie der Luftstrom des Rotors auf den Blimp drückte, hörte den Motor. Er stieß Dahlia an, dann deutete er mit dem Daumen nach oben. »Verschaff mir zehn Sekunden«, sagte er.

Sie schob ein neues Magazin in die Schmeisser.

Jacksons Stimme in Kabakovs Kopfhörer: »Festhalten!«

Der Hubschrauber sackte rechts neben dem Blimp herunter. Kabakovs Magen rutschte nach oben. Er hörte die ersten Geschosse in den Rumpf des Hubschraubers einschlagen. Dann feuerten Corley und er. Die automatischen Waffen spuckten heiße Geschoßhülsen, die Gondelfenster zersplitterten. Rings um Kabakov klingelte das Metall unter den Einschlägen. Der Hubschrauber sackte durch, taumelte, hob sich wieder. Corley war getroffen, auf seiner Hose breitete sich am Oberschenkel ein Blutfleck aus.

Jacksons Stirn blutete von Glassplittern, die ihn getroffen hatten. Er wischte sich das Blut aus den Augen.

Die Gondel hatte keine Fenster mehr, und das Armaturenbrett war zerschossen. Funken flogen. Auf dem Boden der Gondel lag Dahlia und rührte sich nicht.

Lander, an der Schulter und am Bein getroffen, sah, daß der Blimp an Höhe verlor. Er sank, aber noch war er höher als der obere Rand der Tribünen. Jetzt war er beinahe darüber, nun waren sie unter ihm. Ein Meer von Gesichtern sah zu ihm herauf.

Er hatte die Hand am Schalter. Jetzt. Er drehte den Schalter. Nichts. Der Notschalter. Wieder nichts. Die Stromleitungen waren zerschossen. Noch blieb die Zündschnur. Er zwängte sich aus dem Pilotensitz, in der Hand sein Feuerzeug. Mit dem heilen Arm und dem unversehrten Bein schleppte er sich nach achtern, wo die Reservezündschnur festgemacht war, während das Luftschiff zwischen die vollbesetzten Tribünen trieb.

Der Ladehaken baumelte an einem zehn Meter langen Kabel vom Hubschrauber herab. Jackson schleifte ihn über die glatte Außenhaut des Luftschiffs. Es gab nur eine Stelle, wo er einhaken konnte: das Leitwerk. Kabakov wies Jackson ein, und sie kamen näher, näher, aber dann war der Haken doch zu dick für den Spalt zwischen dem Seitenruder und der Flosse unter dem Rudergelenk.

Im Stadion war eine Panik ausgebrochen. Kabakov blickte verzweifelt um sich und sah neben sich ein aufgerolltes Nylonseil mit Karabinerhaken an beiden Enden. Er starrte eine halbe Sekunde hin, und da wußte er, was er versuchen mußte.

Vom Boden aus beobachtete Moschevsky mit hervorquellenden Augen und verkrampften Fäusten eine Gestalt, die sich wie eine Spinne an dem Kabel unter dem Hubschrauber herabließ. Er riß einem neben ihm stehenden Agenten das Fernglas weg, aber er wußte auch so, daß es nur Kabakov sein konnte. Er sah, wie der Luftstrom des Rotors Kabakov herumschleuderte, als er an dem öligen Kabel hinunterglitt. Um den Gürtel hing ihm ein Seil. Jetzt waren sie über Moschevsky. Moschevsky beugte sich nach hinten, immer weiter nach hinten.

Kabakov stieß einen Fuß in den Ladehaken. Er konnte Corleys Gesicht sehen. Corley als Bauchmann, dachte er. Er sprach in das Mikrofon an seinem Kopfhörer. Der Haken rutschte tiefer. Kabakov war jetzt neben der Flosse. Nein. Die Flosse hob sich, schwang hin und her, versetzte Kabakov einen Schlag, stieß ihn weg. Schon pendelte er wieder gegen das Leitwerk. Er zog das Nylonseil zwischen Ruder und Flosse durch, zog es durch den Haken, gab ein Handzeichen, und nun suchte der Hubschrauber mit aller Macht Höhe zu gewinnen. Das Kabel, an dem Kabakov hing, wurde starr wie eine Stange aus Stahl.

Lander, der auf dem blutverschmierten Boden der Gondel auf die Zündschnur zukroch, fühlte, wie der Boden sich plötzlich vor ihm hob. Er rutschte zurück und tastete nach einem Halt.

Der Helikopter peitschte die Luft. Das Heck des Luftschiffs hob sich jetzt im Winkel von 50 Grad, und die Nase schleifte über das Spielfeld. Die Zuschauer rannten schreiend zu den bereits verstopften Ausgängen und trampelten sich gegenseitig nieder. Lander hörte sie ringsumher schreien. Er näherte sich kriechend der Zündschnur, das Feuerzeug in der Hand.

Die Nase des Luftschiffs schleifte jetzt die Tribünen hinauf. Die Zuschauer versuchten ihr auszuweichen. Sie stieß gegen die Fahnenmasten am oberen Tribünenrand, rutschte hinüber, kam frei, hob sich und glitt über die Häuser hinweg. Mit kreischendem Motor schleppte der Helikopter das Luftschiff in Richtung des Flusses. Corley sah Kabakov auf dem Leitwerk stehen und sich am Kabel halten.

»Wir kommen noch zum Fluß, wir schaffen es bis zum Fluß«, sagte Jackson wieder und immer wieder, während der Anzeiger für die Motortemperatur längst im roten Feld stand. Sein Daumen lag auf dem roten Auslöseknopf.

Lander kämpfte sich die noch fehlenden Zentimeter an die Zündschnur heran und knipste sein Feuerzeug an.

Moschevsky drängte sich die Tribüne hinauf. Über dem Fluß sah er sekundenlang den Hubschrauber, das Luftschiff, den Mann auf dem Leitwerk, und dieser Anblick prägte sich auf ewig in Moschevskys Bewußtsein ein. Dann ein blendender Blitz und ein Donnerschlag, als wolle die Welt untergehen. Die Druckwelle warf ihn um. Die Tribünen erbebten. Schrapnell zwitscherte durch das Laub der Bäume am Fluß, die von dem Luftdruck entwurzelt wurden, und das zu Schaum gepeitschte Wasser wurde beiseite gedrückt, es entstand ein leerer Raum, der sich sogleich wieder tosend füllte, und für einen Augenblick türmten sich die Wassermassen zu einem Berg, der in den Rauch aufragte. Sekunden später prasselten flußabwärts Schrapnellgeschosse wie Hagelkörner auf das Wasser herab und klirrten gegen eiserne Schiffsrümpfe.

Rachel, die im Dachrestaurant des internationalen Handelszentrums ein verspätetes Mittagessen zu sich nahm, sah über die Häuser hinweg den Blitz. Sie sprang auf, der schlanke Wolkenkratzer bebte, Scheiben zersprangen, und sie stürzte. Ringsum klirrten Glassplitter. Sie lag auf dem Rücken, sah den Tisch über sich und wußte, was geschehen war. Mühsam erhob sie sich. Neben ihr saß eine Frau mit weit geöffnetem Mund auf dem Fußboden.

Rachel sah sie an. »Jetzt ist er tot«, sagte Rachel Bauman.

Die Zahl der Opfer belief sich auf 512 Personen. Im Stadion wurden vierzehn Personen an den Ausgängen zu Tode getrampelt, 52 trugen Knochenbrüche davon, die übrigen Schnitt- und Platzwunden. Unter letzteren befand sich auch der Präsident der Vereinigten Staaten. Er zog sich seine Verletzungen zu, als zehn Agenten des Secret Service sich schützend über ihn warfen. In der Stadt wurden 116 Personen durch umherfliegende Glassplitter leicht verletzt.

Um die Mittagszeit des folgenden Tages standen Rachel Bauman und Robert Moschevsky auf einem Anlegesteg am nördlichen Ufer des Mississippi. Seit Stunden sahen sie zu, wie die Wasserpolizei den Fluß absuchte. Man hatte die ganze Nacht über mit Netzen nach sterblichen Überresten gefischt. Gleich in den ersten Stunden waren einige verkohlte Metallteile des Hubschraubers gefunden worden, danach nichts mehr.

Moschevsky stand unbeweglich da. Er ließ die Polizeiboote nicht einen Moment aus den Augen. Neben ihm auf dem Steg stand seine Reisetasche. Am Nachmittag, in drei Stunden, sollte er Muhammad Fasil nach Israel begleiten. An Bord der EL-AL-Maschine, die bereits auf dem Wege nach New Orleans war, befanden sich vierzehn israelische Soldaten.

Rachel hatte Ringe unter den rotgeweinten Augen. Sie hatte sich auf ihrem Hotelbett ausgeweint, die Finger in ein Hemd von Kabakov gekrallt, das nach seinen Zigarren roch.

Der Wind fegte kalt über den Fluß. Moschevsky legte Rachel seine Jacke um. Sie reichte ihr bis zu den Kniekehlen.

Schließlich ließ das Leitboot einmal seine Sirene ertönen. Die Männer auf den Polizeibooten holten ihre leeren Suchgeräte ein und fuhren flußabwärts. Jetzt war nur noch der Strom da, dessen Wassermassen sich dem Meer entgegenwälzten. Rachel hörte ein seltsames, ersticktes Geräusch und sah, wie Moschevsky sich abwandte. Sie legte die Wange an seine Brust, umfaßte ihn mit beiden Armen, strich mit den Händen über seinen Rücken und spürte seine heißen Tränen auf ihrem Haar. Dann nahm sie ihn bei der Hand und führte ihn wie ein Kind das Ufer hinauf.